乾　澄子
Inui Sumiko

源氏物語の表現と展開

寝覚・狭衣の世界

翰林書房

源氏物語の表現と展開――寝覚・狭衣の世界――◎目次

Ⅲ　『狭衣物語』の表現と中世王朝物語

序章

一　本書の概要

古典文学は前代の文学の成果を「引用」という形で取り込みながら、自らの作品世界を形成するが、とりわけ、質、量ともに大きな存在である『源氏物語』以後の作品は、いかに『源氏物語』を取り込み、あるいはずらし、相対化して自らの世界を表現しているかを問うことが、作品の魅力解明の課題である。

本書ではまず、『源氏物語』の和歌を通して、『源氏物語』の世界の一端に触れ、続いて平安後期を代表する『夜の寝覚』と『狭衣物語』を取り上げる。

言うまでもなく、『源氏物語』に関しては、実に多くの研究が積み重ねられてきた。本書では和歌及び和歌的な表現（歌語や引き歌など）からのアプローチを試みている。物語はかならずその作中に和歌を有しているが、それは当時の言語生活の反映であり、感情の表出であるだけでなく、物語の世界形成の〈方法〉でもある。本書では「物語の和歌」について以下の観点からとらえ、論じている。

物語の和歌というと、登場人物の感情表現や情景描写との関わりなど叙情的な側面、あるいはその意味内容に着目されがちであるが、それに加えて使われた歌のことばの、和歌史における意味の堆積、変遷、修辞など、和歌史との交渉に目配りすることが重要と考えられる。『源氏物語』が登場した時代は和歌史においても『古今集』を始めとした三代集に代表される王朝和歌の成熟期であった。その背後には『古今和歌六帖』のような類題和歌の試み、多くの私家集の存在が知られ、それらから『源氏物語』は多くのものを受け取って、自らの作品世界を豊かなものにすると同時に、次代の和歌史に影響を与えてきた。

さらに、物語の和歌において、大事なもう一つ視点は「やりとりの形」と考える。すなわち、それが贈答なのか、独詠なのか、唱和なのかという形式的な問題もおろそかにではできない。贈答を意図して詠まれた和歌が、返歌を得られなかったり、独詠のつもりが応答の和歌が添えられたがために贈答の形となったり、三首贈答になったりすることもあるし、時間的にすぐに応答があるのか、間があいてなのか、などさまざまな形が物語の中では見られる。また伝達の形も、口頭で伝達されたものなのか、消息という形で書かれたものなのか、書かれたものも手習なのか、移動できる扇に書かれたものなのか、柱に書かれたりしたのか、第三者による伝達なのか、直接のやりとりなのか、偶然目にしたものなのか、などさまざまな表現の可能性が物語には見られる。それは〈物語の方法〉といって良いものだろう。

このような歌のことばへの着目とやりとりの形に焦点をあてて、『源氏物語』のいくつかの問題について考察した。

さらに平安後期には、『源氏物語』の後を受け、女性たちの手によって中、短編の物語が作られたことが知られている。本書ではその中から『夜の寝覚』と『狭衣物語』を取り上げる。

さて、中世初期の物語評論書である『無名草子』は『夜の寝覚』『狭衣物語』について総体として以下のように述べている。

『夜の寝覚』

『寝覚』こそ、取り立てていみじきふしもなく、また、さしてめでたしといふべき所なけれども、はじめよりただ人ひとりのことにて、散る心もなくしめじめとあはれに、心入りて作り出でけむほど思ひやられて、あはれにありがたきものにて侍れば。（六三頁）

『狭衣物語』

『狭衣』こそ『源氏』に次ぎてようおぼえ侍れ。『少年の春は』とうちはじめたるより、言葉遣ひ何となく艶に、いみじく上衆めかしくなどあれど、さしてそのふしと取り立てて、心にしむばかりのところなどはいと見えず。さらでもありなむとおぼゆることもいと多かり。（五八頁）

この両作品に対する評言は、それぞれが『源氏物語』から受け継いだものを見事に言い当てていると言えよう。『無名草子』は『夜の寝覚』について、『源氏物語』に次いで、多くの筆を費やしている。現在では失われてしまった部分の評もあり、現在我々が知り得ない作品の全体を読んでいたと考えられる。その上で、一人の女性主人公の一生を「散る心もなくしめじめとあはれに、心入りて作り出で」描いたと捉えたこの作品は、紫の上、浮舟などに見られる『源氏物語』の女君たちが抱えた女の生の問題を主題的に引き受けた作品である。それは女主人公の一代記という、それまでの物語では見られなかった構造を持つことによって、より明らかになっている。思春期に天人の予言を受けた女主人公が、その人生を歩みながら抱える表向きの栄華と裏腹な「憂き」思いはどこに由来するのか、それを中心に考察する。

一方、『狭衣物語』は歌人であり、「六条斎院禖子内親王家物語歌合」に作品を提出した女房、宣旨が作者として有力視されている作品である。男主人公狭衣の自らの心の葛藤が生み出すままならぬ恋は、薫の主題を引き継いだともいえよう。『無名草子』はその物語展開に対して「さらでもありなむとおぼゆることもいと多かり」として、天稚御子の降下事件や狭衣帝即位などを批判する。『狭衣物語』が『源氏物語』に次ぐ作品として評価されたのは、

「言葉遣ひ何となく艶に、いみじく上衆めかしく」とされる、作品世界を拓いていく表現の力である。そこに着目して、本書では、「和歌的な表現」が『狭衣物語』の作品世界を構築していくありさまを考察していく。

このように、『無名草子』に導かれた両作品へのアプローチのスタンスは異なるが、それはそれぞれの作品の持つ特性とも関わる。平安後期物語の代表的な二作品が、『源氏物語』の中に胚胎していた表現の何を選び取り、どのように継承し、あらたな作品世界を紡いでいったか。その様相の一端を述べたいと思う。

二　本書の構成

上記の観点からⅠ（『源氏物語』と歌ことばの表現史）では、和歌及び和歌的表現を通した『源氏物語』の作品世界の読み取りを提示している。

まず第一部第一章（『源氏物語』の第二部について――贈答歌を中心に――）では贈答、独詠、唱和の形式に着目し、その分布状況を手がかりに、第二部における光源氏的世界の崩壊について論じる。

第二章（篝火巻試論――六条院世界の〈季節的秩序の崩壊〉をめぐって――）では篝火巻の歌ことばに着目し、和歌史的な背景と関わらせつつ、第二部における六条院世界の崩壊の萌芽を、季節的秩序のずれから考察する。

第三章（紫の上――歌と人生――）では紫の上の詠歌を追いながら、光源氏との穏やかな贈答を重ねていた彼女があるときから、自ら歌を詠みかける存在になることや、手習歌の持つ意味などを論じる。

「『源氏物語』と和歌史のあわい」と題した第二部においては、『源氏物語』の和歌とそれまでの和歌史の関係を問い、和歌より一段劣るものとされていた物語がその作中詠歌を基点に、歌壇においてその評価が高まり、新古今歌人たちをはじめ和歌の世界に影響を与え、評価を得ていく様子を探る。

まず第四章（『源氏物語』の歌枕――三代集との比較を通して――）では、三代集の歌枕と『源氏物語』に用いられた歌枕を調査し、そこから『源氏物語』の歌語の特徴と新しさを論じる。歌枕とはそれまでの和歌史が築き上げてきた言葉の堆積を背後に持ち、景物や特定の印象を伴ったり、縁語や掛詞を構成しやすいという表現特性を持つ。そのような語を通して、和歌史と『源氏物語』の歌の問題を考える。

第五章（「いまめきたる言の葉」――紫式部の〈春〉の歌語――）では、末摘花の「からころも」歌をめぐるやりとりを端緒に、紫式部の和歌観を探り、それをもとに勅撰集において巻頭を担い、重要なものとされてきた春部に属する歌語を対象にして、『源氏物語』の和歌における春に関する言葉の検討を行い、紫式部が詠歌にこめた工夫のあと、物語史への影響を見る。

第六章（物語と和歌――『源氏物語』花宴巻の「草の原」を手がかりに――）では、それまで歌ことばとしてほとんど使われていなかった「草の原」という語が、物語中の和歌、歌集、歌合の歌などの検討を通して、歌語として中世の歌壇に受け入れられ、影響を与えていくさまを論じる。

第七章（源氏物語の作中詠歌について――『風葉和歌集』における採歌状況を中心に――）では、中世の物語歌集である『風葉和歌集』に採られた『源氏物語』の歌を調査することによって『源氏物語』の歌の特徴と傾向を探ってみた。

＊

Ⅱ（『夜の寝覚』の原作と改作の世界）においては『夜の寝覚』を取り上げる。

まず、第一部では原作『夜の寝覚』を対象に論じる。女性を主人公としたこの物語は『源氏物語』の女君たちが抱えた問題を主題的に引き受けた作品である。

第一章（『夜の寝覚』――作中詠歌の行方――）では作中詠歌の分析を通して、平安後期物語の特徴である、登場人物同士のディスコミュニケーションの問題を考察する。「成立しない贈答」は心中表現の増大というこの物語の表現上の特色とも関わる。

まず、第二章、第三章では、〈母〉の問題に着目し、寝覚の女君の苦悩の源を考える。

第二章（『夜の寝覚』――女君を取り巻くもの――）では、この物語における女君を取り巻く環境を取り上げる。〈母〉の欠落した少女、寝覚の女君は強く世間体を意識し、それが彼女の言動を縛ることになるが、その対世間意識を「世の音聞き、世の聞き耳、人聞き」などの言葉を手がかりに検討を加える。そこからは男君と女君の対世間意識の差が浮かび上がってくる。加えて、彼女の世間への不信と畏れを助長するものとして、大皇の宮と世の人々の存在、男君、父などについても触れる。それをもとに、この物語はどのような作品として読めるかという見通しを示した。

第三章（『夜の寝覚』――「母なき女子」の宿世――）では、〈母〉の欠落が女君の人生にもたらすものについて考える。〈母〉の欠落を強く意識する言葉が物語中、いくつか見られるのはこの物語の思想とも関わるであろう。「母」というモデルを持たずに育ち、それゆえ、本人の意識とは関わらず、苦難を引き寄せてしまう女君は、また、「母」として生きる存在でもある。

第四章（『夜の寝覚』――女君の「憂し」をめぐって――）では、「憂し」というキーワードを手がかりに、女君の思うに任せない人生を考察する。王朝物語文学のキーワードの一つである「憂し」という心情語は、とりわけ『夜の寝覚』で多出する。『源氏物語』における「憂し」の問題を参照しながら、「憂し」という語の分析を通して、『夜の寝覚』という作品の主題を探っていく。

第五章（『夜の寝覚』の父）では、彼女に〈母〉の欠落を意識づけた父親、太政大臣を考察する。第二章、第三章で論じるように、〈母〉の欠落が、女君の生き方に深く関わってくるが、女君に母の不在をもたらし、「母なき女子の宿世」を意識づけた父は「母」代わりになり、女君を鍾愛し、守ろうとするが、女君にとって父は安心して甘えられる存在ではない。女君を縛るものとしての〈父〉。そこからは『源氏物語』では顕在化しなかった「父と娘の物語」が見えてくる。

第六章（『夜の寝覚』――斜行する〈源氏〉の物語――）においては、執拗なまでに女君を懸想する帝の問題や、女君が『風葉和歌集』で最終的に「広沢の准后」と称された問題をとりあげ、一世源氏を父に、帥の宮の女を母に持つ王統の生まれながら、女君は摂関家の妻として生きたことについて論じる。それは〈源氏〉（賜姓源氏／『源氏物語』）を相対化していく視座を提供し、その後の物語史への影響を及ぼし、中世王朝物語へと拓いていくものであろう。

Ⅱの第二部においては改作本と呼ばれる『夜寝覚物語』について論じる。

第七章（『夜の寝覚』と改作本『夜寝覚物語』――「憂き」女から「憂きにたへたる」女へ――）では、第四章でも取り上げた、女君の「憂き」思いについて、改作本でのあり方を考察する。女君の「憂き思い」は、原作本において重要なテーマであったが、改作本では後半に行くにつれすっかり晴れ、幸福な結末へと導かれる。改作本では「憂きにたへたる」という表現が多くなることに着目、そこに平安朝の物語と中世王朝物語との差異を見ることができる。

第八章（『夜の寝覚』――「模倣」と「改作」の間――）では、「改作」という現象について考える。原作本を模倣しながら、手を加えていったと思しい改作本であるが、平安後期以降の王朝物語文学に大きな影響力を持つ『竹取物語』と『源氏物語』摂取という視点から、原作、改作両者のいくつかの用例について検討し、模索の姿をたどる。

＊

Ⅲ（『狭衣物語』の表現と中世王朝物語）では、『狭衣物語』を取り上げる。

第一部（『狭衣物語の〈和歌〉』）では、『狭衣物語』の作中詠歌や引き歌、歌語に着目した。『無名草子』に「『狭衣』

こそ『源氏』に次ぎてようおぼえ侍れ」として評価されたのは、「言葉遣ひ何となく艶に、いみじく上衆めかしく」とされる、作品世界を拓いていく表現機構によってである。『狭衣物語』の引用の多彩さはすでに多くの指摘がなされてきた。引用によって作品外部の世界を呼び込むことは、すなわち作品外部へも開かれていることである。それは読者の想像力を喚起し，表現の多様性を生み、新しい解釈を呼び込み，新たな物語を紡ぎ出すことにもつながる。そこに『源氏物語』以後の方法的深化を見る。

第一章（後冷泉朝の物語と和歌――『狭衣物語』『夜の寝覚』の作中詠歌――）では、『源氏物語』から半世紀ほど時代を隔てた、頼通の時代の文学環境を確認し、『狭衣物語』『夜の寝覚』の作中詠歌と同時代との関わりについて論じる。『後拾遺集』前夜という和歌史におけるひとつの実験的な動きが高まった時代、勅撰集に女流歌人が激増する時代。そのような時代背景を受けて、『源氏物語』より同時代和歌との関係が深まる平安後期物語の作中の和歌について、検討する。中でも和歌史の上からも特徴的な「夜半の」という歌語が表現する心性が、『夜の寝覚』『狭衣物語』の世界と通底することにも言及した。

第二章（『狭衣物語』の地名表現をめぐって）では、『狭衣物語』における地名の問題を網羅的に取り上げる。なぜ地名か。『狭衣物語』は、『源氏物語』より、その作品分量が少ないにも関わらず、種類も数量もより多くの地名が散在する。それは実際に物語の登場人物が訪れた土地の名であることもあるが、同時に歌枕によって形象されるものであったりする。地名への興味は、同時代の和歌や『更級日記』にも見られるところで、時代の風潮ともいえよう。

第三章（『狭衣物語』の表現――『歌枕』の機能に着目して――）では、前章で見た地名表現が、物語においてどのような意味を持つか、同時代の和歌史との関わりや、『枕草子』の地名章段との関係を視野に入れながら考察する。特に『枕草子』の類聚的章段における発想が『狭衣物語』の作品内での歌枕、歌語の創造ともいえる現象と関わっているることを指摘する。

第四章（『狭衣物語』の和歌的表現――意味空間の移動をめぐって――）では、和歌的表現――作中詠歌、引き歌、歌語――について、それぞれその作品世界形成に関わる表現方法の特徴を総合的に取り上げ、考察する。ネットワークのように張りめぐらされた歌のことばが干渉し合い、響きあうのが『狭衣物語』の世界である。中でも、作中における登場人物の詠んだ歌を積極的に別の場面において引き歌していき、それを象徴的な歌語として繰り返し用いていくあり方は、『狭衣物語』の大きな特徴であり、そこに場面を引き出すインデックスとしての働きを見る。

第五章（女君の詠歌をめぐって――狭衣の恋と和歌――）では主人公狭衣の主要な恋の相手の女君たちの詠歌に着目し、論じる。狭衣に応じようとしない女君たちの詠歌を強引とも言える方法で手にいれ、詠みかけていく狭衣の恋の行方をを通し、物語の和歌の方法としての可能性を論じた。

第二部では、『夜の寝覚』『狭衣物語』からの継承をその後の物語において考察する。第六章（『とりかへばや』における「世」）では、『とりかへばや』における「世」という語の分析を通して考察する。男姿で人生をスタートさせた女君は歩み始めた「世」との関係の中で「世づかぬ」思いを深めるものの、女姿に戻ってからは「世づかぬ」思いからは解消される。そこには平安期の女君たちの苦悩とは異なるあり方が示されている。

第七章（『小夜衣』における先行作品の引用について――平安期の物語を中心に――）では『源氏物語』『夜の寝覚』『狭衣物語』からの引用の諸相を追い、剽窃あるいは借用などというそれまでの指摘を一歩進めて、いかに既存の物語の措辞や結構をを取り込んで新しい物語世界を破綻なく築くか、そこに〈編集〉の妙を評価すべきでないかと考える。

以上が本書の概要と構成である。『源氏物語』が切り開いた物語の表現を、それぞれの作品がいかに継承し、発展させ、みずからの世界を築いていったか、そして物語史を紡いでいったかの一つの見方を示した。

凡例

引用本文は以下のものを用いた。ただし、別の本文を用いた場合はその都度注記した。

『竹取物語』『うつほ物語』『源氏物語』『夜の寝覚』『狭衣物語』『浜松中納言物語』『松浦宮物語』
『伊勢物語』『栄花物語』『蜻蛉日記』『紫式部日記』（小学館　新編日本古典文学全集）
『とりかへばや』（岩波　新日本古典文学大系）
『無名草子』（新潮古典集成）
『風葉和歌集』（『増訂校本　風葉和歌集』　風間書房　なお、私に濁点を付した）
勅撰集、私家集、『古今和歌六帖』「六百番歌合」「千五百番歌合」「物語二百番歌合」その他の歌合（角川書店　新編国歌大観）
『万葉集』（小学館　新編日本古典文学全集）
『紫式部集』（岩波新日本古典文学大系『土佐日記・蜻蛉日記・紫式部日記・和泉式部日記』所収の『紫式部集』）
『新撰随悩』『八雲御抄』『後鳥羽院御口伝』（『日本歌学体系』風間書房）
『河海抄』（『紫明抄　河海抄』角川書店）
『花鳥余情』『細流抄』（『源氏物語古注集成』桜楓社）
『玉の小櫛』（『本居宣長全集』筑摩書房）
『湖月抄』（『源氏物語湖月抄　増注』講談社学術文庫）
『小右記』（『増補史料大成　別巻』臨川書店）
『明月記』（国書刊行会）

I——『源氏物語』と歌ことばの表現史

第一部

『源氏物語』の和歌とその表現

第一章　『源氏物語』の第二部について――贈答歌を中心に――

一　はじめに

『源氏物語』における作中詠歌をめぐる問題は、古くて新しい問題である。藤原俊成が、『源氏物語』を和歌の立場から評価して以来、作中詠歌について多くの研究が行なわれてきた。しかし、作中詠歌を独立させて考えるのではなく、物語中の機能と役割について論じられるようになったのは、昭和も二十年代にはいってからであった。昭和二十四年十二月に時枝誠記氏の「源氏物語の文章と和歌」[1]が発表されて以来、新しい局面を迎えたのである。『源氏物語』に含まれている多くの作中詠歌は、その物語世界に抒情的なふくらみを持たせるためであるとする一般的な傾向の中で、氏は「和歌とは、高潮した、切實な感情要求、意志の折目正しい改まった言語表現」であり、「物語中の和歌は、これを一個の文學作品として見る前に、それが會話の言葉として見ることが必要とされる」と、和歌の会話的機能、贈答の社交性を指摘された。それに触発された形で、松田武夫氏[2]、益田勝実氏[3]をはじめとして、さまざまな和歌の機能に関する研究がなされている。そしてその後、小町谷照彦氏[4]、野村精一氏[5]、秋山虔氏[6]などにより、『源氏物語』における作中詠歌に関する研究の展望が示されてきたといえよう。

和歌に関する問題とひとくちに言っても、それは、実に多くの可能性を孕んでいる。いわゆる、「物語の和歌」の研究の一つとして、『源氏物語』をとらえる場合もあるし、『源氏物語』固有の問題を対象とする場合もある。また散文に対する韻文の機能としての考え方もあるし、当時の言語生活を類推する手段としての研究も必要であろう。

そして、和歌が詠まれることによって創出される「場面」の問題もあるし、草子地などの同じく表現論の問題、そしてやがて主題論へと展開される一方法として考えることも可能であろう。ここでは、主に贈答歌と、それに導かれる場面に焦点をあてて、主題論への一つのアプローチとして考察してみたい。

また、第二部を対象にすることについてであるが、「光源氏の物語」という視点で幻巻までとりあげると、そこにはやはり、現在第一部、第二部と分けられているように、なんらかの差異がみられる。表現方法の面からも、第一部のように准拠に基づく描写は少なくなるし、また内容の面からも、光源氏を円の中心とする範囲内での出来事ばかり書かれているわけではなくなっている。彼が守勢にまわらされ、他の登場人物たちが各々の生き方を主張しはじめ、光源氏をめぐる場面だけが物語の全てではなくなるのである。光源氏の登場する場面の減少に従い、他の登場人物たちの比重が重くなるわけであるが、このことは単に光源氏が中年になり、もう若い頃のような華やかな恋物語を展開しなくなったこと、また世代交代というようなことで、一概に片づけてしまえる問題ではないと考えられる。

このような独自の問題をかかえている第二部を考察の対象とし、その中でも、贈答歌と、それによって形成される場面に着目してみたい。詠歌そのものだけでなく、それを詠むにいたった物理的、心理的背景の全てをも、贈答によって形成される場面が代弁するとしたら、登場人物の心の営みが問題になると思われる第二部において、やはりひとつの手がかりとなろう。そして、その際に絶対的とも言える力を持っていたはずの光源氏の関与しない（できない）世界、把握しきれなくなった世界に注目して、光源氏中心の世界の限界というものについて考えてみたいと思う。

二　贈答歌の諸相

『源氏物語』には七九五首もの作中詠歌がある。物語における和歌についての問題は、前述のようにいろいろな角度から研究されているが、ここでは主に贈答歌とその役割について考えてみようと思う。そのためにまず、第二部における贈答歌について少し分析してみたい。

〈表Ⅰ〉は、『源氏物語』における作中詠歌の様相を表にしたものである。贈歌のみあって、返歌のないものも贈答歌数に含めた。また、贈答回数は、贈答の成立したもののみを（三首で一組など特殊なものも含めて）数えた（〈表Ⅰ〉）。この〈表Ⅰ〉において気づくことは、第二部においては、贈答歌の割合がやや少なく、独詠歌が多いことである。しかし、この独詠歌二四首のうち、一二首までが幻巻の独詠歌群である。紫の上の挽歌という独自の問題はあるにしても、場面構成という視点で考えた際、この独詠歌の割合が高く、贈答歌の割合が低いことは、ここではさして問題として考えなくともよいと思われる。次にこの『源氏物語』に登場する作中詠歌の分布を基に、贈答歌に着目してみたい。

〈表Ⅱ〉は第一部と第二部において成立した贈答のうちで、光源氏が関与したものの割合を示している。この表をみると、すぐに第二部において、光源氏の関与した贈答が激減していることがわかる。この傾向は、光源氏の詠歌数全体を見てもうかがえる（〈表Ⅲ〉参照）。つまり第二部においては、物語全体の詠歌数に対して、光源氏の詠歌数の占める割合が著しく減少し、またその中でも贈答歌が極端に減っていることは、主に歌の贈答によって形成される場面に、光源氏が登場する割合が少なくなったことを意味する。言いかえれば、第二部に至ると光源氏と関わりのない場面が増大するのである。しかも、光源氏が関与しない贈答場面は、光源氏が関わっている時よりも多く

	全歌数	贈答歌数（回数）	割　合	独詠歌数	割　合	唱和歌数	割　合
第一部	458 首	368 首（169 回）	80.3％	53 首	11.6％	37 首	8.1％
第二部	131 首	95 首（45 回）	72.5％	24 首	18.3％	12 首	9.1％
第三部	206 首	156 首（69 回）	75.7％	32 首	15.5％	18 首	8.7％

〈表Ⅰ〉源氏物語の作中詠歌

	贈答回数	割　合
第１部	128 回	75.7％
第２部	21 回	46.7％

〈表Ⅱ〉光源氏の関与した贈答

	詠歌数	割　合
第１部	184 首	40.2％
第２部	37 首	28.2％

〈表Ⅲ〉光源氏の詠歌数

なる。全贈答回数の七五パーセントまでが光源氏と関連していた第一部と比べて、そこに大きな差異を見出すのである。

また、第二部における作中詠歌において、もう一つ顕著なことは、女性側からの贈歌が多いことである。女性側からの贈歌について鈴木一雄氏が「源氏物語の和歌⑦」の中で、時枝誠記氏の「源氏物語の文章と和歌⑧」を承けて、贈・答の機能にまで立ち入って考えてみるという視点で、

当時の実生活にあって、男から贈歌、女から返歌というのは常識であったろう。その常態のなかで逆の形、女から贈歌する場面があるとしたら、そこには、その女性にとって特別な感情・意志・要求がはたらいていると見てはいけないだろうか。物語の作中贈答歌が「当時の国語生活の実際に基づくもの」（私注、時枝氏の論文より引用）であり、「高潮した、切実な感情、要求、意志の折目正しい改まった言語表現」である以上、当然物語においても男から女への贈歌、女から男への返歌の型が大勢を占めている。その大勢のなかに女から贈歌、男から返歌という逆の型が混入された場合、その作中男女間、特に女性側の感情、要求、意志に、何か常態とちがった緊張、

微妙ではあるが、特別な表現効果がこめられていると考えられるように思うのである。

と述べられている。このことをも含めつつ、もう一度、『源氏物語』第二部に戻ってみると、〈表Ⅳ〉からもわかるように、女性側からの贈歌が二割そこそこの割合を示す第一部、第三部に比べて、三割を越えている。このことはやはり意味があろう。特に、「光源氏の物語」という意味で第一部と比較した時、鈴木論文でも指摘のあったように、そこには何か女性側に切迫した問題があると同時に、今まで光源氏に従属して生きてきた女性たちが、自立の傾向を見せてくるように思われる。このことは、光源氏を中心に進められてきた今までの物語世界に、異変がおきてきたことを示している。

〈表Ⅰ〉～〈表Ⅳ〉までを通して整理すると二つのことが言える。すなわち、第二部においては光源氏の詠歌数そのものの減少にしたがって、光源氏が贈答場面に登場する回数が大幅に減ったこと、そして女性側からの贈歌が、第一部、第三部に比べて多いことである。この二つはあながち無縁とも言えないだろう。

光源氏が栄耀栄華を極める様子を書きつづってきた作者だが、だんだん今までのような、光源氏中心の世界では描ききれない部分があることを認識してきたのではないか。そして作者の書きたいことは、実は光源氏個人と彼にまつわる話ではなく、光源氏その人はやはり中心に位置しながらも、他の登場人物たちによって営まれている精神生活をも織りこんだ、複眼的な世界によって実現されるのではないだろうか。その中でもとりわけ女性たちの生き方に作者の関心は寄せられている。二、三の例をみてみたい。

	回　数	割　合
第一部	36 回	21.3％
第二部	15 回	33.3％
第三部	13 回	18.8％

〈表Ⅳ〉女性側からの贈歌

三　朱雀院と秋好中宮

若菜上巻の冒頭から問題にされ、第二部において一つの柱をなしている女三の宮の降嫁に先立って、女三の宮の裳着の儀が催される。それに際して、朱雀院と秋好中宮の和歌のやりとりが行なわれるが、これが第二部にはいって最初に出てくる作中詠歌であり、贈答である。思えば、朱雀院が秋好中宮に恋心を抱いたのは、朱雀帝即位に際しての新斎宮として、秋好中宮が伊勢へ下向する儀式の時であった。朱雀帝は宮中儀式にのっとり、別れの櫛を斎宮に賜わるわけであるが、そもそも二人はその出会いからして別れる運命にあったのである。今度二人が再会できるとしたら、朱雀帝退位の時でしかない。そして澪標巻で譲位した朱雀院は入内を勧めるが、ここでもまた、光源氏の野心の前にあきらめざるを得ない。明石の姫君が中宮となり、皇子を産むまで、光源氏の権勢を確保するために、秋好中宮は冷泉帝の後宮に入内したのである。その入内にあたって、朱雀院は光源氏への恨みもこめて盛大な贈り物をする。そしてその中には、御櫛の箱も含まれているが、それを見てかつての「別れの櫛」を思い、二人は贈答する。その後、秋好中宮を忘れられない朱雀院は、宮中における絵合のために、中宮にあの斎宮として下向した日の大極殿の儀式を描いた絵巻を贈り、ここでも歌の贈答がなされる。そして、三度めの贈答がこの若菜上巻の部分なのである。表向きは院に対してでなく、女三の宮にあてられた歌に対し、院が宮に代わって返歌をされる形となっている。

さしながら昔を今につたふれば玉の小櫛ぞ神さびにける

院御覧じつけて、あはれに思し出でらるることもありけり。あえものけしうはあらじと譲りきこえたまへるほ

ど、げに面だたしき簪なれば、御返りも、昔のあはれをばさしおきて、

さしつぎに見るものにもが万代をつげの小櫛の神さぶるまで

とぞ祝ひきこえたまへる。（若菜上④四四頁）

女三の宮の晴れの日に、自分の幸運がまた女三の宮の上にもあれかしとの願いをこめて、あの櫛を献上するのである。しかし、表向きの慶祝とは別に、この贈答には両者の言うに言われない思いがこめられている。両者の贈答においては、「昔」「今」「神」「榊」などの言葉が使われてきたが、ここではそれらの語をすべて用いて歌が構成され、二人の恋の発端からの一部始終が一気に回想される。すなわち、時間・空間ともに二人の過去へ溯り、経過を語り、今を語る。第二部における「回想」の表現については既に論じられているが[9]、その物語の論理は、光源氏にだけ適用されているのではないことが、この場面から想像できよう。

また、この贈答は女性側からの贈歌である。その状況からいってこの場合、女性側からの贈歌はあり得るケースであるが、そこにはやはり通常の賀歌というだけではなく、秋好中宮の意志を感じるのである。ここで女三の宮に櫛を献上し、自分の所有でなくすることは、また二人の恋の終わりを意味していよう。そして三日後、朱雀院は出家するのである。女三の宮の光源氏への降嫁はもう誰の目からみても明らかであり、一方、藤裏葉巻で准太上天皇の位を得た光源氏の権勢はもはや押しも押されぬものとなっている。女三の宮の将来を祝福する形で終わったこの贈答は、二人の恋の帰結とともに、物語における両者の実質的役割の終焉を意味するのである。あくまで女三の宮降嫁へと流れていく物語の一過程に位置しながら、その賀歌の形で行なわれたこの贈答は、朱雀院・秋好中宮二人だけの固有の世界を再現する。前二度の贈答が、光源氏の翼下で行なわれていたことに比べ、今回はその影も薄く、また予想されてしかるべき光源氏からの賀歌は表現されずに、この贈答の場面が大きくとりあげられている。第一

部の終りごろから、それぞれの登場人物たちが光源氏と大きく関わりつつも自分の生活を持っていることをほのめかす箇所はあったが、それが第二部においては、挿話の域を越えて大きな問題点を提示していく。不必要なことは描かれない『源氏物語』において両者の恋は地味ながらも確かな足跡を残すのである。

四　紫の上

第二部全体を見わたすと、いくつかの柱となる事件がある。柏木＝女三の宮の密通、夕霧＝落葉の宮の恋物語、紫の上の死などがそうであるが、それらは、必ずしも光源氏サイドから描かれているわけではない。むしろ、絶対的な存在としての光源氏を背後に感じることはあっても、それぞれの登場人物がそれぞれの事件の主役となっている。そのような傾向の中で、第一部、第二部を通してヒロインである紫の上に焦点をあててみたい。

今まで順調な生活を送ってきた紫の上にとって、女三の宮降嫁はまさしく降ってわいたようなでき事であった。この事態に直面して、賢くふるまい、物笑いの種になるまいと心に誓って、新婚の三日の夜に、女三の宮のもとへ通う光源氏の世話をする彼女の姿は、かいがいしく、痛々しい。

すこしほほ笑みて、「みづからの御心ながらだに、え定めたまふまじかなるを、ましてことわりも何も。いづこにとまるべきにか」と、言ふかひなげにとりなしたまへば、恥づかしうさへおぼえたまひて、頬杖をつきたまひて寄り臥したまへれば、硯を引き寄せて、

目に近く移ればかはる世の中を行く末とほくたのみけるかな

古言など書きまぜたまふを、取りて見たまひて、はかなき言なれど、げに、とことわりにて、

命こそ絶ゆとも絶えめさだめなき世のつねならぬなかの契りを　（若菜上④六四〜六五頁）

この紫の上の詠歌は彼女の心からの叫びである。北山で光源氏に見出され、素姓がはっきりしないと陰口をきかれながらも理想的な女性に育てられ、藤裏葉巻においてはついに女御待遇を受け、確乎たる正妻の地位を世間に認められたはずの紫の上である。それが第二部にはいると、完全に物語世界の隅に追いやられてしまう。彼女とは別次元のところで、否むべくもない女三の宮降嫁という事態が押し進められていくのである。愚痴を述べることは即ち敗者であることを知っている彼女が、ぎりぎりのところでやっと自己をその手習という形で表現したのが、この詠歌であった。この歌には、光源氏への甘えもなければ、わかってもらおうなどという考えもない。苦悩を経て紫の上が到達した心境なのだろう。一応、贈答の体裁は備えているものの、むしろこの紫の上の詠歌は独詠に近い。光源氏の言いわけの裏にある女三の宮への好色心を見抜き、頼みがたい愛情に対する嘆きが詠まれているわけであるが、何よりも、自分を置いて流れていく物語の流れに対する、彼女なりの精一杯の抵抗であったと言えよう。かくして、彼女はこの物語の女主人公の地位を回復してゆく。実際、女三の宮との床に紫の上の夢を見て馳せ戻る光源氏の様子、また、それまで物語の中に表現されていなかった女三の宮の幼さの露呈、結局は紫の上の地位を確認することとなった朱雀院からの消息（若菜上④七五頁）など、全ては再び紫の上の方に収束していく。この朱雀院からの消息は重要である。なぜなら、「この院に、あはれなる御消息ども聞こえたまふ（同）」と光源氏にも同じように消息があったことが見えるが、それは一場面を形成しえていない。紫の上の消息こそが物語で表現されていることは意味があろう。

このような紫の上の心の営みと光源氏とのずれは、その贈答という点から理解できる。先にこの「目に近く」の歌は独詠に近いと述べたが、やはりこれは贈答である。というよりむしろ、光源氏が形式だけでも贈答にするために返歌をしたと言えるのではないだろうか、紫の上の真実の前に、さすがの光源氏も対等にわたり合うことができない。「はかなき言なれど、げに、とことわりにて」と何気なく書かれているが、その歌を見れば、光源氏の苦しい立場はよくわかる。彼はなすすべがない。しかし、ここで贈答を成立させなければ、紫の上の心は源氏から離れてしまう。「男いらぬ世界」[10]の住人になってしまう。光源氏の愛情によってのみ、その存在が認められていた紫の上の方で、自ら光源氏に不信を抱き、信じるものを全て失った時、彼女は何を以て物語内の存在を確保するのだろう。ここの贈答は受け身にまわらされた光源氏とともに、紫の上をも救うのである。

とはいえ、光源氏は、その最愛の人紫の上の心中をすべて知ってはいないことに、我々は気づかされる。紫の上の方が、多くの苦悩を経て、光源氏の知らない世界を持つようになったと言えるだろう。しかし、光源氏は紫の上の苦悩の深さを知り得ていない。女三の宮の幼なさに比べて立派な紫の上を見て、「我ながらも生ほしたてけり」(④七四頁)と、光源氏が自賛する場面があるが、光源氏にとって紫の上はいまだ自分の教育の成果であり、自分の掌の中だけの世界しか知らない存在なのである。しかし、紫の上はもう光源氏が全てを知りつくしている存在ではなくなっている。光源氏の入りこめない世界は、最も近い人であるはずの紫の上にももたらされたのである。女三の宮降嫁を契機として、紫の上は人間としての自立に向かっている側面も確認しておきたい。

ここでは、女性側からの贈歌として、せっぱつまった紫の上の心情に触れると共に、物理的にはひとところに存在しておりながら、心理的には紫の上に接近できない光源氏の姿を、その贈答の機能にも注意しながら見てきた。光源氏を中心とする円の軌道上にいた周辺人物たちは、それに加えて自己を中心に回転するようになる。そして、自己の遠心力で光源氏の軌道から離れそうになる紫の上とそれをひきとめる光源氏が描写されているのである。

五　夕霧と落葉の宮・雲井雁

夕霧＝落葉の宮物語は、「柏木」「横笛」「夕霧」の三巻にわたって展開されるが、これ自体、光源氏と全く関わりのないできごとである。かつての夕霧と雲井雁の幼い恋物語は、全て光源氏の了解していることであった。しかし、ここでは、夕霧は何を聞かれてもあくまで知らぬふりをし、光源氏も介入しない姿勢を示している。完全に独立した夕霧によって、物語は構成されている。

世を知りたる方の心やすきやうにをりをりほのめかすもめざましう、げにたぐひなき身のうさなりやと思しつづけたまふに、死ぬべくおぼえたまうて、「うきみずからの罪を思ひ知るとても、いとかうあさましきを、いかやうに思ひなすべきにかはあらむ」と、いとほのかに、あはれげに泣いたまうて、
われのみやうき世を知れるためしにて濡れそふ袖の名をくたすべき
とのたまふともなきを、わが心につづけて忍びやかにうち誦じたまへるも、かたはらいたく、いかに言ひつることぞと思さるるに、「げに。あしう聞こえつかし」など、ほほ笑みたまへる気色にて、
「おほかたはわれ濡れ衣をきせずともくちにし袖の名やはかくるる
ひたぶるに思しなりねかし」とて、月明かき方にいざなひきこゆるもあさましと思す。
（夕霧④四〇八～九頁）

せっかく恋情を訴えたのに、かたくなな落葉の宮の態度に夕霧は焦慮する。そして、落葉の宮を責める夕霧は、夫を持った経験があるので気安いだろうと言わんばかりである。落葉の宮はひどく傷つく。そしてようやく彼女の

口をついて出たのが、この「われのみや」の歌であった。この歌も先の紫の上の場合と同じように、贈歌というより我が身の不運を嘆く独詠に近い歌である。しかし、これも結局、贈答の成立をみる。落葉の宮の苦悩も知らず、いやひょっとしたら知っていたにもかかわらず、夕霧は勝手気ままな解釈をして返歌をするのである。光源氏が紫の上の訴えに、しどろもどろにでも返歌をしたところには、紫の上の心痛を受け入れようとした誠実さがあった。夕霧は落葉の宮のそれを逆手にとって、自分に優位な方向に導いていく。この贈答の成立により、落葉の宮は運命に抗することができなくなってしまうのである。物語はこの後、頼みの母御息所に先立たれ、出家を願っても父朱雀院に諫められ、いとこの大和守に説得され、泣く泣く夕霧の待ち受ける一条宮に戻ることを余儀なくされた落葉の宮を描き出す。一条宮に行くにあたり、（彼女にとって一条宮はもう帰るところではない）落葉の宮は独詠歌を二首詠むが、もうそれは運命に抗しきれずに流されていく彼女の慨嘆でしかない。

一方、筒井筒の恋の結果結ばれ、藤裏葉巻では理想的なカップルとされた夕霧と雲井雁であるが、第二部では、すっかり様相が違ってくる。雲井雁は第二部にはいって歌を三首詠むが、そのうちの二首が夕霧への贈歌である。

「なるる身をうらむるよりは松島のあまの衣にたちやかへまし

なほうつし人にては、え過ぐすまじかりけり」と、独り言にのたまふを立ちとまりて、「さも心憂き御心かな。

松島のあまの濡れ衣なれぬとてぬぎかへつてふ名を立ためやは」

うち急ぎで、いとなほなほしや。　（夕霧④四七五〜六頁）

ここは二度めの贈答場面であるが、夕霧の仕うちを恨む雲井雁の言葉尻をとらえて、ごまかしたりうれしがらせたりする夕霧である。しかし、その心は落葉の宮の方へ急いでいる。草子地がそれをうまく表現しているが、口先だけで雲井雁をごまかせばすむと思っていた夕霧は、雲井雁の真剣さを深く考えようともせず、いい加減に合わせた結果、雲井雁の心が離反していくのをとどめることができなくなっている。雲井雁が三条宮を出るのである。夕霧が落葉の宮を恋することによってひき起こされるさまざまな問題は、主に落葉の宮・雲井雁の両女性の側から描写されている。この事件がこの両女性の生にどれだけの影響を与えたかは、女性側からの贈歌という特殊事態、詠歌という単刀直入に人の心にはいりこむ表現手段がとられたことによって、その重みを計ることができる。この一連の物語の中で、「女ばかり、身をもてなすさまもところせう、あはれなるべきものはなし」（四五六頁）ではじまる、紫の上の述懐として知られる作者の女性観が述べられているところも興味深い。

背後に光源氏の影を全く感じることなく、またその精緻な描写は、夕霧の恋物語を光源氏のそれと同等なものとして位置づけていることを示している。落葉の宮との恋は、引き歌に誘導されて出現する一種独特の山里の世界で展開され、雲井雁によって代表される貴族の日常生活と、常に対比されて描写されるという、独自な方法もとられている。光源氏とはまた別の次元において、十分ひとつのドラマは形成され、物語の本質的な部分に迫っているのである。

六　おわりに

今、仮に光源氏が関与しない世界、物理的にも心理的にも把握しきれなくなった世界を、「光源氏非在の世界」と名づけるとする。第二部において、この「光源氏非在の世界」は増大し、その中においての女性の役割が大きくなっていることを、〈表Ⅰ〉～〈表Ⅳ〉、そしていくつかの具体例においてみてきた。三では、さして重視されていなかった朱雀院と秋好中宮の恋が、ここにきてクローズアップされ、やがてそれを境に役割を終える様子について触れてみた。四においては、第一部からひき続いて登場し、なおかつその生涯を通してヒロインである紫の上の、しかしながら、光源氏が既にその心の全容を把握できなくなってしまっている様相をみた。その際、意識的に贈歌したわけではなく、むしろ独詠に近い歌を詠み、それに返歌がなされて贈答が成立するという、第一部ではみられない方法がとられていることにも着目した。また、五では、全く光源氏と関わりをもたない女性、落葉の宮について考えてみたが、そういう存在の出現が描き出され、なおかつ、一つの物語の主人公たり得ていることは、第一部と大きく性格を異にしている点であろう。雲井雁の場合も、第二部では第一部のイメージとは違い、どちらかと言えば、当時の一般的な貴族の日常生活的部分を担当している。光源氏サイドからは描かれなかった部分である。物語に表現されるということは、既にそこには選択がなされていると考えられるから、このような場面、そして傾向が、第二部でみられることは意図があると思ってよいだろう。

ここではほんの数例にすぎず、また和歌という一方向からのアプローチしかできなかったが、光源氏という制約の中では描ききれない部分を内にもち、それが蓄積され、エネルギーとなって、表現したいという欲求を持つようになった作者が、この第二部からうかがえる。有名な蛍巻の物語論の中で、「物語は人間の真実を描き出すもの」という態度をうち出した作者であるが、それを描くにしても、すでに理想的な人物像として形成された光源氏にはおのずから限界があり、そのイメージを打ち破ることはできない。そこには、当時の人々の求めたものが結集されているという要素があるからである。そこで、「光源氏非在の世界」が設定されるのである。そしてその中で、作者がより重点的に描き出そうとしたのは、女性たちであろう。幼少の頃から光源氏によって育てられ、成長してきた紫の上の試練、運命にもてあそばれ、最後までいい目を見ることのない皇女落葉の宮の悲哀、家出というかなり思いきった手段に至るまで追いつめられる雲井雁の現実など、その心情に深く立ち入って描き出されようとしている。第一部で次々と登場した女性たちが、物語において「広さ」を担当しているとしたら、第二部の女性はまさに

「深さ」をもって描かれていると言えよう。

「光源氏中心の世界」と「光源氏非在の世界」は、決して相反するものではない。光源氏によって織りなされる世界は、あくまで華麗で、夢があり、また感性に訴える。また光源氏非在の部分では、自分たちに接点のある身近なできごとが深く描かれている。両方の世界がうまく機能しあって、物語に重みと深みが生まれるのだろう。紫の上などは、この両方の世界において中心に位置できている稀な存在であるといえる。作者が最終的に描きたかったのは、やはり同性である女性で、第二部において光源氏の偉大さ、理想性を損なうことなしに、みごとに表現することに成功できたと言えるのではなかろうか。

注

（1）「源氏物語の文章と和歌」（『源氏物語講座』（下）所収　紫乃故郷舎　一九四九年）

（2）「源氏物語の和歌」（『国文学』一九五八年五月）

（3）「和歌と生活――『源氏物語』の内部から――」（『解釈と鑑賞』一九五九年四月）

（4）「『幻』の方法についての試論――和歌による作品論へのアプローチ――」（『日本文学』一九六五年六月）等。

（5）「源氏物語の和歌」（『国文学』一九七二年一二月）等。

（6）「『源氏物語』の和歌をめぐって」（『図説日本の古典』集英社　一九七八年）等。

（7）「源氏物語の和歌」（『国文学』一九六八年五月）

（8）注（1）に同じ。

（9）清水好子「源氏物語の主題と方法――若菜上・下巻について――」（『古代文学論叢第一輯　源氏物語研究と資料』武蔵野書院　一九六九年）等。

（10）清水好子『源氏の女君』（塙書房　一九六七年）参照。

第二章　篝火巻試論——六条院世界の〈季節的秩序の崩壊〉をめぐって——

一　はじめに

『源氏物語』研究史のさまざまな節目の中で、『源氏物語』全体を、いわゆる第一部・第二部・第三部と分ける三部構成説は、あらたな角度で作品をとらえるための効果的な視座となった。各部の詳細な研究を通して、『源氏物語』研究は数段の進歩を見たと言えるだろう。そして、それは今日もなお、有効であるに違いない。しかし、当然のことながら、各部を独立させてそれぞれの特性を研究することへの疑問も提出されてきた。特に、作品を一つの動態としてとらえる立場においてはなおさらのことである。また、三部構成を考えることは、主題の問題ともかかわって、形式的とばかりは言えない部分も多く含んでいて、やはり一つの研究上の方法である。

玉鬘十帖は、その成立に関する問題をめぐって論議されたあと、紫の上系に対しての傍系としてとらえられがちで、以後、紫の上系に比して、研究はあまり進まなかった。(1)六条院をめぐる巻々でありながら、その構造や玉鬘の人物造型に関する研究に重きが置かれ、個々の巻々の十分な検討は、遅れているというのが現状であろう。

六条院世界の基本的構造は、春夏秋冬という四季の意識によって支えられている。「四季の運行を空間的にとりおさえ、秩序的に運営される六条院の世界の原則(2)」という秋山虔氏の指摘は、大むね了承されるところであろう。自然すらを自分の配下におき、また宮中に準じて四季折々の行事を六条院において主催し、藤裏葉巻での帝、朱雀院の六条院行幸という稀代の盛儀によって、光源氏の栄華は一つの達成を迎える。そのために、「季節」という時間を把握することが、光源氏にとって不可欠な問題であった。

物語における暦日的時間と、物語的時間の多層なあり方が、『源氏物語』の作品世界形成の「方法」であることは既に指摘されているが、(3)この玉鬘十帖に限って言えば、後藤祥子氏が

物語の進行に従って行動を要請されて来、いわば時の流れに包みこまれ動かされてきた源氏が、この六条院世界に関する限り、物語進行の鍵を託されたのだといってもよい。(4)

と言われているように、その暦日的な、いわば季節的時間と光源氏の時間が一致することによって、六条院世界の完璧さは語られると言いかえることができるかもしれない。また藤井貞和氏は、第一部と第二部の物語世界の特徴の差を、

主人公光源氏が栄華のみちをのぼりつめるまで、いわば物語的世界を統率する原理というべきものは光源氏そのひとであった。このことはすでは何度も言われている。そして、光源氏そのひとから、若い新しい主人公たちの群像が相対的に独立してゆき、もはや光源氏がどう足掻いても及ばないところで物語的世界が進展してゆく、それがいわゆる『源氏物語』第二部の特徴であることもまたやかましく確認されてきた。(5)

と要約されている。そして、「玉鬘十帖は前(プレ)若菜の巻ともいうべき存在である(6)」とも言われるが、それは具体的には野分巻以降の問題として把えられてきたようである。例えば、野分巻において、吹き荒れる「野分」に象徴される六条院世界の内部にはらむ危機、巡回する夕霧によって「見られる」立場になった光源氏の物語における

位置、また垣ま見による夕霧＝紫の上の密通の可能性など、(7)第二部への萌芽をそこに見出そうとする研究が行なわれている。「絶対者」であるはずの光源氏が相対化されること自体、六条院の解体を意味する以外の何ものでもないけれども、六条院における〈季節の秩序の崩壊〉は、また六条院世界の根源にかかわる問題であるはずである。

篝火巻は従来、あまり顧みられなかった巻である。全巻を通じて最も短い巻でありながら、他の巻に吸収されることなく、立派に一巻として立ち、さらに四季順行にしたがって進む六条院世界の一端を担っている。しかし、そこには〈季節の秩序の崩壊〉という現象が見られる。一致してきた暦日的時間と光源氏の時間の間で、季節認識の差というものの芽生えはそのまま、季節の体現者である女君たちの光源氏の支配からの脱却という可能性を孕み、六条院の解体へ、第二部の世界へとつながるものである。篝火巻における「季節」の問題を中心に検討していきたい。

二　篝火巻前後

継子虐め譚、貴種流離譚、求婚譚などの物語の類型、さらにこの物語の底に流れている「ゆかり」の基本構造、などを背負って玉鬘は登場する。物語の女主人公となり得る資格を十分に備えていると言えよう。その玉鬘と養父光源氏の懸想という、完璧なはずの六条院をあやうくさせる点に着目してみたい。

夕顔の遺児、玉鬘の存在を知った光源氏は自分のもとに引きとって養女にしようとする。子どもの少ない光源氏にとって、子どもが増えることはそれだけ彼の政権安定のための持ち駒を増やすことであった。しかし、光源氏の興味は、また別のところにも注がれる。

我はかうさうざうしきに、おぼえぬ所より尋ね出だしたるとも言はんかし。すき者どもの心尽くさするくさはひにて、いといたうもてなさむ」など語らひたまへば、　（玉鬘③一二二頁）

完成した六条院の最後の仕上げとして、その中心をなす女主人公の役割を与えられて、玉鬘は迎えられた。彼女をめぐる若君達の恋の鞘あては、六条院を彩るであろう。そして、その背後に「絶対者」としての光源氏が君臨する――そういう構図が光源氏の頭の中をよぎったに違いない。

田舎出のための無教養を心配した光源氏の試験にも、玉鬘は合格する。

めやすくものしたまふを、うれしく思して、上にも語りきこえたまふ。「さる山がつの中に年経たれば、いかにいとほしげならんと侮りしを、かへりて心恥づかしきまでなむ見ゆる。かかるものありと、いかで人に知らせて、兵部卿宮などの、この籬の内好ましうしたまふ心乱りにしがな。すき者どもの、いとうるはしだちてのみこのわたりに見ゆるも、かかるもののくさはひのなきほどなり。いたうもてなしてしがな。なほうちあはぬ人の気色見あつめむ」とのたまへば、　（玉鬘③一三一頁）

この光源氏の言葉に、紫の上は「あやしの人の親や。まづ人の心励まさむことを先に思すよ。けしからず」（同）と答えるが、奇しくもこの「あやし」という認識が、今後の光源氏と玉鬘の関係を暗示している。

玉鬘を六条院の丑寅の町の西の対に迎えとり、いよいよ六条院世界は運行していく。初音巻、そして胡蝶巻。玉鬘をめぐを求婚譚が展開しはじめると、光源氏自身もだんだん傍観者たりえなくなってくる。「気色ある言葉」を時々まぜてはみるものの、玉鬘は光源氏の恋情に気づかない。

殿は、いとどらうたしと思ひきこえたまふ。上にも語り申したまふ。「あやしうなつかしき人のありさまにもあるかな。かのいにしへのは、あまりはるけどころなくぞありし。この君は、もののありさまも見知りぬべく、け近き心ざま添ひて、うしろめたからずこそ見ゆれ」などほめたまふ。

（胡蝶③一八三〜四頁）

夕顔との比較の内に、玉鬘の親しみやすさをほめる光源氏のひそかな懸想心を、「ただにしも思すまじき御心ざま」（同）と紫の上はすばやく見抜くが、はたせるかな、光源氏の玉鬘への慕情は募っていく。

「見そめたてまつりしは、いとかうしもおぼえたまはずと思ひしを、あやしう、ただそれかと思ひまがへらるるをりこそあれ。あはれなるわざなりけり。（中略）」と涙ぐみたまへり。箱の蓋なる御くだものの中に、橘のあるをまさぐりて、

　橘のかをりし袖によそふればかはれる身ともおもほえぬかな

世とともの心にかけて忘れがたきに、慰さむことなくて過ぎつる年ごろを、かくて見たてまつるは、夢にやとのみ思ひなすを、なほえこそ忍ぶまじけれ。思し疎むなよ」とて、御手をとらへたまへれば、女かやうにもならひたまはざりつるを、いとうたておぼゆれど、おほどかなるさまにてものしたまふ。

　袖の香をよそふるからに橘のみさへはかなくなりもこそすれ

むつかしと思ひてうつぶしたまへるさま、いみじうなつかしう、手つきのつぶつぶと肥えたまへる、身なり肌つきのこまやかにうつくしげなるに、なかなかなるもの思ひ添ふ心地したまうて、今日はすこし思ふこと聞こえ知らせたまひける。

（胡蝶③一八五〜一八七頁）

夕顔の思い出を楯にとって光源氏は玉鬘に接近し、この場面において、はじめて恋の贈答が成立する。思いもかけない事態に玉鬘は「いとうたて」「むつかし」と困惑するが、光源氏は折にふれて求愛する。父内大臣に会わせようと言って、玉鬘の気を引こうとする光源氏だが、「いとどしき御心は、苦しきまで、なほえ忍びはつまじく思さる」（常夏③二二三頁）気持ちはどうしようもない。

ところで、野分巻に、野分が吹き荒れた後六条院を巡回する夕霧の目を通して、次のような光源氏と玉鬘両者の贈答場面が描かれている。

御前に人も出で来ず、いとこまやかにうちささめき語らひきこえたまふに、いかがあらむ、まめだちてぞ立ちたまふ。女君、

吹きみだる風のけしきに女郎花しをれしぬべき心地こそすれ

くはしくも聞こえぬに、うち誦じたまふをほの聞くに、憎きものの、をかしければ、なほ見はてまほしけれど、近かりけりと見えたてまつらじと思ひて、立ち去りぬ。御返り、

「した露になびかましかば女郎花あらき風にはしをれざらまし

なよ竹を見たまへかし」など、ひが耳にやありけむ、聞きよくもあらずぞ。（野分③二八〇〜二八一頁）

帰ろうと立ち上がった光源氏に自ら歌を詠みかける玉鬘であるが、その一見拒むかに思える詠歌に、光源氏を厭うどころか、甘え、そして媚びすら感じられないだろうか。養父として尊敬もし、慕ってもきた光源氏の全く予期せぬ懸想に困惑し、悩まされてきたはずの玉鬘が自らこのような歌を詠みかける。光源氏、玉鬘の贈答において、女性の側から詠みかけたのはこれが最初でもある。つまり、両者の恋愛において、玉鬘の態度は変貌するのである。

しかし、それに対する光源氏の態度は、懸想者としてのそれではなく、入内画策へと動く姿として描かれている。この、光源氏、玉鬘両者の態度の変容の間にあって、それを切り結ぶものとして、篝火巻は存在している。篝火巻の考察にとりかかりたいと思う。

三　篝火巻――〈季節的秩序の崩壊〉

六条院は、その基本に春夏秋冬という四季の意識がある。それにふさわしく、巻々も季節的時間にしたがい、季節の風物をおりまぜながら進んでいく。伊藤博氏は、

行幸巻に入るや、物語はもっぱら玉鬘の措置をめぐって苦慮する源氏の想念の展開を軸にひらけてゆく。六条院物語の開始以来、絡み合いつつ併行して流れてきた季節的時間は、ここで源氏の〈心理的時間〉に席を譲り渡したわけである。(8)

と指摘されているが、その「季節的時間」に関して、篝火巻について考えてみたい。

玉鬘十帖、さらに言えば、いわゆる季節的な秩序によって展開されていく初音巻以下七帖の「巻名」にまず着目しようと思う。本来、ここにおける巻名は、季節の代表的な景物をあらわすことによってその季節を象徴し、それぞれの季節においては、年中行事を軸として、季節の体現者である各町の女主人公を中心に描写される。そしてその全体に、玉鬘という新しい女主人公の恋物語を配していく――というのが、六条院物語の基本的構造であり、その巻々の積み重ねによって、六条院という世界は現出されていくはずであろう。

初音巻。これは「うぐひすの初音」にみられるように、古今的規範にのっとった歌ことばで、四季の展開の初めにふさわしい命名といえよう。元日と初子の日が重なるという珍しい年の初めに、光源氏は歯固めの祝いを行なっていた紫の上の春の町を皮切りとして、六条院、二条院の女君たちに年賀の訪問をする。

いづれをも、ほどほどにつけて、あはれと思したり。我はと思しあがりぬべき御身のほどなれど、さしもことごとしくもてなしたまはず、所につけ人のほどにつけつつ、あまねくなつかしくおはしませば、ただかばかりの御心にかかりてなん、多くの人々年を経ける。（初音③一五七〜一五八頁）

行き届いた女性たちへの配慮もまた、超越的な理想像としての光源氏に備えられた資質であると思われる。また、六条院の統率者としての彼の威容は臨時客、男踏歌と初春の行事に彩られて、「生ける仏の御国」とまで称された春の町の女主人紫の上の采配ぶりとともに語られる。光源氏の栄華をきわめている様子を余すところなく描写している一巻である。

胡蝶巻。虫類の「蝶」と「来てふ」をかけた歌ことばとして用いられている語句である。「にほふ花の色、鳥の声、他の里には、まだ古りぬにやとめづらしう見え聞こゆ」（一六五頁）、「他所には盛り過ぎたる桜も、今盛りにほ笑み、廊を繞れる藤の色もこまやかにひらけゆきにけり」（一六七頁）など、春の町だけがまだ〈春〉の盛りであるとする表現は、六条院世界の論理からすれば当然ともいえよう。

その春の町では、逝く春を惜しんでの船楽の遊びが夜を徹して催される。そして、そこに集まってくる君達が、玉鬘に思いを寄せはじめる様子も描かれる。また、明けて翌日は秋好中宮の季の御読経が行なわれる。中宮の季の御読経が内裏ではなく、六条院で行なわれたことも六条院の栄華を示すものであろう。しかし、この御読経は秋好中宮の側からというよりも、紫の上の側から彼女の供養の志の情緒ある趣向を中心に描出されている。その供物に添えられた歌とのやりとりには春秋争いもからみ、結局春の勝ちで落ち着く。

巻の後半部分にはいると、初夏の様子が描かれる。「更衣のいまめかしう改まれるころほひ」（一七五頁）で始まる段には、いよいよ積極的になってきた若君達の玉鬘へのアプローチを、傍観者として見ていられなくなってきた光源氏の姿が見られる。〈夏〉は玉鬘の季節である。なぜなら、玉鬘は夏の町の西の対に住み、〈夏〉という季節を花散里と二人で体現すべく運命づけられている存在だからである。そして、光源氏の玉鬘への懸想は、この「更衣のいまめかしう改まれるころほひ」と夏に入ったことが明確に宣言されてのち、具体化してゆく。それが六条院物語の論理というものであろう。

蛍巻。夏の風物による命名である。光源氏の玉鬘への懸想は、求婚者の一人である兵部卿宮に蛍の光で、玉鬘の姿を見せる——という屈折した心情をともないながら深まってゆく。一方、初音巻においては、

時ならぬけにや、いと静かに見えて、わざと好ましきこともなく、あてやかに住みなしたまへるけはひ見えわたる。（一四六頁）

と評された花散里の夏の町であったが、ここでは活気のある様子が描かれる。光源氏に六条院の馬場殿での競射の準備を命ぜられた花散里は立派にその役をこなす。そして、競射見物の女房たちは美しい装束を競い、「衛府の手結のついで」に六条院に参集した若い殿上人たちが「公事にはさま変りて、次将たちかき連れ参りて、さまことにいまめかしく」（二〇六頁）華やかさを添える。舞楽なども奏されていよいよ六条院のにぎやかさは増していく。

この巻においては、加えて、〈夏〉のものと決まっている「長雨のつれづれ」に、物語に熱中する玉鬘を相手に

光源氏が物語論を展開する有名な場面、そしてそれにこと寄せて玉鬘に思いを述べる光源氏と場面は移ってゆく。常夏巻。同じく、〈夏〉をあらわす巻名である。「いと暑き日」（③二二三頁）、東の釣殿で若者たちと納涼してい た光源氏は、やがて西の対に渡り、玉鬘と合奏をする。そして、例によりわが胸の内が押さえられなくなった光源氏は、玉鬘に告白するがその恋は依然として進展しない。その後、内大臣が探し出してきた近江の君をめぐる「をこ話」が展開され、篝火巻の冒頭部分につながっていく。

そして、篝火巻。「篝火」――この言葉から連想される季節はいずれであろうか。篝火といえば、まず思い浮かぶのは鵜飼の時に用いられるそれである。

放逸せる鷹を思ひ、夢に見て感悦して作る歌一首并せて短歌

大君の　遠の朝廷そ　み雪降る　越と名に負へる　天離る　鄙にしあれば　山高み　川とほしろし　野を広み　草こそ繁き　鮎走る　夏の盛りと　島つ鳥　鵜養が伴は　行く川の　清き瀬ごとに　篝さし　なづさひ上る　露霜の　秋に至れば　野もさはに　鳥すだけりと（後略）　（巻十七・四〇一一）

右の万葉歌にも見られるように、古来鵜飼の篝火は〈夏〉を表す季節の風物としてとらえられてきた。例えば、勅撰集においても、篝火の詠みこまれている歌は、『古今集』『後撰集』においては篝火を燃える情念の象徴としてとらえ、恋の部や雑の部に配されているが、その後は『金葉集』以下、『詞花』『新古今』『続古今』『新後撰』『玉葉』『続千載』『風雅』『新千載』『新拾遺』『新後拾遺』の各集に至るまで、ずっと夏のものとして配列されている。また、私家集においても例えば、『貫之集』『大弐高遠集』などには「六月」の題で篝火が詠まれているから、『源氏物語』の成立した頃においても、篝火を〈夏〉の風物として考えることに問題はないであろう。

鵜飼以外に用いられる篝火としては、灯火があげられよう。儀式や管絃の遊びの折にも使用されたようである。『紫式部日記』の九月十五日の条に、

五日の夜は、殿の御産養。十五日の月くもりなくおもしろきに、池のみぎは近う、かがり火どもを木の下にともしつつ、屯食ども立てわたす。あやしきしづの男のさへづりありくけしきどもまで、色ふしにたち顔なり。（一四一頁）

とあるように、こういう場合の篝火は季節を問わないが、一般的には灯火として、その池にうつし出される火影に涼しさを求めるために用いられることが多かったのではないであろうか。実際にこの篝火巻の前に位置している常夏巻において、月がない時期のために灯籠がつけられている玉鬘のもとで、光源氏は「（灯籠は）なほけ近くて暑かはしや。篝火こそよけれ」（③二二九頁）と篝火をつけさせている場面があることからもうかがえる。

どちらにしても、巻名は季節を問われている。とすれば、やはり「篝火」から連想される季節は〈夏〉であろう。巻名が歌ことばに拠っているという、今までの初音以下の巻々の命名のしかたからいっても、〈夏〉が妥当であると考えられる。しかし、ここで少しふりかえって見れば、六条院世界を描写するために置かれている巻々は初音、胡蝶が〈春〉、蛍、常夏が〈夏〉、そして次の野分巻とともにこの篝火巻は、〈秋〉という季節を担わされているはずであった。また、篝火巻の物語本文も、「秋になりぬ」（二五六頁）と季節は〈秋〉であることを明言している。にもかかわらず、巻名から想起される季節は〈夏〉なのである。ここに本来、屏風絵のごとく、二帖ずつで一対をなし、一つの季節を背負うはずの巻名は、その秩序を乱していることに気づかされるであろう。巻の内容の象徴であり、季節の象徴であった巻名がまず、六条院世界の危機を暗示しているのである。そして、もう篝火巻において

巻名	季節		行事・他（（　）内は中心的な女君）
	巻名	内容	
初音	春	春	年賀・臨時客・男踏歌（紫上）
胡蝶	春	春〜初夏	船楽・季の御詠経　春秋争い（紫上）
蛍	夏	夏	馬場競射（花散里）・長雨（玉鬘）
常夏	夏	夏	納涼（玉鬘）
篝火	夏	秋	（玉鬘）
野分	秋	秋	
行幸		冬	大原野行幸

は、秋を代表するような行事も描かれないし〈秋〉の体現者であるはずの秋好中宮は、主人役どころか登場すらしない。

野分巻。それ以前の巻々の命名が作中詠歌によっているのとは異なり、野分は確かに秋のものではあるが、和歌の世界で使われていたことばではなく、異質の命名となっている。[9] そして、この巻名により象徴される世界は夕霧による新たな視点が導入され、新しい展開へと歩を進める兆しをはらむ。

行幸巻。行幸が物語進行上、冬に行なわれた――というだけのことで、この「巻名」は、決して季節を示していない。同時に物語も季節を語ってはいないし、冬の町の女主人、明石の君も登場しない。こうして、八帖あってはじめて完結するはずの四季を描こうとした屏風絵は破綻をきたし、七帖で終焉を迎える。

このように、考察してくると、六条院の四季の運行と「巻名」のつながりは篝火巻で一つの転換点となっているのである。秋山虔氏が、

さて、ここに「初音」「胡蝶」「螢」「常夏」「篝火」「野分」「行幸」とあい次ぐ、光源氏三十六歳の一年は、その巻名からも明らかなように、こきざみに、季節の推移にしたがって、あたかも月次屏風絵の一面々々が照

らしだされるように進行する。その舞台背景は四季の町によって構成される豪盛華艶な六条院である。読者はここに自然と人為とが相互に媒介して織りなされる季節の秩序の、それ自体完結した調和的な美しさに眼をみはらせられよう[10]。

とされるが、初音巻以下七帖を一緒にとらえることはできない。そして、「巻名」と本来受け持つはずの季節のずれが生じたことは、そのまま完璧なはずの六条院世界の亀裂を意味する。なぜなら、四季の秩序がその大前提であったからである。

季節の秩序の乱れは、何も「巻名」だけの問題ではない。篝火巻の内部においても、時間の混乱がみられる。今度は篝火巻そのものをとりあげてみたい。

四 「光源氏的世界」の綻び

光源氏が、玉鬘という女性を探し出してきて養女にし、六条院には多くの貴公子が集ってくるという話を聞いた内大臣は、持ち前の光源氏への対抗心から、近江の君と呼ばれる女性をひきとってかしづこうとする。ところが、なかなか内大臣の思惑通りにはいかない。何かと近江の君に関する噂を聞く中で、玉鬘は光源氏に親近感を抱きはじめる。篝火巻の第一段に相当する部分である。

憎き御心こそ添ひたれど、さりとて、御心のままに押したちてなどもてなしたまはず、いとど深き御心のみまさりたまへば、やうやううちとけきこえたまふ。（篝火③二五六頁）

玉鬘からの歩みよりが見られて、そして、季節は移る。

秋になりぬ。初風涼しく吹き出でて、背子が衣もうらさびしき心地したまふに、忍びかねつつ、いとしばしば渡りたまひて、おはしまし暮らし、御琴なども習はしきこえたまふ。五六日の夕月夜はとく入りて、すこし雲隠るるけしき、荻の音もやうやうあはれなるほどになりにけり。（③二五六頁）

「秋になりぬ」と単刀直入に季節が示された後、続いて傍線部分の引き歌表現となる。本歌は、

題しらず　　よみ人しらず
わがせこが衣のすそを吹き返しうらめづらしき秋のはつ風　（『古今集』秋上・一七一）

があげられる。引き歌表現をともなうことによって、より秋の情感が高められる。この秋の情景描写にひき続いて、「御琴を枕にて、もろともに添ひ臥したま」ふ二人が描かれる。しかし、人目をはばかった光源氏は帰ろうとするが、その時庭前の篝火が消えがちなのに気づき、人をして点しつけさせる。その篝火にうつし出された玉鬘の美しさ。

御髪の手当りなど、いと冷やかにあてはかなる心地して、うちとけぬさまにものをつつましと思したる気色、いとらうたげなり、帰りうく思しやすらふ。「絶えず人さぶらひて点しつけよ。夏の、月なきほどは、庭の光なき、いとものむつかしく、おぼつかなしや」とのたまふ。

篝火にたちそふ恋の煙こそ世には絶えせぬほのほなりけれ
いつまでとかや。ふすぶるならでも、苦しき下燃えなりけり」と聞こえたまふ。女君、あやしのありさまやと思すに、
行く方なき空に消ちてよ篝火のたよりにたぐふ煙とならば
人のあやしと思ひはべらむこと」と、わびたまへば
（二五七～二五八頁）

篝火は、下燃えしている光源氏の恋情を象徴しているとともに、玉鬘の心のゆれも照らし出して夜空をこがす。玉鬘は「あやし」と思ひこそすれ、もう「うたて」「むつかし」とは思っていない。

さて、この場面であるが、すぐ前にはっきりと「秋になりぬ」と書かれ、秋の描写がされているのに、「夏の、月なき」とはどういうことであろうか。古注は例えば、『湖月抄』が『細流抄』の説を引いて、

秋になりぬと書きて、夏の月なきといへる面白し。夏のうちも涼しければ秋と云ひ、秋の中も残暑あれば、夏と思へる心のあれば也。

としているが、大体において、古注のとらえ方を代表していると言ってよいであろう。しかし、これだけでは通りすぎることのできない表現であると思われる。なぜならば、同じ光源氏の言葉の中に、もう一箇所〈夏〉と関連する表現が見られるからである。すなわち、傍線部分の引き歌表現である。

題しらず　　　読人しらず

夏なればやどにふすぶるかやり火のいつまでわが身したもえをせむ　（『古今集』恋一・五〇〇）

この本歌は、明らかに〈夏〉という季節を背後に負っている。同じ光源氏の言葉の中に二度までも〈夏〉を意識した表現が見出せることは、光源氏のその物語内での現在の季節を〈夏〉と認識していることによるのではないであろうか。地の文の「秋になりぬ」以下の表現とは異なっている。

玉鬘が、六条院で与えられた居所は「夏の町」であった。したがって、自然の人格化がそれぞれの女主人公の属性とすれば、玉鬘は〈夏〉を受け持っていることになる。そう言えば、光源氏と玉鬘の関係が単なる養父と養女の関係を越えて、恋愛へと進み出したのも夏の声を聞いてからであった。その玉鬘との恋が成就する季節といえば、〈夏〉であるとするのが、それまでの六条院世界のあり方から推して妥当であろう。玉鬘との恋の成就を願っている光源氏にしてみれば、この「篝火」の場面において、季節を〈夏〉と認識したのもうなずける。しかし、物語の叙述は確実に〈秋〉であることを示しているのである。

玉鬘の登場により、展開されはじめた六条院の世界の基本に四季の移り変わりということがあったことは既に何度も述べてきた。したがって、それだけ、物語の表現レベルにおいて季節的な時間の支配も強いと言えよう。その六条院物語において、地の文と会話文の間で、季節の認識の差が出てきたことは大きな意味を持つ。その根幹をゆるがすものですらあるからである。言いかえれば、初音巻以来完全に一致していたところの着実に流れている暦日的な時間に対して、それまでいわゆる物語的時間として光源氏が支配してきた時間の間に「ずれ」がおこる。そして光源氏の支配していたはずの時間は、結局のところ、季節的な時間に抵抗はするものの、それもむなしく終わる。それが、この篝火巻において見られるのである。消えがちな「篝火」をわざわざ点しつけ直させて、それが絶えることのないように言いつけた光源氏の行動は象徴的でさえあったが、それも実らなかった。

この「篝火」をめぐる贈答場面の後、再び季節は秋であることの確認がなされる。しかし、今度は地の文ではなく光源氏の言葉（認識）を通してであった。光源氏は管絃の音の聞こえる東の対の夕霧のもとへ、使いを出す。

御消息、「こなたになむ、いと影涼しき篝火にとどめられてものする」とのたまへれば、うち連れて三人参りたまへり。「風の音秋になりにけりと聞こえつる笛の音に忍ばれでなむ」とて、御琴ひき出でて、なつかしきほどに弾きたまふ。（二五八頁）

傍線部分の本歌は、有名な『古今集』の秋上の巻頭歌（一六九）、

秋立つ日よめる　藤原敏行朝臣
あききぬとめにはさやかに見えねども風の音にぞおどろかれぬる　（一六一）

が思い起こされよう。こうして、光源氏も今が〈秋〉であることを確認していることを、我々は知ることができたのである。

物語の叙述（地の文）において、秋の到来が告げられていながら、玉鬘との恋愛場面において季節を〈夏〉と認識し、物語の叙述と相容れない部分をもった光源氏の時間は、結局、物語の着実に押し進められていく季節的時間に呑みこまれてしまう。しかし、すぐその後で、光源氏自身の言葉で、物語の叙述にしたがった「季節」を確認することによって、再び、光源氏は自分の側に「時間」をとり戻したのである。そして、その時点で光源氏は玉鬘への懸想を自ら放棄する。野分巻以降に描かれる光源氏は、玉鬘に対しての懸想者ではなく、入内画策へと動く政治

的な側面を前面に押し出して、新しい関係を作り出し、その主導権を握る。それもまた、玉鬘と鬚黒大将の突然の結婚によって破られるが、このことは直接的に六条院を危機的状況に陥らすものではない。むしろ、光源氏、玉鬘の婚姻関係の成立の方が、六条院の打撃になったに違いない。六条院世界に亀裂を生じさせた〈季節的秩序の崩壊〉が、逆に六条院の壊滅を救ったとは皮肉なことであるが、一度把握しきれなくなった時間、そして物語世界は、いくら修復しようとしても、その小さな綻びからこぼれ出ようとする。

物語の進行をみちびく外的時間と、物語世界の内的時間との微妙な競合、相互滲透による独自な世界が存するのであった。

と、秋山虔氏は若菜上巻以降の方法について論じておられるが[11]、案外早くからその傾向は見られるのである。

五　おわりに

野分巻における最大のポイントは、光源氏が対象化され、他の登場人物から「見られる」存在になったことであろう。例えば、蛍巻で、蛍兵部卿宮と玉鬘の間に蛍を放った――などということをやってのけた光源氏が、である。対象化されたことによって、それまで別格の存在であった光源氏は、一登場人物としての次元に引きおろされてしまったともいえよう。同じレベルの中では、圧倒的な力を持つから、相変わらず光源氏の栄華は描出されていくけれども、光源氏はもはやその物語世界（時間・空間を含めて）を支配できなくなってしまっている。そして、物語は、物語自身の論理の要請にしたがって展開しはじめるのである。

その物語自身の論理は、六条院世界の構築と共に訪れた。つまり、季節的な時間の秩序による物語の進行が、六条院の基本的な論理であろう。それまでは、光源氏の側からの物語的な時間が、物語を突き動かしていくものであった。したがって、新たな論理と光源氏の内的な時間かうまくかみあっているうちは、王朝美の体現として、絵巻物のように繰りひろげられる世界が現出されていたが、篝火巻で、最初の、そして決定打へとつながる衝突がおこる。それが、物語の叙述と光源氏の認識における「季節」の把握の相違という形で表現されたのである。

ここで表面化した光源氏的世界——光源氏がすべてを掌握している世界——の矛盾は、この後、あちらこちらで目に付きはじめる。それ以前のさまざまなできごとは、ほとんど光源氏の計算や予測の内にあり、たとえそうでなかったとしても、十分に対処できる性質のものであり、彼の存在を脅かすものではなかった。唯一、彼が把握しきれなかったものは藤壺の出家と考えられるが、「絶対者」としての光源氏にとってのさらに「絶対的存在」であった藤壺の問題と、ここでとりあげている問題は位相を異にする。

光源氏は、なんとか繕いつつも、藤裏葉巻で栄華の頂点を極めるが、それも、第二部にはいると失うであろうか。いや、その権勢は決して衰える様子はない。若菜下巻の住吉参詣や、鈴虫巻における女三の宮の持仏開眼供養の後見などは、光源氏の帝も一目置かざるを得ない権力と財力を十二分に示しているし、自分の誤ちを光源氏に知られたことを知った柏木は、光源氏は何も手を下さないが、その存在を思うだけでおびえて衰弱していく。しかし、他の登場人物たちの成長により、相対的にその光源氏の物語に占める位置は変わっていかざるを得ないことは否めない。それは第二部における光源氏の詠歌数や、贈答場面の激減にも顕著にあらわれている。(12) 光源氏の贈答場面の割合が減ることはそれだけ、それ以外の人物たちによる場面が増えることを意味するからである。そして、暦日的な時間とせめぎあいをするのは、一人光源氏の物語的時間だけではない。それぞれの登場人物たちが自分たちの物語的時間、世界を持つからである。

光源氏が完全に掌握していた世界と、把握しきれなくなった世界――光源氏非在の世界――の両者において中心に位置していた紫の上の存在[13]が御法の巻ではかなくなった後、光源氏は自分自身の物語的時間を紡ぎ出そうとはしなくなる。季節の流れに、光源氏が静かに身をまかせた時、物語において四季は滞ることなく循環してゆくのである。

注

(1) 武田宗俊、風巻景次郎氏らの研究に代表される。
(2) 秋山虔『源氏物語』（岩波新書　一九六八年）
(3) 神野藤昭夫「時間表現」（別冊国文学『源氏物語必携Ⅱ』一九八二年）にまとめられている。
(4) 後藤祥子「玉鬘物語展開の方法」（『日本文学』一九六五年六月）
(5) 藤井貞和「光源氏物語主題論」（『源氏物語の始源と現在――定本』冬樹社　一九八〇年）
(6) (5)に同じ。
(7) 伊藤博「『野分』の後――『源氏物語』第二部への胎動――」（『文学』一九六七年八月）高橋亨「可能態の物語の構造――六条院物語の反世界――」（『日本文学』一九七三年一〇月）後藤祥子前掲論文等。
(8) 注(7)に同じ。
(9) 「野分」の美が『枕草子』『源氏物語』によって開発された美意識であり、それが歌の世界で認められるようになるのは、中世にはいってからであることは知られている通りである。
(10) 秋山虔　注(2)に同じ。
(11) 秋山虔「外的時間と内的時間――『若菜上』巻における明石物語・その一」（『国文学』一九七〇年五月）
(12) 本書Ⅰ―第一部第一章参照。
(13) 注(12)に同じ。

第三章　紫の上──歌と人生──

一　はじめに

『源氏物語』は、その作品中に七九五首の和歌を有している。その作中人物たちの詠む和歌は、単に、抒情性の発露であり、場面の情趣を盛り上げ、支えるというだけのものではないことは、秋山虔氏、鈴木日出男氏、小町谷照彦氏などを中心とする近年の研究によって明らかである。そしてそれゆえ物語の世界の展開の中で作中詠歌がもつ役割の重要性が注目され、既に多方面からのアプローチが行なわれている。(1) 本稿においては、その中で歌のやりとりの形式に着目し、それによって浮かびあがってくる人物像──具体的には紫の上──について論じてみたいと思う。

時枝誠記氏が早く指摘したように、(2) その基本的な性格が会話的機能すなわち意志や感情の伝達にある物語中の和歌は、その詠歌内容や和歌としての文芸性・完成度もさることながら、形式的な部分、すなわち贈答なのか独詠なのか唱和なのかということや、歌語や歌句、あるいは意識されている古歌などの共有、また返歌の有無などが重要な役割を持っていると考えられる。もともと詠歌行為──歌を詠むということそのもの──は、その属している共同体における自らの位置を確認したり、自己と他者との関係を明らかにするという側面がある。一方、詠歌内容に目を向けてみると、三十一文字という形式が確立され、さらに縁語や掛詞、序詞などの修辞、古歌に対する知識、また見立てなどの美意識さえも共通であることを要求するような約束事が作り出され、それを遵守することによって連帯意識を培い、同時にその範囲内で自己を解放する手段ともなっていたという平安和歌の状況がある。物語中の和歌は、いうまでもなく、これらの王朝和歌の表現性を基盤としている。したがって歌のやりとりの形式や歌語、歌句の共有などを探ることは、詠者たちそれぞれの、物語世界内における関係や心理的距離を測る一つの方法となると思われる。

ところで、鈴木日出男氏は、光源氏の歌について、光源氏が他者の魂を揺さぶる超人的な力を有し、特にそれは女性交渉を主とする彼の人間関係の構築に発揮され、そこに古代的な〈いろごのみ〉の一つの理想的な具体像がみられることを論じられた(3)。

ここでは鈴木氏が指摘されたような光源氏の詠歌行為に対して、主に歌を詠みかけられる立場である女性の側の問題を捉えてみたいと思う。光源氏が常人とは異なる超越性を有した古代英雄的な存在として物語に君臨しているだけに、彼との歌のやりとりは、一人の恋愛の対象である男性との個人的な心の交流であると同時に、光源氏に体現されている自分たちを支配している世界との関わりを示していることになるのではないかと思われるからである。したがって例えば通常の形で贈答が成立した場合、歌の言葉が表わす意味内容とは別に、何らかの形で心の接点を持とうとする男女の情と、女性たちの物語世界内における立場の一端が明らかにされよう。

考察は主要人物である紫の上の作中詠歌を通して進めていきたいと思う。紫の上はその背景となる社会的基盤が弱いにもかかわらず、光源氏に見出され、理想的な女性として育てられる。その社会的な立場の問題も含めて、いくつかの波乱はあるものの、『源氏物語』正篇において一貫して光源氏の愛情をかち得た女性とされている。紫の上については数多く論じられてきているが、作中詠歌に着目すると、その詠歌は「いかにも端正な、破綻のない作歌ばかりから成る(4)」と評されているものの、歌のやりとりの形式に関していえば、随分破格的なものが認められる。そこで紫の上の詠歌の形式的な面を重視して考察を進めながら、彼女の物語世界における位置を確認していきたい。

二　須磨以前

君は二三日内裏へも参りたまはで、この人をなつけ語らひきこえたまふ。（中略）「武蔵野といへばかこたれぬ」と紫の紙に書いたまへる、墨つきのいとことなるを取りて見ゐたまへり。すこし小さくて、
　ねは見ねどあはれとぞ思ふ武蔵野の露わけわぶる草のゆかりを
とあり。「いで君も書いたまへ」とあれば、（中略）「書きそこなひつ」と恥ぢて隠したまふを、せめて見たまへば、
①　かこつべきゆゑを知らねばおぼつかないかなる草のゆかりなるらん⑤
と、いと若けれど、生ひ先見えて、ふくよかに書いたまへり。
（若紫①二五八〜二五九頁）

療養先である北山で見出した藤壺によく似た少女、後の紫の上を二条院に引きとり、光源氏は自らその教育にあたるが、右はその紫の上の最初の詠歌が登場する場面である。この初出歌にはいくつかの指摘すべき点が見出される。一つは、光源氏のさし出した手習の手本用の古歌「知らねども武蔵野といへばかこたれぬよしやさこそは紫のゆゑ」（古今六帖第五）を意識した作歌となっていることである。彼女の聡明さの片鱗を表わしていると言えよう。「生ひ先見えて」は「行末は能書ならんと見ゆる也」（『細流抄』）とあるように、筆跡のみならず、理想的な女性に育っていくその「生ひ先」も楽しみである。
　二つめは「草のゆかり」という光源氏の贈歌の歌句を受けた表現になっていること。「草のゆかり」という語が意識的であろうとなかろうと二人にとって特別な意味を持つ言葉であることは言うまでもない。この返歌から紫の

上が「（紫）草のゆかり」として光源氏と関わっていく存在であること、また自分の存在の意味を問うまなざしを持った人物であることが知られる。形式としてはごく一般的な贈答歌であり、「返歌としては素直すぎるぐらい素直⑥」であるゆえにこの贈答歌の特徴も浮かび上がってくる。

紫の上の二首めは葵巻に見られる。賀茂の祭見物に伴って出かけようとする光源氏は、その前に手づから紫の上の髪を削ぐ。「千尋」と祝い言を唱えながら、

はかりなき千尋の底の海松ぶさの生ひゆく末は我のみぞ見む

と詠む光源氏に対して、紫の上は、

② 千尋ともいかでか知らむさだめなく満ち干る潮ののどけからぬに　（葵②二八頁）

と返歌する。手放しで紫の上の行く末を祝い、「生ひゆく先は我のみぞ見む」と現在のみならず将来をも所有する自信を示す光源氏に対して、「いかでか知らむさだめなく」と言わずにはおられない紫の上であるが、安定した二人の関係を見てとることができる。ただしまだ新枕以前であり、正式な女君としてではない。「生ひ先」あるいは「生ひゆく末」と彼女の将来を楽しみにしている光源氏である。

さてこの後、葵の上の死、紫の上の新枕と物語は展開していくが、注目すべきこととして新枕の後の後朝の贈答が交わされていないことがあげられる。光源氏からの贈歌はあるが紫の上は返さない。結婚の儀式そのものも正式なものではなかったが、それが原因とはならない。紫の上の心情はともかくとしても、新しい関係の据え直しであ

り、物語内での立場の変化という意味からも、ここの贈答は必要かと思われ、歌のやりとりの形式から言えば、破格と言わざるを得ない。紫の上が典型的な、幸福な女君として物語に場を与えられているとは必ずしも言えないことを暗示しているかのごとく思われる。

次に紫の上の歌が登場するのは賢木巻においてである。藤壺への惑乱する心を鎮めようと参籠した雲林院からの、光源氏の消息への返歌である。

③　風吹けばまづぞみだるる色かはる浅茅が露にかかるささがに　（賢木②一一八頁）

雲林院で出家を思い立った光源氏を思いとどまらせたものは、紫の上への執心であり、物語における紫の上の比重が高まってきたことが地の文から知られる。その文脈を受けての贈答で、消息文でのやりとりにもかかわらず、贈歌と返歌の間の叙述も短く、両者の心の交流が確認できる。

光源氏の須磨行き以前は、以上の如くである。まずは安定した贈答のあり方であり、両者の関係であろう。紫の上が光源氏をとりまく環境において、女君としての位置を占めていく様子を語る地の文と呼応していると言える。しかし、後朝の贈答が成立しなかったことは女君としての第一歩として幸福なものとは言えないのではないであろうか。

三　疎外される紫の上——須磨巻

さて須磨への出立を控えて光源氏は多くの女性と離別の贈答を交わす。紫の上とも次の二首を含めたやりとりを行なう。

④　わかれても影だにとまるものならば鏡を見てもなぐさめてまし　（須磨②一七三頁）

⑤　惜しからね命にかへて目の前の別れをしばしとどめてしがな　（同②一八六頁）

紫の上のこれらの歌は物語中でも屈指の絶唱といえ、迷いなく自己の思いを光源氏に伝えている。しかし、次の須磨到着後における二人の歌のやりとりは大きな問題を提示している。

須磨に落ち着いた光源氏は、京の女性たちに次々と消息をする。「二条院へ奉れたまふと、入道の宮のとは、書きもやりたまはず、くらされたまへり」（①一八八頁）と地の文は綴るが、藤壺への贈歌はその直後に記され、紫の上へのそれは記されない。続いて朧月夜への贈歌も記されるのに、紫の上に関しては、光源氏の文に嘆き悲しみ、慕う彼女の様子が描写されるのみである。

対する返歌は藤壺、朧月夜と共に紫の上のそれも描写されている。

⑥　浦人のしほくむ袖にくらべみよ波路へだつる夜の衣を　（須磨②一九二頁）

すなわち、須磨流謫という状況において、光源氏と紫の上の贈答は、紫の上の返歌のみが表現された変則的なものとなっている。松田成穂氏はこれについて「この場合において、孤独な源氏の紫の上に対する切ない感情が局限的にまで高揚したものであり、それは散文的叙述を不可能ならしめるものであるのみならず、和歌による抒情的表現の技法をもってしても形象化しきれないものであった。作者がそれを描かないことによって、読者の想像力にゆだねてかえってその感情の複雑な濃密さを表出するという特別な方法」[7]として描かない方法の意義を主張されたのであるが、さらに異なる観点から述べてみたい。

そこでまず紫の上の返歌に先立つ藤壺と朧月夜との贈答について確かめておく必要がある。

松島のあまの苫屋もいかならむ須磨の浦人しほたるるころ（光源氏）（同②一八九頁）

しほたるることをやくにて松島に年ふるあまも嘆きをぞつむ（藤壺）（同②一九二頁）

この藤壺との贈答は、実は賢木巻において出家後の藤壺を秘かに光源氏が訪問した折の贈答が意識されていると思われる。

ながめかるあまのすみかと見るからにまづしほたるる松が浦島（光源氏）（賢木②一三六頁）

ありし世のなごりだになき浦島に立ち寄る浪のめづらしきかな（藤壺）（同）

がそれである。須磨巻での贈答に「あま」の縁語とはいえ、直接には関係のない「松島」が出てくるのは、この賢木巻における贈答をふまえているからであろう。賢木巻においては、桐壺院の崩御、藤壺の出家を経て、過往の苦悩と情念を濾過した静かな心の通い合いがうかがわれる。しかし、その背後には冷泉院の後見の問題が重みを増してきてもいる。ここの須磨巻の贈答において「松島」の語を共有することは賢木巻での心の交流を再現すると同時に「待つ」という言葉が響いてくる。他の女君たちが、光源氏の帰京を「待つ」のと異なり、藤壺にとってあるいは二人にとっては、それが冷泉院の後見につながることになるからである。

また、須磨に到着した光源氏が最初に歌を贈った相手として藤壺が選ばれているのも興味深い。光源氏にとって一番大切な女性というより須磨退去の遠因につながる人物だからではないであろうか。

一方、朧月夜とは、

こりずまの浦のみるめのゆかしきを塩焼くあまやいかが思はん（光源氏）（同②一八九頁）

浦にたくあまだにつつむ恋なればくゆる煙よ行く方ぞなき（朧月夜）（同②一九二頁）

の贈答を交わす。光源氏の歌中の「こりずま」は周知のように「すま」の地名に「懲りもせず」というニュアンスを含んだ言葉であり、返歌の中の「つつむ恋」などの語句と共に光源氏が須磨退去を余儀なくされた、直接的な原因となった二人の秘密を分かち合うものとなっている。

これらに比べて紫の上の⑥の「浦人の」の歌の何と素直なことであろうか。離別の悲しみにくれる心を須磨の浦の縁語に託した、王朝和歌の典型的な表現である。ここでの藤壺、朧月夜と光源氏の贈答は、それぞれの持つ意味や主題的なレベルは異なるものの、いずれも光源氏の須磨退去に関わった女性との、その秘密の共有を確認しあうものである。「まことや、騒がしかりしほどの紛れに漏らしてけり」（②一九三頁）で語り出される六条御息所や花散里と同列に扱うわけにはいかないものの、この紫の上の詠歌は彼女が光源氏の須磨行きの理由とは無関係な立場であることを浮き彫りにしている。この時の紫の上にあるのはただ抒情だけである。彼女の返歌も描かれず、光源氏と文のやりとりがあったことだけ地の文で叙述されている方が、紫の上の異質な立場は鮮明にならなかったであろう。または別離の悲しみを抒べあう贈答が成立していれば、藤壺や朧月夜と次元は異なっていても、中心的な女君として、主人公光源氏との心の通い合いが確認できる。しかし、「贈歌なし」という変則的な贈答のあり方には、たとえ当事者ではなくとも、何らかの形で光源氏と共有が期待される主題的な状況に主体的には関わりえない、疎外された女主人公の姿が見てとれるのである。

四　詠みかける女——紫の上の歌の変貌

鈴木一雄氏は女性側からの贈歌という問題について、「その作中男女間、特に女性側の感情・要求・意志に、何か常態とちがった緊張・微妙ではあるが特別な表現効果がこめられていると考えられる」ことを指摘された。(8) 作中詠歌が物語の表現をより豊かに、より効果的にするための方法として意識されていると思われる『源氏物語』において、それはやはり注意されるべきことであろう。

さて、明石巻冒頭近い部分、暴風雨に見舞われた光源氏に、危険を冒してまでも紫の上から消息が届けられる。

⑦　浦風やいかに吹くらむ思ひやる袖うちぬらし波間なきころ　（明石②二二四頁）

光源氏からの返歌は見えないし、光源氏への見舞いの便りは紫の上からの一通のみが描かれているだけである。鈴木一雄氏はこのことについて「ついに光源氏ただ一人の女性として昇華する紫の上の物語における役割を、はやく暗示するもの(9)」と述べられているが、ここは愛情の問題だけではなく、紫の上の家妻としての立場を表わしていると思われる。夫の身体に関わる危機的状況についてまず気づかうのが正妻格の紫の上の気持ちであり、また役目でもあっただろう。明石巻における彼女は須磨巻の場合とは異なって、多くの女性の内の一人というよりも、正妻格の人物であることが表立ってくる。紫の上の立場が明確にされた上での明石の君の登場となるのである。

明石巻を続けていきたい。光源氏は明石の君と出会って後、紫の上に明石の君の存在をほのめかす文を送る。

しほしほとまづぞ泣かるるかりそめのみるめは海人のすさびなれども　（明石②二五九頁）

それに対する紫の上の返歌が次の歌である。

⑧　うらなくも思ひかけるかな契りしを松より波は越えじものぞと　（明石②二六〇頁）

光源氏の多情さに対する恨みと愛情の頼りなさを訴えたものであり、これまで全幅の信頼を寄せてきたことに対する漠とした疑念の萌芽を看取できよう。しかしながら光源氏は自ら秘密を明かし、明石の君とのできごとは今後も含めて紫の上にも共有されるものとなる。それは後の明石の姫君が紫の上の養女になり、さらに入内して女御になるという経緯ともつながるものである。知らされたゆえの感情面における悩みを抱えることになっても、光源氏の心の世界から疎外されてはいない紫の上である。

ここでほのめかされた明石の君のことが紫の上にはっきりと告げられるのが澪標巻においてである。光源氏の言葉に「我は我」と言いきかせて「独り言のやうにうち嘆きて」詠んだのが、

⑨　思ふどちなびく方にはあらずともわれぞ煙にさきたちなまし　（澪標②二九三頁）

これは『古今集』の、

すまのあまのしほやく煙風をいたみおもはぬ方にたなびきにけり　（恋四・七〇八・読み人しらず）

をふまえた表現であるが、これに対して光源氏は、

何とか。心憂や。

誰により世をうみやまに行きめぐり絶えぬ涙にうきしずむ身ぞ　（②二九三頁）

と答える。紫の上にとってはいささか的はずれな返歌といえよう。

さて、以後紫の上は自ら歌を詠みかけることによって自分と光源氏との関わりを求めていくというパターンを繰り返すことになる。当面あと三回、紫の上の贈歌、光源氏の返歌が見られる。

絵合巻。源氏が絵合に提出する須磨、明石の旅の絵日記を見せる場面。紫の上は「今まで見せたまはざりける恨み」をこめて、

⑩　ひとりゐて嘆きしよりは海人のすむかたをかくてぞ見るべかりける　（絵合②三七八頁）

と詠みかける。これに対して光源氏は、

うきめ見しそのをりよりも今日はまた過ぎにしかたにかへる涙か　（同）

と答える。しかし紫の上と歌を交わしながらも光源氏の胸に去来したのは、直後の草子地が「中宮ばかりには見せたてまつるべきものなり」と語るように藤壺への思いであった。続けて「かの明石の家居ぞ、まづいかにと思しやらぬ時の間なき」と綴られ、光源氏の思いは明石の君へと馳せていく。目前で歌を交わしながら、紫の上は光源氏の胸中からはじき出されている。

薄雲巻で、光源氏は催馬楽「桜人」(10)の一節を口ずさみながら、大堰の明石の君のもとを訪れようとする。その出かけ際に紫の上は同じく「桜人」を用いて、

⑪　舟とむるをちかた人のなくはこそ明日かへりこむ夫と待ちみめ　（薄雲②四三九頁）

と中将の君を通じて伝える。光源氏は、

いとにほひやかにほほ笑みて、
行きてみて明日もさね来むなかなかにをちかた人は心おくとも　（同）

の歌を残して出かけてしまう。紫の上の歌は機智のきいたものであるが、同様に理智のかった歌で交わされてしまう。かつて「入りぬる磯の」と古歌の一節を口ずさんだだけで光源氏の外出を見合わさせた紫の上であったが（紅葉賀①三三二頁）もはや彼女からの贈歌という非常態の歌の応酬も何の力にもならなくなりつつあるらしいことを思わざるを得ない。

朝顔の姫君は明石の君に続いて紫の上を悩ませた存在である。その身分の高さからいって彼女を脅やかしたと言った方がよいかもしれない。この朝顔の姫君への光源氏の執心は、直接に彼から知らされることはなく、紫の上は噂に苦しむ。この事態に関して光源氏からの詠みかけはなく、紫の上も一切詠出していない。思い悩む心中は語られるものの「よろしき事こそ、うち怨じなど憎からずきこへたまへ、まめやかにつらしと思せば、色にも出だしたまはず」（朝顔②四七九頁）という状態であった。

この一件が落着した後のある雪の夜、光源氏は紫の上を相手に昔今の女性について物語る。「月いよいよ澄みて、静かにおもしろし」に続く紫の上の歌、

⑫　こほりとぢ石間の水はゆきなやみそらすむ月のかげぞながるる　（朝顔②四九四頁）

この歌を叙景歌とする説が多い中、今井源衛氏は紫の上の孤独な心境を示す歌とされる。[11]やはり景の背後に表現として結実していない分だけ深い紫の上の苦悩が織りこまれていると見るべきであろう。これに対する光源氏の返歌は、

かきつめてむかし恋しき雪もよにあはれを添ふる鴛鴦のうきねか　（同）

であるが、二人の心の懸隔は明らかになるばかりであり、「むしろ独詠歌が二首並んだというに近い[12]」と評される通りであろう。この紫の上の詠歌が、同じ女性側からの贈歌とはいえ、今までと大きく異なるのは、もはや彼女が光源氏への働きかけを意図していないということである。「光源氏」という彼女にとって、一つの宇宙的ともいえる存在との主体的な関わりに後退を示しはじめ、それと共に彼女の自然を見つめる目――ひいては自己を凝視する目が厳しくなる。

そういう紫の上の世の中――彼女にとってはまさしく光源氏＝世間であった――に対する認識の変容とは裏腹に彼女の社会的な地位は上昇していく。六条院の女主人としての立場がそれである。しかし、一方でまた六条院世界は紫の上に新たな人々との交わりをもたらした。

⑬　風に散る紅葉はかろし春のいろを岩ねの松にかけてこそ見め　（少女③八二頁）

⑮　花ぞののこてふをさへや下草に秋まつむしはうとく見るらむ　（胡蝶③一七二頁）

⑬の方は返歌、⑮の方は贈歌、いずれも秋好中宮とのものであり、いわゆる春秋争いの場面におけるものである。ここには、身分差をこえて、稚びを形象していく人間的な実力をもって、前斎宮であり今上冷泉帝の中宮である秋好と対等に渡り合う紫の上が描写されている。これは歌の言葉をもってこそ可能であろう。ところで紫の上は、この後、第二部に入って、中務の君、明石の女御との唱和、あるいは明石の君、花散里との贈答を行なう。身内以外の女性同士の歌のやりとりはこの物語では珍しく、紫の上の詠歌行為の大きな特色ともなっている。

ところで六条院は濃密な意味と方向をもった象徴的な空間である。したがって二条院から六条院へと場を移動した際にそれぞれの関係の据え直しも必要となろう。初音巻において、久々に光源氏は紫の上に贈歌をする。

うす氷とけぬる池の鏡には世にたぐひなきかげぞならべる

げにめでたき御あはひどもなり。

⑭　くもりなき池の鏡によろづ世をすむべきかげぞしるく見えける

何ごとにつけても、末遠き御契りを、あらまほしく聞こえかはしたまふ。（初音③一四五頁）

二人の仲を慶賀する草子地はとりも直さず六条院を祝うものともなる。六条院の主宰者光源氏が、春の町の女主人紫の上へ贈歌をするのは、儀礼的に見ても必要なことであろう。それは改まった挨拶性の強いこの贈答の性格からもうかがえる。

＊

さて紫の上の作中詠歌は前出の胡蝶巻の⑮の歌をもって第一部からは消える。玉鬘の出現とも関係あろうかと思われが、これに関しては今なお構想上の問題にも否定しきれない部分を残しているし、また別に論すべき問題があると思われる。ここでは玉鬘をめぐる六条院世界には関わり合いをもたない紫の上を確認しておくにとどめたい。

その他、梅枝巻での薫物合、藤裏葉巻における養女明石の姫君入内の盛儀や光源氏の准太上天皇位の授与といった儀式性の強いできごとなど、紫の上の詠歌が見られてもよいような場面は用意されているにもかかわらず、表現されていない。こういう宮廷社会の行事等の中には何の迷いもなく溶け込め、歌を詠むことによって社会に対する帰属と連帯を表現することには縁のない紫の上なのであろうか。それともやはり私的な光源氏的世界においてのみ生彩を放つ女君として造型されているのであろうか。

六　第二部の紫の上

紫の上の作中詠歌についてそのやりとりの形式を通して彼女が徐々に自己の心のベクトルを内側に向けてきていることを見てきた。それは彼女の社会的な地位の繁栄とは裏腹なものであった。

第二部に入り、女三の宮降嫁を機に紫の上の苦悩は深まり、また生身の人間として彼女が自立していくことについては、つとに多く論じられている。若菜上巻から御法巻までの紫の上の詠歌八首も、紫の上が光源氏と平和な結婚関係を営んでいないことを示している。八首は、彼女からの贈歌五首（内二首は独詠に近いものを光源氏が返歌をすることによって贈答の体裁を整えたもの）、返歌一首（相手は朱雀院）、唱和歌二首の内訳となっている。すなわち、その死までにおいて光源氏との通常な形式の贈答は一度も見られないのである。また、第二部において特徴的なのは光源氏以外の人との歌のやりとりが目立つことがあげられる。

女三の宮降嫁の問題は、もう引けないところにまで来てから紫の上に知らされる。新婚三日の夜、女三の宮のもとに通う光源氏をよそ目にみながらふともらしたのが、

⑯　目に近く移ればかはる世の中を行く末とほくたのみけるかな　（若菜上④六五頁）

である。この歌並びに光源氏の返歌について⑯の紫の上の詠歌が独詠的なものであること、光源氏が返歌をし、贈答の体裁を整えることによって二人の関係は保たれていること、およびその意味について既に論じた。[13]ここでは、これが歌のやりとりの形式の中でも手習に書かれた歌であるという点に着目しておきたい。

同様のケースはもう一例見られる。紫の上が女三の宮との対面を果たした後のことである。幼い女三の宮にひきくらべた紫の上のすばらしさを言葉をきわめて称賛する光源氏の心中が綴られる。が、一方の紫の上のとった態度は手習を硯の下に隠したことであった。

⑱　身にちかく秋や来ぬらん見るままに青葉の山もうつろひにけり　（同④八九頁）

光源氏はやはりこの歌に自らの歌を添えている。しかし、紫の上のこの叙景歌ともとれる歌の姿には「世」へのおもねりは微塵もない。紫の上の不安感、不信感、絶望感などはもはや観念の世界のものではなく、「目に近く」「身に近く」と肌で知ることのできるものとなっている。その分かちがたい孤愁とまたそれを分かち合おうとする気持ちの喪失とが手習という形式を選んでいるといえよう。

高田祐彦氏は浮舟の詠歌を検討され、「浮舟には対人性を排除して成立する独詠、その最も自然な形としての手習歌だけが残されたのである」と述べられているが[14]、浮舟の人間関係を拒否するような強さにつながるものが、ここに見られるのではないであろうか。

若菜下巻で女楽が華麗に催された後、紫の上は発病する。一時は死去の噂も出たほどの重態であった。小康を得た後、光源氏と贈答をする。

⑳　消えとまるほどやは経べきたまさかに蓮の露のかかるばかりを
契りおかむこの世ならでも蓮葉に玉ゐる露の心へだつな　（若菜下④二四五頁）

命のほかなさをうたう紫の上に対して、来世での契りを願う光源氏である。状況から推して一命をとりとめた紫の上に光源氏の方から贈歌があってもよさそうであるが、既に紫の上は自ら詠みかけることによって、光源氏との関係を維持していく人物として造型され、物語世界に位置づけられているのである。

ところで、光源氏は明石の君、明石の尼君、明石の女御、それに今回は紫の上を同道して住吉に参詣をする。社頭での舞を見ながら光源氏は尼君とひそかに歌を交わす。それは明石一族の野望と光源氏の思惑が一致し、実現したことに対する感懐を抒べ合うものであった。それに続いて描出されるのが、紫の上と明石の女御、中務の君（紫の上付きの女房）との唱和である。

⑲　住の江の松に夜ぶかくおく霜は神のかけたる木綿葛かも　（同④一七三頁）

初めて都の外に出た感興が素直に臨地詠となって詠出されている。詠歌内容といい、その相手といい、明石一族をめぐる問題から遠く離れたところにいる彼女の姿が映し出されている。

さて、先述したように第二部においては、紫の上と光源氏以外の人物との贈答も目立つ。

⑰　背く世のうしろめたくはさりがたきほだしをしひてかけな離れそ　（若菜上④七六頁）

これは朱雀院から女三の宮のことを頼まれた消息への返歌。さらに次の二首は死期を悟った紫の上が明石の君、花散里に贈ったものである。

㉑　惜しからぬこの身ながらもかぎりとて薪尽きなんことの悲しさ　（御法④四九七頁）
㉒　絶えぬべきみのりながらぞ頼まるる世々にと結ぶ中の契りを　（同四九九頁）

秋好中宮との春秋争いの贈答を含めて、六条院の女主人たちの全てと歌を交わしたことになる。死を目前にした、この世との別れの不安と未練をかつてのライバルである女性たちと分かちあおうとする紫の上である。そして、いよいよ死期が近づき、紫の上の辞世となる歌が光源氏、明石の女御との間で交わされる。

㉓　おくと見るほどぞはかなきともすれば風にみだるる萩のうは露　（同五〇五頁）
ややもせば消えをあらそふ露の世におくれ先立つほど経ずもがな（光源氏）
秋風にしばしとまらぬつゆの世をたれか草葉のうへとのみ見ん（明石女御）

この唱和のすぐ後に、紫の上は息をひきとる。最愛の人と、養女とはいえ幼い頃から育ててきた明石の女御とに囲まれて紫の上は幸せだと見ることもできよう。しかしながら頼むべき係累もなく、実子もなく、ただ光源氏の愛情によってのみこの世を生きてきた紫の上にとって、光源氏との水入らずの贈答がその最期にふさわしいはずではないであろうか。しかしそうは描かれないことによって、もはやそういう状態にはないことを思い知らされる。

七　おわりに

紫の上の作中詠歌について駆け足で辿ってきた。作中詠歌——中でもその形式——に着目した時、紫の上のそれは一般的な形と異なるものが多い。彼女の全歌数二十三首の内、十二首までが贈歌となっている。これら紫の上の詠歌の一首一首の検討を通して導き出されてきたことを整理してみたい。

(1)　紫の上はある時点から、歌を詠みかける人に変貌する。具体的には明石の君の存在を光源氏から告げられて以降である。

(2)　第一部においても紫の上の地位は確固としたものではなかったようである。危機的状況にある時には彼女の方から歌を詠みかけて、光源氏との関係を確認する必要があった。

(3)　紫の上にとって光源氏は最愛の男性であると同時に世界そのものである。したがって彼女の「世（の中）」は「男女の仲」＝「世間」と直結するから、やがて光源氏への呼びかけを断念した時、また自らの属している「世間」にも背を向けることになる。

(4)　紫の上は光源氏のみならず、六条院の女君たちとも贈答をする。身内でもない女性たちとの歌のやりとりは、この物語の正篇においては異例である。

(5)　紫の上の踏み込むことのできない世界が存する。

以上のような点を指摘できるが、それではこのような方法をとりながら、紫の上の足跡を追いかけた時、明らかになるものは何であろうか。

頼むべき係累もなく、本人の人間的な魅力以外に光源氏の心を繋ぎとめる何らの背景も持たない紫の上にとって、詠歌は光源氏との心の連帯を得る大きな手段であったといえる。したがって、光源氏の完全な庇護から一歩抜け出して他の女君たちと対等の立場で光源氏と接するようになると、人格的には理想的と思われる人物として造型されながら物語世界におけるこの不安定な状況が紫の上に、自ら歌を詠みかけることによって「世」との関わりを維持していくことを求める。

しかし一方、光源氏にとっての紫の上は終始一貫して愛情を注いできた対象ではあったものの、すべてを分かちあうべき存在ではなかった。須磨退去にまつわる秘密、明石の君との出会いの隠された意味、朝顔の姫君への執着、女三の宮の降嫁――いずれもこの物語の基幹をなす王権索求に深く関わりを持つできごとである。これらの場面において本来あってもよさそうな形での光源氏と紫の上の歌のやりとりとは異なる形がみられ、それゆえこれらの物語の本質的な部分からは疎外されている紫の上の姿が浮き彫りになっている。したがってそのたびに無力感に襲われた紫の上はやがて自ら働きかけて「世」と関わりを保とうとすることをやめる。このことは、紫の上の詠歌が光源氏に対する呼びかけを意図しないものとなっていく第二部の作中詠歌のあり方に、端的に示されている。そして紫の上は物語からの退場を余儀なくされるのである。

もう一つの特色である同性である女性たちとの贈答については宇治の女君たちともかかわらせて別の機会に論じてみたいと思う。ただここでは、紫の上が身分や境遇を詠歌をもってのりこえて「世間」と関わっていく、その一端を表わしていることを指摘しておきたい。紫の上の物語世界における位置とその人生について、作中詠歌一つをもってして論じきることができないことは言うまでもない。しかし、詠歌を通した人間関係――特に光源氏――とその心理的な距離について跡づけておくことは、次なる新しい紫の上論に向けての一助となるのではないであろうか。さらに問題を深めていきたい。

注

（1）和歌を視点とする『源氏物語』の作品論の方法、問題設定や解析の手続きについては小町谷照彦氏が整理されて

いる。（「作品形成の方法としての和歌」『源氏物語の歌ことば表現』東京大学出版会　一九八四年）

（2）「源氏物語の文章と和歌」（『源氏物語講座』（下）紫之故郷舎　一九四九年）

（3）「天地・鬼神を動かす力――光源氏一面――」（『文学』一九八二年八月）

（4）藤井貞和「物語における和歌――『源氏物語』浮舟の作歌をめぐり――」（『国語と国文学』一九八三年五月）

（5）作中詠歌の上に記した数字は紫の上の詠歌の物語登場順の通し番号を示す。

（6）玉上琢弥（『源氏物語評釈第二巻』角川出版　一九六五年）

（7）『紫の上への歌は物語にのせず、ゆへあるべきにや』（『花鳥余情』第八）をめぐって」（『金城学院大学論集』一九七六年一二月）

（8）「源氏物語の和歌」（『国文学』一九七〇年五月）

（9）注（8）に同じ。

（10）桜人　その舟止め　島つ田を　十町つくれる　見て帰り来むや　そよや　明日帰り来む　そよや
言をこそ　明日とも言はめ　彼方に　妻去る夫は　明日も真来じや　そよや　明日も真来じや　そよや
（引用は小学館日本古典文学全集『神楽歌・催馬楽・梁塵秘抄・閑吟集』による）

（11）「紫の上――朝顔巻における――」（『源氏物語講座　第三巻』有精堂出版　一九七一年）

（12）森藤侃子「朝顔巻の構想」（『講座源氏物語の世界　第四集』有斐閣　一九八〇年）

（13）本書Ｉ――第一部第一章参照。

（14）「浮舟物語と和歌」（『国語と国文学』一九八六年四月）

第二部

『源氏物語』と和歌史のあわい

第四章　『源氏物語』の歌枕——三代集との比較を通して——

一　はじめに

『源氏物語』の常夏巻に次のような歌がある。

草わかみひたちの浦のいかが崎いかであひ見んたごの浦浪　（常夏③二四九頁）
ひたちなるするがの海のすまの浦に波立ち出でよ箱崎の松　（③二五〇頁）

玉鬘を引き取った光源氏への対抗意識から内大臣（元の頭中将）が捜し出してきた娘、近江の君が弘徽殿女御方へ贈った挨拶の歌とその返歌である。前段で「（近江の君は）三十文字あまり、本末あはぬ歌、口疾くうちつづけなどしたまふ」（二四八頁）と述べられているが、「草わかみ」の歌はその「本末あはぬ歌」の見本であろう。歌意は「いかがあひ見ん」のみにあり、後はまったくつながりのない歌枕の羅列である。この歌を贈られた女御方では困惑し、また、「かくゆゑゆゑしく書かずは、わろしとや思ひおとされん」と暗に嘲弄しつつ、女房が女御の筆跡をまねて返したのが、「ひたちなる」の歌である。近江の君が三つの地名を詠み込んだのに対し、四つの地名を用いるといった念の入れようであるが、そのからかいも理解できず、「をかしの御口つきや」と無邪気にはしゃぐ近江の君の姿が、続いて描写される。和歌の教養がそのまま人物の評価と直結していた当時にあって、この場面は近江の君の人となりと、この物語における位置をよく示している場面である。
もう一つ、和歌に対する作者の姿勢が伺われる場面を玉蔓巻より引用してみたいと思う。

下りて行く際に、歌詠ままほしかりければ、やや久しう思ひめぐらして、
君にもし心たがはば松浦なる鏡の神をかけて誓はむ
この和歌は、仕うまつりたりとなむ思ひたまふる」と、うち笑みたるも、世づかずうひうひしや。
（玉鬘③九七頁）

大夫の監は地元の有力者であるが、筑紫下向中の玉鬘の噂を聞き、さっそく求婚をする場面である。「うたといはずして、和歌といへる、ゐなか人の詞也」とは、『玉の小櫛』の言であるが、そのことといい、「やや久しう思ひめぐらして」詠出したことといい、自画自賛している様といい、さらに「世づかず」と評した草子地といい、いずれも田舎人が精一杯気取って、都会人らしく振舞おうとすることへの痛烈な皮肉を感じ取ることができる。先ほどの近江の君の場合と共通しているのは、都の貴族たちの、野卑で洗練されていないものに対する冷ややかな視線と、その嘲弄の対象になっている歌に「歌枕」が用いられていることである。

既に先学の指摘のように(1)今日我々が普通に思い浮かべるような名所歌枕としての概念が定着したのは、平安末期以降のことで、それ以前は「歌枕」と言えば、歌語や歌材一般あるいはそれらを集めた書物という意味であったらしい。だが、いわゆる名所歌枕に対する独自な表現意識は、既に『古今集』において確立していたことが言われている(2)。その表現機能は、他の一般的な歌語と比べて、景物や特定の印象を伴ったり、縁語や掛詞を呼びやすいという性格上、複雑な詩境を有する創造的な表現を生み出す一方で、形式主義にも陥り易い面を特つと言えるであろう。

ところで『源氏物語』の本文中に、光源氏の和歌観として知られる部分がある。

「よろづの草子歌枕、よく案内知り見つくして、その中の言葉を取り出づるに、詠みつきたる筋こそ、強うは変らざるべけれ。常陸の親王の書きおきたまへりける紙屋紙の草子をこそ、見よとておこせたりしか、和歌の髄脳いとところせう、病避るべきところ多かりしかば、もとより後れたる方の、いとどなかなか動きすべくも見えざりしかば、むつかしくて返しき。（玉鬘③一三八頁）

「古代の歌詠みは」で始まる段では、「円居」「あだ人」などを例にとって、型にはまった詠みぶりを皮肉っぽく批判した後に、この一節で歌病等に縛られて類型化している和歌の現状を憂え、みづからは自由な作歌を目指していることが語られる（ここで述べられている「歌枕」とは和歌や歌語を集めた書物をさす）。このような、和歌の手引書などによって規制されるのは窮屈だという和歌観の背景には、それらに頼りさえすれば、曲がりなりにも歌が詠めるという風潮があり、それに対する作者の批判が込められていることが読み取れる。先に引用した常夏巻、玉鬘巻の二例は、その具体的な現れととることができよう。藤井貞和氏は、この引用部分に関して、「従来の和歌関係書をいくら学習しても、たいして方法の変革を期待できず、かえって身動きできなくなる、との認識は、新しい、というよりも、古代和歌の作り方や考え方がかわりつつある時に来ていることの実感、反映であるとみておくほうがよかろう。ほとんど古代和歌史上の劃期がきたのではないかとすら思われる」[3]と述べられているが、以下検討していく『源氏物語』の作中詠歌における歌枕使用の状況からも、それを見て取ることができる。具体的な検討に進みたい。

（なお、本稿では、今後特に断わらない限り「歌枕」は、狭義の意――すなわち名所歌枕を指すこととする）

二　『源氏物語』に特徴的な歌枕（一）

『源氏物語』の作中詠歌七九五首の内、地名が詠み込まれているものは一〇三首見られる。[4] これは全体の一三・〇%にあたる。使用された歌枕は、陸奥、伊勢、近江などをはじめとして、一八カ国に及ぶ。(後掲九六頁一覧表参照)個々の歌枕について検討していくと、「三代集には採用されていない歌枕」が多数みられることが、その特徴として指摘できる。それらはさらに、

A　作者と同時代頃までの私家集、私撰集等には用例が見られるもの
B　作者と同時代頃までの私家集等にほとんど用例が見られないもの
C　三代集のみならず同時代頃までの私家集等にも用例を見出せないもの

に分類できる。

A　作者と同時代頃までの私家集、私撰集等には用例が見られるもの

〈園原〉

帚木の心をしらでその原の道にあやなくまどひぬるかな
数ならぬ伏屋に生ふる名のうさにあるにもあらず消ゆる帚木
（帚木②一一二頁）

巻名の由来ともなった光源氏と空蝉の贈答である。「園原」は信濃国にある。この地名は『家持集』に初出。但し家持歌は、帚木との関連はみられない。この『源氏物語』歌の本歌ともなり、またこの歌枕のイメージの固定化に寄与したのが、坂上是則の、

　そのはらやふせ屋におふるはゝきぎのありとはみえてあはぬきみかな　（『新古今集』恋一・九九七）

である。ただし、この歌が勅撰集にとられたのは、『新古今集』においてであって、同時代に評価されたわけではなかった。ほかに「園原」を詠んだ歌は、『重之集』『増基法師集』『実方集』など。勅撰集の初出は『後拾遺集』。また空蝉の返歌にある「伏屋」は、普通名詞として『万葉集』に幾例かみられるが、平安期になると特定の地名を指し、ほとんどの場合が、是則歌の影響もあって「園原」とともに詠出されている。

〈和歌の浦〉

　あしわかの浦にみるめはかたくともこは立ちながらかへる波かは
　寄る波の心も知らでわかの浦に玉藻なびかんほどぞ浮きたる　（若紫①二四二頁）

北山の尼君亡き後、後の紫の上にあたる少女に執心する光源氏と、後見役の少納言との贈答である。「あしの葉のわかきによせて若浦をあしわかのうらといへるにやこゝにはわか君になすらへていへり」と『花鳥余情』にあるように、修辞的な要素が前面に出てきた表現となっている。歌枕「和歌の浦」は、山部赤人の、

若の浦に潮満ち来れば潟をなみ葦辺をさして鶴鳴き渡る　（『万葉集』巻六・九一九）

が有名で、平安後期から中世にかけて頻出するが、三代集にはみられない。『古今集』がこの赤人の歌を仮名序でとりあげているのみである。『古今和歌六帖』に「読人しらず」として一首。私家集では、『元真集』『公任集』『赤染衛門集』等に見ることができる。勅撰集では『後拾遺集』に初出。なお、「あしわかの浦」という表現は、『新勅撰集』（『古今和歌六帖』と同歌）と『元真集』にある。

〈松島〉

松島のあまの苫屋もいかならむ須磨の浦人しほたるるころ　（須磨②一八九頁）
しほたるることをやくにて松島に年ふるあまも嘆きをぞつむ　（同一九二頁）

須磨に謫居している光源氏が都の藤壺に宛てて贈った歌と藤壺からの返歌。松島も三代集にはうたわれていない。『後拾遺集』に重之の歌が載るのが初見。重之は実方の奥州行きに伴って下向し、歌枕を訪ねたことがその家集から知られる。私家集においては『人丸集』に「いづ」の題で詠まれる松島が見られる。『後拾遺集』歌を含めて重之に二首、清少納言に一首。『古今和歌六帖』に一首。また、『蜻蛉日記』にも見られる。

〈桂のかげ〉

月のすむ川のをちなる里なればかつらのかげはのどけかるらむ　（松風②四一九頁）

気心の知れた人たちと桂の院で管絃の遊びに興じている光源氏のもとへ届いた、冷泉帝からの消息である。桂は大堰川の下流の桂川の東岸の地であるが、月の中に桂の木が生えているという中国の故事によって「月」と「桂」も密接なものとして詠まれることが多かった。「桂の里」「桂川」の形で詠んだ歌が多い。勅撰集では「桂のかげ」という表現はなく、地名の桂に関する歌が初出するのは『後拾遺集』。『忠見集』と『大斎院御集』に「かつらのかげ」を詠んだ歌がみられる。

〈ひびきの灘〉

うきことに胸のみ騒ぐひびきにはひびきの灘もさはらざりけり　（玉鬘③一〇〇頁）

筑紫より上京する玉鬘一行の乳母の詠である。私家集では、『伊勢集』『忠見集』『海人手古良集』『一条摂政集』『恵慶法師集』『相如集』などに散見し、歌枕としての知名度はかなりあったと思われるが、三代集をはじめとする勅撰集には採用されていない。

〈小野山〉

朝夕になく音をたつる小野山は絶えぬ涙や音なしの滝　（夕霧④四五五頁）

一条御息所を失った落葉の宮が、我が身の上を思い詠んだ歌である。「小野」という地名は普通名詞に近い形で各地に見られたらしい(5)。「小野山」という表現は、勅撰集では『後拾遺集』に初出。私家集においては、道信と実方が花山院を思って詠んだ歌に用いられて、それぞれの家集に収められている。『朝光集』にも一例あり。

〈あだし野〉

あだし野の風になびくな女郎花われしめ結はん道とほくとも　（手習⑥三一三頁）

小野の妹尼の亡き娘の婿であった中将が、浮舟に心を動かし寄せた消息。山城国の歌枕「あだし野」は、村上天皇の「女四宮歌合」八番歌の源順の判詞によれば、「ののなたかからねばにや、有りどころしる人すくなし」という状況だったようである。嵯峨野の近くでもあり、またその名から「あだし心」を託して詠まれることが多かった。勅撰集では『金葉集』二奏本に初出。私家集においては『源順集』の他、『斎宮女御集』『賀茂保憲女集』に見ることができるが、女郎花との取りあはせはこれらの私家集には見出せない。

三　『源氏物語』に特徴的な歌枕（二）

B　作者と同時代頃までの私家集等にほとんど用例が見られないもの

次に取り上げるグループは、三代集はもちろんのこと、『源氏物語』と同時代頃までの私家集等にもほとんど詠まれることがなかった地名である。

〈安積山〉

あさか山あさくも人を思はぬになど山の井のかけ離るらむ
汲みそめてくやしと聞きし山の井の浅きながらや影を見るべき　（若紫①二三〇頁）

紫の上を引き取りたいとする光源氏が、彼女の祖母の尼君に贈った歌とその返歌。「安積山」は、『万葉集』巻十六の「安積山影さへ見ゆる山の井の浅き心を我が思はなくに」（三八〇七）の歌で有名になり、「なにはづにさくやこのはな冬ごもりいまははるべとさくやこのはな」（『古今和歌六帖』第六・四〇三二）と共に歌の父母と並称され、手習いの手本とされた。光源氏のこの歌も、先の尼君の「まだ難波津をだにはかばかしうつづけはべらざらめれば」（二二九頁）の言葉を受けて、もう一方の手習い歌である「安積山」を意識して詠んだものとなっている。『古今集』の仮名序にもとられていることから、この安積山は著名な歌枕として知られていたものの、「一般的にはほとんど詠まれることのなかった歌枕」(6)であったらしく、『古今和歌六帖』に一首採られている他には、『小町集』が下句を「あさくは人をおもふものかは」としてこの万葉歌を載せるのみである。なお、後世においては『新勅撰集』を初めとして、散見する。

〈大内山〉

もろともに大内山は出でつれど入る方見せぬいさよひの月　（末摘花①二七二頁）

末摘花に接近しようとする光源氏の後をつけた頭中将が、戯れに詠みかけた歌である。ここでは、「大内山」は宮中を指している。『花鳥余情』に「今案大内山は仁和寺の名所なれともこゝには内裏の心に用たり」とあるごとくである。大内山は仁和寺の近くで、御室山のことといわれ、宇多法皇の離宮があった。この大内山が『源氏物語』以前でただ一度詠まれたのが次の歌である。

仁和寺のみかどのおほうちやまにおはしますに、うちの御つかひにてまゐりて、

白雲のここのへにしも立ちつるは大内山といへばなりけり

（『兼輔集』九八）

堤中納言兼輔は、醍醐天皇の側近として活躍する一方、貫之、躬恒らの歌人や文人たちとも幅広い交流を持っていた人物として知られる。この紫式部の曾祖父は、彼女に様々な形で影響を与えたと言われている。ここで余人の用いていない「大内山」という表現を取り入れたのは、兼輔を意識してのことかもしれない。勅撰集においては『詞花集』にみられるが、その歌も兼輔歌を本歌としていると考えられる。

〈鈴鹿川〉

ふりすてて今日は行くとも鈴鹿川八十瀬の波に袖はぬれじや

鈴鹿川八十瀬の波にぬれぬれず伊勢まで誰か思ひおこせむ

（賢木②九四頁）

斎宮に選ばれた娘（後の秋好中宮）に伴って、伊勢へ下向する六条御息所を送る贈答である。鈴鹿の関は古代からの要衝であり、この「鈴鹿川」も『万葉集』において既によまれている。(7) 催馬楽にも「鈴之川」がある。(8)「瀬を多く有する川は格が高い。瀬は祓の聖域となるからである」(9) と指摘されているように、「鈴鹿川」と「八十瀬」の結びつきは古い。勅撰集において、鈴鹿は「鈴鹿山」の形で『後撰集』あたりから見られるが、『万葉集』にも見られた「鈴鹿川」は三代集等では採用されず、『金葉集』が初出。私撰集では『古今和歌六帖』に一首、私家集では『忠岑集』と『好忠集』に指摘できる。

〈ただすの神〉

うき世をば今ぞ別るるとどまらむ名をばただすの神にまかせて　（須磨②一八一頁）

須磨に静かに向かう光源氏のお供をする右近将監は、「ひき連れて葵かざししそのかみを思へばつらし賀茂のみづがき」と、かつて同行した葵祭を偲んで光源氏に詠みかけるが、それに対する返歌である。右近将監の「賀茂のみづがき」という言い回しに対して、「名をただす」とただすの神を詠み込んだ。賀茂社自体は多く詠まれているが、それを「ただすの神」と表現したものに和泉式部の、

我にきみおとらじとせしいつはりをただすのかみも名のみなりけり　（『和泉式部続集』一六八）

がある。その他『古今和歌六帖』に一首あり。後世には「ただすのもり」あるいは「ただすのみや」（『新古今集』等）の表現が見られる。

〈伊勢島〉

伊勢島や潮干の潟にあさりてもいふかひなきはわが身なりけり　（須磨②一九四頁）

伊勢へ下向した六条御息所より、須磨の光源氏のもとに届いた消息である。古来、伊勢は、特に「伊勢のあま」という表現が好んで用いられた。「伊勢島」という表現は、中世には見られるが、三代集をはじめ他の家集を見ても『和泉式部集』に一首（「いせじまによさのうみよりとびかよふうはの空にもかひになしけり」〔五一五〕）みえるのみである。勅撰集では、『千載集』が道因法師の恋歌として（恋四・八九三）載せているのが、初出である。

〈関川〉

うちわたし世にゆるしなき関川をみなれそめけん名こそ惜しけれ
深からずうへは見ゆれど関川のしたのかよひはたゆるものかは
（宿木⑤四一八頁）

薫はさまざまな憂苦を紛らわそうと、召人の按察の君と一夜を明かした後の贈答である。「関川」とは逢坂の関を流れる川のこと。『元良親王御集』に、女の返歌として「せきかは」を詠んだ歌がある。（「せきかはのいしまをくぐるみづをあさみたえぬべくのみみゆるこころを」〔一二三四〕）この歌は、家集では「せきみづ」となっている元良親王の贈歌「あさくこそ人は見るともせき河のたゆる心はあらじとぞ思ふ」と共に、『新勅撰集』に入集。（同様に『大和物語』百六段にもこの贈答は見られる）後に『玄玉集』『夫木集』などにこの「関川」は見えるものの、この時代としては元良親王関係のこの歌のみである。

四　『源氏物語』に特徴的な歌枕（三）

C　三代集のみならず同時代頃までの私家集等にも用例を見出せないもの

次に取り上げるのは、歌枕として知られていたものの、『源氏物語』の時代頃には、ほとんど取り上げられることのなかったものである。そのほとんどが、『万葉集』においてうたわれ、平安末期になって『万葉集』の復活、名所意識の確立等の動きの中で、再び詠まれるようになったものである。

〈松浦〉

君にもし心たがはば松浦なる鏡の神をかけて誓はむ

一で掲げた大夫の監の歌である。「松浦」とは肥前国にあり、松浦佐用姫の伝説が有名。「松浦潟」「松浦川」が詠まれることが多い。大陸交通の要所であった。「平安時代末期から鎌倉時代にかけての『万葉集』復活の中で好まれた歌語」[10]とされるように中世においては多用されている。物語関係でも、書名に冠した『松浦宮物語』が知られる。しかし、平安時代にはほとんど詠まれることのなかった歌枕で、唯一「松浦」を詠んでいるのが他ならぬ紫式部である。[11]

〈山ぶきの崎〉

風吹けば波の花さへいろ見えてこや名に立てる山ぶきの崎

（胡蝶③一六七頁）

往く春を借しんで六条院春の町で催された、船楽の遊びにおける女房の詠である。「山ぶきの崎」は近江国の歌枕。『蜻蛉日記』に石山詣での途上「いかが崎、山吹の崎などいふところどころ見やりて、葦の中より漕ぎゆく」（中巻二〇九頁）とあるが、その優美な名にも関わらず、勅撰集に採用されることはなかった。『顕輔集』（一二一）にみられるのみである。

〈駿河の海〉

ひたちなるするがの海のすまの浦に浪立ち出でよ箱崎の松

一に既出の弘徽殿女御方の女房による、近江の君への返歌である。四ケ所用いられている地名の内、この「駿河の海」は同時代にはみられない。『万葉集』（巻一四・三三五九）に一首ある。中世以降になると『信実集』『新拾遺集』と『新後拾遺集』に一首ずつある。

〈槙尾山〉

あさぼらけ家路も見えずたづねこし槙の尾山は霧こめてけり

（橋姫⑤一四八頁）

八の宮が不在の折に宇治の山荘を訪れた薫は、立ち去りがたく、大君にあてた歌がこれである。「槙尾山」は、宇治川のほとりに近い山。実景を詠み込んでおり、歌枕の本来的なあり方に近いかも知れない。『源氏物語』以前には全く取り上げられていないことから、ここで述べている術語としての歌枕の概念から、外れるものであるかもしれない。後世においては、『八雲御抄』に「山城国。宇治也。源氏同。詞にまきの山べともいへり」とあり、『続古今集』を初めとして勅撰集にとられている。

〈にほの湖〉

しなてるやにほの湖に漕ぐ舟のまほならねどもあひ見しものを

（早蕨⑤三六五頁）

中の君と一夜をともにしながら、契りをかわさなかった薫が、中の君が匂宮に引き取られたことを聞いて、動揺して詠んだ歌。「にほの湖」とは琵琶湖の別称で、『河海抄』は「しなてるやにほの水うみにこく船のまほにもいもにあひみてしかな」という『万葉集』の人麿歌を引くが未詳。[12] 中世においては、例えば家隆が「和歌所歌合に、湖辺月といふことを」（『新古今集』秋上・三八五）、式子内親王が「百首歌に」（『新勅撰集』春上・一六）と詠み、良経、家隆、定家、後鳥羽院、俊成卿女などの私家集にも見られることから歌枕として定着していたと思われる。『夜の寝覚』と『浜松中納言物語』の作中詠歌にもでてくる。

以上、いくつかの用例を見てきたが、この他『源氏物語』の作中詠歌のみに出てくる地名として、「浮島」と「ひたちの浦」がある。「浮島」は、筑紫から上京する玉蔓一行を見送る兵部の君の詠に、実景として詠みこまれている。陸奥の歌枕としての「浮島」は、早くから屏風絵の題材となるなど有名であった。おそらく各地にあった浮島が、やがて陸奥のそれのみを「歌枕」としては指すようになったと思われる。ここでは特定の背景を負った地名という観点で歌枕を考えたいと思うので含まない。

また「ひたちの浦」は、冒頭に取り上げた近江の君の歌に取り上げられた歌枕の一つである。しかしこの表現は他には見あたらず、おそらくは適当にそれらしく作られた表現ではないかと推測される。むしろ安易な歌枕の使用を皮肉ったものとして受け止めることができるのではないだろうか。

五　おわりに

以上、歌枕を使用した『源氏物語』の作中詠歌について、主に三代集との比較を通して、検討を加えてきた。

佐々木忠慧氏によれば、歌枕は、「勅撰集に選ばれるという選別と媒介をへて、代表的な歌枕として一般化され定着した」(13)ということであるが、そういう意味からは『源氏物語』の作中詠歌は、必ずしも代表的な歌枕を多く用いて、その表現機能に頼った作歌をしているわけではなさそうである。もっとも勅撰集には採られていないものの、他の多くの私家集にみられるものは、名所歌枕としての認識とその表現機能を意識していたかもしれない。さらに、三代集で用例を見つけることができるもののそれほど多くない（一例ほどしかないもの）歌枕もいくつか指摘できる。（「宮城野」「いるさの山」「松が浦島」「箱崎の松」など）

また、『万葉集』に詠み込まれているものの、三代集及びその周辺の時代には歌枕として好まれず、平安後期以後の、名所への関心と題詠の発達、あるいは『万葉集』復興の動きという流れの中で、浮かび上がってくる地名を先取りする形での関心もうかがわれた。したがって、勅撰集においては『後拾遺集』に初めて取り上げられた歌枕の使用が目についた。

この他、今回は取り上げる余裕がなかったが、歌枕として有名ながら、取り合わされる景物に工夫が凝らされているもの、あるいは風俗歌、催馬楽等を歌詞の中で生かした形で地名が盛り込まれた例も見受けられ、歌枕をかなり柔軟にかつ意識的に取り入れた作歌がなされていると考えられる。

一方、かなり著名な歌枕においても、『源氏物語』では必ずしも類型性に捕らわれてばかりではないことが既にいわれている。

例えば、正篇の重要な舞台の一つである「須磨」は、屏風絵の題材として、あるいは在原行平流浪の伝承の地として「須磨の浦」「須磨の関」といった形で広く詠まれていた。しかし、さらに西国筋の歌枕としての重要性が増してきた、平安後期以降の歌には『源氏物語』の影響が色濃くみられ、謡曲、連歌の世界でさらに増幅されていくことが、島津忠夫氏により報告されている。[14] 古来からの歌枕のイメージの枠から大きく踏み外れることはないものの、後世の歌人たちの想像力をかき立てる要素を秘めていたといえよう。

あるいは「住吉」についても、若菜下巻における住吉参詣の、おもに紫の上の「住の江の松に夜ぶかくおく霜は神のかけたる木綿鬘かも」（④一七五頁）を中心とする三首に関して、住吉社頭詠のあり方、あるいは住吉と霜の取り合わせなどについて、後藤祥子氏の詳論がある。[15] それによれば、住吉社頭詠というものや霜との取り合わせは、三代集時代およそ二百首程も検出できる住吉関係和歌の伝統とは、異なるものであることが知られる。

このように古くからの代表的な歌枕の使用に関しても、なんらかの新味が指摘できる。これに既述の三代集には採られていない歌枕の使用状況などを考え合わせてみると、一で掲げた和歌に関する見解が思い起こされよう。すなわち歌枕（書物）や髄脳に縛られるあまりに、類型化、形骸化に陥るようなことはなく、約束ごとに違反しないまでも、かなり自由に歌枕を駆使して作歌を心がけていると考えられる。

『源氏物語』の和歌的な表現は三代集に負うところが大きいことは言うまでもない。しかし、多くの伝承や先行作品を積極的に取り込みながら、単なる繰り返しを嫌ったこの物語では、伝統を殊の外重んじる和歌においても、惰性と陳腐を退け、結果的には和歌史の先取りをしていることが、この作中詠歌における歌枕使用をめぐるささやかな考察からも確認することができるのである[16]。

歌枕は、もともと地名を対象とするところから、その発生の段階で風俗歌や催馬楽などの歌謡などと深く関わる古代的な側面を有し、さらに『古今集』を中心とする三代集時代の修辞への関心にともなって発展し、その観念性により中世和歌において歓迎されるという史的な位相を特つ。『源氏物語』の作者は、この歌枕の特質を熟知し、自在に用いて自らの文章表現を豊かにしていった。『源氏物語』に用いられた歌枕は、もちろん作中詠歌においてばかりではない。須磨や宇治のように物語の舞台背景に歌枕の持つ言語的な連想、広がりを積極的に利用されていることも見逃せない問題であろう。今回は紙幅の関係もあって作中詠歌に使用された歌枕の状況について指摘するにとどまったが、見てきたような和歌史と『源氏物語』の歌の距離を念頭におきながら、歌枕の持つ表現的の特性と物語場面の形成との関わりを問うことは、物語の和歌を考える場合に重要な課題だと考える。

注

(1) 中島光風「歌枕原義考證」(『上世歌学の研究』筑摩書房 一九四五年)。
(2) 小町谷照彦「古今集の歌枕」(『日本文学』一九六七年八月)「歌枕」(『文法』一九六九年二月) 片桐洋一「歌枕の成立――古今集表現研究の一部として――」(『国語と国文学』一九七〇年四月) 等。
(3) 「歌枕のコスモロジー」(『大系仏教と日本人6』春秋社 一九八六年)
(4) 架空の歌枕は今回は対象としない。
(5) 奥村恒哉「源氏物語における歌枕の種々相」(『源氏物語と和歌研究と資料 古代文学論叢第四輯』武蔵野書院 一九七四年)
(6) 『歌枕歌ことば辞典 増訂版』(角川書店 一九九九年)
(7) 「すずかがはやそせわたりてたがゆゑかよごえにこえむつまもあらなくに」(巻一)
(8) 「鈴鹿川 八十瀬の滝を 皆人の 賞づるも著く 時にあへる 時にあへるかも」(引用は小学館日本古典文学全集『神楽歌 催馬楽 梁塵秘抄 閑吟集』による)
(9) 注(8)の「催馬楽」の頭注による。
(10) 注(6)に同じ。
(11) 筑紫に肥前といふ所より文をこせたるを、いとはるかなる所にて見けり。その返事に
　あひ見むと思ふ心は松浦なる鏡の神や空に見るらん (一八)
　返し、又の年持て来たり
　行きめぐり逢ふを松浦の鏡には誰をかけつゝ祈るとか知る (一九)
　(引用は岩波新日本古典文学大系『土佐日記・蜻蛉日記・紫式部日記・更級日記』所収の「紫式部集」による)
(12) 奥村恒哉氏は「『源氏物語』創出の歌枕とすべき」とされる。(『歌枕』平凡社 一九七七年)
(13) 『歌枕の世界』(桜楓社 一九七九年)

（14）「歌枕須磨をめぐって――『源氏物語』以前以後――」（『今井源衛教授退官記念文学論叢』九州大学文学部国語国文学研究室　一九八二年）

（15）「住吉社頭の霜――『源氏物語』「若菜下」社頭詠の史的位相」（『源氏物語とその受容』右文書院　一九八四年）

（16）『源氏物語』の場面や作中詠歌が後世の和歌史に影響を与えたことは既に説かれているところである。本書でも言及している。（I―第二部第五章、第六章）

『源氏物語』の歌枕　一覧

	巻名	歌枕	所在地
1	桐壺	宮城野	陸奥
2	帚木	園原	信濃
3		伏屋	信濃
4	若紫	安積山	陸奥
5		（あし）わかの浦	紀伊
6		和歌の浦	紀伊
7		武蔵野	武蔵
8	末摘花	大内山	山城
9		いるさの山	但馬
10	花宴	いるさの山	但馬
11	葵	御手洗川	山城
12	賢木	鈴鹿川	伊勢
13		鈴鹿川	伊勢
14		逢坂山	近江
15		松が浦島	陸奥
16		浦島	陸奥
17	須磨	鳥辺山	山城
18		賀茂	山城
19		ただすの神	山城
20		松島・須磨	陸奥・摂津
21		こりずまの浦	摂津
22		松島	陸奥
23		伊勢（のあま）・須磨の浦	伊勢・摂津
24		伊勢島	伊勢
25		伊勢人	伊勢
26		須磨の浦	摂津
27		須磨の浦波	摂津
28	明石	淡路島	淡路
29		明石の浦	播磨
30		明石	播磨
31		明石の浦	播磨
32		須磨の浦	摂津
33	澪標	住吉（の松）	摂津
34		住吉の神	摂津
35		難波	摂津
36		田蓑の島	摂津
37	関屋	関の清水	近江
38		近江路	近江
39		逢坂の関	近江
40	絵合	伊勢の海	伊勢
41		伊勢（のあま）	伊勢
42	松風	桂（のかげ）	山城
43		淡路島	淡路
44	薄雲	吉野山	大和
45		武隈の松	陸奥
46	玉鬘	大島	周防
47		松浦	肥前
48		かがみの神	肥前
49		ひびきの灘	播磨
50		ふる川	大和
51		初瀬川	大和
52		三島江	摂津
53	胡蝶	山ぶきの崎	近江
54		井手	山城
55	常夏	常盤の浦・いかが崎・田子の浦	常盤・近江・駿河
56		常盤・駿河・須磨の浦・箱崎の松	常盤・駿河・摂津・筑紫
57	行幸	小塩山	山城
58		小塩山	山城
59		妹背山	紀伊
60		妹背山	紀伊
61	真木柱	井手	山城
62	藤裏葉	河口	伊勢
63		くきだの関	伊勢
64	若菜上	逢坂の関	近江
65		関の清水・近江路	近江
66		こりずま	須磨
67		こりずま	須磨
68		明石の浦	播磨
69	若菜下	住吉の神	摂津
70		住の江	摂津
71		住吉の神	摂津
72		住の江（の松）	摂津
73		須磨の浦	摂津
74		明石の浦	播磨
75	夕霧	小野の篠原	山城
76		小野山・音無の滝	山城・紀伊
77		松島（のあま）	陸奥
78		松島（のあま）	陸奥
79	竹河	竹河	伊勢
80		竹河	伊勢
81		竹河	伊勢
82		竹河	伊勢
83	橋姫	宇治山	山城
84		槇尾山	山城
85		宇治（の川長）	山城
86	椎本	宇治（の川風）	山城
87	総角	あしたの原	大和
88		宇治橋	山城
89	早蕨	袖の浦	出羽
90		宇治川	山城
91		にほの湖	近江
92	宿木	関川	近江
93		関川	近江
94	東屋	宮城野	陸奥
95	浮舟	宇治橋	山城
96		宇治橋	山城
97		橘の小島	山城
98		橘の小島	山城
99		宇治	山城
100		末の松	陸奥
101	手習	あだし野	山城
102		ふる川	大和
103		ふる川	大和

第五章 「いまめきたる言の葉」——紫式部の〈春〉の歌語——

一 はじめに

紫式部は、平安中期の女流文学の担い手として多くの歌を残している。現在我々の知ることのできるところでも、『後拾遺集』を初出として、『新拾遺集』までの一三の勅撰集に六〇首あまり、『新撰朗詠集』『続詞花集』『万代集』『夫木集』などの私撰集、『紫式部集』、『紫式部日記』、『紫式部集』の巻末に「日記歌」として記載されかつ現存の『紫式部日記』にない歌五首があり、その他、『百人一首』を初めとする秀歌撰、歌合、歌論、歌枕書、あるいは『栄花物語』や説話集などにも採り上げられている。その数は当時の女流歌人として特に多い方ではないけれど、それに加えて八〇〇首に近い『源氏物語』の作中詠歌の存在も忘れることはできない。

歌集の歌、日記の歌、物語の歌、おのずからその要求されてくるものは異なる。歌集に納められた歌の場合も晴れの歌か褻の歌かで、作歌の心構えが違う。日記でも『紫式部日記』のように主家を言祝ぐことが主たる目的の場合、主家に関するものとまったく私的なものでは詠みぶりも異なる。物語の歌の場合、第一義的には登場人物たちのコミュニケーションの一部であり、当時の日常生活の反映であり、真情の吐露が主となる。このような違いがあるとはいえ、だからこそ紫式部の歌の多面性を知ることができるとも言えるであろう。

紫式部の和歌研究は、『紫式部集』と『源氏物語』の和歌について大別される。(1)『紫式部集』の研究は、主にその成立や歌集としての構造、紫式部の伝記と関わって進められてきた。(2)『源氏物語』の和歌については、秋山虔、鈴木日出男、小町谷照彦氏などに領導され、登場人物の心情表現として、あるいは場面情景描写として、あるいは和歌の表現機能がもたらす、散文部分の描写との関わりなど、物語を読む解く鍵として、多面的に多角的に多くの研究が積み重ねられてきた。(2) 一方、物語内の和歌を和歌史的な視点から捉えて、同時代歌人たちとの関連、後世の和歌史への影響も指摘されてきている。『源氏物語』の和歌については田中初恵氏が「研究方向としては、作品『源氏物語』における和歌の諸問題の方がより活発であるが、もう一つの和歌史としての『源氏物語』の和歌という方向もともに連動させ、和歌による作品解析の一基盤に据えながら総合的見地を確立することが理想の方向なのであろう」と研究史を整理されている。(3) 清水婦久子氏が『源氏物語』の成り立ちと和歌の関係について、巻名を中心に論じられ、作品内だけで和歌を捉えることなく、和歌史をもっと視野に入れるべきだと主張されていること、(4) 土方洋一氏が歌ことばの類型的な面をもっと評価すべきだとされていることなど(5)も今後の研究動向に影響を与えるであろう。本章では、個々の『源氏物語』の場面における作中詠歌のあり方というよりは、紫式部の歌語について和歌史との関連の中で報告をしてみたい。

二　紫式部の和歌観——「いまめきたる言の葉」

周知のように紫式部の和歌観を知り得る情報として、『紫式部日記』の和泉式部評と『源氏物語』玉鬘巻の末摘花の「からころも」をめぐる光源氏の言説がある。

『紫式部日記』のいわゆる女房批評の段で、紫式部は和泉式部について、その歌に一定の評価を与えながらも、「ものおぼえ、うたのことわり、まことの歌詠みざまにこそはべらざめれ」「人の詠みたらむ歌、難じことわりゐたらむは、いでやさまで心は得じ」(二〇一頁)と評している。ここからは、紫式部が和歌についての知識、作法に十分な心得があると自負しているさまが見て取れる。
一方、玉鬘巻では光源氏の和歌観が開陳される。六条院で迎える正月の準備として、光源氏はそれぞれの女君たちに衣裳を調えて贈った。「みな、御返りどもただならず」と女君からそれぞれ返事があったことが語られているが、具体的にどのような歌が送られてきたのか、場面化されるのは末摘花だけである。末摘花は、「いとかうばしき陸奥国紙のすこし年経、厚きが黄ばみたる」に「きてみればうらみられけり唐衣かへしやりてん袖をぬらして」（玉鬘③一三七頁）という歌を書き、光源氏のもとに送ってきた。その歌を見た光源氏が紫の上相手に評した場面が、次の引用である。

古代の歌詠みは、唐衣、袂濡るるかごとこそ離れねな。まろもその列ぞかし。さらに一筋にまつはれて、いまめきたる言の葉にゆるぎたまはぬこそ妬きことはたあれ。人の中なることを、をりふし、御前などのわざとある歌詠みの中にては、円居離れぬ三文字ぞかし。昔の懸想のをかしきいどみには、あだ人といふ五文字をやすめ所にうち置きて、言の葉のつづき、たよりある心地すべかめり」など笑ひたまふ。「よろづの草子歌枕、よく案内知り見つくして、その中の言葉を取り出づるに、詠みつきたる筋こそ、強うは変らざるべけれ。常陸の親王の書きおきたまへりける、紙屋紙の草子をこそ、見よとておこせたりしか、和歌の髄脳いとところせう、病避るべきところ多かりしかば、もとより後れたる方の、いとどなかなか動きすべくも見えざりしかば、むつかしくて返してき。よく案内知りたまへる人の口つきにては、目馴れてこそあれ」とて、をかしく思いたるさまぞ、いとほしきや。（玉鬘③一三八頁）

ここで、光源氏は「円居」「あだ人」などを例にとって、型にはまった詠みぶりを皮肉っぽく批判した。この歌

枕詞の調査によると、「大伴の」「草枕」「たまきはる」「ももしきの」等は『古今集』以後激減し、代って「唐衣」「玉櫛笥」などの枕詞が好んで用いられたようである。(7) 末摘花としてはそれなりに当節を意識した枕詞の選択だったのかもしれない。

語「からころも」をめぐっては、さらに行幸巻で、痛切に皮肉られることになる。(6) 滝澤貞夫氏の調査によると、枕詞には変遷があり、万葉時代にしばしば用いられた「あかねさす」「あまざかる」「あをによし」「うまさけの」「大伴の」「草枕」「たまきはる」「ももしきの」等は『古今集』以後激減し、代って「唐衣」「玉櫛笥」などの枕詞が好んで用いられたようである。(7) 末摘花としてはそれなりに当節を意識した枕詞の選択だったのかもしれない。

続けて、光源氏は当時多く見られた「和歌の髄脳」などにより、歌病等に縛られ、類型化している和歌の現状を憂え、自らは自由な作歌を目指していることをいう。それを受けて紫の上は、「などて返したまひけむ。書きとどめて、姫君にも見せたてまつりたまふべかりけるものを。ここにも、物の中なりしも、虫みな損ひてければ。見ぬ人、はた、心ことにこそは遠かりけれ」(③一三九)と答える。末摘花がよこした常陸の親王が書き残した和歌の奥義が書かれた書物を、明石の姫君の教育のために返さなければよかったのに、そういうものの心得のない自分は不安だとするのである。この紫の上の考え方は、当時一般の常識的な考えを示しているのであろう。紫の上の言があるだけに、光源氏の和歌観の特殊性が際だつ。

和歌の世界では、紫式部とまさしく同時代の藤原公任が『新撰髄脳』『和歌九品』を著した。公任はその歌論で、「凡そ歌は心ふかく姿きよげに心にをかしき所あるをすぐれたりといふべし」と心姿相具を説き、前代までの形式主義に陥りがちな髄脳や和歌式に対する否定的な見解を示した。(8) 当代随一の有識者である公任の言葉は紫式部の和歌に対する考え方にも大きな影響を与えたかもしれない。

ところで、この玉鬘巻における光源氏の和歌観が示された箇所で、注目されるのが傍線部の「一筋にまつはれて、いまめきたる言の葉にゆるぎたまはぬこそ妬きことははたあれ」という一節である。いつも「からころも」の一語に固執して、当世風の言葉にまったく食指を動かさない末摘花を皮肉る言葉であるが、裏を返せば、「いまめきたる言の葉」に心が動く光源氏の一面が語られていることになる。そこで、本稿では、紫式部の和歌に用いられた歌語に着目して、「いまめきたるの言の葉」について考えてみたい。

『源氏物語』の作中詠歌における歌語に関する研究は、おもに本文の解釈や物語の読みと関わって進められてきたが、『源氏物語』、歌集、日記を包括的にとらえ、紫式部の歌について貴重な指摘がなされたものに後藤祥子氏の論がある。氏は和歌史における紫式部の歌人としての位置を考察され、紫式部が『源氏物語』で公宴和歌を軽視していて、それは彼女自身の専門歌人とは異なる和歌意識によるものではないかと思われること、『日記』の和歌は主家の要請に応えるべく、公宴和歌や装飾的和歌に執心と批評意識を見せ、物語や歌集とは異質な面を示していること、物語中の陳腐な歌語に対する厳しい批評意識は、寛弘前後の僅差を争う新旧交代のせめぎ合いを反映していること、またその対象は後撰集時代であること、新古今時代に継承される『源氏物語』和歌中の新出歌語は、前代の広範な遺産の博捜からなされたものであること、そうした時代を先どる用語の中には、女流歌人の発想を超える新しさも見られることなどを指摘された。(9) また、横井孝氏は、歌語の問題を物語の側に基軸を引き据えて、「『源氏物語』以前或いはその周辺で用いられてきたものが『源氏物語』の中で新しい意味を付与されたり、それまで表層に見えていなかった意義が強調され顕現させられる」場合、「既に熟した表現として一部の歌人が用いたもののあまり流布してなかったものが、『源氏物語』によって評価されて以後の歴史に影響をおよぼした」場合、「さらにまた、歌壇に熟しつつある機運を先取りする形で、新たな表現の発掘が試みられる」場合などがあったと整理されている。(10) 先の後藤論文を受けて、久富木原玲氏は『源氏物語』作中歌を物語作者、紫式部の創作歌として和歌史に位置づける試みの必要性を説かれ、その考察の指標の一つとして、『源氏物語』二一七首の作中歌における特異な表現について考察された。(11) 久富木原氏の考察は、『源氏物語』の和歌には口語的散文的な珍しい表現が多々認められること、万葉語や好忠の用いた表現が使用される場合には、独特の人物造型と密接に結びついていてきわめて意識的に用いられたものと思われること、『源氏物語』以前では見られなかった造語表現もしばしば認められ、さらに独特な発想もあること、一つ一つの表現はありふれていても組み合わせ方に独自性が見られることなど、多岐にわたって、『源氏物語』の作中詠歌の「和歌」としての特色を指摘された。

これら先行研究に導かれ、本章では光源氏のいうところの「いまめきたる言の葉」について、紫式部の和歌において実際どのような状況が見られるのかを調査してみたい。具体的には勅撰集を始めとして歌集にとって重要な部立であり、かつ『源氏物語』六条院のテーマでもある〈四季〉に照準を合わせ、紫式部の和歌の中の〈春〉に関する歌語について検討する。なお、本稿では紙幅の関係もあり、またその歌数の多さからも、自ずから『源氏物語』の作中詠歌が中心となることをお断りしておきたい。

三　『源氏物語』の〈春〉の歌語

さて、『源氏物語』作中詠歌に用いられた〈春〉の歌語は全部で一一〇首ある。その内訳は、

若紫12　花宴2　葵1　須磨7　蓬生2　少女4　初音5　胡蝶　7　真木柱5
梅枝9　若菜上10　柏木5　幻7　紅梅4　竹河11　椎本7　総角1　早蕨7
宿木2　浮舟2

となる。物語で描かれている季節が春の場合は、当然春の風物や情景を詠み込んだ歌が多くなる。いちいち用例を掲げる煩は避けるが、これら一一〇首の歌について調査したところ、そこには三代集で確立されたものとは異なる使われ方が見られた。以下、いくつか代表的な用例をあげて、『源氏物語』作中詠歌に特徴的な歌語について考え

てみたい。

＊

A　『源氏物語』作中詠歌に特徴的な歌語で、後世の和歌史に影響を与えたもの

『源氏物語』の作中詠歌の言葉が後世、おもに鎌倉期以降の歌人たちに影響を与えたことはすでによく知られているが、〈春〉に関する語についてもその傾向は十分に見られる。

まず、『源氏物語』初出の歌語について検討してみたい。代表的なものとして、「春の曙」があげられよう。

袖ふれし人こそ見えね花の香のそれかとにほふ春のあけぼの　（手習⑥三五六頁）

出家を遂げた浮舟が、仏道修行の合間に手習として書き付けた歌である。清少納言は『枕草子』初段で「春は曙」として、その情景の美しさに着目したが、「春の曙」という語が、実際に和歌に詠まれたのは、『源氏物語』が初出と考えられる。同時代には和泉式部に「恋しさもあきのゆふべにおとらぬは霞たな引く春の明ぼの」（『和泉式部続集』一八八）、また、『栄花物語』に「うちはへて見るとも飽かじ津の国の難波の浦の春の曙」（巻三八「松のしづえ」・源季宗）があるが、勅撰集では『千載集』の「梅がえの花にこづたふうぐひすのこゑさへにほふ春の曙」（春上・二八・守覚法親王）が初出となる。明らかに『枕草子』を意識していると思われる和泉式部の歌と異なり、この『千載集』の歌は、「春の曙」の美しさを歌うだけではなく、梅と春の曙の情景が取り合わせされており、浮舟詠の影響がうかがえる。『千載集』に認知された「春の曙」という歌語は、『新古今集』の時代になると、桜を初めとしてさまざまな春の景物が曙の美しさと取り合わされ、用例数も激増する歌語である。

もう一つ、代表的なものとしては「春のあは雪」の用例を見たい。

はかなくてうはの空にぞ消えぬべき風にただよふ春のあは雪　（若菜上④七二頁）

いかにも頼りなげな女三の宮を象徴するかのような「春のあは雪」であるが、平安期においては、「春日野の下もえわたる草の上につれなくみゆる春のあは雪」（《堀河百首》）、「千とせふる松の木かげになづさひて消えこそやらね春のあは雪」（《小侍従集』）の二首があるだけであり、いずれも『源氏物語』以降の作品である。しかし、鎌倉期に入ると、『新古今集』を初めとする勅撰集、歌合、百首歌、私家集に非常に多くの用例が見られるようになる。「あは雪」そのものは、『古今集』から詠まれた歌語であるが、冬のものとして捉えられていた。「春」と「あは雪」の取り合わせは、『源氏物語』以前に『伊勢集』の「梅の花香にだににほへ春たちて降るあはゆきに色まがふなり」（九〇）がその先蹤としてあげられるが、「春のあは雪」という語が成熟した歌語として鎌倉期以後の歌人たちに受け入れられ、好まれたのは『源氏物語』の影響が考えられよう。

次に『源氏物語』初出の歌語ではないが、それ以前にはほとんど用例がなかったものの、以後の和歌史に大きな影響を与えたものについて、検討してみたい。

まず、よく知られている例として「初草」があげられる。

初草の生ひゆく末も知らぬ間にいかでか露の消えんとすらむ　（若紫①二〇八頁）

初草の若葉のうへを見つるより旅寝の袖もつゆぞかわかぬ　（若紫①二一六頁）

若紫巻で印象的に用いられる「初草」の語であるが、『源氏物語』以前は『伊勢物語』四九段における「初草のなどめづらしき言の葉ぞうらなくものを思ひけるかな」の用例が一例あるのみである。しかしこれも鎌倉期になると、勅撰集では『新勅撰集』を初出として、私家集その他において、多出する歌語である。

また、「尾上の桜」も同様である。

嵐吹く尾上の桜散らぬ間を心とめけるほどのはかなさ　（若紫①二二九頁）

「尾上の桜」という語は、『源氏物語』以前には、『後撰集』に「山守はいはばいはなん高砂のをのへの桜折りてかざさむ」（春上・五〇・素性法師『古今和歌六帖』『素性集』にも同歌）があるのみであったが、『百人一首』でも有名な「たかさごのをのへのさくらさきにけりと山のかすみたたずもあらなん」（春上・一二〇・大江匡房）が『後拾遺集』に収められて以降、特に鎌倉期には、「尾上の松」「尾上の風」「尾上の鐘」など、そのほかの「尾上」を伴う表現とともに、多く詠まれた。

このように『源氏物語』以前にはほとんど歌語として認められなかったものの、後世に定着したものとして、「梅のたち枝」「花の都」「花のあるじ」「春の名残」「峰の霞」「花の錦」「春のしるし」「梅の初花」などがあげられる。

B　『源氏物語』以外にはあまり用例が見られないもの

次に、『源氏物語』初出、あるいは『源氏物語』以前にほとんど用例がなく、かつ、後世への影響もほとんどなかったものをあげてみたい。

たとえば、『源氏物語』初出の歌語としては「春の旅人」「春の梢」「春の垣根」「花の夕影」「峰の早蕨」「暮の春」「夕べの霞」「春の都」、『源氏物語』初出とは言えないものの、それ以前の用例がほとんどないものとして「花の顔」「園の梅」「峰の霞」などがあげられる。一見、特殊な言い回しとは思えないものであるが、和歌の言葉としては異例のものであったようで、物語以外で用いられることはほとんどなかった。

例として、「春の都」を見てみる。

いつかまた春のみやこの花を見ん時うしなへる山がつにして

（須磨②一八二頁）

須磨退去を決意した光源氏が、八歳の春宮のもとに送った惜別の歌である。「はるのみやこ」は「春の都」に「はるのみや（春宮）」を掛けたもので、再びいつか美しい京の春を、そして春宮の栄えるめでたい世を見られるだろうかという思いを込めたものである。この詠歌は、須磨巻のこの場面において、光源氏の心情を語るにふさわしいが、しかしながら、この「はるのみやこ」に「はるのみや」をかける掛詞は一般的なものとしては認知されなかったようである。

「春の都」は『源氏物語』以前にはなく、同時代としては『御堂関白集』に二首（五一・五二）あることが注目される。[12] 鎌倉期に入っても、『拾遺愚草』に釈教歌として「きさらぎのなかばの空をかたみにて春の都を出でし月影」（二九七）があるが、平安、鎌倉期を通してほとんど用いられることはなかった。[13]

四　『紫式部集』の〈春〉の歌語

　さて、『紫式部集』の中には〈春〉に関係する語は二三首見られる。『紫式部集』には特異な歌語や地名、歌材が多く使われているが、〈春〉についても「桃」「なし」など当時一般的ではなかった語も見られる。今、『紫式部集』歌に言及する余裕はないが、従来の和歌ではあまり用いられなかった特徴的なもので、『源氏物語』と共通する歌語に「花のあるじ」「若竹」「霞の衣」がある。それらの用例について触れておきたい。

　植ゑて見し花のあるじもなき宿に知らず顔にて来ゐるうぐひす　（幻④五二八）

　紫の上亡き後、訪れた春に哀しみをあらたにする光源氏の詠歌である。「花のあるじ」という語は、『源氏物語』以前では『後撰集』の藤原雅正歌（「露だにも名だたるやどの菊ならば花のあるじやいくよなるらん」〔秋下・五九五〕『伊勢集』にもあり）が唯一である。『紫式部集』（一二〇、『紫式部日記』に同歌あり）では「菊の露わかゆばかりに袖ふれて花のあるじに千代はゆづらん」とあり、『源氏物語』とは季節が異なるが、『伊勢集』と同じく菊に関して、「花のあるじ」という語が使われている。『伊勢集』との関わりがあらためて注目されるところである。「花のあるじ」は平安期には『伊勢集』と『紫式部集』（『日記』）、『源氏物語』以外には使われることのなかった語であるが、中世期になると家隆、定家を始めとして詠まれるようになり、この『紫式部集』の「菊の露」歌も『新勅撰集』において勅撰集に収載された。

　また、「若竹」も両者に共通の特徴的な歌語である。

今さらにいかならむ世か若竹の生ひはじめけむ根をばたづねん　（胡蝶③一八三頁）
若竹の生い行末を祈るかなこの世を憂しと厭ふ物から　（『紫式部集』五四）

紫式部以前には、『朝忠集』に「いくよしもあらじものから若竹の生ひそはりけん春さへぞ憂き」（二九）にあるのみ。他にもほとんど和歌に詠まれていない歌語であるが、注目されるのは『大斎院前御集』に二首（一〇六・一〇七）見られることである。ただし、贈り物に添えられた歌で、少し趣を異にしている。

一方、「霞の衣」は、『源氏物語』『紫式部集』で、特徴的な意味を付与された語である。

木の下のしづくにぬれてさかさまにかすみの衣着たる春かな　（柏木④三三五頁）
うらめしやかすみの衣たれ着よと春よりさきに花の散りけむ　（柏木④三三六頁）
はかなしやかすみの衣たちしまに花のひもとくをりも来にけり　（早蕨⑤三五三頁）
なにかこの程なき袖を濡らすらん霞の衣なべて着る世に　（『紫式部集』四一）

『源氏物語』で三回も用いられ、印象的であるが、ここでの「霞の衣」はいずれも悲しみを表す喪服の意であり、すでに横井孝氏に詳細な論がある。(14)「霞の衣」という語は、もともと『源氏物語』以前の『古今集』、『古今和歌六帖』、『好忠集』などに見られるように、漢詩に由来し、春を擬人化した表現であった。平安期では限られた歌人しか使わなかった「霞の衣」という歌語が、中世期には飛躍的に多く用いられており、『源氏物語』が着目したことによって、歌人たちに再認識を促した結果となったと考えられる。しかし、『源氏物語』が開拓した喪服の意で用いられることはほとんどなかった。

五　おわりに

一年の始まりであり、陰陽道からも重要な季節である〈春〉は、帝を言祝ぐ勅撰集の中でも重んじられ、大事にされた部立であった。その〈春〉に関する歌語について、『源氏物語』の和歌を中心とした紫式部の歌の考察を進めてきた。結果、一見特に突飛なものはなく、従来の言葉の用法からはずれていない。しかし、細かく見ると、歌枕の場合と同様(15)その用語の組み合わせや、縁語、掛詞による新たな意味づけなど、新鮮味を感じさせる歌語が多く見られた。玉鬘巻で、光源氏の言葉にあった「いまめきたる言の葉」への興味が、『源氏物語』を含む実際の紫式部の和歌の中で実践されている様子が見て取れよう。物語中の和歌や私家集の和歌は、晴れのものではないゆえに、約束事からの自由度が高くなる。かといってあまりに奇抜な表現は、宮中生活を営むそれなりの知識も作歌の経験もある読者には、受けいられないおそれもあったろう。今回は、春という季節に関わるものに限り報告したが、このような新しさを持った歌語で、後世の歌人たちに影響を与えた語は、季節を表す語に限らず、いくつかすでに先学により指摘されているところであり、本書でも「草の原」や歌枕について論じている(16)。先行作品からの影響だけではなく、同時代作品との関連を含めて、このようなひとつひとつの言葉への目配りが、紫式部の言葉に対する感性と意識を探り、『源氏物語』や『紫式部集』などの作品の解析にもつながっていくと考えられる。

物語の歌は、基本的には物語場の要請にしたがって、登場人物のより細やかな感情を、緻密な言葉の連繋によって構築していくものであろう。季節の言葉など比喩表現を用いない歌も物語の中にはたくさんあり、それらの歌の中にも特殊な言い回しは見られる(17)。むしろ、それこそがその場面における詠者の心情、個性をはっきり描出するといえるかもしれない。しかし、その場の自然の風景を詠み込むことを要求されているわけではない場面で、約束事や伝統にのっとった季節に関する歌語を用いることは、和歌史に連なることでもある。それゆえ、散文文学作品において、和歌の言葉を用いることは、過去の文学に託された人々の思いを引き寄せ、未来に拓くことでもある。連綿と続く和歌の世界は、その短詩型という特殊さも手伝って、多くの表現技法が試みられ、確立してきた。また、表現だけではなく、人々の物事の認識のしかたそのものにも大きく影響を与え、築かれた様式美は感じ方、考え方をも規定していく力を持っていた。

このような『古今集』を初めとする三代集的な和歌の表現世界がもたらした文学的な達成は、仮名文字の発達により、表現手段を得、目覚めた平安女流文学の担い手たちにあらたな刺激となったことは想像に難くない。清少納言が『枕草子』の随想的章段や類聚的章段で描出した自然美[18]、和泉式部や赤染衛門が試みた和歌表現の新たな可能性[19]など、一条朝においての革新的な動きは、紫式部だけのものではなかった[20]。和歌の言葉への挑戦が散文文学作品の表現を豊かにしてきたことに我々はもっと留意してよい。

和歌の言葉による型どり、象りは、新たな季節の意味づけや感情のかたちを表現する。歌枕や和歌の作法書に則って作歌することへ疑義を呈した、光源氏＝紫式部の「いまめきたる言の葉」への挑戦は、成功したか否か、読者の評価に委ねられている。

注

（1）なお、『紫式部集』と『源氏物語』の関係については今井源衛「源氏物語と紫式部集」（『今井源衛著作集三』笠間書院　二〇〇三年）、山本利達「紫式部集と源氏物語」（『源氏物語講座第四巻』勉誠社　二〇〇二年）他。最近では長谷川範彰「『紫式部集』『源氏物語』作中歌・類似歌」（『源氏物語と和歌』青簡社　二〇〇八年）、横井孝「紫式部集と源氏物語――研究史の一齣として――」（『紫式部集大成』（笠間書院　二〇〇八年）等がある。

（2）加藤睦・小嶋菜温子編『源氏物語と和歌を学ぶ人のために』（世界思想社　二〇〇七年）、小嶋菜温子・渡辺泰明編『源氏物語と和歌』（青簡社　二〇〇八年）、池田節子他編『源氏物語の歌と人物』（翰林書房　二〇〇九年）などが刊行されている。

（3）田中初恵「源氏物語の和歌」（『源氏物語研究集成第九巻　源氏物語の和歌と漢詩文』風間書房　二〇〇〇年）

（4）清水婦久子『源氏物語の風景と和歌　増補版』（和泉書院　二〇〇八年）、『源氏物語の真相』（角川選書　二〇一〇年）等。

（5）土方洋一「歌ことばの記憶」（『国語と国文学』二〇〇八年三月）、「『古言』としての自己表現——紫の上の手習歌」（『源氏物語と和歌』青簡社　二〇〇八年）等。

（6）玉鬘の裳着に際して、またも「からころも」を用いて、和歌を贈ってきた末摘花に対して、光源氏は「いとまめやかに、かの人の立てて好む筋なれば、ものしてはべるなり」といって

唐衣またからころもからころもかへすがへすもからころもなる　（③三一五頁）

の歌を返している。

（7）滝澤貞夫「第二部　歌語研究編・第一章　用語用法和歌の用語」（『王朝和歌と歌語』笠間書院　二〇〇〇年）

（8）参考　小沢正夫「歌学者歌人としての藤原公任」「紫式部の和歌観」（『平安の和歌と歌学』笠間書院　一九七九年）、後藤祥子「公任と源氏物語の距離」（『王朝和歌と史的展開』笠間書院　一九九七年）等。

（9）後藤祥子「『源氏物語』の和歌——その史的位相」（『源氏物語と和歌　研究と資料Ⅱ』武蔵野書院　一九八二年）

（10）横井孝「『源氏物語』の表現・断章——「霞の衣」を中心に——」（『静岡大学教育学部研究報告（人文・社会）』一九八七年三月）なお、本書Ⅰ—第二部第四章でも「歌枕」を取り上げて考察した。

（11）久富木原玲「歌人としての紫式部——逸脱する源氏物語作中歌——」（『源氏物語研究集成　第15巻　源氏物語と紫式部』風間書房　二〇〇一年）

（12）我が宿の花のころほひは常よりも春の都を思ひやるかな（五一）
のどけくて春のみやこと見るからにうゑけむ花のもとをしぞ思ふ（五二）

（13）明らかに「春の都」と「春宮」をかけたものとして、『風葉和歌集』所収の平安後期の成立がとされる散逸物語「緒絶えの沼」の詠歌がある。

心にもあらず春宮の御あたりもかけはなれて、やまざとにはべりけるころ　　をだえのぬまの内侍督

いかにしていづれの世にか霞はれ春のみやこの花をみるべき　（雑一・一一七三）

（14）注（10）参照。なお、ほかに柳井洋子「『源氏物語』における喪服の比喩表現――「霞の衣」を中心に――」（『岡山大学国語研究』一九九六年三月）、境田喜美子「『霞の衣』考」（『帝塚山学院大学日本文学研究』一九九七年二月）等がある。

（15）本書Ⅰ―第二部第四章参照。

（16）本書Ⅰ―第二部第四章、第六章参照。

（17）注（11）参照。

（18）西山秀人「『枕草子』地名類聚章段の背景」（『上田女子短大紀要』一九九四年二月）『枕草子』が当時の和歌的な表現世界と対峙しつつ、新しい表現を生み出したことに関しては、この他に三田村雅子「〈名〉と〈名〉を背くもの――「～は」章段の性格――」（『枕草子表現の論理』有精堂　一九九五年）、西山秀人「歌枕への挑戦――類聚章段の試み」（『国文学』一九九六年一月）、小森潔「枕草子と和歌――枕草子と源氏物語の〈散文への意志〉」（『源氏物語と和歌を学ぶ人のために』世界思想社　二〇〇七年）などがある。

（19）西山秀人「源氏物語の和歌――重出表現をめぐって」（『源氏物語の和歌』青簡社　二〇〇八年）

（20）福田智子「『朧月夜にしくものぞなき』小考――一条朝和歌の表現特徴と『源氏物語』――」（『香椎潟』二〇〇五年一二月）

付記　『紫式部集』の引用は岩波新日本古典文学大系『土佐日記・蜻蛉日記・紫式部日記・和泉式部日記』所収の本文による

第六章　物語と和歌——『源氏物語』花宴巻の「草の原」を手がかりに——

一　はじめに

物語は言うまでもなく、散文作品であるが、その作中には必ずといってよいほど和歌を有している。それは、『古今集』を中心とする勅撰集や、その背後でそれらを支えている私家集、私撰集の存在、さらに日常生活における和歌の占める役割などの、和歌をめぐる環境を十分に反映していると考えられる。そして物語は、作中詠歌としてだけではなく、引き歌表現やその他さまざまな形をとりながらも、その技巧（縁語、掛詞的表現や発想）、形式（五・七のリズムなど）、精神（美意識の規範など）などを学び、吸収することによってその作品世界をより豊かなものにしていった。とりわけ、『源氏物語』は、和歌のとりこみ方に巧みで、散文中においては引き歌や歌語の使用として、また作中詠歌においては後世、「本歌取り」と呼ばれたような方法の適用など多岐にわたっている。その『源氏物語』を中心とする物語の研究において、和歌的な表現に着目した視点からのアプローチは盛んに行なわれてきている。その中で個々の場面分析を絡ませながら、和歌の世界から物語への影響を問うていく研究は行なわれているが、その逆の視点からのアプローチはまだ十分であるとは言えないのではないかと思われる。そこで、ここでは物語が和歌の世界に影響を与えるということについて考えてみたいと思う。『源氏物語』によって見出された新しい美意識や歌語が中世和歌の世界に影響を与えていることはよく知られているが[1]、ここでは花宴巻で朧月夜がその歌中に使用し、『源氏物語』を経た後、歌語として用いられるようになったと考えられる「草の原」という語を手がかりとして、物語、和歌を含めた表現史の中でこの現象についての考察を試みていこうと思う。「草の原」という語は、周知の俊成の「六百番歌合」の判詞に出てくる。まずこの判詞から取りあげてみたい。

冬、十三番、枯野　左勝　女房

見しあきをなにのこさむくさのはらひとへにかはる野辺の気色に

右　隆信

しもがれの野べのあはれを見ぬ人や秋の色にはこころとめけむ

右方申云、くさのはらききよからず、左方申云、右歌、ふるめかし、判云、左、なにのこさんくさのはらといへる、えんにこそ侍るめれ、右方人草の原難申之条、尤うたたある事にや、紫式部歌よみの程よりも物かく筆は殊勝なり、花宴の巻はことにえんある物なり、源氏見ざる歌よみは遺恨の事なり、右、心詞あしくは見えざるにや、但、常の体なるべし、左歌宜し、勝と申すべし

俊成の『源氏物語』に対する姿勢を知る手がかりとして、よく知られている部分であろう。ここでいう花宴巻の当該場面を次に掲げる。

酔ひ心地や例ならざりけん、ゆるさむことは口惜しきに、女も若うたをやぎて、強き心も知らぬなるべし、らうたしと見たまふに、ほどなく明けゆけば、心あわたたし。女はまして、さまざまに思ひ乱れたる気色なり。「なほ名のりしたまへ。いかで聞こゆべき。かうてやみなむとは、さりとも思されじ」とのたまへば、

うき身世にやがて消えなば尋ねても草の原をば問はじとや思ふ

と言ふさま、艶になまめきたり。「ことわりや。聞こえ違へたるもじかな」とて、
いづれぞと露のやどりをわかむまに小篠が原に風もこそ吹け
わづらはしく思すことならずは、何かつつまむ。もし、すかいたまふか」とも言ひあへず、人々起き騒ぎ、上の御局に参りちがふ気色どもしげく迷へば、いとわりなくて、扇ばかりをしるしに取りかへて出でたまひぬ。
（①三五七～三五八頁）

はからずも朧月夜と逢瀬を持った光源氏であるが、両者は名のりもせず、互いの扇のみを交換して別れる場面である。

俊成の「六百番歌合」の判詞においては、「紫式部、歌よみの程よりも物かく筆は殊勝なり」や「源氏見ざる歌よみは遺恨の事なり」、また花宴巻の評価等が問題にされることが多いが、ここでは右の方人が「聞きつかず」としながら、俊成が『源氏物語』を引き合いに出して評価した「草の原」という語について着目したい。そして、この語を手がかりとして、表現の上での和歌と物語の影響関係について考えていきたいと思う。なお、ここで「和歌の世界」という場合の「和歌」とは主に勅撰集、歌合、私家集等に収録され、それ自体一首独立して鑑賞することを目的とされるような詠作についていう。対して、「物語」とは中古、中世のいわゆる「つくり物語」を指す。そして、物語における作中詠歌は、具体的には散文である物語の各々の場面に奉仕するものであり、その場面の情趣を盛りあげたり、作中人物の心情表現に一役を買うが、一首が独立して鑑賞されることを目的とはしていないものと考えられる。

二　物語の歌における「草の原」

それでは、まず、物語の作中詠歌において「草の原」という語はどのように用いられているのであろうか。そのことから始めてみたい。なぜなら「草の原」という語がともかくも歌の中で用いられたのは、『うつほ物語』の作中詠歌が最初だと思われるからである。

御文は唐の紫の薄様一重に包みて、紫苑の作り枝につけて、中納言見たまへば、おぼつかなきまでになりにけるをなむ、久しう見えたまはぬを、あやしく思ひつるに、ただ昨日なむ、ことわりなるやうにてとは承りし。まことや、この鳥は、

紫の野辺のゆかりを君により草の原をも求めつるかな

とて承らましかば、大鳥もありなましものを。

と、聞こえたまへり。（蔵開上②三七九頁）

女一の宮の出産の御祝の、梨壷からの贈り物に添へて届けられた文の中の歌である。この歌は諸注にも見られるように、

紫のひともとゆゑにむさしのの草はみながらあはれとぞ見る（『古今集』雑上・八六七・よみ人しらず）

を踏まえた歌だと思われる。この歌と同様の発想から、血縁のつながりをいう「むらさきのゆかり」と「草の原」が結びついたのであろう。しかし、歌ことばとしてはやや異質なのか、この「草の原」という語は、『うつほ物語』からの影響という形ではもちろんのこと、それ以外の形でも、和歌の世界で用いられることはなかった。

そして、次に知ることができるのが、前掲の『源氏物語』花宴巻の例である。『源氏物語』の作者が『うつほ物語』を読んでいたらしいことは、その作中からうかがえるが、『源氏物語』のこの場面における「草の原」の使用に際しては、『うつほ物語』を意識していたとは思われない。同じように「草の原」を対象にするにしても、この場面において朧月夜の「草の原」には「死」のイメージが漂い、彼我をさすらう魂が想起され、彼女の心情の切迫感と同時に、光源氏への挑戦的なまなざしもがうかがえる。「私がこの世から消えてしまったら、あなたは草の原をかきわけてでも私を訪ねようとはして下さらないのでしょうか」と。賀茂真淵の『源氏物語新釈』以来、近・現代の諸注も「草の原」を「墓のこと」とする。直接的に両者を結びつける強い根拠は見あたらないものの、この身体がこの世から消えても、心は結びついていたいとする恋情を象徴的に表現している語であるといえよう。したがって、お祝いの品である造り物の小鳥を、草の原で探したとする、表現的な修辞のレベルで用いられた『うつほ物語』の場合とは異なって、『源氏物語』では抒情的な要素が「草の原」には託されており、歌ことばとしての使用のされ方には格段の差があると思われる。光源氏は、その返歌において、彼女の「草の原」を「小篠が原」で受けることによって、彼女の心配は誤解であることをいい、彼女の切迫感を否定しつつも、拭いきれない不安感をそれに託して詠む。いづれにしても、「草の原」という、比較的叙景的な言葉を恋歌の中で象徴的に用いたところは『源氏物語』の工夫の一つだと言えよう。しかし、一方の和歌の世界においては、依然としてこの語は用いられてはいない。たとえ偶然であったとしても、またその使われ方が全く異なっているとはいえ、この「草の原」が、『うつほ物語』『源氏物語』と物語の作中詠歌において用いられていることは興味をひくことである。

続けて、物語作品の中から、「草の原」が歌の中で用いられている例を拾っていくと次に見られるのが『狭衣物語』である。

「物思ひの花」のみ咲きまさりて、汀がくれの冬草は、いづれとなくあるにもあらぬに、「『尾花がもとの思ひ草』は、なを、よすが」と、思さるゝを、むげに霜枯れ果てぬる、いと心細う思し侘びて、

尋ぬべき草の原さへ霜枯れて誰に問はまし道芝の露

あさましう、誰とだに知らずなりにしかば、なを、「思ふにも言ふにもあまる」心地（ぞ）し給へる。

（巻二・一一九頁）[2]

『狭衣物語』の巻二の冒頭部分、行方知らずになった飛鳥井女君を思慕している狭衣の詠である。一読して気づくように、ここでは『源氏物語』花宴巻が意識されている。仮定の話として「もし私がこの世からいなくなったら、草の原までも云々」とする『源氏物語』に対して、この歌の対象となっている飛鳥井女君はすでに実際に失踪、入水の噂すらある。したがってこの歌は、「たとえ草の原（墓所）までも尋ねたいと思っても、その尋ねるべき草の原さえ霜枯れてしまって、そこがどこかわからない。いったい誰に問えばよいのであろうか、道芝に宿る露のように消えてしまった彼女の行方を」となり、「さがすよすがすらない」狭衣のため息が独詠となって表出されたと考えられる。その詠歌状況は、『源氏物語』をふまえているものの、仮定であったことを現実化してとらえ直すというように、発展的な継承が見られるといえよう。

『浜松中納言物語』では、この「うき身世に」（花宴巻）の歌は引き歌として用いられている。

月ごろは、かくてありと中納言の聞きつけ給はぬほどに亡くなり果てばや。さてのち、草の原をたずね給はむほどのあはれ、さりとも、浅くはおぼさじ。そのほどに、うたてうとましとおぼさん心のほどはうせ給ひなむかしと思ひ焦られつるを、

（巻五・四〇九頁）

歌中の語としてではないが、引き歌表現としてこの歌のこの部分を取りこむことによって文章の表現効果をねらっている。「亡くなる」と「草の原」を結びつけるあたり、明らかに『源氏物語』における「草の原」の使われ方を意識しているといえよう。さらに、この「うき身世に」の歌、および歌の心を「あはれ」と評していることは注目され、俊成の判詞にもつながる一面を見ることができよう。

中世にはいると、定家作かと言われる『松浦宮物語』にも、その作中詠歌に「草の原」という語は出てくる。

男は、雲とも霧とも立ち処知らぬゆくへなさを恨み尽くし、女は、急ぐ月日のま近さを思ひわびたり。見慣るるままに、あやしう見ず知らぬ人の心地もせず。

「手に取ればあやなく影ぞまがひける天つ空なる月の桂に
なにの契りにか、かかるあやしき物思ふらん」

と流し添ふれば

草の原影定まらぬ露の身を月の桂にいかがまがへん
まことのすみかも、隔てきこえむとにはあらねど、現はれば、いと恐ろしう、疎まれぬべきところのさまになむ、思ひわびぬる。

（巻二・一〇三〜一〇四頁）

前述の諸作品とは異なって、ここでは『源氏物語』花宴巻の世界とは離れた形で「草の原」という語が使われている。角川文庫本の注において、萩谷朴氏は、「草の原」は「露」「枯る」などにかかる枕詞とされ、さらに補注で『拾遺愚草』、『壬二集』などの歌をとりあげられている。(3) 枕詞ととることについては予断を許さない問題を含んでいると思われるが、少なくとも「露」「枯る」などの縁語として「草の原」が使用されている例は、中世の歌などにおいて多く指摘できる。この『松浦宮物語』の作中詠歌の場合の「草の原」は、「はかなさ」を形成する歌句の一つととらえることができよう。後述する和歌の世界における「草の原」の使われ方の実態においても、『源氏物語』の本歌取りからは離れたケースが認められるが、その和歌の世界における「草の原」という語への反応が、この『松浦宮物語』の作中詠歌に反映されていると思われる。すなわち、この場合における歌語としての「草の原」は『源氏物語』からの直接的な影響ではなく、むしろ、和歌の世界ですでに一般化していた歌語を導入していると考えられるのである。

次に、『風葉和歌集』を手がかりとして散逸物語の作中詠歌における「草の原」について言及してみたい。『風葉集』には、「草の原」を含む歌は六首を数える。後に触れる勅撰集等が「草の原」を含んだ歌を四季部に配することが多かったのに比して、『風葉集』では（すなわち「物語の歌」においては）六首中四首が恋や哀傷の部に配置されていることが注目される。このうち二首は先述の『源氏物語』の「うき身世に」と『狭衣物語』の「尋ぬべき」の歌であるから、残りの四首について検討してゆきたい。（以下、『風葉集』に掲載順）

まず、『風につれなき』の歌があげられる。

　　だいしらす　　　　風につれなきのよしのの院御歌

むしの音も秋はてがたの草の原かれはの露はわがなみだかも　（秋下・三五八）

『風につれなき』は一部現存しているが、この歌は現存部分には見あたらない。後嵯峨院朝の成立と目されているから、『風葉集』（一二七二）とほぼ同時代の作品と見なすことができる。この詞書と歌からだけでは物語の状況を知ることはできないが、花宴巻の場面の影響は見られないと推定してよかろう。むしろ、このような、「草の原」の使われ方は和歌の世界で多く使われているものと似通っており、『松浦宮物語』などと同様のケースかと考えられる。

残りの三首は「哀傷」の部に一まとまりのものとして取りあげられている。『風葉集』の配列順にしたがって見ると、まず『玉藻に遊ぶ』から一首とられている。

一条院かくれさせ給へりけるに冷泉院の一品宮とぶらひ給べりければ

玉もにあそぶの一条院女一宮

ありとてや人のとふらん消はてし露もとまれる草の原かは　（六一二三）

『玉藻に遊ぶ物語』は、天喜三年（一〇五五）の「六条斎院禖子内親王家物語歌合」に提出された物語の一つで、その作者宣旨は、『狭衣物語』の作者としても有力視されている人物である。「『玉藻』が『狭衣物語』に発展する前の雛形的作品であった」ことも想定されているが、(4)いずれにしても『源氏物語』と『狭衣物語』の間をつなぐ物語群の一つであると考えられる。

続いて、『風葉集』には『袖ぬらす』の歌が二首並んでいる。『袖ぬらす』は『狭衣物語』にその名が見えることから、同じく『源氏物語』と『狭衣物語』の間の作品かと思われる。

弘徽殿女御わづらひ侍けるに御こゝらもれいならで遣はされける[5]
袖ぬらすの女院
とゞまらば草の原までとはましをあらそふ露の哀なる哉　（六二四）
宣旨なくなりて後女院にまゐりてよみ侍ける
おなし太政大臣
有しよのくさのはらぞとみるからにやがて露とも消ぬべき哉　（六二五）

これら三首を「草の原」という語にしぼって考えてみると、「とふ」「消ゆ」などの語の共通性や、「草の原」という語を「哀傷」の歌の中で用いることによって、やはり「死」のイメージにつながることなどから、『源氏物語』の影響下にあると考えられるであろう。

今、『風葉集』を手がかりとした散逸物語を含めて、「草の原」という語を用いている物語の歌について検討を試みてきた。ここで便宜上、推定されている成立の順にこれらの作品を並べてみると、『うつほ』『源氏』『玉藻に遊ぶ』『袖ぬらす』（この二作品の順序は不明）『狭衣』『松浦宮』『風につれなき』となる。これらの作中詠歌における「草の原」という語に着目して考えると、『うつほ物語』の場合は独自であるが、『狭衣物語』までの平安期の作品は、多かれ少なかれ『源氏物語』の影響下にあるといえ、さらに『松浦宮物語』『風につれなき』と時代を経るにしたがって、『源氏物語』とは離れた、一般的な歌語としての「草の原」の姿が浮かびあかってくる。そして、このことは時代的な背景も含めて、次節で検討する和歌の世界における「草の原」の歌語としての定着とも対応する現象だと考えられる次に和歌の世界における「草の原」の摂取のされ方について検討してみたいと思う。

三　歌集の歌における「草の原」

まず、簡単に主に中世初期の和歌の世界における物語の取りあげられ方について概観してみたい。和歌が第一級の文学であり、社会的地位すら左右しかねないものであったのに比して、物語はあくまで婦女子の慰み物の域を出ないというのが、俊成以前の一般的な通念であっただろうと思われる。そのことはたとえば、『後鳥羽院御口伝』(6) における、

源氏等の物語の歌の心をばとらず、詞をとるはくるしからずと申しき。すべて物語の歌の心をば百首歌にもとらぬ事なれども近代は其沙汰なし。

などからもうかがえる。しかし、一において引用した「六百番歌合」の判詞において、俊成は右の方人が「くさのはら、ききよからず」と難じた歌を、積極的に『源氏物語』花宴巻の場面を引き合いに出して「勝」とした。歌語として一般的とは言い難い語が用いられている歌を、物語を引き合いに出して評価したということは、当時において特異なことであったに違いない。さらに「源氏見ざる歌よみは遺恨の事なり」という言葉まで付されたのである。これは俊成の源氏享受の一面を端的に表わしていると言えるが、また俊成一人の問題としてはとどまっていないと考えられる。そのことは、「千五百番歌合」の中で季経が、

大方如比物語などのことをばあながちの名事ならずはよむまじなど、先達申し侍るに、ちかごろおほくよみあひて侍るにや　（九六五番）

さらに、顕昭が、

ふるき人は、歌合の歌には、物語の歌をば本歌にもいだし証歌にももちゐるべからずと申しけれど、源氏、世継、伊勢物語、大和物語とて歌読の見るべき歌とうけたまはれば、狭衣も同じ事歟、

（一二七六番）

と述べているなど、六条家の歌人においても物語に対する考え方に揺れが生じていることからも知られる。その他、俊成、定家のパトロン的存在であった後京極摂政藤原良経が、物語に深い理解を示していたことは、『源氏物語』『狭衣物語』両物語の歌を本歌とした彼の詠作があることや、「物語二百番歌合」の撰進の下命などによって知ることができる。藤原定家の物語に対する深い造詣のほどについては、今さら縷述するには及ばないであろう。藤原俊成という一人の人物の影響力の大きさを知ることができるが、またそれだけ『源氏物語』の世界は歌人たちに印象を与えるものを持っていたとも言えよう。

それでは次に、具体的にいくつかの歌ことばとしての、「草の原」をめぐる例を検討しながら、この物語と和歌の新しい影響関係について考えてゆきたいと思う。

先に少し触れたように「草の原」という語が歌の中で用いられた例を探してみると、『うつほ物語』に一例、『源氏物語』に一例、『狭衣物語』に一例というように、物語の歌の中に散見するが、俊成らが登場する平安末期以前には、歌集、歌合等にはほとんど用いられることがなかったようである。(7) このことはまた、あれだけ出典や参考歌を探すことは熱心であった『源氏物語』の古注釈類が、この「草の原」に関しては特にふれていないことからも推察される。

具体的に和歌の世界における「草の原」という語の使用状況について見てみたい。寺本直彦氏によれば(8)、俊成が建久四年に法性寺で亡き妻を供養して詠んだ、

おもひかねくさのはらとてわけきてもこゝろをくだくこけのしたかな　（『長秋草』一七八）
くさのはらわくるなみだはくだくれと苔のしたにはこたへざりけり　（同一七九）

の二首、およびこれに対して前斎院式子内親王が俊成に返した、

おもかげにきくもかなしきくさのはらわけぬそでさへつゆぞこぼるる　（同一八八）

が、『源氏物語』花宴巻の朧月夜の歌「うき身世に」を本歌とした歌の初めということになる。本歌取りかどうかは問わないとしても、勅撰集にこの「草の原」という語を用いた歌が登場するのは、『新古今和歌集』が最初である。

五十首歌たてまつりしに、野径月　摂政太政大臣
ゆくすゑは空もひとつの武蔵野に草の原よりいづる月かげ　（秋上・四二二）

題しらず　皇太后宮大夫俊成女
霜がれはそこともみえぬ草の原誰に問はまし秋のなごりを　（冬・六一七）

このように二首見られるがその後『続後撰』『続古今』『続拾遺』『新後撰』『続千載』『続後拾遺』『新拾遺』『新続古今』という様に、十三代集中八つの勅撰集に十一例、さらに准勅撰集の『新葉集』にも一例「草の原」という語が見られる。これらの勅撰集における部立を見ると、『新古今集』及び十三代集の合計十三例に『新葉集』の一例を加えた十四例は、春上一、春下一、秋上一、秋下四、冬三、釈教一、哀傷一、雑上一、雑中一（ただし、詞書は「冬の歌の中に」となっている）となっており、ほとんどが秋、冬の叙景歌として歌われていることがわかる。また、「六百番歌合」、「千五百番歌合」あるいは正治両度、健保、宝治、弘長などの百首歌などにも見出すことができる。

私家集に目を転じると、俊成を筆頭に、実定、良経、慈円、家隆、定家、雅経、後鳥羽院、俊成卿女などの新古今歌人の家集に多く見られるようになる。

このように見てくると、俊成が一つの区切りとなっていることは、実作の上からもうかがえよう。

さて、これらの「草の原」という語を使用した歌について、分析してみると、おおよそ二つに分けられると思われる。すなわち、『源氏物語』花宴巻の「うき身世に」の歌に取材したものと、『源氏物語』の直接的な影響を感じさせないものの、二種類である。前者はたとえば、

世にしらぬおぼろ月よはかすみつつ草の原をばたれか尋ねん　（定家『拾遺愚草員外』六一五）

などのように、物語世界を髣髴とさせるものや、『新古今集』の俊成卿女の、

霜枯れはそこともみえぬ草の原誰に問はまし秋のなごりを　（『新古今集』・冬・六一七）

のように『源氏物語』の歌（およびそれを継承した『狭衣物語』の歌）を下敷きにして、四季の歌に構成し直したものがあげられよう。

そして、数量的に最も多く見られるのが後者の場合である。これは、「草の原」という語が『源氏物語』花宴巻の世界とは離れて用いられているものである。多くは、「くさはら」そのものを意味し、「虫の音」「露」「風」などと結びついて、秋から冬への叙景歌の中に多く詠みこまれている。例としては、

ゆくすゑは空もひとつの武蔵野に草の原よりいづる月かげ　（『新古今集』秋上・四二二・良経）

草の原夜ぶかき霧の下露をわれのみ分けて松むしの声　（『壬二集』五二一）

があげられよう。これらの「草の原」は特殊な意味（たとえば、死のイメージをともなうといったような）を持ってはいない、一般性のある歌語だと思われる。

このように、和歌の世界で採用された「草の原」という語の使用状況を見ると、必ずしも全てが直接的に『源氏物語』花宴巻を意識しているものばかりではない。むしろ、『源氏物語』の本歌取りかと思われる歌は少数であると言えるだろう。しかし、和歌の世界において「草の原」という語が一般的な歌語として受け入れられていく、その契機として『源氏物語』花宴巻を通過することが必要だったのではないであろうか。「草」という語自体は「草木」とか「草枕」とか言うように古くから一般的に歌の中で用いられていた語である。一方、単なる「原」または「野原」という語は中世以前には歌ことばとしてあまり使用されることがなかったようである。「浅茅原」「園原」「篠原」など特定のイメージと結びつきやすいものはおくとしても、たとえば「野原」などは、勅撰集を見てみると、『新古今集』以前では、『拾遺集』に一例、『後拾遺集』に一例、『金葉集』（二、三奏本とも）に一例見出せ

るのみであるが、『新古今集』以後においては、『風雅集』を除く全ての勅撰集に数例ずつは見られる。野原という荒涼としたものの中に美を見出す意識そのものが、平安期の感性とは簡単に結びつけなかったのかもしれない。

同様に、「草の原」も「聞きつかず」とされ、和歌の伝統にはなかった語であった。その一見、風情を感じさせない「草の原」という語が、一つの情感を醸し出す語として受け入れられるためには、『源氏物語』花宴巻、さらにそれを発展させた『狭衣物語』の場面を経ることが必要であったのである。『うつほ物語』では、確かに「草の原」という語が歌中で最初に用いられたが、それはやや誇張的な修辞的な響きを持っていた。それに抒情性を加味したのが『源氏物語』であったと言える。そこには恋と生死という人間の根源的な問題をはらんでいたが、さらに『狭衣物語』における発展的な継承を経て、歌語としての資格を有するようになった。別言すれば、『源氏物語』、『狭衣物語』が共有の体験としてその基盤にあったからこそ、諒解のもとに「草の原」という語に抒情を感得できたとも考えられる。さらに、そこから『源氏物語』や『狭衣物語』に直接に寄りかかった形ではない。独立した歌語としての「草の原」の成長ということも重要であろう。図式的にははかれないものの「草の原」が歌語として取り入れられていく背景の一過程に、『源氏物語』花宴巻の「うき身世に」の歌が介在したのであろうことは、「草の原」の表現史的な一つの位相として認識しておく必要があると思われる。

いずれにしても、和歌の世界において、「草の原」という語は、一般的な歌語としてその伝統の中に組みこまれていくようになる。このことは、物語が作中詠歌を通して和歌史に影響を与えたできごとの一つとして、捉えられないであろうかと考えるのである。

四　おわりに

以上、「草の原」という語に着目して、それが歌ことばとしてどのように用いられているかを、物語、和歌の世界のそれぞれにおいて検討を加えてきた。何よりもこの「草の原」という一般的ではなかった語が、『源氏物語』を通過することによって、歌人たちに迎えられるようになったことを確認しておきたい。その手引きとした人物として、俊成の功績を見ることができるであろう。やがて、この「草の原」という語は、歌語として成熟していく。『源氏物語』の「うき身世に」の歌が恋歌であったという抒情的な背景を持ちながら、四季の歌の中にこの「草の原」は用いられ、「露」「枯る」「風」などの語と結びついて、晩秋から初冬の叙寥感を表わすものとなったのである。『源氏物語』を通過することによってはじめて、歌語としての位置を獲得することになった「草の原」であるが、それはやがて直接的な『源氏物語』の支配から脱却して、和歌の伝統の中に定着していったと言えよう。それを引き受ける形で、中世の物語の作中詠歌における「草の原」の使用も、平安期のものとは異なり、直接的な『源氏物語』の影を引きずってはいないものが見られるようになる。むしろ和歌の世界における状況を反映して、一つの成長した歌語としての「草の原」が用いられているといえよう。

「草の原」という一語を通して、物語の歌、和歌の世界の両面にわたって、その影響関係について検討してきた。散文である物語は、その作中に和歌を持つからこそ、物語と和歌、および和歌史的な状況との交流は可能になる。したがって、物語の作中詠歌は、物語と和歌の世界を密接に結びつける重要な接点の一つである。そして、文学史的な広がり、深さからいっても、和歌の側からの物語への影響は当然ともいえた。

ところで、新味のある、より高度に洗練された詠作を模索していた平安末期から中世初期の歌界において注目されたものの一つが本歌取りであった。理論的な裏付けを得ながら本歌取りは盛んになるが、その本歌として古歌や近代歌人の詠と並んで、物語の作中詠歌も採用されるようになる。ここでは一例として「草の原」という語に焦点をあててきたが、それが本歌の世界を離れて歌語として一人立ちしていく一面を見ることができたのではないかと思う。つまり、作中詠歌を通して、物語が表面上だけではなく、内容の充実した新しい素材として、その質的な部分にも踏みこむ形で和歌の世界に影響を与えたのである。そこに、どんどん権威化し、専門化していく和歌と、婦女子の慰み物の域を脱しえないでいる物語という、和歌と物語の図式的な関係を打ち破って、従来の関係に加えて、物語から和歌へという新しい影響関係が生み出されてくることを見出すことができると思う。今後さらに和歌史と物語の接点を問うことを試みていきたいと思う。

注

（1）後藤祥子氏の「源氏物語の和歌」（『源氏物語と和歌・研究と資料Ⅱ』武蔵野書院　一九八二年）を代表としてあげることができる。氏はこの論文の中で、『源氏物語』以後に使用された歌語の例としてこの「草の原」もあげておられる。

（2）日本古典文学大系『狭衣物語』より引用。

（3）萩谷朴訳注『松浦宮物語付現代語訳』（角川文庫　一九七六年）

（4）樋口芳麻呂氏「『玉藻に遊ぶ権大納言』物語」（『平安・鎌倉時代散逸物語の研究』ひたく書房　一九八二年）

（5）京都大学本、書陵部本、陽明文庫本等「ち」。

（6）『日本歌学大系巻三』（風間書房　一九六四年）

（7）塚本邦雄氏が「紫電一閃源氏物語と新古今集――源氏見ざる歌よみは――」（「国文学」一九八三年一二月）の中で、俊成の「六百番歌合」の判詞にふれて

『源氏物語』以外でも〈草の原〉くらいの言葉はしょっちゅう使っています。

と述べられているが、管見に入った限りにおいては、「しょっちゅう」使われていたようには思われない。

（8）『源氏物語受容史論考』（風間書房　一九七〇年）

第七章　『源氏物語』の作中詠歌について――『風葉和歌集』における採歌状況を中心に――

一　はじめに

『源氏物語』の享受は、中世に入ると様々な形が見られるようになる。中でも有名な藤原俊成の「源氏見ざる歌詠みは遺恨の事也」という「六百番歌合」の判詞あたりを境に、歌人たちの間で『源氏物語』の本歌取や、巻名を詠みこむことなどが行なわれるようになる。また、一方では『源氏物語』の注釈書の類も出現したりする。それらは主に、引き歌や引詩の出典、故事来歴、関連する史実などの指摘が中心であったが、とりわけ作中詠歌の類歌、参考歌の提示や引き歌の出典の探索などに熱心であったといえよう。いずれにしても、これらの動きには、和歌をよりどころにした『源氏物語』への接近の姿勢が顕著であり、それは『源氏物語』の中に和歌につながる精神をよみとろうとする努力の現れであると思われる。ここでは、『風葉和歌集』をとりあげて、その採歌姿勢を通して、『源氏物語』の作中詠歌の一側面について考えてみたいと思う。

『風葉和歌集』（以下『風葉集』）は、文永八年（一二七一）に成立したことが知られている物語歌集である。文永八年は後嵯峨院時代に相当するが、質的には衰退の一途をたどりつつも、なおつくり物語が新作されていたという時代背景を持つ。その後嵯峨院の中宮であった大宮院姞子の撰集下命により、中古、中世のつくり物語二百余の作中詠歌をとりあげて、勅撰集の形式を踏襲して編纂されたものがこの『風葉集』である。その大半が現在伝わっていない物語からの収録のため、貴重な散逸物語の資料として研究が進められてきたが、近年はこれを一つの歌集としてとらえる研究も行なわれている[1]。これだけの物語を一堂に集め、二十巻から成る[2]（ただし現存は十八巻まで）一大歌集に仕立てあげることができたのは、後嵯峨院の庇護と大宮院姞子の実父、西園寺実氏の権勢があればこそであろう。二代の国母となるなど女性の地位としては最高の地位を極めた大宮院の撰集下命による物語歌集は、おのずから物語の歌の地位を高めるものであり、それはまたやがて終焉を迎えるつくり物語にとって最後の金字塔であったと言えるかもしれない。『風葉集』の成立の後、文永十一年には蒙古襲来という歴史的なでき事がおこり、同様の試みはその後行なわれることがなかったが、仮に平穏な世であったとしても、物語に関するこれだけ大がかりな事業がはたして行なわれたかどうか疑わしい。

先述したように、『風葉集』は勅撰集の形式にのっとって、部立配列や各巻の構成が行なわれているが、その撰者として藤原為家説が有力である[3]。これだけの物語に対する知識と理解、さらに勅撰撰者である実績、あるいは多くの物語を入手できる環境などから推して為家が確かに適任かと思われる。その歌人の目でとらえたつくり物語の作中詠歌（ここでは『源氏物語』）に対する姿勢について知ることは、時代の壁にさえぎられて現代人の我々には見えなくなっているものに少しでも近づくための助けになりはしないであろうか。『源氏物語』の書かれた時代も和歌は隆盛を極めており、紫式部その人もまた歌に対して人並以上の理解と実力を有していたと思われ、『源氏物語』という作品そのものも、和歌や和歌につながる精神を基盤としているところがあると考えられるからである。

以下、『風葉集』という「歌集」に採歌された『源氏物語』の作中詠歌に焦点をあててみたいと思う。

二　『風葉集』における採歌状況

『源氏物語』は全部で七九五首の作中詠歌を有しているが、その約五分の一にあたる一七六首が『風葉集』に採

部立	春上	下	夏	秋上	下	冬	神祇	釈教	離別	羇旅	哀傷	賀	恋一	二	三	四	五	雑一	二	三
歌数	13	12	13	13	17	14	7	0	6	3	20	3	2	10	5	4	12	8	8	10

〈表Ⅰ〉部立別採歌状況　―源氏物語―

	源　氏	宇津保	狭　衣	風につれなき	いはでしのぶ	浜松中納言	夜の寝覚	有明の別	風葉集
四季	82首	36	20	12	8	10	5	0	443
恋	33	29	26	9	12	4	3	9	395

〈表Ⅱ〉各物語における四季歌・恋歌（対象は入集歌数が20首以上の現存物語）

られている。『風葉集』にはさらに現在伝わっていない歌四首を含めて合計一八〇首が『源氏物語』の歌として収められている。一八〇首といえば、『風葉集』の総歌数（一四〇八首）[4]の一割強にも達する数であり、その収録物語数が二百余であることを考え合わせるとその比重の大きさも知ることができよう。現存、散逸の全ての物語を含めて最高の入集歌数となっている。

その『風葉集』に『源氏物語』の歌はどのように分布しているであろうか。〈表Ⅰ〉は、部立別の採歌状況である。哀傷、秋下、冬、春上、夏、秋上、春下、恋五の順で多く入集しており、なかでもその四季歌の多さが注目される。四季歌の合計は八二首にのぼり、『風葉集』の四季歌全体、四四三首の一八・五％を占めている。この数はまた、『風葉集』に採られた『源氏物語』歌の四五・六％にもなる。さらに四季六巻すべてにほぼ均等に採歌されているのも特徴だと思われる。四季六巻すべてに採歌されているものとしては、他に『うつほ物語』があげられるが、『うつほ物語』の場合、その作中詠歌の入集総数一一〇首に対して四季歌は三六首であり、四季歌の比重が大きいとはいえない。また、主な物語の四季の部、恋の部それぞれ採られた歌数と比較してみても、『源氏物語』の歌が四季の部に多く採歌されていることが明らかであろう。（〈表Ⅱ〉参照）

そこで、次にこの四季歌として採られた『源氏物語』の歌の性格について触れてみたいと思うが、その際に一つの方法として、『風葉集』に先立って

22	21	20	19	18	17	16	15	14	13	12	11	10	9	8	7	6	5	4	3	2	1	
44	1280	258	390	434	675	310	316	320	432	259	171	407	257	1075	479	82	465	464	338	233	652	風葉集
春上	雑二	秋上	冬	冬	哀傷	秋下	秋下	秋下	冬	秋上	夏	冬	秋上	恋五	神祇	春下	神祇	神祇	秋下	秋上	哀傷	
92	34	72	76	78	89	75	64	98	99	31	20	36	8	79	88	95	45	87	13	56	44	源氏狭衣歌合
雑	恋	雑	雑	雑	雑	雑	哀傷	雑	雑	恋	恋	恋	恋	雑	雑	雑	別	雑	恋	哀傷	別	

〈表Ⅲ〉風葉集・源氏狭衣歌合における共通歌の部立の相違　―源氏物語―
注：風葉集における数字は『増訂　校本風葉和歌集』の歌番号
源氏狭衣歌合における数字は『新編　国歌大観』による歌合の番の番号
順番は物語内に登場する順序による

21	20	19	18	17	16	15	14	13	12	11	10	9	8	7	6	5	4	3	2	1	
1034	146	276	788	963	1130	1049	408	1050	436	435	396	375	1025	385	1046	1120	972	193	152	160	風葉集
恋四	夏	秋上	恋一	恋三	恋五	恋四	冬	恋四	冬	冬	冬	冬	恋四	冬	恋四	恋五	恋三	夏	夏	夏	
66	98	6	96	44	66	50	78	90	28	97	76	70	64	3	91	63	48	11	55	10	源氏狭衣歌合
哀傷	雑	恋	雑	雑	別	哀傷	雑	雑	恋	雑	雑	雑	哀傷	恋	雑	哀傷	別	恋	哀傷	恋	

〈表Ⅳ〉風葉集・源氏狭衣歌合における共通歌の部立の相違　―狭衣物語―

同じくつくり物語を素材として編纂されている「物語二百番歌合」の前半部分にあたる「源氏狭衣歌合」との比較を通して考えてみたいと思う。

「物語二百番歌合」は藤原良経の要請により、藤原定家が撰したもので、元久三年（一二〇六）頃の成立とされる。その前半部分の百番が「源氏狭衣歌合」と呼ばれ、『源氏物語』、『狭衣物語』両物語の作中詠歌がそれぞれ百首ずつ番えられ、恋、別、旅、哀傷、雑に部類されている。四季部が大きな比重を占める『風葉集』とは異なり、四季の部を立てていないが、物語の歌の本来的なあり方を考えた場合はむしろ、この「源氏狭衣歌合」の部立の方が物語の歌の性格をよく反映しているとも見ることができるかもしれない。なお、後半百番は「拾遺百番歌合」と呼ばれ、左方に『源氏物語』の歌百首を、右方に『夜の寝覚』以下一〇の物語を配して番えられているが、こちらは部類はされていない。

そこで、まず『風葉集』、「源氏狭衣歌合」の両者に共通して採られた『源氏物語』の作中詠歌について着目してみたい。**〈表Ⅲ〉**は、両者に共通して採られた歌の内で、部立が異なって配置されているものである。その共通歌は全部で四六首あるが、二二首が部立を異にしている。このうち『風葉集』における神祇の歌は「源氏狭衣歌合」における雑の部に含みこまれる性質のものと思われる。「源氏狭衣歌合」には四季の部が立てられていないのであるから、ある程度は当然というものの、部立の相違している例のほとんどにおいて、『風葉集』では四季の歌と解されていることが注目される。

参考として同様の表を『狭衣物語』について作成してみると（〈表Ⅳ〉参照）、『狭衣物語』の歌は、『風葉集』において恋部に収録されがちであるという傾向が見られる。ここで詳述する余裕はないが、『狭衣物語』の場合四季部より恋部の方がその入集歌数が多い（〈表Ⅱ〉参照）ということも考え合わせると、『風葉集』では『狭衣物語』の歌は主として恋歌としてふさわしいものが多いと判断されたのではないか。そのことは、『狭衣物語』の歌は独詠歌が多く、さらに自然との結びつきが弱くなっているという性質(5)とも関わっていると考えられるかもしれない。歌集あるいは歌合の編纂というやや異なった角度からとらえた場合に、『源氏物語』は四季に、『狭衣物語』は恋に配し得るという、それぞれの物語の作中詠歌の性格の一端をこれらから知ることができるのではないかと思われる。

そこで、次に〈表Ⅲ〉から具体的な例についていくつか触れてみたいと思う。その際に「源氏狭衣歌合」の雑の部は、主に神祇や述懐の歌などが見られ、積極的に四季歌をとろうとする姿勢は見られないものの、なおその性格については検討を要すると思われるので、ここではひとまず、雑の部と関わっている例を除いた、性格のはっきりしている七例をとりあげて、『風葉集』「源氏狭衣歌合」における共通歌について検討を進めてみたいと思う。

三　『風葉集』「源氏狭衣歌合」に共通する『源氏物語』歌

まず、〈表Ⅲ〉の通し番号2の場合、桐壺更衣の亡き後、傷心の桐壺帝が靫負命婦を更衣の母のもとへ遣わす場面を見てみたい。

《風葉集》

のわきだちたるゆふべきりつぼの更衣のは丶の許につかはさせ給ひける

源氏のさかきの院御歌

宮ぎの丶露ふきむすぶ風のおとにこ萩が本を思ひこそやれ

《源氏狭衣歌合》

きりつぼの宮すどころかくれてのち、はゝのもとにつかはしける

故院御製

みやぎののつゆふきむすぶかぜのおとにこはぎがもとをおもひこそやれ

『風葉集』では秋上、「源氏狭衣歌合」では哀傷の歌として配置されている例である。確かにこの場面は、物語の背景を想い起こすと哀傷の方がふさわしい。現在の我々と同様、おそらく当時の読者たちもこの歌が、更衣追悼の場面で詠まれた歌であることを知悉していたに相違なく、『風葉集』においてあえて「秋」の歌としてとりあげていることは注意される。そこで再び詞書を含めて見直してみると、『風葉集』においてはその詞書に哀傷の意を含んだ語句は見あたらず、物語を離れてこの歌を享受することも不可能ではない書かれ方がなされていることに気づく。この歌が物語の作中詠歌であるからにはその場面の必然によって詠出され、また何らかのメッセージを持った歌であることは明らかであるが、秋の景物を借りた諷喩的な表現がとられているため、表向き秋の感懐を詠んだ歌

とも解し得る一面を持っている。『風葉集』ではその一面を掬いとって秋の歌とし、また「源氏狭衣歌合」では物語の状況を意識しての配歌だといえよう。

3の場合。場面は賢木巻。雲林院にこもって勤行を続ける光源氏は紫の上に消息する。

《風葉集》

あきの丶も御らんじがてら雲林院におはしましけるころ紫のうへにつかはさせ給ひける

六条院御歌

あさぢふの露のやどりに君をおきてよもの嵐ぞしづ心なき

《源氏狭衣歌合》

諒闇の年雲林院に法文などならひ給ひて、日ごろおはせしにむらさきのうへに

あさぢふのつゆのやどりに君をおきてよものあらしぞしづ心なき

『風葉集』においては秋下、「源氏狭衣歌合」では恋の部立となっている。歌だけを見るとやはり恋の歌と思われるが、『風葉集』においてはその詞書において「あきの丶も御らんしかてら」という一言を添えるという配慮がなされている。それによって、四季のイメージを強調していよう。

9の場合。薄雲巻で春秋優劣論を持ち出しながら、光源氏は秋好中宮に、巧みに言い寄る。

《風葉集》

冷泉院の后の宮の御かたにて春秋いづかたにか御心よせ侍べからんときこえ申させ給にいつとなき中にも
あやしとき丶しゆゐこそとの給はせけれは
六条院御うた
君もさは哀をかはせ人しれずわが身にしむる秋の夕かぜ

《源氏狭衣歌合》
れぜい院のきさいの宮、あやしとききしゆふべこそはかなくきえにしつゆのよすがもときこえ給ふに
君もさはあはれをかはせ人しれずわが身にしむる秋のゆふかぜ

『風葉集』では秋上、「源氏狭衣歌合」では恋と部立が別れて採歌されている。この場面の物語本文を掲げてみると、「（春秋についての描写）いづ方にか御心寄せはべるべからむ」と聞こえたまふに、いと聞こえにくきことと思せど、むげに絶えて御答へ聞こえたまはざらんもうたてあれば、「ましていかが思ひ分きはべらむ。げにいつとなき中に、あやしと聞きし夕こそ、はかなう消えたまひにし露のよすがにも思ひたまへられぬべけれ」と（薄雲②四六二頁）

となっている。『風葉集』「源氏狭衣歌合」両者の詞書とも物語本文に類似した表現をとりながらも、『風葉集』では「いつ方にか御心寄せはべるべからむ」、「源氏狭衣歌合」では「あやしと聞きし夕こそ、はかなう消えたまひにし露のよすがにも」という部分を詞書に組みこむことによって、秋、恋それぞれにふさわしい状況を説明している。

10の場合、朝顔巻において光源氏が寝物語に紫の上に女性批評をするが、その夜の夢に現われた藤壺の歌である。

《風葉集》

うす雲の女院かくれ給てのち思ひいできこえさせ給つゝ、おほとのごもれるにうらみたるさまにて
夢にみえさせ給ひければ　　　六条院おほむうた
とけてねぬね覚さびしき冬のよに結ぼゝれつる夢のみじかさ

《源氏狭衣歌合》

ゆめともなき御おもかげにいとどもよほされて、てらでらにみず経せさせ給とて
とけてねぬねざめさびしき冬の夜にむすぼほれつるゆめのみじかさ

「解く」という語を「安心する」ととるか、また〔(妻と)うちとける〕とるか、「夢」という語を文字通りの「夢」ととるか、「はかない逢瀬」を響かせて解釈するかによって歌の持つニュアンスがやや違ってくる。藤壺があらわれた「夢」そのもののはかなさとふと目覚めた空しさを、冬の夜のさびしさに置きかえて詠んだととれば、冬の歌と解釈できようし、この世ではままならなかった藤壺への恋慕を心の奥深く沈潜させていた光源氏の想いが、夢に藤壺があらわれたことによって浮上し、鬱屈した思いとなって詠出されたと考えれば恋の歌ととれよう。「源氏狭衣歌合」においては、その詞書に「ゆめともなき御おもかげにいとどもよほされて」と光源氏の心の奥深くの恋情がしばしかき立てられたことをとどめている。

11の場合。蛍巻において光源氏の弟蛍兵部卿宮が玉蔓に歌を贈る場面である。

《風葉集》

玉かつらの内侍のもとにためしにもひきいでつべきねにつけてつかはしける

ほたる兵部卿のみこ

けふさへやひく人もなきみがくれにおふるあやめのねのみなかれん

《源氏狭衣歌合》

五月五日たまかづらの内侍のかみに　前兵部卿親王

けふさへやしる人もなきみがくれにおふるあやめのねのみなかれむ

『風葉集』では夏、「源氏狭衣歌合」では恋の歌となっている。物語の中から歌のみ取り出して鑑賞するとすれば、四季歌とも恋歌ともとれるという歌の典型であろう、これをどのように解釈するかは、ひとえに撰者の判断にあると思われる。『風葉集』ではこの歌の前後に「あやめ」を素材とする歌が十三首並んでおり、おそらくその配列構成との関連で「夏」と判断されたのであろう。

12の場合。野分が吹き荒れた後、光源氏は女君たちのもとに見舞の訪問をするが、それは明石の君にとっては「風の騒ぎばかりをとぶらひたまひて、つれなく立ち帰りたまふ」（野分③二七七頁）物足りないものであった。立ち去る光源氏の背中にぽつんとつぶやいたような明石の君の独詠。そのような物語の背景を持っている歌である。

《風葉集》

のわきのあしたによめる　　あかしのうへ

大かたの荻のはすぐる風の音もうき身ひとつにしむ心ちして

《源氏狭衣歌合》

のわきのあした六条の院わたり給て、おほかたの御とぶらひばかりにてかへらせ給ふを見おくりて

あかしのうへ

おほかたにをぎのはわたる風のおともうき身ひとつにしむ心ちして

『風葉集』においては、そのような物語背景をすべて捨象してしまった詞書を付して、「秋」という季節への感懐を詠んだ歌として秋上に配列している。逆に「源氏狭衣歌合」の方ではそのような光源氏の訪問を「おほかたの御とぶらひ」として、明石の君の歎きをよく伝える詞書を添えて恋の歌としている。

15の場合。

《風葉集》

ものおほしける比きくの花を御らむじて

六条院御歌

もろともにおきふしきくの朝露もひとり袂にかゝる秋かな

《源氏狭衣歌合》

むらさきのうへかくれ給てのち九月九日

もろともにおきゐしきくのあさつゆもひとりたもとにかかる秋かな

よく知られているように、この歌は幻巻の紫の上追悼歌群の内の一つである。これも詞書のあり方によって四季の歌とも哀傷の歌ともとれる例である。幻巻において、四季折々の景物に托した歌を詠出することによって傷心を癒している光源氏であるが、『風葉集』ではそのことを承知の上で、詞書への配慮によって秋の歌としている。『風葉集』では「霧」の後の「菊」を素材とした歌群の中の一つとして、また「源氏狭衣歌合」では、一連の紫の上追悼歌群の一つとして位置づけられている。

以上、『風葉集』「源氏狭衣歌合」の両者に共通して採られた『源氏物語』の歌の内で、部立を異にするものの検討を通して、『源氏物語』の歌の一面について考えてきた。『風葉集』では、四季の景物に彩られた、歌の表向きの姿を重視した採歌姿勢が見られ、「源氏狭衣歌合」では、むしろ物語の状況をよく把握したところに重点をおいているると思われる。そして、両者ともに物語本文によりかかりながらも、その中からそれぞれに必要な部分を選択し、用いるというような工夫をほどこした詞書を付すという配慮が見られるのである。すなわち、そのような詞書の操作ひとつで、四季の歌とも恋や哀傷の歌ともとれるような性格が『源氏物語』の作中詠歌には見られるのである。たとえば『狭衣物語』の場合のように、恋と哀傷などという同じ人事に関しての部立の相違は、物語場面なり、詠歌状況なりの解釈の相違から生まれてくると考えられる。しかし、『源氏物語』の場合は比喩的な表現としての自然詠の姿とその内に詠みこまれた心との問題で、それは解釈の差というよりはむしろ、表現の方法の問題とかかわってくると思われる。このことは、おそらく、自然との関わりを強く意識し、自然の景物を積極的に取りこんでいくというこの物語の姿勢とつながるのではないであろうか。

それでは、次に『風葉集』における四季の問題についても触れてみたい。

四　『風葉集』における四季歌

『風葉集』の歌集としての最大の特徴は、「つくり物語の歌」を素材として、それを勅撰集に准じた二十巻仕立ての大がかりなものとして編纂しているところにある。本来、物語の歌は歌集や歌合の歌とは異なって、歌だけ一首を取り出してきて鑑賞されることを目的とはしていないものであり、むしろ、物語の場面に大きく規制される面があると思われる。そのような物語の歌を、歌のみ取り出してきて部類を行なった時に問題になると思われるのが、四季部である。歌集にとっては重要な部分である四季部も物語の歌を対象とする時には、事情が異なってくる。たとえば、『うつほ物語』におけるそれのように、物語の進行状況に応じて題詠等が行なわれることは皆無ではないにしても、物語の歌の機能ということを考えると、四季部に収録されるにふさわしいような叙景歌的な歌は、基本的には見出しにくいと思われるからである。「源氏狭衣歌合」の恋、別、旅、哀傷、雑という部の立てかたの方が、物語の歌の性格をふまえ、その背景を考慮に入れた編集態度であると言えよう。したがって逆に言えば、この四季部の存在も『風葉集』の特質の一つだと思われる。

これについては、『風葉集』の序文の記事が参考になろう。『風葉集』は、『古今集』と『源氏物語』蛍巻の物語論がその下敷として指摘されている仮名序を有している。(6) これは「つくり物語の歌」論とでもいうべき意味合いを持つものであるが、その中で「つくり物語の歌」の多くは「そへうたのすがたにかなひて」と述べられている。このことはこの歌集の命名にも反映されているわけであるが、更に序を読み進めていくと、

ほかにはあさきことはをあらはして、花鳥の色をもねをもすてす、うちにはふかきこゝろをこめてをとこ女の

こひもうらみもしらせんとよめるなり。

という一文に出会う。物語の歌は直接に心情を吐露するだけではなく、季節の風物に思いを托して詠まれるという認識が読みとれよう。

さらにこの『風葉集』において、四季を重視するという姿勢は、実は四季部だけにとどまらない。哀傷（前半部）、恋五、雑一にも四季配列が見られるのである。(7) 特に恋部における四季配列は、『風葉集』が基盤としている先行の勅撰集には見られず、『風葉集』の大きな特徴の一つとなっている。(8) 一首全体が暗喩ともなっているような性格の歌が多い四季歌と、これらの巻々の四季配列の歌との間の距離はおのずから近くなるが、その表現の重点のおかれ方はやはり、各々の部立にふさわしいものが選び取られている。たとえば、恋五などにおいては、その巻頭の二首をあげてみると

立かへる年とゝもにやつらかりし君が心もあらたまるらん　（一〇五一）

こゝのへの霞のよそになげきつゝはれぬ思ひに世をつくせとや　（一〇五二）

などのように四季の景物を詠みこんでいるとはいえ、「つらし」「憂し」「なげく」「あふ」などの語が、表現の前面に出ている歌がほとんどであり、恋の歌ということが明白な場合が多い。対して四季歌の方は、同じく春上の巻頭の二首をあげてみると、

たちかはる春のしるしにけふよりは初鶯のこゑなをしみそ　（一）

こゝのへをかすみへだつるすみかにも春とつげつる鴬のこゑ（二）

部立	春上	春下	夏	秋上	秋下	冬	哀傷（前半）	恋五	雑一	計	入集総数に対する割合
源氏	13	12	13	13	17	14	11	12	8	113	113/180　62.8％
宇津保	5	8	6	6	8	3	2	6	58	58	58/110　52.7％
狭衣	0	2	5	5	2	6	0	8	2	30	30/56　53.6％

〈表Ⅴ〉　四季関係の歌　—源氏・宇津保・狭衣—

となっており、裏に恋心等をひそませていたとしても、表向きの歌の姿は四季の体裁を持っているものが採られているということが、傾向として指摘できると思う。

そこで、先に『源氏物語』の作中詠歌は四季部に多く採録されていると述べてきたが、ここでは、これら四季配列を有する巻々を含めた採歌状況について見ておきたい。

次表は、比較参考のために、『源氏物語』『狭衣物語』も掲げておいた〈表Ⅴ〉。両者は『源氏物語』に次いで『風葉集』に採られた歌数も多く、時代、内容などの面からもふさわしいと思われるからである。それによれば、『源氏物語』の場合、さらに四季と関わりを持った歌の比重が増し、『風葉集』歌の六割以上にも達することが知られる。（四季部のみの場合は四五・六％）ただし、『風葉集』全体における四季関係の歌の総数六九五首に対する割合は、一六・三％となり、先述した四季部のみにしぼった場合（一八・五％）に比べれば、その占める割合はやや低下している。これは上の表でもわかるように四季部以外の部立の四季配列における他の物語の割合の増加によっていると思われる。

このことを含めて考えてみると、『源氏物語』の作中詠歌は、四季の景物と深い関わりを持つことが知られると思うが、その中でも、『うつほ物語』、『狭衣物語』などの物語に比べて、他部の四季配列の歌としてよりも四季部の歌としてより多く採歌される側面——言いかえれば、歌の一首の表向きの姿としては四季を詠みこんでいながら、その裏に想いをこめているような両義性をもった――が強いと言えるのではないであろうか。それは同一歌における、『風葉集』「源氏狭衣歌合」の二様の受け取り方に端的に表われていると思われる。

五　おわりに

物語の歌を素材として、勅撰集に准ずる形式の歌集を編纂することを意図した『風葉集』が、おのずから抱えこんでしまった問題はおそらく、四季歌の問題であっただろう。一般の勅撰集には見られない、恋の四季配列などという形は、季節の風物に添えて歌を贈るという日常生活の風習を反映して詠まれることの多い物語の歌の性格を考えれば、むしろ解決のしやすい構成であったといえる。それよりも、勅撰集等においては題詠や屏風歌として詠まれることの多い、叙景歌が中心の四季部の方が取り扱いにくかったと思われる。それは、一首全体が自然の風物による比喩表現となっているような歌を重点的に取りあげることで解決しようと目されているが、その四季部に『源氏物語』の歌は、他物語から抜きんでて数多く採歌されているのである。そして、さらに、他部の四季配列に含まれているものも加えて、『源氏物語』の作中詠歌は四季の景物と関わって詠まれるものが多いということがこの『風葉集』の採歌状況から知られる。

『源氏物語』において、その作中詠歌全体の七五%までが贈答歌であり(9)、独詠歌の割合の増加する『狭衣物語』などとは様相を異にしている。その贈答によって成立する場面の積み重ねが物語を支えているわけであるが、その贈答にしても、直接的に心情を表出するというよりは、同一の四季の景物等を媒介させることによって、互いの心の連帯を得ようとする傾向が見られる。そのような『源氏物語』の作中詠歌の一面を、『風葉集』の採歌状況は明らかに示していると考えられるのである。

今後、個別の『源氏物語』の場面、状況と『風葉集』に配列されている位置との距離を測りながら、物語内における作中詠歌の機能の分析と、『風葉集』という〈歌集〉に収録された歌としての分析の往復運動も必要になってこよう。そして〈歌集〉の歌と〈物語〉の歌の接点を探りながら、散文である物語における和歌的な表現――作中詠歌はもちろん、引き歌表現や、歌語として意識されて用いられているものなどを含む――というものの解明に近づきたいと思う。そのことは、『源氏物語』という作品を考えていく時に有効なアプローチになると思われるからである。

注

（1）樋口芳麻呂氏「風葉和歌集序文考（上）（下）」（『国語と国文学』一九六五年一月・二月）
（2）部立は二十あるが、神祇・釈教、離別・羇旅でそれぞれ一巻を構成している。
（3）注（1）に同じ。
（4）現在一四二〇首ほどの歌の存在が確認されているが、部立の所属のはっきりしないものもある。ここでは『増訂校本風葉和歌集』（中野荘次・藤井隆著　風間書房　一九七〇年）にしたがって、部立のはっきりしている一四〇八首を対象とする。
（5）高野孝子氏「狭衣物語の和歌」（『言語と文芸』一九六五年九月）
（6）注（1）に同じ。
（7）哀傷巻は前半（602〜651）が四季配列、後半（652〜700）は時間配列になっている。（なお、数字は『増訂　校本風葉和歌集』による歌番号）
（8）藤河家利昭氏「風葉和歌集恋部の構造」（『平安文学研究』一九七一年六月）参照。
（9）本書I――第一部第一章参照。

第一部

『夜の寝覚』原作の世界

第一章　『夜の寝覚』——作中詠歌の行方——

一　はじめに

現存している『夜の寝覚』は、中間部と末尾に大きな欠巻部分がある。近年、中村本と通称される改作本の研究が進み、原作との綿密な比較検討の結果、中間部において改作本は予想以上に原作に忠実であることがわかり、『無名草子』『拾遺百番歌合』『風葉和歌集』などに遺されている資料もほぼ該当箇所が推定できることなどから、原作の中間部分のストーリーはほぼ復元され、末尾欠巻部分についても新出資料による研究が進められている。(1)それらによれば、便宜上分けられてきた第一部（原作巻一、巻二）、第二部（欠巻部分）、第三部（巻三、巻四、巻五）、第四部（欠巻部分）は、物語作品の内実とも対応しており、あたかも『源氏物語』のそれと同じように主題の深化を伴うものとして把握されるようになった。そして、第一部から第三部に進むにつれて成長していく女主人公とその心の軌跡、あるいは女、妻、母への変貌、「寝覚」という語とその意味の変容に象徴される主題の深化について様々に論じられてきた(2)。

このような主題論と密接に関わりながら、物語の枠組としての天人降下事件と予言、偽生き霊事件、かぐや姫のモチーフ、あるいは月のイメージを素材にしての分析、『源氏物語』との影響関係など、多方面からのアプローチがさらに研究の裾野を広げてきた。いわゆるストーリーや心理描写を基準にして読み込んでいく主題論が一つの達成をみた今日、作品の表現の質に注意が向けられていくのも、当然のなりゆきといえよう。そういう意味で「視線」という観点からこの物語の語りの位相を読み解き、この物語最大の特色である心理描写の質について論じた三田村雅子氏の論(3)は、今後の『夜の寝覚』研究に多くの示唆を与えている。

物語文学が始原的に胚胎していると思われる超自然的なものの存在から、『源氏物語』を越えると言われ、この物語を心理小説的と評することさえ可能にしている心理描写のあり方まで、幅広く興味ある現象を作品に内在している『夜の寝覚』において、この時代の他の作品と趣きを異にしているのが、作中詠歌や引き歌――いわゆる和歌的な表現と、自然描写の後退である。少なくとも原作現存部分において、『源氏物語』あるいは『狭衣物語』になじんだ目には、当然あってしかるべきところに描出されていない、和歌的な表現のあり方は、負の面からの特徴として捉えられよう。作中詠歌を中心に考察してみたいと思う。

二　『夜の寝覚』の和歌

他の後期物語や中世王朝物語に見られるように、この物語の題名となっている「寝覚」なる語も、和歌の用語からきている。関根慶子氏は、「ねざめ」という歌語の分析を通して、

平安期の物語が、和歌の情緒を多くとり入れたことは、源氏物語を初め広く見られこと言うまでもないが、この作品と和歌との関係は更に特殊なものがあると、筆者は考えている。(中略) 源氏物語に比しても、その引歌表現・和歌的背景は寝覚物語の方に余程密度が濃く、又、散文中に於ける和歌的要素も特に指摘し得るものが存するようである。

と、『夜の寝覚』における和歌との関わりの深さを指摘された。(4) しかし、永井和子氏はそれをふまえた上で『夜の寝覚』における和歌的な要素に関して、和歌では表現できない世界があるとして、

事実、引歌その他、当時の歌の常識を物語の中に濃厚に持ち込んでいるという点では、浜松や狭衣に劣らないし、又、挿入歌の面でもかなり充実した独自な世界を展開している。しかし、素材・表現の面で、和歌的であるということと、その作品の構築した世界が和歌的であるということとは、又おのずから異なった問題であろう。（中略）寝覚の場合は、素材や文章がいくら和歌的であっても、内容は、和歌的なものからはみ出し、のがれ、ついには拒否してしまっているように私には考えられる。

と述べ、表現の面からだけではなく、主題の面でも第一部は和歌的なものに依存して始発したが、やがて作者の筆の成長、換言すれば女主人公の心の深化、人生の真実の発見に伴って、「作者は確かに歌から出発しながら、歌を超えた世界に行きついてしまったのである」との見解を示された。(5)

また石埜敬子氏は、『夜の寝覚』の散文と和歌の比率が他の王朝物語作品比べて低いことにふれ、作中詠歌を贈答、唱和、独詠という形態の面から検討を加え、

唱和歌が除かれ、贈答歌や独詠歌に込められた心情は散文の中に詳細に描かれるようになっていったために、寝覚の和歌は大きく減少したのであった。

と論じられた。(6)

これらの論に導かれながら、少し観点を変えて作中詠歌を取り扱ってみたい。物語における作中詠歌の役割は、場面の抒情性に奉仕するばかりではない。物語の登場人物が、いつ、どういう状況で、誰を（何を）相手に歌を詠んだのか、独詠なのか、贈答なのか、贈答なら返歌はあったのか、なかったのか、時間があいたのか、すぐに返事が来たのか、空間的に遠いところで詠み合われたのか、対面で詠み合われたのか、口頭か消息あるいは手習か、というような関係性とでも言うべきものにも意義が認められると思う。とりわけ『夜の寝覚』においては、和歌的なものが全編にわたって背景となって、その抒情性を支えているといったことよりも、この関係性を示す表現方法として、和歌が機能しているという点に注目すべきではないかと考えられるからである。

三　成立しない贈答

現存している原作『夜の寝覚』は七五首の作中詠歌を有している。(7) 七五首中、贈答歌六一首、独詠歌一四首で唱和歌は見られない。主な詠者としては、女君二二首、男君二五首、帝一〇首であり、主要な人物としては女君の父入道、男君の正妻女一の宮、あるいは大皇の宮の歌は、現存部分では一首も見られない。石埜敬子氏の言うように、『夜の寝覚』の作中詠歌は欠巻部分を考慮に入れるとしても決して多い数ではない。(8) が、その特徴のひとつとして、「成立しない贈答」ということがあげられる。そのことについて考察する。

贈答歌六一首中、成立する贈答は二三組四六首、一五首が返歌なしとなっている。これは贈答全体の約四分の一が成立しなかったことを意味している。(9) すなわち、歌によるコミュニケーションの不成立であり、それが心のすれ違いを生み出してもいて、心中思惟の増大しているこの物語の特徴と重なり合っている。少し具体的に検討を加えてみたい。

第一部において、人違えに端を発する男君との思いがけない一夜の契り、やがての妊娠、出産というあやにくな運命に巻き込まれる女君は、男君の再三再四にわたる詠歌による呼びかけにもほとんど反応しない。返歌のない男君の贈歌は、六回を数える。その最大の理由は、姉大君に対する背信の意識であり、崩壊してしまった姉妹関係への痛恨の思いである。「成立しない贈答」の一方で、第一部後半になると現れる女君の独詠がそれを語る。

A　池に立ち居る鳥どもの、同じさまに一番なるもうらやましきに、涙のみこぼれつつ、

立ちも居も羽をならべし群鳥のかかる別れを思ひかけきや

我が身の有様の、すべて現様なることはなく、夢のやうにおぼえながら、御車にたてまつる。（巻一・一九七頁）

B　さすがに、姨捨山の月は、夜更くるままに澄みまさるを、めづらしく、つくづく見出だしたまひて、ながめ入りたまふ。

ありしにもあらず憂き世にすむ月の影こそ見しにかはらざりけれ（二〇五頁）

C　一年、かやうなりしに、大納言の上と端近くて、雪山つくらせて見しほどなど、おぼし出づるに、つねよりも落つる涙を、らうたげに拭ひ隠して、

思ひ出ではあらしの山になぐさまで雪降る里はなほぞ恋しき（二〇七頁）

女君にとって眼前の風景、一番いの水鳥に触発されて思うことは、男君との仲ではなく、姉妹の仲がよかった昔であり（A）、月を見れば、あの夢に天人が降下した頃の自分——何の屈託もなく、才色とも恵まれ、父や姉、兄たちの愛情に包まれていた——を思う（B）。また雪の降る日には、かつて姉、大君と雪山を作らせて楽しんだ思い出が甦る（C）。沈黙を保っていた女君の心情が、詠歌の形をとって表出されるが、その対象は常に「過去」で

あり、「現在」ではない。またその対象も男君に対してではない。Cの女君の独詠の直前には、別の日ではあるが、

つねよりもしぐれ明かしたる翌朝、大納言殿より

つらけれど思ひやるかな山里の夜半の時雨の音はいかにと

（二〇六〜七頁）

という男君からの贈歌が描出されるが、女君がそれには返歌する様子は描かれない。そして続けて「雪かき暮らしたる日」という書き出しで、Cの場面が描写される。同じように自然を素材にしていても、一方は恋の嘆きをうたい、他方は姉妹の仲を思う。その懸隔は明らかであり、これらの「成立しない贈答」と独詠が両者の心の距離を示している。このように、第一部における女君の詠歌は、全部で四首（巻一　一首、巻二　三首）、すべて独詠歌なのである。[10]

中巻欠巻部分をはさみ、第三部において「成立しない贈答」は、帝に関するものに目立つ。

御文には、

君ももし昔忘れぬものならばおなじ心にかたみとも思へ

御返しは、いとつつましけれど、まめやかに、過ぎにしあはれをおほせられたる、きこえさせざらむもいとあやしかるべければ、心をのべて、

ももしきを昔ながらに見ましかばと思うもかなししづの苧環

（巻三・二四五頁）

亡き老関白の残した娘（督の君）の入内に母代わりとして参内した女君に、昔からの思いが忘れられない帝は、藤内侍を使いとして文を送る。女君の帝に対する態度は、いわゆる帝闖入事件以前は、帝の本心を知って気は重い

ものの、ここで見られるように、畏れ多さから内容的に切り返しながらも、返歌をおこなっている。

その後、寝覚の女君を忘れられない帝の執心にこたえて、母大皇の宮は、女君を自室に呼び寄せ、帝に垣間見をさせ、その美しさに魅せられた帝は、大皇の宮の奸計により、再び宮の弘徽殿を訪れた女君のもとに忍び来む。帝の侵入場面においては、執拗な追求にもなびく気配のない女君に半ばあきらめ顔の帝は、またの機会に望みを託して歌を詠む。

のちにまたなかれあふせの頼まずは涙のあわと消えむべき身を

まことに、かきくらさせたまへる御気色の、心深く、なまめかせたまへる御様の、いとなべてならず、艶に、限りなくぞおはしますや。

「立ち退かせたぶべきなめり」と、見えたまふに、今ぞ現心出でくる心地ぞする。

涙のみ流れあふせはいつとてもうきにうき添ふ名をや流さむ

（二八三〜四頁）

その場から立ち去る様子を見せる帝に「現心出でくる心地する」女君はともかく答える。そして先に女君に退出を促し、見送ろうとする帝は彼女の美しさに打たれて、再度歌を詠みかける。それに対しても、女君は「ただ、とくのがれ出でなむとおぼすに、心をのべて」返歌をし、その場を逃れる（二八六頁）。返歌をすることで帝の気持ちを宥め、自らの立場を有利にしようとする姿勢は明らかである。したがって、いったん帝の手から逃れた女君は、その後六度にわたる帝からの消息に対して「いつもきこえたまはぬものとのみなりにたる御返りなれば」（巻四・四一九頁）として決して取り合わず、その冷淡さは「我ながらかたじけなきまでぞおぼし知らるるや」（五一九頁）と自分でも驚くくらいかたくななものとなっている。一度危機を脱した後の帝からの消息は、むしろ男君の妬心を煽る役割に転じるものとなっているのみで、帝と女君の心の交流とはならない。

四　作中詠歌の関係性

さて、第一部では男君からの贈歌にいっさい返歌しなかった女君ではあるが、第三部では男君との贈答は、六度見られる。注目されるのは女君からの贈歌があることであろう。

女性側からの贈歌というのは、早くに鈴木一雄氏が指摘されたように、物語の展開を考える上で大事な問題を提供していよう。[11] 作中詠歌による関係性という観点で、まず、女君側からの贈歌を取り上げたい。散逸部分にあたる第二部は女君と老関白の結婚、それに先立つ男君との愁嘆場、まさこ君の出産、老関白北の方としての生活など（改作本『夜寝覚物語』『風葉和歌集』などに拠る）が描かれるが、それらを経て、第三部に至った男君と女君は、第一部と変わって贈答を多く成立させている。「あえか」で「おほどか」で「らうたし」とされてきた女君からの贈歌も見られる。

一例目は、体調を崩した女一の宮の枕元に自分の生き霊が現れて恨み言を言ったという噂に苦しんだ女君が、西山（広沢）に隠棲している父入道のもとに移る決意をする時に詠んだ歌である。おそらく同時に出家も覚悟していたのであろう。たまたま届けられた男君からの文に返事を書く（男君からの文に歌はない）。「とばかりにて書き閉ぢめつるも、さすがにおぼされければ」と、それだけでは物足りないと思った女君が付け加えた詠歌である。

魂のあくがるばかり昔より憂けれどものを思ひやはする　（巻四・四一一頁）

この消息を手にした男君は、女君の苦悩をどう受けとめてよいかわからず、返歌できない。自分が直接出向いてと思うものの、物忌みで身動きがとれない。歌による交流は失われ、かくしてこの歌は宙に浮いたままとなり、女君の心は漂い続ける。

二例目は、女君の男君に対する恨み言である。女君の出家の決意を知った男君は、石山姫君とまさこ君を伴い、西山に駆けつけ、父入道にすべてを打ち明ける。父入道に二人の関係を知られ、公然の仲、世間周知の間柄になった二人は同車して広沢より帰京、打ち解けて過往の日々を語り合う。あなたのつれない心のせいで世間の非難を浴びることになったとする男君の言葉に、出会いとなった九条でのできごとに触れ、「いなや、旅寝の夢を思ひ合はするまではひとりあらむとおぼさざりける浅さに、さまざまなりける乱れとこそおぼゆれ」（五〇三頁）と女君は初めて反論、続いて歌による詰問となる。

それにてもさやはほどなく藻塩やく煙もあへずなびき寄るべきと、うち言ひ出でたまひたる気色、有様、釈迦仏の定に入りたまひたらむも、なほうち乱れたまひぬばかりぞ見まほしく、をかしきや。

思ひわび慰むやとてなびきしに晴れずまよひし峰の白雲　（巻五・五〇三〜四頁）

勘違いが発端とはいえ、あんなに早く姉君と結婚すべきだったでしょうかと、女君は詠みかける。女側からの贈歌といい、その歌の持つ強さといい、第一部の女君像との差は詠歌のあり方からもうかがえるのである。男君の態度は、そんな女君の美しさに気を奪われるばかり、正面から彼女を受けとめるものとなっていない。女君への恋情はあるものの、女君の苦悩をうまく受け取れない男君を、女側からの贈歌への対応からも知ることができるのである。それが「夜の寝覚絶ゆる世なくとぞ」（五四六頁）という現存部分の結びと呼応することになる。

さらに、女君の独詠に男君が返歌をするという形で、結果的に贈答になっている例も見られる。

つくづくとながめ出でたまふにも、胸よりあまりて堪へがたければ、箏の琴を引き寄せて、
今のごと過ぎにしかたの恋しくはながらへましやかかる憂き世に
と、いと音高く掻き鳴らしたまふをりしも、（巻三・三九〇～一頁）

「五月二十日の月いと明う（中略）例の寝覚めは、鳴くや五月の短夜も明かしかねつつ、すこし端近くて、花橘の枝も、いとど昔恋しきつまとなりまさりつつ、その折かの折と、思ひ出づるに」と引き歌表現に導かれて、亡き関白在世時を思い、忌わしい生き霊事件に巻き込まれてしまった現在の身の上を思い、万感せまって手元に箏の琴を引き寄せて詠んだのが、この歌である。音高くかき鳴らされる琴の音と響き合って、このような高ぶった女君の情が描写されるのは初めてである。そこに来合わせた男君は、

世の中になき身ともがなひきかへし昔のことぞ人も恋ひける（三九一頁）

と詠む。この独詠とも言える女君の歌に男君は返歌をすることによって、贈答として収め、彼女の気持ちが一人歩きすることはなかった。しかし、その後に綴られるお互いの心を推量する心中表現は、ずれていく心を語る。

さて、作中詠歌の関係性に作用する機能は、第一部前半における最大の関心事、九条の一夜における女性の正体の判明にも重要な役割を果たす。

自分の恋の相手は但馬守三女だと思い込んだ男君は、彼女のかつての恋人、宮の中将に近づき、彼女のことを聞き出そうとする。石山でのエピソードにおける両者の贈答、

さやかにもみつる月かなことならば影をならぶる契りともがな

と言はせはべりしかば、いととく、

天の原雲居はるかにゆく月に影をならぶる人やなからむ　（巻一・四三頁）

から、男君は但馬守三女の人となりを知り、自分の求めている女性とは異なることを感じとる。さらに気楽につき合おうと女きょうだいの中宮のもとに但馬守三女を出仕させる。女は新少将と名前も改めるが、その新少将と宮中将との宮中における贈答、続けて宮中生活にはやばやと慣れてしまった自分に対する驚きを詠む新少将の独詠が、

知らざりし雲の上にもゆきまじり思ひのほかにすめばすみけり　（七〇頁）

であった。このような女房としての新少将の資質は、中宮のもとに出入りする男君に見捨てられたくないとする媚びにも似た面をあわせ持ち、それが結局、

漕ぎかへりおなじ湊に寄る船のなぎさはそれと知らずやありつる　（七三頁）

という詠歌を呼んで、男君は自分の探し求めていた女性は、実は妻の妹であったという運命の皮肉に直面すること

になる。この一連の但馬守三女（新少将）をめぐる作中詠歌は、女君と間違われていた彼女の立場と人物造型に巧みに機能し、男君の幻の女性の正体判明を説得力のあるものにしている。

この他、当然あってしかるべきところに詠歌のない物足りなさ、それゆえの場面の緊張感、収束感の欠如が文章全体にも影響している点なども指摘できよう。結局、作中詠歌による登場人物の肉声、より直接的に読者に訴えかけてくるものが、聞こえてこないもどかしさがあるといえよう。

五　おわりに

以上、『夜の寝覚』の和歌についていくつか気がついた点について述べてきた。『夜の寝覚』の作中詠歌の減少という問題は、石埜敬子氏も指摘されているように(12)心理描写の増大という最大の表現上の特色とも密接に関わっている。心中表現にせよ、作中詠歌にせよ、ともに登場人物たちの心情を表現するものだとしたら、その差はどこに求められるであろうか。物語における和歌の第一義は他者への呼びかけ、心を伝えたいとする思いであろう。贈答の場合は直接的に相手との対話を希求し、また独詠の場合も自己の内なる他者とのコミュニケーションといえる。そして伝統にのっとった、規範性のある言語形式は、制約も生むが、蓄積された言語による連帯感を前提として、作品内部の登場人物同士に対しても、外部に位置する読者に対しても聞かれたものとなっている。和歌についての共通の教養が回路となって作中人物同士あるいは作中世界と読者を結んでいるといえようか。したがって、作中詠歌の場合は、表現することによってお互いの心のずれを知ることもできるが、心中思惟の場合は、それが確認しにくい。コミュニケーションの不成立という『夜の寝覚』の特色が作中詠歌の減少、心中表現の増大という表現方法を選んだといえる。

ところで、『夜の寝覚』における心中表現の特色としてまずあげられるのが、指摘されているように過去の回想の繰り返しであろう。繰り返しながら深まり、らせん状に心の奥処に降り立っていく。さらに相手の心中を推察して、一つの思念を自己増殖させ、自分で自分を縛っていく一面も欠かせない。また、「世の聞き耳」「音聞き」「人聞き」などの語の頻出に代表されるように世間体、あるいは外聞へのこだわりが目につく。[13] もちろん当時の社会の反映からくるものであろうが、たとえば『源氏物語』に比しても相対的に多い。具体性のない他人が自分をどう思うかという思惟は歌になじまない。

いずれにせよ、自己を追いつめ、生み出されていく閉塞感の中から主題を追求していく『夜の寝覚』の表現構造において、自己解放と作品内外へのコミュニケーションを目的とする作中詠歌は、作品表現の方法として規制された一面を持つ。すなわち、この物語の作中詠歌は歌のよしあし、歌語の持つ機能（掛詞、縁語とも関係して）、古歌との重層による意味の複雑化などを目ざすものではなく、その関係性――誰とどういう場面で歌をやりとりしたのか（あるいはしなかったのか）、文章上に歌が表現されたのか（されずにその存在だけ知られたのか）など――が、この物語における和歌的な表現の方法として重要なものになっている。したがって和歌による抒情的場面の形成、対読者への直接的な共感の獲得は二の次となっていると思われ、それはまた自然描写の後退とも無縁でないだろう。[14] 前後の引き歌と響き合って、前出の、あるいは後続の他の作中詠歌と呼応して、あるいは和歌の伝統の積み重ねによる歌語のイメージ喚起性などによって、作中世界に抜きさしならぬものとして存在する『源氏物語』の作中詠歌などとは性格を異にすると言える。

『夜の寝覚』の作中詠歌は、それぞれ個別の作品としては『拾遺百番歌合』『風葉和歌集』などに多くとられ、高い評価を得ていると言えよう。しかし一方で、このような『夜の寝覚』の作中詠歌の性格は、改作であるといわれる中村本において、冒頭の一首をのぞくほとんどすべての歌が別のものと差し替えられている、すなわち他のものに変わり得るということと無関係ではないと考えられる。改作本との関連については今後に譲るしかないが、物語の改作と作中詠歌の行方に関する問題は、後期物語以降の物語研究に一つの手がかりを与えるものになるのではないかと考えている。

注

（1）近年「夜寝覚抜書」などの新出資料も紹介されて、『寝覚物語欠巻部集成』（風間書房　二〇〇二年）も刊行された。

（2）代表的なものとして永井和子『寝覚物語の研究』（笠間書院　一九六八年）、『続寝覚物語の研究』（笠間書院　一九九〇年）、野口元大『夜の寝覚研究』（笠間書院　一九九〇年）などがあげられる。

（3）三田村雅子「寝覚物語の〈我〉——思いやりの視線について——」（『物語研究』第2集、新時代社　一九八八年）。なお、研究史については、日本文学研究資料刊行会編『平安朝物語Ⅳ』（有精堂出版　一九八〇年）の河添房江氏の解説を参照のこと。

（4）関根慶子「主題としての『ねざめ』考」（『寝覚物語全釈』學燈社　一九七二年）

（5）永井和子「題名をめぐって」（前掲『寝覚物語の研究』所収）

（6）石埜敬子「『夜の寝覚』の和歌覚書」（『跡見学園短期大学紀要』一九七八年三月）

（7）現在知られている諸資料から、中間並びに末尾欠巻部分の和歌は四〇首ほど知られている。

（8）注（6）参照。

（9）『源氏物語』では六二九首二八三組の贈答が見られる（本書Ⅰ—第一部第一章参照）。

（10）残りの一首は、女君の最初の歌（全体の一首目でもある）で独詠歌である。

天の原雲のかよひ路とぢてけり月の都のひとも問ひ来ず　（巻一・二〇頁）

（11）鈴木一雄『源氏物語の和歌』（『国文学』一九六八年五月）

（12）注（6）参照。

（13）　本書Ⅱ―第一部第二章参照。
（14）　菊池成子「『夜の寝覚』における自然描写」（『実践国文学』一九八六年三月）

第二章　『夜の寝覚』——女君を取り巻くもの——

一　はじめに

あはれ、あたら、人のいたくものを思ひ、心を乱したまふべき宿世のおはするかな　（巻一・二〇頁）

月の美しい夜、夢に降下してきた天人の予言を受けた主人公の一生をなぞる形で展開する『夜の寝覚』は、『源氏物語』を受けて成立した後期物語の中でも、女性の苦悩を描くことに重点がおかれている作品である。それは、他の物語を圧倒する心中表現[1]と、物語の主人公が一人の女性であるところに端的に現れているといえよう。

この物語では、内面が直接提示された文体が、ことに巻三以降に多くみられるのだが、繰り返し回想をすることによってさらに思念を深めて行ったり、「昔」「今」の対比から現在の気持ちを確認したりする方法がみられることはよく知られている。既に成熟した表現方法である、一つの風景あるいは歌が豊かなイメージを想起させて心中を表現していく場合と異なり、自己の内面を直接的な言葉で辿ろうとするときの不器用さをこの作品は持っていると思われるが、それだけ自己の内面の世界に自覚的であるといえよう。

さて欠巻部分のストーリーの復元も一段落して『夜の寝覚』研究はこの心理描写の質について問われる段階となっている。この物語の主題的な状況は主人公が女性であるというところに集約されるが、たとえば女君の見られる視線からの内面世界への追求[2]や、女性ゆえの苦悩（母、妻、主婦として）[3]等の観点から、研究史に新たな方向が示されている。この女主人公は天人予言の問題、夢あるいは生き霊との関わり、さらに第四部で描かれていたと思われる仮死事件など非日常的な部分、すなわち無意識の領域と関係が深いことが知られるが、そのことと主人公が「女性である」ということは関わりを持つと考えられる。ここではまず、女君の深層に横たわる〈母〉なるもの(4)に着目しながら、その心の世界の問題について考察してみたいと思う。

二　〈母〉の欠落

この物語の女主人公である中の君（女君）は源氏の太政大臣である父と、帥の宮の娘を母として、姉が一人いる。姉妹の母は既に亡く、姉大君には「やむことなき御乳母も添ひたてまつりて」いるが、この中の君（女君）は「いとよかりし乳母もなくなりて、おとなおとなしき後見もなきままに」、従姉妹の対の君の世話になって暮らしていることが語られる。そして、相次いで母を亡くした異母兄たちと父親のもと、同じ邸の内で過ごしている。このように実の母の不在ということは、物語においては珍しい事ではないとはいえ、父太政大臣は後妻を持つこともせず、したがって継母も存在せず、母の影は見られない。

そういう環境の中で、突然訪れたのが異性の侵入者、それも信頼と愛情を寄せている姉の婚約者（正体が判明したときには姉の夫となっていた）であった。男君と女君の逢瀬が語られる場面では、夕顔巻をかたどりながら、出会いの心理的な必然性、あるいは人違いによる運命のいたずら、それにともなって起こる男君の世間体と恋情の間の葛藤等が描写される。しかし女君にとっては、男君の突然の侵入による混乱もさることながら、母代わりでもあった姉大君が敵対者となることが一番の衝撃であり、そのことによって女君のうちにおける〈母〉の欠落はますます大きくなっている。さらに精神的な打撃に加えて、自らの身体に訪れた妊娠という未知の事態を迎えて、孤独と不安の中で女君は引き籠もりの状態となる。そんな娘を慈しんで庇護しているのが父親である。臥せりがちな女君を心配して、自らも体調を崩した父太政大臣は、かねてから出家の準備のために用意しておいた広沢の別邸に居を移す。そして女君の回復を念じながらも出家を果たす。後事を十分に配慮しての出来事とは言え、女君にとって同じ屋根の下に住んでいた父の移転、更に出家と重なることは、物理的にも心理的にも父との離別を経験することになろう。

そして物語はこの後、人目を避けての出産、男君との関係の噂、姉、兄との対立と、女君にとって更なる苦悩の始まりを告げていく。こういう女君の状況について父親は次のように嘆息する。

「母なき女子は、人の持たるまじきものなり。形のやうなりと、母の添ひであらましかば、いみじく思ふとも過たざらまし。また、人もかく言はざらまし。そこはかとなき若き女房を、うちあづけて姉妹のあたりにあらせたる怠り、咎なり」（巻二・一七九頁）

姉大君の周辺を巻き込んだ世間の非難に堪えかねて、女君は広沢の父のもとへ移る。しかし、秘密を抱えてしまった女君にとって、父親のもとはもはや一時的な避難場所とはなっても、従来のような完全な庇護を望めるところではなくなっている。また、男君も女君の姉の夫という立場上、それ以上のことは表だってはできない立場にある。

さて、出家した父親に代わって俗世間において女君を保護する存在として登場するのが、老関白である。残念ながら、結婚にいたる過程や結婚生活について描かれた部分が、今は散逸してしまったので詳しく知ることはできないけれど、『無名草子』『拾遺百番歌合』『風葉和歌集』あるいは『夜寝覚抜書』などの諸資料により復元が試みられている。ここでは後の回想にでてくる場面を引用して参考にしてみたい。

故大臣、『ただ親ざまに譲り取らせよ』と、せちにものせられしかば、（巻五・四六〇頁）

よろづの罪、過ちを消ちたりける故大臣の御心ざしは、さる不意のことなり。（四六二頁）

これらの記述や、例えば、

「故殿の心掟のみこそ、この世の思ひ出でにすべき身なりけれ」と、恋しう悲しく思ひ知らるるままにぞ、（巻四・四〇五頁）

など、老関白亡き後繰り返し出てくる女君の回顧から、全てを受け入れ、許容する寛大な夫像が浮かび上がってくる。

このように、女君は自分に欠落していた絶対的な愛情を注いでくれる存在としての〈母〉を、父親や夫に深層で求めながら、現実社会を運び込んで来た男君と相対していくという構造が見えてくるのである。(5)

三　第一部における「対世間意識」

寝覚の女君にとっての現実は、世間体あるいは外聞、人の噂などの形をとってまず現れる。登場人物の心の世界を知るための手がかりとして、この対世間というものを取り上げてみたいと思う。そこで傾向を探る一つの指標として「（世の）聞き耳」「人聞き」「（世の）音聞き」「人目」「（世の、ものの、後の）聞え」あるいは「もどき」「そしり」など、世間体と関わる語をとりあげ、男君と女君の対世間意識について検討してみたい。（なお、この物語は中間と末尾にかなりの量の欠巻部分を有するため、数字はあくまで傾向を知るための一つの目安、指標に過ぎないことを断わっておきたい。）

　さてこれらの語の使用例は九八例ほど見られる。簡単に内訳を見てみると、

　人目　38例　（世の）人聞き　11例　（世の）音聞き　10例

（世の）聞き耳　8例　（世の、ものの、後の）聞え　八例　もどき　12例　そしり11例

また用例に関係する主な人物は、

　男君　43例　女君　17例　帝　8例　入道　5例

　宰相中将　4例　対の君・大君　3例　など

用いられた表現形式は、

　心中表現　44例　会話　28例　地の文　24例　消息　2例

である。さらに、ここでは男君、女君の対世間意識に絞って考えたいので、男女主人公の巻ごとの使用例を見てみると、

	巻一	巻二	巻三	巻四	巻五
男君	12	11	5	6	9
女君			3	11	3

となっている。これによると巻三以降、女君の心中表現が増大するにしたがって、対世間意識に関する叙述も増え

てくるという傾向を示している。このことは「寝覚」という語の用法の推移、転換と見合った形となっているといえよう。[6]

また、細かく見ていくと心中表現における世間体へのこだわりは、男君の場合、物語の始発である巻一に多く、女君の場合、いわゆる偽生き霊事件の描かれる巻四に集中している。このことからもそれぞれ男君と女君の世間に対する意識の相違が予想されよう。

＊

さて、関白左大臣家の長男、中納言（男君）は、乳母の病気見舞いに訪れた九条の邸で垣間見た美しい女性が、自分の妻となるべき人の妹とも知らず、但馬守三女だと誤認し、忍び込んで思いを遂げる。その直後、まだ相手の女性のもとにいるうちに彼の心によぎったのは、自らの世間体であった。

程なく明けぬべき夜も口惜しく、おぼし乱るるに、鶏もしばしば音なふに、寝も寝ず焦られ居たる人の、誰とだに知らぬ嘆かしさをいみじく言ひ思ひたるに、「げにことわりなれど、直々しきあたりに我まだきに知られじ。見では片時あるべくもあらぬを、おのづから、我がため、世の音聞き、見苦しくもどきなかるべきさまにてこそ」と、堪へぬ心を鎮めて、名のりもしたまはず。（巻一・三二〜三頁）

女性のもとを後にして、訪問先である乳母の家に戻った後も「かうながらは、あながちに忍び寄らむも、世の聞き耳のいとほしきに」（三六頁）と思う。しかしながら、見し面影は忘れられず、この身分違いの恋をなんとか成就するために、妹である中宮のもとに召し抱えてもらおうと画策したりする。が、その一方で、訪れた宮の中将との

会話のなかで、

「知られて尋ねわび、かかづらひまどはむも、いと音聞き軽々しう、便なかるべし。よくこそは、思ひのままに名のり寄らずなりにける。この君だちの聞かましとき、もどかしと思はれまし恥づかしさよ」（四六頁）

と、身分違いの恋を知られないためにも、女性に名告らずに帰った事を安堵したりする様子が描かれる。女君との出会いの段階で、男君をまず捕らえているのが、情より外聞であり、現実的な対応である。

やがて、相手の女性の正体が、太政大臣家の中の君だと判明すると、身分の上からは問題がなくなるが、今度は妻の妹という新たに憚らねばならない障害が現れてくる。加えて女君の妊娠という事態も生ずる。このことを知った男君は、

さて、そはいかがしたてまつらむずる。世の聞き耳、人の思はむことは、よろしきことにこそたどらるるわざなりけれ。ともかくもおはせむ先に、とり隠したてまつりてむのみこそよからめ。後の聞こえありとも、いかがはせむ。（九一頁）

と、世間体などかまわないとまで思うが、女君の世話役である対の君に制せられる。外聞より感情が優先している場面である。一方の女君は精神的な衝撃と体調の思わしくないのとですっかり気力も失っている様子が描かれる。

巻二では、女君の女児出産と周囲の状況が描かれる。男君に子どもがいないことを嘆いていた関白夫婦にとって、母親は誰であれ、女の子の誕生はなによりもうれしいことであり、男君はこの女の子を引き取る。手放しで喜ぶ関

白夫妻の様子から、ついには男君の妻であり、女君の姉である大君にも二人の関係を知られるところとなる。大君にとっては、それは「他人よりは人聞き恥かしかるべきこと」であり、兄左衛門督にとっても「世の音聞き例なかるべき」出来事であった。大君側の女君に対する中傷はだんだんひどくなり、男君は自分の蒔いた種とは言え、あまりの事に、

言ひののしるばかりの節やはある。我が忍びあまる寝覚めのをりをりの気色ばかりは、さなめりと心得たまふとも、なだらかにもて消ちて、人目のためにも聞きにくかるべきことは制し、聞き入れたまはで、忍びて我を恨みたまはむこそ、世のつねのことなれ。男ならむからに、聞きにくき名を憚らむやうやある。（一八六頁）

と思う。そして大君にも世間体への配慮を訴える一方で、自分は世間を省みず、女君を引き取りたいと思う。男の身勝手な言い分と言ってしまえばそれまでだが、男君は巧みに世間体を利用している節が見られる。

以上、第一部における男君の対世間意識をあらわすいくつかの代表的な用例を見てきた。第一部では、みずからの体面と女君への思いの狭間で揺れる男君が描かれるが、総じて、自分の世間体を気にする場面が多い。一方、女君が世間体、外聞を気にする言葉は、第一部においてはみられない。巻二までの数少ない女君の心中をうかがえる文章において、女君が気にしているのは、広く不特定が対象の「世間」ではなくて、親しかった姉大君のことであった。早く母親を失った姉妹にとって、母代わりにもなってくれて信頼を寄せていた姉との幸福な日々が、季節の移ろいや眼前の風景、それに伴う詠歌とともに思い出される場面となって描かれる。このような第一部に対して、中間欠巻部分を経た巻三以降、女君の心中表現が増大するにつれて、女君の対世間意識に関する叙述も増えてくる。

四　第三部における「対世間意識」

さて、欠巻部分をはさんで第三部に入ると、主人公たちを取り巻く状況は、大きく変化している。女君は男君の叔父と結婚するが、その夫、老関白もすでに亡く、未亡人となって老関白の先妻との遺児たちと一緒に暮らしている。男君は地位も向上し、今は内大臣として権勢を奮うようになっている。女君の姉であり、妻であった大君も、すでにこの世にはなく、男君は朱雀院の女一の宮を正妻に迎えている。

『故大臣の、北の方にのみ心を入れて、娘どもを、言ふかひなく漂はしてやみぬるよ』と、世に誇り言ふめりしかど、かかる時を見るには、もどきあるまじかりけり。（巻三・二三八頁）

「いつしか、さらばと、靡き寄りなましかば、うれしさはさるものにて、世の聞き耳あざやかにはあらざらまし」と、思ひつづけられたまふに、（二三九頁）

故老関白の娘の入内にあたっての、女君の準備の見事さに男君が、讃嘆する場面である。ここでの男君は同じ秘密を共有して、同じ憚らねばならない世間を相手にしていると言うよりは、むしろ、女君の外側に位置して取り巻いている世間の側の立場に立っているといえよう。一方の女君も、保護される存在から、故老関白の遺児たちの後見をする立場へと変化している。

ところで、昔から女君の美しさを伝え聞いていた帝は、なんとか一目でも女君の姿を垣間見たいと機会をうかがっていた。そこで、内大臣（男君）の正妻である自分の娘（女一の宮）を悩ます存在として、女君のことをおもしろく思っていなかった大皇の宮（帝の母でもある）は奸計をめぐらし、女君を呼び寄せ、帝の侵入を画策する、いわゆる帝闖入事件が起こる。危機的な状況の中でなんとか帝から逃れようと、女君の口をついて出てきた言葉は、

「人目心憂く、言ふかひなきさまにおぼし寄らせたまひけるは、数ならぬ身を、ことわりに思ひたまへ知るに、乱り心地もくらさるるやるにて、えこそうけたまはり分くまじうはべれ」（巻三・二七五頁）

と言う身の程を憂うものだった。そして、突然の帝の侵入に惑乱する中でまず意識に上ったのが、

「内々の曇りなさは知らず、かばかりもおはしますは、やがて、流れての濡衣となりなむずること」と思ふに、なべての世の人聞きなどまでもただ今はおぼえず、内の大臣に、「あな、思はず」と、うち聞きつけられたらむ恥づかしさ、苦しさに、（二八〇頁）

という、今は内大臣となっている男君の思惑であった。心中に繰り返しわきあがるこの内大臣を憚かる気持ちは、女君が自らの心の奥にしまいこんでいた男君への思いの表れといえるが、引用部分にあるように「なべての世の人聞き」が彼女の意識を縛っており、逆に言えば、それだけ女君の心は世間に対する防御で固められていたともいえよう。少し気持ちの落ち着いた頃には、身内の思惑（親兄弟や義理の娘たち）、やがて人々の噂が気にかかる。

したがって事件の後、実際に男君が訪れると、今度は男君のふるまいに世間の目を意識せずにはおれない。共有していた世間への秘密意識が、二人にとって決定的に異なってくるのは、このいわゆる帝闖入事件からであろう。帝との関係について、女君は潔白であるという事の真相を把握しているにも関わらず、帝への嫉妬心から、男君は

女君と対面すると恨みの言葉を口にする。

げに、思ひのほかに、事にもあらず、よき釣舟のたより出で来て、なかなか、我とおぼしたたましよりは、世の聞き耳さらぬ顔にて、かならずかかることありぬべきなめり。（巻三・三一四〜五頁）

うまく世間の耳目を反らして、実は帝とこういうことだったんですねと。一方、女君にしてみれば、男君が帝への嫉妬に加えて、身分の上昇による憚からねばならない対象の減少によって、だんだん以前より積極的に行動するようになってきたことを負担に思っている。

「今とても心やすかるべうもあらず、ものを苦しうつつましき世なれば、誰がためにもあいなう、人目もあさはかなるを。忍びやかに紛らはして、疾う出でたまひね」（巻四・三三一頁）

いとのどやかにうちやすみたまふを、「人目いかが」と、かたはらいたく女君はおぼせど、立ち離れだちぬるときは、おのづからありや、見だに馴れぬれば、立ち離るべき心地もせず。いとど日高くなるまで御殿籠り過ぐいたり。（三七九頁）

「人目あやしからむかし」と、うちおどろかれて、からうじて起きたまひても、出でやらず。（三八〇頁）

など、すっかりうちとけて女君のもとでくつろぐ男君に、困惑する様子は繰り返し出てくる。それは正妻への遠慮であり、一度は一の人の正妻となっておきながら、いま次妻として処遇されることへのプライドでもあり、世間の噂の種となることを避けるための配慮でもあろう。巻が進むにつれて、お互いが相手と共有できない生活を持つのは男君とて同様である。ことに男君の正妻は、朱雀院の女一の宮であって、決してないがしろにできない存在である。それは高貴の血筋であると同時に、今の男君の地位を支えるものだからでもある。

さらにその女一の宮の母親である大皇の宮の、女君憎しの思いが加わって、女君が生き霊となって、女一の宮を苦しめているという噂が立った、偽生き霊事件と称される出来事も起こる。

この一件で身も心も疲れはてた女君は、父入道のいる広沢へ再び移り、出家を願う。そこを訪れた男君に対して、女君が「人目は様悪しくとも、いかがはせむ」（巻四・四一六頁）と、人々の不審をかってまでも避ける場面がでてくる。しかし、それも妊娠という事態の変化により、出家への思いも空しく、ついに男君と女君は同居することになる。長い紆余曲折を経てきているだけに、男君の喜びはひとしおであるが、かつて女一の宮の容態が一段落した折に、

我が心の過ちに、妬く、悲しく、悔しき事々のみぞ数知らず、我ゆゑには、昔より今日にいたるまで、いみじくものを思はせて、よからぬ名を尽きせず流さるる胸、心の、我も人もあくばかり、もてないてしがな」と、

（巻四・四二六頁）

と思ったのとは裏腹に、女君を前にすると、

「きこえしままに靡きたらましかば、しばしぞ音聞き乱りがはしきもどきを我も人も負はましか」

（巻五・五〇三頁）

あなたのせいで、私もあなたも世間の非難を浴びてしまったのですよと、恨み事を言ったりもする。正妻である女一の宮の存在は重く、男君は「世の聞き耳ことわり失はぬ御心にて、宮の御方に二夜、こなたに一夜」（五一一頁）とけじめをつけて通うことになる。

さて巻五に至ると、三たび女君は出産を迎えることになるが、男君の胸に去来するのは、世間の非難を浴びてまでも女君を寵愛した故老関白のことである。今となっては、当時の非難の当たらない点もあり、男君は「すべてえさるまじからむ人には、世の謗りもいたく知るまじきわざにもありけり」（五二一頁）と思うようになる。

このように第三部においては、男君は女君の側に立つと言うよりも、また「世間」の一員となって、女君の身の処し方をあるときは讃美し、あるときは批判する人物となる。

さらに、女君の対世間意識を考える時、特徴として、自分の運命を振りかえるときに、世間の不評を買ってしまった点を強く意識していることである。

「幸ひなどいふことこそ、心およばぬかたにて、思はずにもあらめ、ただ我が身の有様ばかりだに、思ひしにあらず、昔よりけしからず、あはつけく、軽々しう、憂きものに、人に言ひそしらるるを事にて、やみぬべかめるよ」

（巻四・三二三頁）

帝闖入事件の後、噂に踊らされたり、事の真相を知りながらも嫉妬に悩んだりする男君は、ついに女君のもとへ出かけるが、そこで一夜を過ごした男君が、安堵してくつろいでいるとき、女君の胸に去来するのが引用部分である。女君は、この後も生き霊の噂に悩まされたとき、あるいは出家を望みながら果たせなかったときなど、我が身のつたない運命を嘆くが、その思唯のなかに登場するのがこの世間に対する意識なのである。

以上、手がかりになる語を中心に男君、女君の対世間意識について言及してきた。これらの語を使っていない表現の中にも、対世間意識を探ることができるであろう。見てきたように男君、女君ともに世間体、あるいは外聞にずいぶん配慮していることが分かる。が、二人の意識の間には差があることは否めない。すなわち、男君はその身分、立場、環境などの変化によって、世間への対応が少しずつ異なり、換言すれば、比較的表面的な処世のあり方として世間体を捉えている。一方、女君にとっての対世間意識はもっと深いところで自らを左右しているといえよう。具体性のない他人がどう思うだろうかという思惟は、結局自らを客観化し、相対化する視点を養うものでもある。それは初めての恋愛が、最も身近な姉や家族を巻き込んでしまい、いきなり世間の非難の嵐の中に放り出され、時を同じくして、庇護者であった父親の出家、また自らの妊娠、出産というように、予期しないつらい現実が一度にのしかかってきたこととも関係があろう。そしてその背後にもまた〈母〉の欠落という問題が深いところで潜んでいるように思われる。男君が、世間から自分を守ってくれるものではなく、むしろ時には世間の側に組してしまうことにも女君の悲哀はある。

その世間と言うものはどういうものであるか、この物語の中に人々の噂に上ることの恐ろしさについて語られた部分があるので挙げておきたい。

「さこそありつれ」と一人だに言ひ出づれば、そのをり、かのをりと、口々に言添へて、かたはしありけるも、枝をつけ葉を添へ、何事もつきづきしくとりつづけ、言ひそそめくを、（巻二・一七一頁）

かかること出で来て、宮のうちにも言ひののしり、世にもあさみ、后の宮のあはれにのたまはするやう、殿のおぼいたるさまなど、あることとも枝葉をつけ、なきことをもつきづきしう、かかる折は言ひ出づるを、（巻四・三八七～八頁）

人の上、よきことをば、さもてはやさず、消えぬめり。よからぬこととだにいへば、言ひ扱ふものなめるを、いかにいみじう聞き伝へ、世にも言ふらむ」と思ふに、（三八九頁）

最初の引用は、女君との間に産まれた姫君を父関白邸に引き取った男君であるが、女君への思いを自制しきれず、太政大臣邸を訪れた時に女君の部屋の辺りをうかがう。その様子が人々の口の端にのぼり、やがて男君が引き取った姫君の母親の正体が、大君のもとに知られることになった時の様子を描写したもの。二番目は女一の宮に取り次いた生き霊の正体が、女君であると広まる様子を描いた同じく地の文である。また最後の引用はその噂を伝え聞いて衝撃を受ける女君の心中表現である。いずれにしても、この物語の重要部分をなす女君にとっての大きな危機を招く事態が、人々の噂を介して起こっていることに注目される。主人公たちが世間体、あるいは外聞と言うものに敏感になるのも、当然であるといえるからしれない。

五　大皇の宮

さて次に、女君の心の問題を取り上げて行く場合に重要な人物としての大皇の宮を取り上げてみたい。

大皇の宮は先帝、朱雀院の后で、現在の帝と女一の宮の母親である。その娘、女一の宮は男主人公（現在では内大臣になっている）の正妻である。大皇の宮にとって、寝覚の女君は息子である帝の長年の憧れの対象であり、娘である女一の宮の恋がたきである。女君にばかり心を奪われて、自分の娘を通り一遍のもてなししかしない男君の愛情を取り戻すため、また息子である帝の長年の女君に対する思いを遂げさせるため、大皇の宮は帝と女君の逢瀬を画策する。そこには気弱な息子としての帝像と、人形のような娘女一の宮、それに対する偉大な母性の持ち主である大皇の宮という図式が見出される。

さて細かい経緯は明らかではないか、巻三にはいると大皇の宮は寝覚邸に滞在している。わざと少し距離をおこうとする男君に対して、女君は、

「あながちに靡きたてまつりても、なにの目やすきことかあらむとする。后の宮の御心掟、見もてゆく、いともの恐ろしく、まいていかぽかり心憂きことあらむ。（巻三・二三〇頁）

と男君に無理に寄り添ったときの大皇の宮を恐れている。確かに大皇の宮のまなざしは鋭い。

この人、内に参りにし後よりは、内の大臣の御宿直がちなるを、「なほ、あるやうあるべし。我が見る前をつくろふにこそありけれ」と「これに深く心寄せて、我が思ひ寄り勧むることは、ことのほかにもて離れたる気色も、いとにくく、妬し」と、おぼしめせど、「いとさらば、え人持て出づることもなからむほどに、なほ、いかでほかざまにしなしてしがな」とおぼす御心、つねよりもまさるころなれば、（二四八～九頁）

なんとかして内大臣と女君の中を裂きたいと願う大皇の宮であるが、引用部分に引き続いて、そこまでの執念を気づきもしない女君の様子が描かれる。欠巻部分において、男君と女君を遠ざけるために、帝、あるいは院への出仕も勧めていたらしい。このようにして帝闖入事件へと導かれて行くのだが、大皇の宮の女君への感情は憎さばかりではない。既に指摘のあるように、また女君讃嘆者(7)でもある。

「見るたびごとに、あまりゆゆしうのみなり添ふ人かな。あなゆゆし。内の大殿の、これを宮に見くらべきこえむほどよ」など、おぼし寄るには胸つぶれながら、命延ぶるやうに、見ても見ても飽かず、あはれにまもられたまふ。「まことに、これを、内の大殿に思ひ放ち果てさせて、我が女にして、明け暮れ見ばや。いみじきもてあそび物なりかし」と、うちおぼさる。

（二五四～五頁）

自分の娘にしたいとするほどの大皇の宮の女君への感情は、過剰な愛情ともいえ、また自分の娘の幸せを奪うものとしての憎しみと裏腹なものであろう。さらに反りの合わない中宮への対抗意識から、督の君を通して女君を味方にしたいとも思う。そんな複雑な感情が帝闖入事件を呼び、やがては偽生き霊事件をも呼ぶことになるのである。この大皇の宮は、いってみれば、女君が現実世界に立ち向かって自我を確立していくときに立ちはだかるグレートマザー的な存在といえるのではないだろうか。だとすれば、女君の心の成長にとって大皇の宮の存在は、大きなものとなってくるといえよう。実際、彼女が意識的に自分の心の奥底に閉じ込めていた思いに気づかされたり、自分でも知らなかった無意識の世界の存在を知るのは、大皇の宮のもたらす出来事を通してである。

すなわち帝闖入事件で彼女が悟ったのは、

「深う思ひしみし心ながらも、心強くのみ思ひ離るることのみ思ひしかども、それは、ただなるときの、心のすさびにてこそありけれ。かかることの節には、よろづを消ちて、ただかの人のことこそ、恐ろしうも、つつましうも、なのめならずおぼえつるは、おぼろげならずしみにける心にこそ」

（二八九～二九〇頁）

というふだんは、あえて意識しないようにしていた男君への思いであった。この事件は大皇の宮にとって皮肉なことに、さらに男君と女君の仲を近づけてしまうのである。男君が頻繁に女君のもとに訪れているという噂に、大皇の宮の女君への憎しみにさらに油を注ぐ結果となる。こうして偽生き霊事件へと導かれて行くのだが、その騒ぎの中で女君は、

まことに、いみじうつらからむ節にも、身をこそ恨みめ、人をつらしと思ひあくがるる魂は、心のほかの心といふとも、あべい事にもあらぬものを。（三八八頁）

という自分の心の奥にある深層心理、無意識の領域を知ることになるのである。

偽生き霊事件で身も心も疲れはてた女君は、男君に何も告げず、広沢の父入道のもとに移り、出家を願う。この出家は女君が初めて自ら選択した人生への意志表示であった。しかし三たびの妊娠によって事態は変化し、結局男君のもとへ引き取られることになる。女君と子どもたちをともなっての内大臣（男君）の華やかな帰京に、大皇の宮の心は穏やかではないが、かつて参内のたびに帝や東宮が御機嫌伺いにいったり、司召の折にも隠然たる力を示した大皇の宮も今は「限りあれば制せさせたまふべきにも及ばず」嘆き明かすほかない。

大皇の宮が招いた危機的状況に女君が流されることなく、自らの意志で乗り越えたとき、大皇の宮の役割は終わるのである。

六　男君・父

最後に、この物語における男君について、整理しておきたい。先に対世間意識を検討したときにも述べたが、男

君と女君では、自分と現実社会との距離が異なっている。この物語における男君は、非常に現実的な人物として描かれている。男君の言葉、あるいは心中表現から少し例を上げてみたい。

「大殿を見るに、中宮の御光のみ、いみじき幸ひにておはしますべかめり。我はなにぱかりのことかある。これを見れば、男は口惜しく、女はかしこきもの、と思ふ筋にてさへあれば、忍びて迎へて、（巻二・一四一頁）

「それはなどてか。男の故は、いづれもいづれも人の知りがたきものなれば、ともかくも紛らはしはべりなむ」（一四九頁）

「などかくおぼすべき。あまたかかづらひ通ふは、世のつねの男の性、直々しき際こそ、かかる筋をかく思ふなれ。ふさはしからず」などおぼせば、（一六八頁）

「女は、見馴れぬかぎりこそあれ、言ふかひなくなりぬれば、いかがはせむに思ひなり、あるまじく便なきことにても、忍びて心をかはす、みな世のつねの事なり」（一八五頁）

「男はげにおのづから生ひたちはべりなむ、女にはべるは、いとけなきほどこそ、げに乳母の懐一つを限りなき窓のうちと頼みても生ひたちはべりにき、やうやうおよすけまかる年ごろに、いま一つ二つの年も加はりはべりなば、後の宿世は知らず、宮仕へにも出だしたてむと思ひたまへ掟てたるに、限りなき心ざしはべれど、男は限りはべり。乳母などいふもの、はた、はかばかしく心の掟うしろやすかべいやうもはべらず。おのづからおぼし知らせたまふやうもはべらむ、女、やうやうおよすけむままに、父はなくてもはべりぬべかりけり、母添はざらむやうなる、いみじきことなむはべらざりける。世の中の人の心うるはしくもあらず、おほけなうあるまじき心つかふ輩交じりて、さるべきとはいひながら、思ひ違ふ心も出でまうでくる、誰が心もやすげなうあぢきなくはべりや」（巻五・四五六頁）

このような、いつの間にか女君の生き方を縛っていくこれらの言葉は、世間一般の人たちの声を代弁していると も言える。そして、その枠のなかで自らもその考え方に縛られながら、自分が女性であるがゆえに、問題を引き寄 せてしまう女君の苦悩が描かれている。子どもへの愛情と世話に生きようとする女君と、「我も人も」と一体感を 強調することによって、(8) 共に生きることを望む男君の間にはどうしても認識のずれが生じてしまう。女君が望んで いたのは男君との幸福な結婚生活と言うよりは、子どもたちとの穏やかな生活であった。絶対的な安定した愛情を 求めていた彼女にとって、男君との相対的な愛情は、最終的な望みではなかったに違いない。それは相手が至尊の 帝とて同様である。こうして女君を取り巻く男性たちは、女君の苦悩を真から理解できる人物ではなく、彼女の求 める理想的な生活に現実社会を持ち込む役割を担っている存在だといえよう。

それはまた、父親とて同じであった。父親についても簡単に触れておきたい。(9) 冒頭に、

世を憂きものに懲りはてて、いと広くおらしろき宮にひとり住みにて、男女君だちをも、みな一つに迎へ寄せて、世のつねにおぼしうつろふ御心も絶えて、一人の御羽の下に四所をはぐくみたてまつりつつ、

（巻一・一六頁）

と紹介されているように、妻たちの亡き後、再婚することもなく、子どもたちを集めて共に暮らしている父親像は、 物語の早い時期に出家してしまうことにより、太政大臣という社会的な立場はそれほど問題にならず、特に主人公 の中の君にとっては、何もかも包み込んで保護してくれる存在として造型されている。

この父親が格別に美しく、しかし拙ない宿世をもった女君を慈しんでいる様子は、随所に描写されているが、物 語の発端近く、女君の苦悩の始まりと期を同じくして、広沢へ移住、さらに出家してしまうことは、女君の父親か

らの自立を暗に示している。またこの父親はきわめて〈母性〉性の強い存在として造型されていることを忘れてはならないと思う。[10] すなわち現実の母親が存在しないことにより、〈母〉の代理の部分を背負っている設定となっている。しかし代理は代理に過ぎず、父入道自身、母なき娘の将来について嘆いている。

女君は心にもなく次々と浮き名を流してしまう自分を、身内のものはどう思うだろうと気にかけているが、中でも父入道に男君とのことを知られるのを極端に恐れている。結局、男君が直接今までのいきさつを入道に説明することによって、事実を知られてしまうことになるのだが。この恐れを乗り越えることによって、女君はまた一つの階段を上ることになるのであろう。一方の入道は、男君から事の真相を知らされ、女君の心中を思いやるのだが、男君と女君の運命の子石山の姫君と対面するや、関心は姫君の方へ移り、拙ない宿世ゆえ果たせなかった女君に代わって立后までも夢みるようになる。この段階で女君と父親の関係は新たなものに代わったといってよいであろう。[11]

こうして原作の『夜の寝覚』は一つの結末を迎える。巻五において子どもたちの賑わいを聞きながら、幸福感に浸る男君と違って女君は、

「ほのかなりしを、かけ離れ思ひ出でしこそ、人より殊なりと、心をとめてあはれも深かりしか、なかなか、かかるにつけても、もし長らふる命もあらば、恨めしき節多く、心劣りしたまふべき人ぞかし」と思ふに、
（巻五・四八八頁）

と自ら男君との過往の関係を総括し、さらに女一の宮方の思いをよそに女君のもとを離れない男君に、

「忍びそめはべりにし心の鬼は、尽きせずかたはらいたくのみおぼえはべるべきを、幼き人々の御ゆかり、か

やうに立ち交じりきこえさせたるやうにてこそよからめ。（五〇四頁）

と諭したりもする。そこには自らの意志で男君との関係を含めた世渡りをしていく寝覚の女君の姿がある。

七　おわりに

『無名草子』に、

『寝覚』こそ、取り立てていみじきふしもなく、また、さしてめでたしと言ふべき所なけれども、はじめよりただ人ひとりのことにて、散る心もなくしめじめとあはれに、心入りて作り出でけむほど思ひやられて、あはれにありがたきものにて侍れば。（六三頁）

と、評されたこの物語は、結局、無垢な、〈母〉の欠落した脆い部分を持つ一人の少女が、自我に目覚め、人格を形成していく過程を描いた作品だと読むことができる。彼女にとって男性との出会いは、恋愛の対象と言うよりはむしろ、男性の持つ現実社会——制度への対応の始まりであった。幼い頃、安定した母の愛情を得られず、〈母性〉性の強い父親に保護されて育った彼女にとって、一夫多妻のもと、相対的な愛情に生きることより、自分の得られなかった母親の十分な愛情を、立場を代え、子どもたちに注ぐ方が望むところであったろう。こうしてこの物語の女主人公は、少女時代の穏やかな混沌の中から、突然の男君との出会いによって自我に目覚め、大皇の宮の策略を乗り越え、自らの深層心理、無意識の領域と向き合いながら、ままならない現実社会の中で、自分の生きる場を模索している。この後、末尾欠巻部分において、この女君は栄華を極めるものの、さらなる試練にも直面することになるらしい。

注

（1）参考『夜の寝覚』（『新編日本古典文学全集』）解説。
（2）神田龍身「『夜の寝覚』論――自閉者のモノローグ――」（『文芸と批評』一九八二年七月）三田村雅子「寝覚物語の〈我〉――思いやりの視線について――」（『物語研究　第二集』新時代社　一九八八年）等。
（3）永井和子「寝覚物語の「中の君」」（『続寝覚物語の研究』笠間書院　一九九〇年）等。
（4）なお、ここでとりあげ〈母〉とは、肉体を持ったもの、あるいは制度的なものだけではなく、ユング心理学で言うところの元型としてのそれをも含む。なお、やや立場は異なるが横井孝氏に「母性論としての『寝覚物語』」（『源氏物語とその前後』第一巻　新典社　一九九〇年）がある。
（5）母の問題については、本書Ⅱ—第一部第三章参照。
（6）永井和子「題名をめぐって」（『寝覚物語の研究』笠間書院　一九六八年）
（7）注（3）参照。
（8）「我も人も」に関しては注（2）の三田村論文に言及されている。
（9）父の問題は〈母〉の問題と表裏をなす。父については本書Ⅱ—第一部第五章参照。
（10）河合隼雄氏は著書の中で日本文化は母性原理の強いものであり、それが神話や昔話などにも反映されていることを指摘されている。母性性の強い父親の問題は今日まで日本人のアイデンティティの問題として残っている。（河合隼雄『無意識の構造』中公新書　一九九七年、『昔話と日本人の心』岩波書店　一九八二年、『河合隼雄全対話　Ⅲ　父性原理と母性原理』第三文明社　一九八九年）等。
（11）本書Ⅱ—第一部第三章、第五章参照。

第三章　『夜の寝覚』――〈母なき女子〉の宿世――

一　はじめに

一人の女性の一生を追う形で書かれた『夜の寝覚』は、〈女〉の物語である。それは、女性主人公が、少女から一人の女性として成長していく過程を描くという意味において、一夫多妻制の社会でいかに女性が生きにくいか、その苦悩を語るという意味において、母、主婦としての側面が物語の前面に出てくるという意味において、産む性としての女君の妊娠、出産が物語の展開の契機となるという意味において、私的な生活領域が舞台のほとんどを占め、公的な宮廷行事が描かれないと言う意味において、男性登場人物たちもその公的な面よりもむしろ私的な人物として描かれることが多いという意味において、帝ですらその権威が相対化され、一人の悩める求愛者として造型されているという意味において、心理描写が多く、時には無意識の領域まで描かれると言う意味において、「寝覚」という半覚醒の状態がキーワードになっていると言う意味において……。

二　女君の「宿世」

まず、物語は例によって主人公の両親の出自から語る。

そのころ太政大臣ときこゆるは、朱雀院の御はらからの源氏になりたまへりしになむありける。琴笛の道にも、文のかたにも、すぐれて、いとかしこくものしたまひけれど、女御腹にて、はかばかしき御後見もなかりければ、なかなかただ人にておほやけの御後見とおぼしおきてけるなるべし、その本意ありて、いとやむごとなきおぼえにものしたまふ。北の方、一所は按察使大納言の女、そこに男二人ものしたまふ。帥の宮の御女の腹には、女二人おはしけり。（巻一・一五頁）

父太政大臣は光源氏を想起させる経歴を持つが、二人いた北の方は、ほぼ同じころ亡くなってしまう。

形見どもをうらやみなくとどめおきて、競ひかくれたまひにし後、世を憂きものに懲りはてて、いと広くおもしろき宮にひとり住みにて、男女君だちをも、みな一つに迎へ寄せて、世のつねにおぼしうつろふ御心も絶えて、一人の御羽の下に四所を育みたてまつりたまひつつ、男君には笛を習はし、文を教へ、姫君のいとすぐれて生ひたちたまふには、姉君には琵琶、中の君には箏の琴を教へたてまつりたまふに、おのおのさとうかしこく弾きすぐれたまふ。（一五～六頁）

その父は「世を憂きものに懲りはてて」後妻を迎えることもなく、広い邸に子どもたちを迎え寄せて、「世のつねにおぼしうつろふ御心も絶えて、一人の御羽の下に四所をはぐくみたてまつりつつ」子どもたちにそれぞれ漢詩や笛、琵琶などを教えながら暮らしている。なかでも、女主人公である中の君は、鍾愛の娘として、父親の庇護のもと、兄、姉の愛情に囲まれて穏やかに暮らしている。

この中の君が、一三歳の年の八月十五夜とその翌年、夢に天人が現れて、琵琶の秘曲を伝授し、予言を授ける。

こうして中の君は選ばれた人物として、物語の主人公性を付与される。

このように身分、家柄、才能、美貌その他何一つ欠けることのない資質を持った寝覚の女君（中の君）であるが、この物語において、実は、彼女の「拙い宿世」がテーマの一つとなっているのである。

さて、天人は翌年も女君の夢に現れる。

「あはれ、あたら、人のいたくものを思ひ、心を乱したまふべき宿世のおはするかな」とて、帰りぬと見たまふに、（二〇頁）

女君一四歳の年の八月十五夜、二年続けて夢にあらわれた天人の残した二番目の予言である。

それはまず、男君との不幸な出会いによって始まった。乳母の見舞いに来ていた関白左大臣家の長男、権中納言は、隣から聞こえてくる美しい楽の調べに興味を抱き、垣間見する。そこには九条にあるいとこの僧都の所有する別邸に、方違えのために訪れていた女君たちの姿があった。女君のあまりの美しさに思わず男君は侵入、一夜の契りを結ぶ。権中納言（男君）にとってはほんの仮初めの恋のつもりであっても、女君にとっては、いきなりどこの誰ともわからない男性が侵入してきて、挙げ句の果てに妊娠までしてしまい、さらに悪いことにその相手の男性がわかってみれば、母がわりと慕ってきた姉の夫であったという事件であった。家族への背信の思いは、今までの父親の庇護のもとで幸せに暮らしてきた女君に「いたくものを思ひ、心を乱したまふべき宿世」の始まりを告げる。

ところで、この女君の「宿世」については、主要人物たちそれぞれが意識をしていることが知られるので、それを確認しておく。

「この世の栄えめでたけれど、仮のことなり。口惜しかりける御宿世なればこそ、母君にも見添ひきこえたまはず、おのれも、かく世を限る閉ぢめに逢ひたまふらめ。身を、いかで人並みに思ひ急げど、前の世の宿世といふものあるべかんめれば、思ふにかなはぬわざなり」

（巻二・一九八〜九頁）

女君が姉大君の婿である男君との噂に悩まされている中で、久しぶりに広沢に出家した父を訪ねたとき、父入道が語った言葉である。その後、女君の身辺は、老関白との結婚、老関白や姉大君との死別、帝闖入事件、偽生き霊事件などが起こり、それらを通して女君も、自らの宿世をあの天人の予言どおりであったと納得する。

「さるは、面馴れて、さすがに度ごとに、いみじう心の乱るるこそは、かの十五夜の夢に、天つ乙女の教へしさまの、かなふなりけれ」とおぼし出づるぞ、前の世まで恨めしき御契りなるや。

（巻四・三九〇頁）

それら数々の出来事の間にも、男君は女君への愛情を訴え続けているが、巻五において、ようやく女君と同居、満ち足りた平穏な日々を得たように思われる。男君は、しかし、

「かばかり飽かぬことなき人がらには、后の位そら、きはめたることとおぼゆべくもあらぬに、見る目、有様よりは、契り、宿世、下ざまなりける人なりけり」

（巻五・五二七頁）

と、これほど完璧な人物なので、后の位ですら最高のものとは思われないほどなのに、宿世には恵まれなかった人だと女君の人生を思う。

こうして、何もかもに恵まれているように思われる女主人公に用意された、この拙い、劣りざまとされる「宿世」は、何に起因するのであろうか。それについて考えていきたい。

三　女君の「世間」

ところで、女君は繰り返し憂き世を嘆き、世間体を気にかけるが、彼女を取り巻く「世間」の価値観とはどのようなものであるのだろうか。そのことについて整理しておきたい。

この作品において特徴的なことの一つには、身分意識あるいは男女の性差の意識が、情愛とか、情景描写による情趣とか、ユーモアとかに包まれた形ではなく、登場人物たちの口あるいは眼を借りて、比較的ストレートな形で明らかにされるということがある。

たとえば女主人公のいとこの宮の中将は、男主人公である権中納言（男君）を相手に女性論を開陳する。

「いと角生ひ、目一つあらむが、なほ品ほどもあなづらはしからざらむ人聞きこそ、深き心ざしなくとも、用ゐらるべきものにははべれ。さる基さだめて、うち忍びては、海人の子をも尋ねはべらむ」（巻一・四五頁）

たとえ角が生え、目が一つの女であっても、人が聞いてみっともなくないような身分、家柄の女性をこそ、深い愛情はなくても妻とすべきという意見に、男君も内心うなずく。そこには妻というものは、「身分」さえ満たされれば、その女性の個人的資質は問題にされず、ただ「女」ということだけが対象とされている。そして、しっかりした正妻を定めておけば、セクシュアリティを満たす女性には「身分」は要求しないという。

当時の上流貴族の一つの典型的な価値観といえようが、男君の属する摂関家においては、それに子どもの問題が加わる。

「大殿の、『中納言殿の御子をとく見むとてこそ、尋ねしか。まださる気色のなきにやあらむ。いみじく口惜しき際なりとも、この人の子とだに名のり出づる人あらば、人のそしり、もどき知るべくもあらず、数まへ、ものめかさむ』とのたまふなりとて、（巻一・七八〜九頁）

「このついたちごろになむ生まれはべりける」「母は誰ぞ」「よも口惜しきあたりには出でまうで来じと、おぼしめせ」ときこえたまへば、「さはれや、言ふかひなき際なりとも、めづらしく差し出でたる、いとうれし」とのたまひて、殿にもきこえたまひて、（巻二・一六二頁）

最初の例は、男君の父親である関白の言葉の紹介、二例目は関白の妻、男君の母と男君の会話である。ここでは、母親である女性は「身分」すら問われない。女性側に要求されるのは男君の子どもを、それもできたら女の子を産むことだけである。次にあげるのは、男君が女君との間でできた秘密の子、石山姫君を両親である関白夫婦に預けたときの様子である。

思ふさまにて女にておはするうれしさ限りなきに、まだ見えぬ顔つきにて、二所して抱きうつくしみたてまつらせたまふに、いささかうち泣きなどもしたまはず、（巻二・一六四頁）

男君の両親はその子どもが女の子であることをことのほかに喜ぶ。それは言うまでもなく、女の子は后がねとして、大事にされ、天皇の皇子を生み、その子が立坊ということにでもなれば、一家は安泰だからである。

こういった身分に対する意識だけではなく、「男とはこういうもの」「女とはこういういうもの」とする男女の性差についての意識にも、明らかな発言がみられる。

「心知りなる過ちすら、男の好きは、さこそはべれ、ましてこは、深き咎あるべきことならねば、ただあながちにいみじきことにはべるめるが」（巻一・九六頁）
「女は、見馴れぬかぎりこそあれ、言ふかひなくなりぬれば、いかがはせむに思ひなり、あるまじく便なきことにても、忍びて心をかはす、みな世のつねのことなり」（巻二・一八五頁）
「さなめりと心得たまふとも、なだらかにもて消ちて、人目のためにも聞きにくきことは制し、聞き入れたまはで、忍びて我を恨みたまはむこそ、世のつねのことなれ。男ならむからに、聞きにくき名を憚らぬやうやはある。飽きたく、心得げにも言ひののしりたる、かくめづらかにもあるかな」（一八六頁）
「女はなぞ、かたちは角生ひても、心こそいるべきものなれ。かたちよからむ女子は、捨てぞしつべき。かたじけなく、親の面伏せなる類を見るに、いと心憂し」と言ふなれば、（一八四頁）

最初の二例は男君の言葉、三例目は、女君の異母兄左衛門督の言葉である。煩を避けて数例にとどめたが、この他、男君や父入道など、男／女を意識した表現は、一〇例程見られる。

このように、男性優位の論理に支えられた社会構造が、物語内現実として存在する。物語は架空の世界の出来事とはいえ、当時の政治的、社会的なものから全くの自由であることはできず、このような身分、家柄重視、男性優位の思想が見られるのは当然のことといえるが、それが、かなり直接的な形で、登場人物たちの言葉（心内語を含む）で表明され、女君をめぐる環境として用意されているのである。

四　〈母〉の欠落と〈娘〉

確かに女性にとって、いずれにしても生きにくい世であることは『源氏物語』を始めとする物語、日記文学作品にも多く語られるが、寝覚の女君は、前述のように何もかもを備えた女性である。おまけに男主人公は彼女一人を愛し続ける。したがって他の物語の女性たちのように「身のほど」意識や、他の女性への嫉妬に悩まされることもない。

しかし、そんな彼女にただ一つに欠けているもの――それは〈母〉である。物語の女君たちは、実母と死別している場合も珍しくないが、彼女の場合、実母はもちろんのこと、継母も、祖母もまた「いとよかりし御乳母もなくなりて、おとなおとなしき後見もなきままに」とあるように、母代わりの乳母も存在していない。この〈母〉の不在が、自我を獲得していく彼女の深層心理に影響を及ぼしていることについては、以前に言及したことがある。(1)

この徹底した〈母〉なるものの欠如については、さまざまに論じられようが、その一つの見方として、井上眞弓氏も指摘しておられるように、(2)彼女のセクシュアリティへの影響が考えられるのではないだろうか。極論すれば、寝覚の女君の悲劇は、自らのセクシュアリティにイニシアティヴをとれないことに起因しているとも思われるのである。すなわち、〈母〉に自らの善美を賞で、愛されることなく育った〈娘〉は、自らの身体を意識し、把握することなく成長する。（たとえそれが継母などによって、反対の形で意識させられるにしても）母親の愛を知らない〈娘〉としての女君は、自らの魅力を知ることもなく、女としての生き方のモデルを身近に見ることもない。それなのに、その身体的な美は、さまざまな人物の視線を通して語られることによって、他人に所有され、彼女の運命にも影響を及ぼすことになる。このことが女君の拙い宿世の遠因となると言えよう。少し具体的に見てみたい。

まず、垣間見で女君を見初めた男君を始め、帝、あるいは女君の最初の結婚相手であった左大将（後の老関白）など、恋愛の当事者たちの視線は当然といえるが、その他の登場人物たちも、彼女の身体的な美に心をとらわれている様子が描写される。たとえば、父入道は娘女君の「面痩せの美」[3]を見いだし、女君の世話係でもある対の君は、九条の一夜の事件の真相、すなわちあのときの相手の男性は姉大君の婿であり、おまけに女君は妊娠しているということを告げると言う深刻な場面において、嘆き悲しむ女君の後ろ姿の髪に、場違いなまでの美しさを見る。（巻一・五九頁）あるいは大皇の宮は、女君のゆゆしきまでの美しさゆえに、自分の娘女一の宮を顧みない男君を思って憎しみを募らせる一方、同時に女君を我が娘にして明け暮れ世話をしたいという複雑な心を抱く。（巻三・二五五頁）

その上、女君の魅力は、帝に、

「国の位を捨てて、ただ心のどかに心をゆかせて、起き臥し契り語らひてあらむに増すうれしさ、ありなむや」（二七八頁）

と思わせ、老関白にも、

「他事は人にまさるともおぼえぬを、この女君見馴るる契りなむ、人より殊に、類なかりける。我が身と思ひ知らるることと、これを生ける世の思ひ出でにてありぬべし。官、位も用なし」（二五七頁）

といわせるなど、世俗の権威をも相対化するものでもあった。

さらに、女君は物語の女主人公としては多産である。「この物語では、男主人公と女主人公の関係が危うくなる度に女主人公を妊娠させ、その浅くない契りによって二人の関係を結び直すというおきまりの方法を取っている」(4)と指摘されている通りであろう。その妊娠がわかる場面についても、それは女君の自覚ではなく、他人によるものである。まず、九条での男君との一夜の後、女君は衝撃の余り、臥せってばかりの状態になるが、体調の悪さは実は心痛によるものだけではなく、妊娠によるものだということが、対の君の観察によって知られる。

この三月ばかりは例のやうなることもなく、おのづからとれて見ゆる御乳の気色などを、御方は見たてまつり知りたまふに、すべて言はむかたなし。（巻一・五三～四頁）

初めての妊娠の時はともかく、また二度目の妊娠の時は中間欠巻部分に書かれていたと思われるので定かではないが、三人目を身ごもったとき、出家ばかりを望んでいた女君は自らの体調の変化に気づかず、男君によって見あらわされる。

よろづに泣く泣く慰めつつ、ひとへにまつはれたるやうにて見たてまつりたまへば、四月ばかりになりたまひにける御乳の気色など、紛るべくもあらぬさまなるを、（巻五・四七六頁）

他の妊娠の兆候を語る場面、老関白の長女で入内した督の君の場合は「十月ばかりより、内侍の督の君、ただならぬ気色になやましうおぼいたるを」（巻五・五一五頁）と語り手の言葉、地の文で語られるのに対し、女君の妊娠は、具体的な名前を持った登場人物の「見る」という行為を通して、より身体に即した形で語られる。かくして、自らのセクシュアリティに対して、意識することなく、他人によって把握された受け身の女君像が読みとれるのである。

五　「母」ジェンダーとしての女君

自分では意識していない自らの美しさに翻弄される人生を歩み、「枠組みとしてのひたすらな栄華と、それを支える彼女の肉体と、肉体から疎外される精神との痛ましい分裂」(5)を主題的状況として抱える女君であるが、彼女自身は、積極的に母親として、有能な主婦として、自分の役割（ジェンダー）を果たすことによって自らの尊厳と矜持を保とうとする。それはたとえば、亡き老関白の娘、督の君の、男君を感嘆させた入内準備にあらわれたりしている。

その日になりて、早朝ぞ、内の大殿は、ふすべ果てたまはず、事ども御覧ずるに、いささか、そのことこそ飽かず足らはざりけれと見ゆることなく、こまかにありがたく尽くされたるに、おほきにおどろきたまひぬ。（巻三・二三七頁）

この後、男君の述懐が続き、老関白亡き後、荒れ果ててもやむを得ない老関白邸を切り盛りしている女君の、一家の担い手としての手腕に感嘆している様子が描かれ、さらに、

人は、手書き歌よみ、をかしきかたはさるものにて、まことに、人をも世をも用ゐるかたの心ばへは、いと難

げなるものを、

（一二三八〜九頁）

と、風雅な道に長けている人はいるが、人を用いたり、世間を処していくのは大変難しいのに、それをこなしている女君への讃美と、ますますの愛着が語られる。これらもまた、地の文ではなく、男君の心内語という表現形式が取られることによって、男君に把握されている女君が浮かび上がる。女君自身も後には、

「すこし物思ひ知られしより、『何事も人にすぐれて、心にくく、世にも、いみじく有心に、深きものに思はれて、なにとなくをかしくてあらばや』と、身を立てて思ひ上がりしに、世とともには、いみじとものを思ひくだけ、あはつけうよからぬ名をのみ流して、人にも言はれ誇られ、世のもどきを取る身にてのみ過ぐすは、いみじく心憂く、あぢきなうもあるかな」

（巻五・四三一〜二頁）

と自らの半生を振り返った述懐の中で、世間から秀でた自分でありたいという思いと、それができずに浮き名を流したことに嘆きを述べている。

寝覚の女君の苦悩の根源として、自らのセクシュアリティを意識できないまま、運命と対峙し、そこから自己を立て直すために、自分にも、また他人からもわかりやすい母親的役割、主婦的役割を立派に果たすことに努める彼女の姿が読みとれる。そして、そういう彼女の生き方の背後には、〈母〉の欠落という要素が認められるのである。(6)

さて、物語の第一部で、男君と女君の仲が人々の噂になり、今ではすっかり姉大君方に肩入れしている兄左衛門督が、父にこの噂を告げに来る場面がある。父入道の驚きは並一通りのものではない。

「母なき女子は、人の持たるまじきものなり。形のやうなりと、母の添ひてあらましかば、いみじく思ふとも過たざらまし。また、人もかく言はざらまし。そこはかとなき若き女房を、うちあづけて姉妹のあたりにあらせたる怠り、咎なり」（巻二・一七九頁）

この述懐からは、たとえ形ばかりでも母親がついていれば、間違いが起こることはなかったはず、「母なき女子」という女君の宿命が、拙い宿世を呼んでしまったという入道の悔恨の気持ちが伝わってくる。

六 「母」の存在

さて物語の後半、第三部に入ると、女君は「母なき女子」を脱して、老関白の遺児三人、姉大君の遺児小姫君、実子石山姫君の五人の「娘」の「母」となる。

老関白の娘たちは先妻の子であった。関白亡き後、なにがしかの波乱はあったものの[7]、女君は下の娘二人にそれぞれ婿を迎えて東西の対に住まわせている。残る長女も内侍督として老関白が果たし得なかった入内をさせ、彼女は帝寵を得て男御子を出産する。この督の君の幸運について、

父大臣、さばかり我がままなりし世を、あやしく思ひ卑下して、内にといふこと、思ひかけずなりにしかば、「いと宿世悪く、ものはかなくて果てたまふべきもの」と、大臣失せたまひて後は、幸ひなき例にひき出でありなづりきこえしに、思はざるほかに内に参りたまひて、にくからずおぼしめされつるに、いと思ひのほかなりつるを、程なく世の光を取り出でたまへる契りのめでたさは、天の下言ひおどろきたるを、（巻五・五三四頁）

と世間の人々は、そのめでたい宿世を賞賛する。督の君が父の老関白亡き後、一度は「幸ひなき例」にあげられ、人々から軽んじられたにもかかわらず、やがて人々の羨望の的となるについては、女君の「母」としての働きがあることは言うまでもない。

女君自身もこの督の君の幸運について、

これこそは、女のあるかひありといふべき御宿世なめれ。我が身ばかり、思はずにてやみぬる類多くはあらじを、（五三七頁）

との感想を持つ。ここに女君の考える幸せの一端がうかがえる。憂き世を厭い、一時は出家までも考えるほど苦悩し、絶望もし、つらい人生を歩んできた女君の心境として興味深い。それは世俗的なものに迎合すると言うよりは、順当に人生を送っていれば自らが歩んだかもしれなかった宿世への感懐なのかもしれない。

そして、幼い小姫君は措くとして、まもなく女性としての道を歩み始めるもう一人の「母なき女子」であった石山姫君の存在についても検討を加えておきたい。

石山姫君と呼ばれる少女は、物語の始発部分において、男君と女君のあやにくな契りより産まれた秘密の子で、母の名を明かされないまま男君の両親である関白夫妻に引き取られる。巻三で、帝闖入事件の後、出産間もない頃に別れて以来、初めての母娘の対面の場面では、その美しい成長ぶりを喜び、雛遊びや絵物語などに興じ、ともに休む母娘の様子が描かれる。娘の成長を喜び、その美しさを愛で、愛情を持ったひとときを送る——女君が子としての立場では満たされなかったものを語る一場面である。

そんな折も折、さらに大皇の宮の奸計による偽生き霊事件がおこる。ますます世を憂きものに思い定めた女君は、子供たちに未練を残しながらも出家を決意し、父入道のいる広沢へ向かう。その女君の出家を止めようとして、男君は子供たちをつれて広沢の入道のものを訪れ、今までの真相について語る。

巻五のこの場面で、ふたたび男君及び父入道の口から、「母なき女子」の運命が話題となる、その男君のことばである。

女にはべるは、いとけなきほどこそ、げに乳母の懐一つを限りなき窓のうちと頼みても生ひたちはべりにき、やうやうおよすけまかる年ごろに、いま一つ二つの年も加はりはべりなば、後の宿世は知らず、宮仕へにも出だしたてむと思ひたまへ掟てたるに、限りなき心ざしはべれど、男は限りはべり。乳母などいふもの、はた、はかばかしく心の掟うしろやすかべいやうもはべらず。（巻五・四五六頁）

女君の出家を引き止めたい一心の男君は、娘が幼いときはともかく、それ相応の年ごろになったときは男親も乳母もあてにならないことを説く。さらに続けて、

おのづからおぼし知らせたまふやうもはべらむ。女、やうやうおよすけむままに、父はなくてもはべりぬべかりけり、母添はざらむやうなるいみじきことなむはべらざりける。世の中の人の心うるはしくもあらず、おほけなうあるまじき心つかふ輩交じりて、さるべきとはいひながら、思ひ違ふ心も出でまうでくる、誰が心もやすげなうあぢきなくはべりや。（四五七頁）

「あなた様にも思い当たられることがあるでしょう」と、石山姫君が「母なき女子」の宿世を歩むことになるか

もしれない懸念を入道に訴える。入道も、

げに、母添はぬばかりいみじきことはなかりけりとこそ、いとどうけたまはりぬれ。（四六一頁）

と応じる。「母」の存在は、娘が生きていく上で心身にわたって必要なのであるとの認識がうかがえる。二人の念頭には過ぎし日の女君の、思いがけない運命の展開と、石山姫君の将来が見据えられている。

七　父の本意

さて、いよいよ孫の石山姫君とは対面した入道は、その美しさに感嘆する。

「よろしく、なりあはぬ御様を見つけたらむにてだに、うち見むあはれのおろかなべきにもあらぬを、はなばなとにほはしき御かたちは。母君をこそ、我が女とも言はじ、世に類なき一つ物と、幼くより見しを、かれはせちに愛嬌づき、うつくしくにほひ過ぎたまへるほどに、気高きかたや、ただすこし後れたる心地すると見るを、これは、今から、かばかりきびはなる御程に、いと気高く、うち見むにただ人とはおぼえず、かたじけなきさまさへ添ひたまひつるを。かかる人の、また世にいでおはする世にこそありけれ」と、うち見たてまつりたまふより、涙くれふたがる心地したまひて、（巻五・四六九頁）

「見れども見れども、母君にいづくか劣りたまはむ」とうれしく、かなしく見たてまつりたまふ。我が身も末にただなりにたる心地せしかば、内にたてまつらむなど、思ひたちあふべくもあらで、やみにしを、今に口惜しく、「心細くあり果てぬる御身」と、生ひ先なくおぼし屈ぜられて、（中略）ただうち見るより際もなき人の生ひ先、その道ならぬ大和相をおほせて、上なき位をきはめたまはむこと、なにの疑ひあべうもあらぬ人のものしたまひける。（四七二頁）

入道の目に映った姫君は、母をしのぐ美質の持ち主で、極楽往生の妨げになるほど引きつけられる。入道の胸に去来したのは「もとより大君だつ筋」（二七〇頁）、王統である自分の血であり、入内を願いながらかなわなかった「心細くあり果てぬる」女君の身の上であった。そして石山姫君に「上なき位をきはめる」相を見て、帝の御子でありながら、臣籍降下することによって王権から離脱し、他方、太政大臣という高位高官にありながら、男君の家、関白家が当帝の中宮を冊立したことにより、政争からもひけを取ってしまった入道の野心が目覚める。

「これは、いと殊にめづらしく、母君の御契りの思ひしよりは口惜しく、我も雲居までは思ひ寄りきこえずなりにしがいと胸痛き代はりに、この御有様をだに、本意のごとく見聞きたてまつるまでの命は惜しく」ぞおぼさるるや。（四九七〜八頁）

すなわち、石山姫君の不明とされていた母親が、自分の娘の女君であると判明したことによって、女君に唯一欠けていた要素であった〈母〉が孫においては充足されることになる。入道は、「本意」を果たしたい、そのために命が惜しいと思うようにさえなる。かくして、自らの思いを託して入道は、孫の石山姫君に琴を伝授し、出家の際、先帝からの伝来ものもみな女君に譲ったはずの、そのときにも秘蔵されていた「唐の琴」を、広沢から京に戻る姫君に贈る。それはまた王権への願いを象徴するものでもあった(8)。

八　おわりに

寝覚の女君は、この世の人とも思われないほどすべてを兼ね備えた人物として物語に登場するが(9)、決して穏当で幸せな人生を歩むわけではない。彼女の不幸は、その身体的な美しさが彼女の思惑を越えて、事件を呼び込むところにあった。男女の性差（ジェンダー、セクシュアリティの両面において）、あるいは身分意識に敏感な物語世界が用意されている中で、「世間」を意識し、その中で生きる道を模索する女君であるが、自らのセクシュアリティが自らの願いを裏切る分、ジェンダーとしての役割により徹することによって、自分の場を確保しようと努める。そういう彼女の生き方は、おそらく彼女が「母なき女子」であったことと関係あろうことについて考察してきた。

しかし、物語はそこから次の段階を迎える。すなわち彼女の「母なき女子」の宿世は、それを反転して引き受ける形で、実の娘である石山姫君に受け継がれる。第三部以降、女君のセクシュアリティに起因する事件が起こっている間、物語の背後に後退していた彼女の父入道が、現存本の終盤、真相を知った人物として再登場してくるが、その入道の石山姫君に対する思いを通して、『夜の寝覚』ではこれまで巧妙に遠ざけられていた「王権志向」もまた浮上してくることになる。それは本来、女君が順当に歩むはずであった「宿世」でもあった。

現存本は残念ながら巻五までしか残っていないので、その後のことは詳らかではないが、諸資料から石山姫君の東宮入内、帝退位による東宮の即位、石山姫君の立后、督の君の若宮の立太子と続くことが予想されている。それがかなったとき、再び督の君の時のように、女君は「これこそは、女のあるかひありといふべき御宿世なめれ」と思うのだろうか。

『無名草子』に、

また、后の宮・東宮など一度に立ち給ふ折、中のうへゐざり出でて、

　寝覚せし昔のことも忘られて今日の円居にゆく心かな

と言はれたるほど、いと憎し。（七一頁）

という記述がある。女君に「いみじき心上衆」（六九頁）と賞賛を贈った『無名草子』の作者であるが、女君がこのような歌を詠むことを「いと憎し」と非難する。しかし、これもまた女君の本音の一つではなかったか、と今は思えるのである。ただ、物語はそれで終焉を迎えるわけでもないらしい。まだまだ女君の波瀾万丈の苦難の人生は、綴られていくのである。

注

（1）本書Ⅱ―第一部第二章参照。

（2）井上眞弓「性と家族、家族を超えて」（岩波講座『日本文学史　第三巻』岩波書店　一九九六年）

（3）注（2）参照。

（4）三田村雅子「寝覚物語の〈我〉――思いやりの視線について――」（『物語研究　第二集』新時代社　一九八八年）

（5）注（4）参照。

（6）なお、母の欠落については横井孝「母性論としての『寝覚物語』」（『源氏物語とその前後　一』新典社　一九九〇年）、井上眞弓（注（2））、永井和子「寝覚物語の『中の君』」（『続寝覚物語の研究』笠間書院　一九九〇年）などでもとりあげられている

（7）中間欠巻部分において、次女が宮の中将に盗み出されると言う事件があったらしい。

（8）参考　坂本信道「音楽伝承譚の系譜――『源氏物語』明石一族から『夜の寝覚』へ――」（『文学』一九八八年四

月）上原作和「〈琴〉という名のメディア、あるいは感応する言説の方法――後期物語文学史論序説――」（『光源氏物語の思想史的変貌』有精堂出版　一九九四年）。なお、父入道については本書Ⅱ―第一部第五章であらためて取り上げる。

（9）「幼くより、この世の人とはおぼえず、仮に生れ出でたる変化の人にやとのみ、ゆゆしうおぼえしを」（巻五・四四一頁）（父入道の言葉）

第四章　『夜の寝覚』——女君の「憂し」をめぐって——

一　はじめに

「憂き身」「憂き世」と我が身を観じる表現は、王朝物語文学において多く見られるが、なかでも『夜の寝覚』の女君が、自らの人生を「憂き」ととらえる描写が印象深い。『夜の寝覚』の女君（女主人公中の君、以下女君）における「憂し」については早く横井孝氏が着目されているが(1)、本稿では『夜の寝覚』における「憂し」の問題を改めてとりあげてみたい。

さて先行する作品である『源氏物語』においてはすでに「憂し」という形容詞の重要性が指摘され、いくつか研究が進められている。その研究状況を簡単に把握した上で、『夜の寝覚』における「憂し」の問題へと移っていきたい。

『源氏物語』において、現代語では同じように「つらい」「憂鬱だ」「情けない」「いやだ」と訳される「憂し」と「心憂し」について、それぞれ語の特性が異なることに注目した山崎良幸氏は「「憂し」が観想の表現であるのに対し、「心憂し」は情緒の表現である」とされ(2)、さらに石井恵理子、中川正美、池田節子氏等によって検討が加えられてきた(3)。

それらによると、『源氏物語』において数量的には「憂し」「心憂し」はそれぞれ二〇〇近い用例が見られ、全体では「憂し」の用例が若干多い。第一部では「憂し」が多く、第二部ではほぼ同数、第三部では「心憂し」が多いというように推移、それぞれの場面における使い分けから『源氏物語』における表現の研究がなされている。
また石井恵理子氏は登場人物別に「憂し」の使用数を報告されたが、[4] それによると、「憂し」を多く用いているのは、光源氏四六、浮舟一六、薫一五、中の君（宇治）一二、六条御息所、落葉の宮、玉鬘、空蝉九、大君（宇治）、藤壺八、明石の君、一条御息所六、の順で続いている。正編三三巻の一貫した主人公である光源氏は別格として、薫をのぞくと男性にはほとんど用いられていないことがわかる。さらに用例の多い「憂き世」「憂き身」に関する表現に着目してその意識を探り、『源氏物語』が表現しようとした世界を把握しようとする研究も行われている。[5]
これらの先行研究に導かれながら、心理描写をより深めていく点、女性たちの生き方をより追求していく点で『源氏物語』を継承していると考えられる『夜の寝覚』において、心情語「憂し」を手がかりにその特徴について検討していきたい。

二　『夜の寝覚』における「憂し」「心憂し」

『夜の寝覚』における「憂し」（憂さを含む）「心憂し」の用例の分布状況は以下の〈表Ⅰ〉に見られるとおりである。

まず「憂し」について検討していくと、全用例数は九四で、『源氏物語』における用例数の約半分を示しており、作品の長さを勘案すると、かなり多い頻度で用いられているといえる。その三分の二はいわゆる第三部で用いられている。この心情語「憂し」が第三部に偏って用いられるというのは、この物語が第一部から第三部に移るにつれて心理描写が増大するという特色と軌を同一にしている。さらに個別に見ていくと、（〈表Ⅱ〉参照）女君の用例の多さが目を引く。「憂し」の全用例九四例中五二例（約五五％）をしめる。『夜の寝覚』より長大な作品である『源氏

〈表Ⅰ〉『夜の寝覚』における「憂し」と「心憂し」

	巻一	巻二	巻三	巻四	巻五	計
憂し	4	20	20	29	21	94
心憂し	9	8	15	26	15	73

〈表Ⅱ〉『夜の寝覚』における「憂し」と「心憂し」――登場人物別分布表――

《憂し》

	巻一	巻二	巻三	巻四	巻五	計
女君	1	7	13	17	14	52
男君	1	5	2	6	4	18
帝	0	0	5	3	0	8
父入道	1	2	0	0	3	6
その他	対の君1	乳母1 宰相中将1 少将4		宰相上3		10
合計	4	20	20	29	21	94

《心憂し》

	巻一	巻二	巻三	巻四	巻五	計
女君	2	0	7	6	5	20
男君	4	5	2	13	5	29
帝	0	0	4	2	0	6
父入道	0	1	0	0	2	3
その他	対の君2 宰相中将1	大君1 左衛門督1	大皇の宮1 宣旨1	大皇の宮1 尼上1 命婦乳母1 女房1 生霊1	督の君1 女一の宮1 対の君1	15
合計	9	8	15	26	15	73

物語』の中で、突出して用例数の多かった光源氏（四六例）を凌ぐ数で、『源氏物語』の女君たちとは比較にならない。この物語は主要登場人物が少なく、『無名草子』の言うように「はじめよりただ人ひとりのことにて、散る心もなくしめじめとあはれにありがたきものにて侍れば」という女主人公の一代記的な性格を持つもの作品だとしても、やはりこの数は注目に値し、この物語を特徴づけるものであろう。

以下「憂し」は男君（男主人公中納言、以下男君と称す）一八、帝八、父入道六、少将四、宰相の上二、対の君、兄宰相中将、乳母一例となっている。女君の例が第三部に八五％と集中しているのに対して、少将以下の周辺人物たちの例は宰相の上を除いて巻二に多く見られる。これらもすでに指摘されているように主人公以外の人物の視点で語られる第一部の特徴と合致するものである。(6)

一方「心憂し」は全部で七三例、内男君二九、女君二〇と男君の方に多く用いられている。続いて帝六、父入道三他、兄宰相中将、兄左衛門督、姉大君、大皇の宮、督の君、女一の宮、対の君、男君の母尼上、宣旨、命婦乳母、女房、それに生き霊と多岐の人物に渉って使用されている。（〈表Ⅱ〉参照）

以上、『夜の寝覚』における心情語「憂し」「心憂し」についての特徴をまとめると、

1 『夜の寝覚』では「憂し」が「心憂し」の一、三倍使用されている。（『源氏物語』ではほぼ同数）

2 「憂し」では女君と男君の用例が全体の七五％を占めるが、女君は五二例で二番目に多い男君の三倍の数値を示しており、女君における使用の突出ぶりが目立つ。

3 「心憂し」の使用は男君が一番多いが、男君二九例に対し、女君二〇例と差は少ない。男君と女君で全体の六七％とやはり多くを占めるが、「憂し」に比べると偏りは少なく、ほとんどすべての登場人物で使用されている。

4 いずれも第一部より第三部の方が多く使われており、心情表現を支える語句となっている。

5 個別の用例を検討していくと、おおむね『源氏物語』の場合と同じように「憂し」は自らの力ではどうすることもできないことや、自己の存在の根本に関わるような部分で用いられ、「心憂し」は具体的で、相手あるいは出来事、事件への反発、非難の気持ちがこめられるような例が多い。

ということが指摘できよう。このように『夜の寝覚』における「憂し」の語が圧倒的に女君に多用され、また似たような語である「心憂し」との使用数における差も見られることから、「憂し」が女君像を考える上で、重要な

キーワードになっていることが数字の上からも明らかになったと言える。

以上の結果は作品を読んでの印象を検証する結果となったが、それでは『夜の寝覚』の女君は何について「憂し」と感じているのであろうか。次にいくつかの分析を通して、この問題を考えてみたい。

三　第一部における「憂し」

物語の始発部分、九条の僧都の家で人違いによる契りを結んでしまった男女主人公であるが、男君のほうは予想以上に素晴らしかった相手の女性の素姓を追い求める。一方、何もわからないまま不幸な夜を過ごした女君は、やがてその時の相手の男性が姉の夫であり、さらに自分が妊娠までしていることを知り、誰にも打ち明けられないまま、閉じこもってしまう。臥せりがちの彼女に対して、父をはじめとする家族は心優しく気遣う。次は本文中で最初に女君の心情を表す語として「憂し」が使われる場面である。

姫君、かくおぼし扱ひたまふ御気色のおろかならぬにつけても、「世に知らずまばゆく心憂き身の有様。つひには、いかに憂きものにおぼし果てむ」とおぼせば、いみじくつつみたまへど、とどめがたく涙のみ流れ出でたまふを、「御物怪なめり」と、誰も誰も見たてまつり嘆きたまふに、（巻一・一〇六頁）

何も知らず妹の体調を気遣う姉大君と、同じく彼女を心配する周囲に対する思いが語られる。現在の自分の置かれている状況に関して「心憂き身のありさま」と反発、嫌悪の情を強くする女君であるが、女君が物語において最初に「憂し」と感じたのは、自分と男君との関係ではなく、仲睦まじかった姉に自分の存在じたいを「憂きもの」

と思われるのではないかという危惧によるものであった。

巻一における女君の「憂し」に関する用例は右の一例だけであるが、巻二になると女君の「憂し」の用例は七例見られる。やはり、兄宰相中将に「憂き身の有様」を知られた恥ずかしさ（一五九頁）、広沢移住を決意し姉に消息するが返歌をもらえなかったときの「人の御心の憂きもつらきも、げに我から」とする思い（一九六頁）、広沢での父のはからいに「憂かりし古里よりは」と思い出される京の大臣邸でのいたたまれない生活（二〇二頁）。すなわち家族を裏切っている自分を「憂き」と感じたり、家族が自分を「憂きもの」と思うであろうことに女君の思いは向けられている。そして男君と女君の中を疑う噂の拡大に「日に添へて憂さのみまさる世」（一九六頁）と嘆き、「ありしにもあらず憂き世にすむ」（二〇五頁）、「身の憂さもあはれもありしよりけに思ひ知られたまふ」（二一二頁）と変わってしまった我が身を嘆く。

中で、

人に似ず憂かりける前の世の契り知らるる節よりほかに、過つことありとも、我が心にはおぼえたまはねば、言はんかたぞなきや。（一八四頁）

とする心中表現には、後の巻で出てくる彼女の矜持の一端を早くもここで知ることになる。

以上が第一部における女君の「憂し」の用例である。垣間見、侵入、逢瀬、妊娠といった男君によって引き起こされた事態に対して、女君は男君との関係において「つらい」とか「つれない」という気持ちなど愛情（あるいは愛憎）を「憂し」とは表現していない。彼女は自分の意志とは関わりなく動いてしまった運命に対して、それが引き起こす、家族との葛藤に「憂し」と感じているのである。

四　第三部における「憂し」

さて、中間欠巻部（第二部）において、姉の許しを待ちながら、日々を送っている女君のもとに左大将（後の老関白）が熱心に求婚、彼女の琵琶の音の素晴らしさを耳にした帝からも入内を懇望されるが、父入道は後見の薄い入内より、左大将の熱意と人柄を見込んで、結婚を承引する。心進まぬ左大将との縁談に、女君の「憂き」思いもいよいよ募ったであろうことは、諸資料から知られる女君の詠歌からも伺われる。

　　ねざめのひろさはの准后、こゝろにもあらずおい関白にむかへられてなげき侍けるころわか関白の夢にみえ侍りけるうた

物思ふにあくがれいでてうき身にはそふたましひもなくなくぞふる（『風葉和歌集』恋四・一〇三五）

　　だいしらず　　　　　　　　　　　　　　　ねざめのひろさはの准后

世の中にふればうさのみまさりけりいづれのたにゝ我身すてゝん（同・雑三・一四〇〇）

やがて時は移り、老関白も姉大君も亡くなる。男君は朱雀院の女一の宮に通う身であり、新たな女君の崇拝者として帝が登場、当の女君は亡き関白の娘たちの世話をしながら関白家を守っていこうとするところから巻三は始まる。第三部に入ると、女君に関する表現は増加し、なかでも心中表現の増大はこの物語を特徴づけるものとなっているのは周知の通りである。

もはや男君との仲において妨げるものが何もないはずの境遇において（正妻女一の宮の存在があるが、男君の愛情は女

君ひとりに注がれている）、女君の「憂し」をめぐる表現は女君の用例全体の八五％、四四例（巻三・一三例、巻四・一七例、巻五・一四例）を数える。〈表Ⅱ〉参照）

これらは主に帝闖入事件と偽生き霊事件に起因するといえよう。女君は養母として、亡き老関白の娘、内侍督の入内に付き添って参内するが、昔から女君本人の入内を望んでいた帝は、女君への思いをますます募らせる。一方、帝の母大皇の宮は結婚させた娘、女一の宮を今は内大臣となった男君が大事にしないのは、女君の存在のせいだと、復讐の思いに駆られ、息子に愛を成就させ、娘に男君の愛情を取り戻すために計略を施し、帝を女君のもとに引き入れる。それが、帝闖入事件である。かろうじて帝のもとより退出し、事なきを得た女君であるが、帝に迫られたとき、自分でも思いもよらなかった男君への愛情を自覚する。また、巻四において、出産後すぐに別れた娘、石山姫君との対面もかなない、つかの間の平安を得た女君のもとに、体調を崩した女一の宮に取り憑いた物の怪が女君の生き霊を名告ったという噂が届き、新たに女君を苦しめるのが、偽生き霊事件である。予期しなかった事態に遭遇して、自らの「心のほかの心」と深層の自分の思いに気づき、驚きと懼れを覚える場面である。

こうした事件は、事件そのものの描写というより、出来事に出会った時の登場人物たち、とりわけ女君の心の動きを語ることに力点がおかれるが、その際に目立って用いられるのが「憂し」という心情語である。そこで第三部における女君に使用された「憂し」の用例を検討してみたい。

ただ、のがれ出づるうれしさに、また心地もまどふばかりおぼえて、「今だに、疾く、この憂き瀬を離れなむ」とおぼせば、いとやをら出でたまふに、（巻三・二八五頁）

「いで、あな心憂。この御事なからましかば、いとよく思ひ固めてのがれゆきし人に、とりもあへず乱れ靡きて、かかる憂きことを聞き添へましや」とおぼすに、（巻四・四〇七頁）

など、この二つの事件に関することを直接指して「憂し」という表現を用いる例も七例ほど見られる。しかし、これらを引き起こすもととなった男君の、自分への飽くことのない愛情と嫉妬、さかのぼって男君との不幸な出会いに彼女の思いは及ぶ。

「憂きを知り始めしばかりにこそ、をりをり堪へぬあはれをば見知り顔なりしかど」（巻三・三八八頁）

「え去らず憂き世を知りそめにしはじめなりしに、あはれに思ひ捨てがたき絆添へて」（巻五・五四五頁）

この物語の男君は、

左大臣の御太郎、かたち、心ばへ、すべて身の才、この世には余るまですぐれて限りなく、世の光と、おほやけ、わたくし思ひあがめられたまふ人あり。年もまだ二十にたらぬほどにて、権中納言にて中将かけたまへる、ものしたまふ。関白のかなし子、后の御兄、春宮の御をぢ、今も行く末も頼もしげにめでたきに、心ばへなどの、さる我がままなる世とても、おごり、人を軽むる心なく、いとありがたくもてをさめたるを、（巻一・二一～二二頁）

と、身分、家柄、容姿、人柄、才覚ともに優れている人物であると紹介されるが、女君の目から見た男君の描写はほとんど見られず、具体的な魅力に乏しい。そんな男君が他の物語の男主人公たちに比べて、特に優れているところがあるとすれば、「ひとりの女性を長きにわたって愛し続ける」という点である。それは一夫多妻制に悩まされていれた当時の女性たちにとって一つの理想であっただろう。そのような外見的に何もかもそろった男性に一途に思われているにもかかわらず、女君は「憂し」という気持ちを常に抱えている。

その『夜の寝覚』において、最も多く「憂し」と表現されていることの内容といえば、『源氏物語』と同様、「世」あるいは「身」の「憂き」を嘆き、思い知るということである。それは早く第一部、巻二においてその最終場面で、

年の数添ひたまふけぢめにや、身の憂さもあはれも、ありしよりけに、思ひ知られたまふをり多かり。（二三二頁）

とあるところにもうかがえるが、第三部になると物語の主調というべき様相を示す。数例をあげてみると、

「世の憂きを思ひ知るよりほかの思ひやり、深うはあるまじかりし齢に、さだすぎたまへりし人にゆきかかり」（巻三・二六一頁）

昔より、世をも憂きものと思ひ知り、嘆かしきも、誰ゆゑにもあらず。（二八九頁）

これよりげに憂き世なりとも、なほ忍びて、心の及ばむかぎりは後見きこえまほしくおぼされける。（巻四・四〇五頁）

まいて、憂きをもつらきをも尽きせず思ひ知り、疎ましげなる名をさへ流し添へ、つねに世にもありつかず、浮き漂ひてのみ過ぐすを思ふに、（巻五・四三二〜三頁）

「このたび、百敷のうち厭ひ出でしよりして、いかばかりかは憂さもつらさも思ひ知らること多かりつる」（四七七頁）

「恨めしき節多く、憂きことしげく、嘆き尽くすべき身にこそは」（四八二頁）

など「憂き世」に関する例は一三例、「憂き身」に関する例は一一例あげられる。しかしその意味している内容は、男君あるいは帝との恋愛に関しての直接的な悩みではない。一般的に男女の仲において用いられる「憂し」には「つれない、愛情が薄い」というような意味がこめられることが多いが、この作品においては男君、帝など男性の側から女君の態度が「つれない」「冷たい」という意で用いられる「憂し」は見られるが、女君側からはきわめて少ない。また、仏教的な厭世観に基づいているものとも異なり、「思うにまかせない人生」の意で用いられている例が多いといえる。

このことはまた、この物語の女君の思惟の特徴である回顧場面にも端的に表れる。

昔より世を憂きものと思ひ知り、嘆かしきも、誰ゆゑにもあらず。（巻三・二八九頁）

「昔よりけしからず、あはつけく、軽々しう、憂きものに、人に言ひそしらるるを事にて、やみぬべかめるよ」（巻四・三二三頁）

「さればよ。昔より、憂く、あはつけき名をのみ立つ身の契りの、心憂くもあるかな」（三七〇頁）

「昔より今にとり集めて、（中略）千々の憂き節をあまり思ひ過ぐし来て、言ひ知らず疎ましう、音聞きゆゆしき耳をさへ聞き添ふるかな」（三八八頁）

「昔も今も、かばかり憂さを厭ひたまはぬ心こそ」と、うち泣かれて（四〇九頁）

男君との不幸な縁、家族への思い、老関白との結婚生活などを昔から今に至るまでを回顧し、自らの来し方を確認しようとする女君の心の動きについてはよく知られているが(7)、彼女はそのような自分の半生を「憂き」ものととらえていることがわかるのである。

以上、『夜の寝覚』における女君の「憂し」をめぐる表現についてみてきたが、「憂し」の表現が見られるのは会話、心中、地の文など散文部分に限ったことではない。作中詠歌や引歌など和歌的な表現においても多く見ることができるのである。

五　作中詠歌における「憂し」

現存部分における夜の『夜の寝覚』の作中詠歌は全部で七五首、うち「憂し」を詠み込んだ歌は一五首、二〇％で他の作品に比べて決して多い方ではない。(8) しかし、そのうちの一〇首までが女君の歌で、女君の総詠歌数二二例のほぼ半数を占めている。用例をあげてみる。

〈巻二〉
ありしにもあらず憂き世にすむ月の影こそ見しにかはらざりけれ　（二〇五頁）

〈巻三〉
涙のみ流れあふせはいつとてもうきにうき添ふ名をや流さむ　（二八四頁）

〈巻四〉
朝ぼらけ憂き身かすみにまがひつついくたび春の花を見つらむ　（三四八頁）
えぞしらぬ憂き世知らせし君ならでまたは心のかよふらむゆゑ　（三五八～九頁）
今のごと過ぎにしかたの恋しくはながらへましやかかる憂き世に　（三九一頁）
ひたぶるに憂きにそむきてやむべきになぞやこの世の契りなりけむ　（四〇三頁）

魂のあくがるばかり昔より憂けれどものを思ひやはする　（四一一頁）
いくかへり憂き世の中をありわびてしげき嵯峨野の露をわくらむ　（四一二頁）

〈巻五〉

憂かりける契りはかけも離れなでなどてこの世を結びおきけむ　（四八五頁）
なかなかに見るにつけても身の憂さの思ひ知られし夜半の月影　（五四二頁）

以上が現存部分における「憂し」を含んだ女君の詠歌であるが、また、今日知られる諸資料から欠巻部分にもその存在は知られる。

〈中間欠巻部分〉

物思ふにあくがれいでてうき身にはそふたましひもなくなくぞふる　（『風葉和歌集』恋四・一〇三五）
世の中にふれば憂さのみまさりけりいづれの谷にわが身すててむ　（『風葉和歌集』雑三・一四〇〇）

〈末尾欠巻部分〉

かぎりなくうき身をいとひすてしまに君をも世をもそむきにしかな　（『拾遺百番歌合』二十番右）

作中詠歌は登場人物たちの生の思い、声を反映しているものと言えるが、さらにこれらに加えて、女君の心中に関わる引き歌表現においても、「憂し」を詠み込んだ和歌が本歌となっている例がいくつか見られることに注目したい。

〈巻一〉

姫君は、このこと聞きたまひてし後、恐ろしく、悲しくおぼされて、「骸をだに残さず、この世になくなりなばや」とおぼし入るに、　（六一頁）

からをだにうき世の中にとどめずはいづこをはかと君もうらみむ　（『源氏物語』浮舟⑥一九四頁）

「親しく使ひ馴れし人々にも、かげ恥づかしくて、いかで、人の見ざらむ巌のなかにもと、思ひなりにたる」　（八三頁）

いかならむ巌の中すまばかは世のうき事のきこえこざらむ　（『古今集』雑下・九五二・よみ人しらず）

姫君は、ただ「いかで、骸をだにとどめすなくなりなむ」とのみおぼし入るに、

からをだにうき世の中にとどめずはいづこをはかと君もうらみむ　（『源氏物語』浮舟⑥　前出）

〈巻二〉

日に添へて憂さのみまさる世なれば、なにのあはれもさめて、御返りもせず。　（一九六頁）

日にそへて憂さのみまさる世の中に心づくしの身をいかにせむ　（『落窪物語』巻一・落窪姫君）

〈巻三〉　なし

〈巻四〉

「面なくものを言ひ出で、答へをせむが心憂さよ」とうち思ふに、まづ知る涙のこぼれぬるを、　（三九二頁）

世中のうきもつらきもつげなくにまづしる物はなみだなりけり　（『古今集』雑下・九四一・よみ人しらず）

世にありわびては、まづ思ひ入る吉野の山もはかなう、「また、変はらぬやうもや」など、我が心ながら、知りがたう心細きも、　（四一二頁）

みよしのの山のあなたにやどもがな世のうき時のかくれがにせむ　（『古今集』雑下・九五〇・よみ人しらず）

女君は、例の、世の憂きよりは、こよなく慰むこと多く、…（四一五頁）

山里は物の憀慄き事こそあれ世のうきよりはすみよかりけり（『古今集』雑下・九四四・よみ人しらず）

〈巻五〉

峰の朝霧晴れぬ山里にて、御心地の有様をも、かくなりけりと、親しきかぎりは見立てまつり知り、（四八一頁）

雁のくる峰の朝霧はれずのみ思ひつきせぬ世中のうさ（『古今集』雑下・九三五・よみ人しらず）

以上が女君に関する引き歌表現のうち、本歌に「憂し」という語を持つ例である。浮舟の詠歌を引歌とするもの二例、落窪姫君の詠歌を引歌とするもの一例、後は『古今集』巻一八、雑下の「憂き世の中」をテーマとする一群からの引用が目立つ(9)。『古今集』において「憂し」という語を詠み込んだ歌は恋五と雑下に多く見られるが、恋歌ではなく、雑下の歌二五首の中を本歌とした引歌表現が多く見られることは、女君の「憂し」の原因が恋愛関係にあるのではないことと関係していると考えられるのである。

六　おわりに

女君の「憂し」をめぐる表現について考察を進めてきた。『夜の寝覚』の女君をめぐる表現には「憂し」という心情語が散文部分、和歌および和歌的な表現部分において、非常に多く用いられていることが確認できた。文章表現上からも網の目のように「憂し」という語がはりめぐらされ、それでも物語内現実、社会を生き続ける女君であるが、一方男君の方はどうであろうか。

男君の「憂し」をめぐる表現は二でも述べたように、用例数としては二番目に多い数ながら女君の三分の一で、むしろ「心憂し」の方が多く使われている。さらに「憂し」の使用例の中には、

「さらば、深くも世を憂しと思ひ飽きなむかし」と思ふに、（巻四・三九七頁）

のように女君が「憂し」と思っているであろうとその心中を推測する表現が八例も見られる。そして男君が「憂き世」あるいは「憂き身」を嘆くことはない。女君が運命、人生を「憂し」と観想的にとらえ深く悩むのに対し、男君は「憂し」よりむしろ「心憂し」あるいは「つらし」と情緒的な、その場における具体的な反応表現が多く、同じような事件、できごとに出会いながら、そのとらえ方が大きく違うことがわかる。

そこで最後に『夜の寝覚』の女君の「憂き世」「憂き身」の内実について考えてみたい。

女君の「憂き世」の認識は、末法思想が流行していた当時、一般的にとらえられていた仏教的な無常観に基づいたものでもなく、もっと直接的に自分に関わっているできごとに起因するものであると考えられる。すなわち「世」というものが、自分をめぐる人間関係だとしたら、女君にとってそれは男君を初めとする男性との恋愛関係云々ではなく、父、姉など家族や親しい女房たちとの関係であるといえる。その穏やかで落ち着いていた関係が、彼女の責任ではない突然の出来事によって壊れたとき、「世」を「憂し」という思う気持ちが芽生えたであろう。身分、家柄などにふさわしい結婚、あるいは入内など彼女の思い描いていた理想の生き方から、自分の意志と関わりなく歩まされた人生に対する絶望感が彼女の「憂き世の中」の意識を高めていく。

「すこし物思ひ知られしより、『何事も人にすぐれて、心にくく、世にも、いみじく有心に、深きものに思はれ

て、なにとなくてをかしくてあらばや』と、身を立てて思ひ上がりしに、世とともには、いみじとものを思ひくだけ、あはつけうよからぬ名をのみ流して、人にも言はれ誇られ、世のもどきを取る身にてのみ過ぐすは、いみじく心憂く、あぢけなうもあるかな」

（巻五・四三一～二頁）

引用は女君が出家を決意した時の心中表現で、もっと早く出家すべきであったと後悔する場面の一部であるが、この時点にいたるまで出家を考えなかった彼女の思いを知ることができる。

第三部に入り、世間との付き合い方も覚え、その家政的手腕を発揮し、人々の賞賛を集める女君の姿に、読者が安堵するのもつかの間、今度は帝の懸想が彼女を苦しめる。加えて帝闖入事件、偽生き霊事件として、娘かわいさ、息子かわいさの大皇の宮の母性がゆがんだ形で出てきた事件も起こる。これらの事件が契機となって世間をはばかる女君の意識が第三部になって増えることについては、以前言及した(10)。直接ありはしない世間、家族、男君からの非難を女君は極端に懼れるが、あったかもしれない世間の無情さ、無責任さをこの物語は物語内社会の現実として語る(11)。

しかし、この女君は「憂き世」の思いを深めてもすぐに出家するわけではない。実子に加えて、姉大君の遺児、亡き夫老関白の遺児などさまざまな絆を抱えていることもあるだろうが、彼女はこの世の中でうまく生きていきたいと願っていた。それは彼女のプライドでもあっただろう。すなわち、母の欠落という一点を除いてなに一つ不自由のない境遇、夢の中での天人降下、予言付託という特別な存在である自分という思い、姉を裏切ることになってしまった男君との関係、大皇の宮の執拗な嫌がらせにおいても自分に罪はないとする意識、それらが彼女をすぐには出家へと導かなかった。

また、「憂き世」への思いばかりではなく、「憂き身」の意識も強い。『夜の寝覚』の女君の場合、この「身」とはしかし、身分、身のほどを指してはいない。『源氏物語』において、空蟬、明石の君の「憂き身」の意識の強さがいわれているが[12]、彼女たちとは違って、父は一世源氏の太政大臣であり、その家の娘である女君は身分、身のほどに不足はなく、また男君の愛情も彼女一人に注がれている。その『夜の寝覚』の女君が「憂く」思う「身」とは、自分の思いを裏切って男性を引き寄せてしまう、女性であるこの「身」、身体ではなかったか[13]。男君、帝との関係は垣間見から始まり、彼女を直接目にした男性たちは彼女の魅力に我を忘れてしまう。女君の身体的な魅力はまた、父親、兄たちを通しても語られる。

さらに、女君は物語の女主人公としては多産である。物語当初から妊娠が彼女の人生の予定を狂わせてしまうが、「憂き」思いを重ねた女君がついには願った出家もまた、妊娠という事実によって断念させられる。女性としての我が身が彼女に「憂き」思いを呼び込んでくるのである。しかし、物語当初こそ、五の引き歌表現の例にあったように、浮舟の詠歌を引き歌として「この世から消えてなくなりたい」と願った女君であるが、第三部以降、彼女の「憂き世」「憂き身」意識は強まり、嘆きは深まるが、世間の人々の目を懼れはしてもその身の消滅を望んだりはしていない。

『源氏物語』との関係についても触れておきたい。最初に述べたように、『源氏物語』の女君たちに関しても「憂き身」「憂き世」意識については論じられており、「『憂き身』の自覚が喚起するものは、消えてしまいたい、死んでしまいたいという思い――自己消却の願望にほかならぬ[14]」、「源氏物語では、(中略)『うき身』を女君に限定し、恋に限定して、和歌や先行作品に見られる、個人的な官途の不遇、身の不遇を切り捨てているのである[15]」などの指摘がある。『夜の寝覚』においては「憂き身」の自覚は強いながらも身の消滅を願ったりはせず、父入道に「憂きに堪ふる命長さは人にすぐれはべりけるものを」(巻五・四六〇頁)と評されるあたり、『源氏物語』との差が指摘できよう。

さらに『源氏物語』との関係でいえば、『夜の寝覚』の女君はわが身を振り返り、過往を述懐するという点で紫の上との影響関係がいわれているが[16]、紫の上には「憂し」という語が二例しか使われていず[17]、同じようにこの世での女性の生き難さを嘆く二人であるが、この点が大きく異なっていると言える。「ながらへば、からなずうきこと見えぬべき身の、亡くならんは何か惜しかるべき」（浮舟⑤一八四〜五頁）と生きながらえて人に笑われる身になりたくないという意識から入水を決意した浮舟との関係も含めて、これら『源氏物語』の女君との問題は今後別に論じられる課題であると思われる[18]。

また、『源氏物語』において、男性は「世」意識が強く、女性は「身」意識が強いことも報告されているが[19]、このことも多くの示唆を与えてくれる。すなわち『夜の寝覚』の女君の「世」に対する意識は「憂し」の問題に限らず非常に深く、それゆえ「憂き世」意識も強いと言える。かつて、対世間意識という観点から「世」について考えてみたが[20]、この「憂き世」における意識も含めて『夜の寝覚』における「世」の問題については稿をあらためて考えてみたいと思っている。

以上、『夜の寝覚』の女君の「憂し」をめぐって述べてきた。そこからはこの作品を考える上でのさまざまな問題点が浮かび上がってきた。『夜の寝覚』の女君は末尾欠巻部分において、「そらじに」をして「身」を隠し、ついには出家を遂げる――「世」を背く――ことが知られている。「憂し」という語から広がっていく問題はどこに行き着くのであろうか。

注

（1）横井孝「〈女〉から〈母〉へ――『寝覚物語』論」（『〈女の物語〉のながれ―古代後期小説史論〉』加藤中道館　一九八四年）

(2) 山崎良幸「『憂し』と『物憂し』『心憂し』の意義」(『源氏物語の語義の研究』風間書房 一九七八年)

(3) 石井恵理子「『憂し』について——『源氏物語』を中心にして——」(『中古文学』一九八六年三月)中川正美『源氏物語文体攷』(和泉書院 一九九九年)池田節子『源氏物語表現論』(風間書房 二〇〇〇年)等。

(4) 注(3)の石井論文。

(5) 佐藤勢紀子「源氏物語における女の宿世——「憂き身」の自覚をめぐって——」(『源氏物語の探究 第八輯』一九八三年)中川、石井前掲論文。

(6) 三田村雅子「寝覚物語の〈我〉——思いやりの視線について——」(『物語研究 第二集』新時代社 一九八八年)

(7) 神田龍身「『夜の寝覚』論—自閉者のモノローグ——」(『文芸と批評』一九八二年)等。

(8) 注(3)の中川氏の調査によると、落窪物語やうつほ物語では六五%前後、源氏物語で二九、八%であることが知られる。

(9) 注(3)の石井論文に『源氏物語』と『古今集』巻十八との関係について言及されている。

(10) I—第一部第三章参照。

(11) 例えば、

「見つけつる人ありて、「さこそありつれ」と一人だに言ひ出づれば、そのをり、かのをりと、口々に言添へて、かたはしありけるも、枝をつけ葉を添へ、何事もつきづきしくとりつづけ、言ひそそめくを」(巻二・一七一頁)等。

(12) 注(5)の佐藤論文等。

(13) 本書II—第一部第三章参照。

(14) 注(5)の佐藤論文。

(15) 注(3)の中川論文。

(16) 倉田実「寝覚の君の『わが身をたどる表現』論(3)」(『大妻国文』一九九八年三月)等。

(17) 注(4)石井論文による。

（18）『夜の寝覚』の女君と浮舟の関係については、池田和臣「源氏物語の水脈――浮舟物語と夜の寝覚――」（『国語と国文学』一九八四年一一月）などに指摘がある。
（19）藤田加代「『世』意識と『身』意識からみた不幸観」（『「にほふ」と「かをる」』風間書房　一九八〇年）
（20）本書Ⅱ―第一部第二章参照。

第五章 『夜の寝覚』の父

一 はじめに

『夜の寝覚』では、女主人公の十三歳の八月十五夜、夢に天人が降下する。天人は、その才能に感嘆し、琵琶の秘曲を授け、翌年の八月十五夜にも同様に夢に現れ、続きを伝えるが、「あはれ、あたら、人のいたくものを思ひ、心を乱したまふべき宿世のおはするかな」（巻一・二〇頁）の言葉を残して去る。そして、女君はその予言通り「いたくものを思ひ、心を乱したまふべき宿世」を歩むことになる。

その女君の歩む人生に対し、

母なき女子は、人の持たるまじきものなり。形のやうなりと、母の添ひてあらましかば、いみじく思ふとも過たざらまし。また、人もかく言はざらまし。（巻二・一七九頁）

と、嘆くのは父である。家柄、容貌、才能、何もかも優れていた娘が、思いがけずに世間の非難にさらされる、そんな不幸せの根源にあるのは〈母〉の欠落であると、繰り返し述べるのは、女君本人ではなく、父なのである。

物語当初から、『夜の寝覚』の女主人公、中の君（女君）には、実母も継母もいない。同母姉である大君には「やむごとなき御乳母も添ひたてまつりて」（二四頁）とあるのに対して、「いとよかりし乳母も亡くなりて、おとなおとなしき後見もなきままに」（同）育つ。さらに「上のおはせずなりにし代はりに、とのみ、はかばかしからずとも、かたみにこそは頼みをかけて、後見思ひきこえめ」（巻二・一七四頁）と、母親代わりであった姉大君とも、予期しない出来事から、一人の男性をめぐって対立関係に陥り、やがて絶縁状態となる。この徹底した〈母〉の欠落については、第三章で論じたが、[1]その〈母〉の欠落を埋めるかのように描かれるのが「父」である。この父、源氏太政大臣には、男の子二人、女の子二人いるが、なかでも、何かにつけ、母なき中の君（女君）を、特別なものとして憐れみ、慈しみ、鍾愛する。

一方、女君にとって父は、いつでも自分を受け入れ、庇護してくれる存在であるとともに、自らの意志ではないとはいえ、姉の夫と逢瀬を持ち、女児を出産するという不幸で、不名誉なできごとを、「『いかにおぼすらむ』と、なかなか他人よりも、恥づかしくいみじきに」（巻五・四七三頁）、「おぼしあはせたまふらむ御心の恥づかしさ」（四七六頁）ともっとも畏れ、知られたくない存在であった。

この、父について、湯橋啓氏は、女君の家族間での人間関係、愛憎感情が男女主人公の愛情問題とは別に重要であるとの認識から、考察されている。そこで、この父が徹底的に、家庭人としての、父親としての立場、役割のみを与えられていること、女君が男君との事件で父に対して完全に一つの秘密を持ったことで、父とは別の世界に生きることを余儀なくされたこと、父は出家して広沢に移動することによって、女君の隠棲所として自らの位置を定めたこと、女君は出家を決意したことにより、引き起こされた男君の真相の告白により、守り抜いてきた父の世界を失ったこと、それゆえ父はその存在意義を失うことなど、その役割について指摘された[2]。

また、永井和子氏は、父太政大臣を「物語における老人」という視点を導入して、太政大臣は規制の力として働くが、それは権威として家族の側に及ぼすのではなく、逆に家族の側で規制、もしくは規律、道徳律としてやや観念的に把握しているところにこの物語の特徴があり、そして「そのありようの中心は、人間としてのあるべき姿、規律、といった理想性であった」とされた。[3] その永井和子氏との対談で、河合隼雄氏はこの作品を「父なるもの、父との葛藤の物語」としてとらえられるとされている。[4]

本章では、それらに導かれながら、あらためて、物語の重要な登場人物である、父太政大臣の人物像について検討し、〈母〉との関係を踏まえながら、物語における意味について、考えてみたい。自分の人生を「憂きもの」と観じ、苦悩を抱える『夜の寝覚』の女君にとって、[5]〈父〉の存在は、実は彼女を抑圧し、縛っていく大きなものである。女君の絶えることのない苦悩の原因が、思うに任せぬ男女の恋愛だけにあるのではないところに、この作品の特徴があると思われるが、その問題を考えるためにも、「父」について、考察していきたい。

二　父、源氏太政大臣

この物語の女主人公たちの「父」とはどのような人物か。

物語はその冒頭、有名な「人の世のさまざまなるを見聞きつもるに、なほ寝覚めの御仲らひばかり、浅からぬ契りながら、世に心づくしなる例は、ありがたくもありけるかな」という主題提示に続いて、太政大臣の紹介になる。

そのもとの寝ざしを尋ぬれば、そのころ太政大臣ときこゆるは、朱雀院の御はらからの源氏になりたまへりしになむありける。琴笛の道にも、文のかたにも、すぐれて、いとかしこくものしたまひけれど、女御腹にて、はかばかしき御後見もなかりければ、なかなかただ人にておほやけの御後見とおぼしおきてけるなるべし、その本意ありて、いとやむごとなきおぼえにものしたまふ。北の方、一所は按察使大納言の女、そこに男二人ものしたまふ。帥の宮の御女の腹には、女二人おはしけり。形見どもをうらやみなくとどめおきて、競ひかくれたまひにし後、世を憂きものに懲りはてて、いと広くおもしろき宮にひとり住みにて、男女君だちをも、みな一つに迎へ寄せて、世のつねにおぼしうつろふ御心も絶えて、一人の御羽の下に四所を育みたてまつりたまひつつ、男君には笛を習はし、文を教へ、姫君のいとすぐれて生ひたちたまふには、姉君には琵琶、中の君には箏の琴を教へたてまつりたまふに、おのおのさとうかしこく弾きすぐれたまふ。（巻一・一五〜六頁）

太政大臣は、女御腹ではあるが、有力な後見がないために臣籍降下した一世源氏であり、帥の宮女、按察使大納言女という二人の妻との間に、男女四人の子どもがいたが、妻は二人とも早世、その後「世を憂きものに懲りはてて」再婚はせず、子どもたちを引き取って自らの手で育て、教育をしている。

帝（あるいは院）の兄弟で、臣籍降下した源氏といえば、すぐさま光源氏が思い出されるが、(6) そればかりではなく、同時代の物語『狭衣物語』の男主人公の父親もまた、一世源氏である。それぞれの主人公の父が一世源氏であるという意味では、『夜の寝覚』『狭衣物語』とも光源氏が意識されており、主人公となるそれぞれの子どもたちは、彼を引き継ぐ次の世代、薫の世代の人物という設定の物語といえよう。『夜の寝覚』『狭衣物語』それぞれ、この上もない容貌、才能などの美質に恵まれるにもかかわらず、心に憂いを抱える主人公が描かれるが、前者は男性が、後者は女性が主人公という違いがある。(7)

両者における「父」を概観してみると、『狭衣物語』の堀川大臣は、兄、弟ともに帝位に就くにもかかわらず、「おしなべての大臣と聞こえさするもかたじけなけれど、何の罪にか、ただ人になりたまひにければ」（巻一・①二一頁）とある人物である。そこには何か政治的な背景がほのめかされていると考えられよう。堀川大臣は関白でもあり、三人の妻を持ち、それぞれに子どもたちも栄え、その一人は中宮となり「今上の一の皇子さへ生れされたまへる勢ひ、なかなか優れ、めでたく、行く末までも頼もしき御ありさまなり」（二二頁）という状況である。なかでも一人息子、狭衣の卓越した資質を、父は「ゆゆし」と畏れ、溺愛する。『狭衣物語』では、男主人公狭衣は最終的に天照神の託宣を受けて、思いも寄らなかった二世源氏による即位を果たすことになり、「何の罪にかただ人」であった、堀川大臣も太上天皇位につく。

一方、『夜の寝覚』の太政大臣は、堀川大臣と同じように、女主人公中の君の美しさ、才能を「ゆゆし」と畏れ、溺愛するが、いたって家庭的な、私的な人物として描かれる。再婚もせずに（すなわち、色好みは否定され、継子いじめは回避される）、子どもたちをすべてみずからのもとに引き取り、教育し、将来を案じる。二人の娘の結婚に関しても、当然考えてしかるべき入内も望まない。姉の大君の時には、

「このころ内には、関白したまふ左大臣の御女、春宮の御母にて后に居たまへる、御おぼえのいかめしさに、御はらからの式部卿の宮の御女、承香殿の女御ときこえて、私物に心苦しうおぼしとどめられたるすゑずゑにて、なにばかりのことあるべきにあらず。東宮は、まだ児にておはします。いかがはすべき」とおぼすに、（巻一・二一頁）

と、一世源氏であり、天皇の叔父であり、太政大臣でありながら、周囲に配慮して、娘の入内を遠慮する。妹中の君の時にも同様に入内は考えず、後に帝は、繰り返し、「入道殿は『やむごとなき後見なき人は、宮仕へすべきことにもあらず』とのたまひしなりけり」（巻三・二四七頁）、「源氏の大臣ぞ、いと口惜しき心ありける人かな。はかばかしき後見なしとて、我には得させで、故大臣にとらせし心ばへよ」（二五九頁）と、自らが所望したにもかかわらず、女君を入内させずに、老関白と結婚させたことに不満を示しているほどである。

では『夜の寝覚』という作品において、登場人物たちは政治的な側面に関心がないかというとそうでもない。男

君の関白家は、娘を入内させ、その娘は中宮になり、東宮を産むという典型的な摂関家として描かれる。女君も巻三で老関白の遺児、督の君の入内に手腕を見せ、周囲の高評価を得るし、督の君も帝寵を得て、後に東宮となる皇子を出産、男君もまた自家の繁栄を画策する。しかし、女君の父は、関白家に対抗しようとする様子もなく、それどころか物語の前半部分で、たいした理由もなく早々と出家してしまい、広沢の地に隠棲、政治的に、社会的に子どもを守ろうとしたり、自家の発展を願ったりはしない。太政大臣でありながら、その宮中における政治的、社会的生活は描かれず、むしろ回避しているかのような、ひたすら家庭的な面が強調される姿は、多かれ少なかれ、王権を伏在させる平安朝の物語の男性登場人物としてはきわめて異例な造型と考えられよう。

『夜の寝覚』の太政大臣は、一人の社会的な背景をもった登場人物としてではなく、父親としてしか物語内で役割が与えられていない。しかし、この「父」は物語において、女君に重くのしかかり、その人生を左右する。以下、父と娘の関係をたどっていきたい。

三　女君への鍾愛

父太政大臣は子どもたち四人のうち、特に女君を特別な存在として感じていた。いくつか用例を掲げてみる。

中にも、中の君十三ばかりにて、まだいとけなかるべきほどにて、教へたてまつりたまふにも過ぎて、ただひとわたりに、限りなき音を弾きたまふ。「この世のみにてしたまふことにはあらざりけり」と、あはれにかなしく思ひきこえたまふ。（巻一・一六頁）

中の君は、幼く小さき御程に、今宵の月の光にも劣るまじきさまして、箏の琴を弾きたまふ。その音言ふかぎりなく、そこらの年を経て弾きしみたるよりも、今めかしく、澄みたる音を弾きましたまへるに、「めづらかに、ゆゆしうかなし」と、見聞きたてまつらせたまふに、夜更くるままに、いといみじくおもしろく、あはれなり。「これをただ今、物思ひ知らむ人に見せ聞かせばや」とおぼすほどに、（一七頁）
暁の風に合はせて弾きたまへる音の、言ふかぎりなくおもしろきを、大臣もおどろかせたまひて、「めづらかに、ゆゆしくかなし」と聞きたまふ。（二〇～一頁）
七月一日、いとおどろおどろしきもののさとししたり。（中略）「御かたち、有様のめでたくすぐれて、この世には経たまふまじきにや」と、あやふくゆゆしう見たてまつりたまふに、（二三頁）
うち見たてまつりたまふに、よろづの罪消えて、あはれにも悲しくもおぼえたまへど（巻二・一九八頁）
「幼くより、この世の人とはおぼえず、仮に生まれ出でたる変化の人にやとのみ、ゆゆしうおぼえしを、（巻五・四四一頁）

繰り返し父の脳裏によぎる、彼女の美しさ、才能、この世のものとは思われない美質を持つという認識は、女君が夢に天人が降下し、予言を得たという異能感、自らを特別だとする思いを側面から支えるものである。(8)

さて、姉大君と関白左大臣家の長男権中納言（男君）との結婚を一月後に控えた七月一日、もののさとしがあり、陰陽師に占わせた結果、女君が厄年にあたっていると勘申がある。重い物忌みが必要ということで、いとこの僧都の九条の家に出かける。そこで乳母の病気見舞のため、隣家に来ていた権中納言（男君）が中の君（女君）を垣間見、侵入、お互い相手を誤認したまま、契りを結び、妊娠するという事態が起こる。さらにその男君の正体がわかってみれば、姉の夫となる人物であったという思いがけない事件の衝撃と、秘密を抱えた精神的重圧から、女君は身体的不調を引き起こし、臥せりがちになる。いたく心配する父は、

大臣、「のがるまじき命ならば、代はらむ」など、祈り申したまふつもりにや、御身いと熱く温み出でて、いと苦しくしたまふほど、「一所に、我さへかくて臥しぬれば、いと悪しかりぬべし。いとうしろめたく、いみじかるべけれど、いかがはせむ。この人え生きたまふまじきにては、一日にても先立ちて、この悲しびにあはずなりなむ。念じ思ふやうに、この病に代はりぬるにても本意なり」とのたまひて、（巻二・一二四頁）

いっそ自らの命に引き替えて変わってやりたいとまで思う。そして自らも体調を崩し、出家を決意する。その出家を前に、本人にも、そして周りの兄姉たち、姉婿である権中納言（男君）にも、彼女が特別な存在であることを、繰り返し伝える。

「あまたのなかに、生まれたまひしより、かなしと思ひきこゆる心すぐれたり」（女君に　一二五頁）

「幼くより、この君をぞいと心苦しく思ひきこえつるに、はかばかしく見ることもなくてやみぬ。極楽の妨げとも、これぞなるべき。我を思はば、ただこの君の御事を、いかでと思へ。この世に別るとも、隠れず、天翔りて見む」と、のたまへば、（次兄宰相中将に　一四五頁）

「付くかたなき女一人なむはべるを、目の前にむなしくなりはべりなば、なかなか心やすかるべきを、もし、長らへはべらば、これなむ、いと心苦しく思ひたまへはべる．かならずきこしめし入れ、御用意せさせたまへ」と、のたまふままに（男君に　一四六頁）

「など、いと妹まさりにはおぼし分かたせたまふ（中略）」と申したまへば、「などてか、それは。大納言殿の上をば、かく見たてまつる。頼りなきが、寄るかたなからむこそ、いとほしかるべけれ」とのたまふを、（女君への特別な配慮の財産分けに異議を唱える長兄左衛門督に　一四七頁）

「昔より、殿の御心ざしの、あの君にはこよなくおぼし落としたれど、ことわり、親の御目にも、こよなくすぐれたまへる人の様なれば、いかでかおぼさざらむ」(姉大君の言葉　一七四頁)

そして、石山で養生していた女君本人には知らせず、広沢の地に移住し、出家する。

女君は、石山で密かに男君との子どもを出産するが、やがて女君と男君の仲が疑われ、噂が起こり、姉大君の不興を買い、長兄左衛門督の反感を買うことになる。この事態に関して、長兄左衛門督から、女君を非難する報告を聞いた父入道は、真相を把握しようとすることもなく、どこまでも女君を憐れみ、「そこはかとなき若き女房を、うちあづけて姉妹のあたりにあらせたる怠り、咎なり」(一七九頁)と擁護する。噂と姉との葛藤に傷ついた女君も、姉のいる京の邸を離れ、父のいる広沢で心を慰める。

第一部では、どこまでも娘を信じ、愛し、守り、娘と一体化するごとく体調を崩す父入道は、すべてを包み込む〈母〉性の強い父親像と言えよう(9)。一方で、父入道は、女君の不調の理由を知ることはなく、秘密を共有しない外部の人物として設定される。すなわち、娘の心配はするものの、真にその苦悩を分かち合う存在ではない。実は、ただ知らされないだけではなく、女君にとって、父は知られることを一番怖れる人物、秘密の一番遠くにいてほしいと願う人物、彼女の真実に一番遠い人物であった。

ところで、同じように予期しない男性(狭衣)の侵入により、妊娠をしてしまった同時代作品の『狭衣物語』の女二の宮の場合はどうであろうか。母大宮は、いち早くその妊娠を察知し、嘆き悲しみ、同様に体調不振となるが、娘を守るために自らが妊娠、出産したように装い、やがて死去してしまう。娘の苦悩を共有し、傷ついた娘を世間から守るために、行動する人物として描かれる。

不憫な娘を愛し、どこまでも寄り添い、守ろうとする『夜の寝覚』の父であるが、当然のことながら、母代わりにはなれない。

四　「母なき女子」

物語巻三以降、自らの拙い宿世を繰り返し自覚し、嘆く女君であるが、その拙い宿世を誰よりも意識していたのは父入道である。

中間欠巻部分に先立つ、巻二、物語の第一部において、大君の味方である長兄左衛門督が男君と女君の仲について、噂を疑いもない事実として語るのを聞いて、父は、

「母なき女子は、人の持たるまじきものなり。形のやうなりと、母の添ひてあらましかば、いみじく思ふとも過たざらまし。また、人もかく言はざらまし。そこはかとなき若き女房を、うちあづけて姉妹のあたりにあらせたる怠り、咎なり」（巻二・一七九頁）

と涙を落として、女君に訪れた不幸を嘆く。

また、姉との葛藤と男君の懸想に傷ついた女君が、父のいる広沢に移動、父の出家後、初めて対面する場面では、

「この世の栄えめでたけれど、仮のことなり。口惜しかりける御宿世なればこそ、母君にも見添ひきこえたまはず、おのれも、かく世を限る閉ぢめに逢ひたまふらめ。身を、いかで人並みにと思ひ急げど、前の世の宿世といふものあるべかんめれば、思ふにかなはぬわざなり」（巻三・一九八〜九頁）

と、この世での栄華は仮のものであり、拙い宿世は前世からのもので、思うに任せないものであると諭す一方、心中では「思ひつづくるに、この人の咎かは」（一九九頁）「あはれ、いかにすべき人の御身なるらむ。幼くより、さりとも、思はざるほかに人にはすぐれなむとこそ、頼み思ひしか」（二〇一頁）と、心から残念に思う。ここでも、母の不在が父の意識に上る。

また、巻五にいたって、女君の出家の決意を聞いて、子どもたちを伴い、広沢に駆けつけた男君は、

女、やうやうおよすけむままに、父はなくてもはべりぬべかりけり、母添はざらむやうなるいみじきことなむはべらざりける。（巻五・四五七頁）

と、今までの女君との関係を告白し、出家をとどめるために、自分たちの娘、石山姫君にとって、いかに母が必要かを入道に訴える。初めて真実を知った入道は、男君の言葉を「げに」と受けて、

「げに、母添はむばかりいみじきことはなかりけりとこそ、いとどうけたまはりぬれ。さんべき人添ひてはべらましかば、そのかみ、おのづからうしろやすかべきさまに漏らし聞かせはべりなましかば、人の思はれむところもかたはらいたく、さはもてなさで、今にこの人の身を嘆かせはべりなましやは。」（巻五・四六一～二頁）

と当時を顧みて、母さえいれば安心だったのにと、その折の思いをふりかえる。

三で見てきたように、娘が特別に優れていることを誰よりも意識し、愛でる一方、いくつかの用例に見られるように、〈母〉の欠落ゆえに劣りざまの宿世であるという思いは、誰よりも父が意識していた。女君の拙い宿世を〈母〉

の欠落と結びつけていく父入道の思考には、娘の幸せが男女の結婚、恋愛関係よりも、親子、特に母子の関係にあるとする物語の思想が見てとれる。

その父が女君のためにしてやれた最大のことが、実は、自らの出家であったかもしれない。思えば、その出家は唐突でもあった。大君の結婚直後であり、周囲にとっても意外であろう。母親のいない娘、女君の結婚相手も決めずに、太政大臣の地位を手放し、出家してしまえば、事件が起こらなくても娘を窮地に追い込むことになる可能性もある。女君の婿をそれなりに決めてからでもよかったのではないかと思われる。娘の体調不振と呼応するかのように体調を崩したということ、「年ごろ出家の本意おはして」、広沢の地が用意されていると語られる以外には大きな理由はなく、物語の表舞台からの退場はいかにも早すぎる気もする。

では、父太政大臣の出家によって得られるものは何であろうか。それは言われているように、ひとつには女君の一種の逃避場所を確保するという役割があろう。[10] 女君は人々の噂に傷つくたびに、「世の憂きよりはこよなく慰むこと多く」（巻四・四一五頁）と広沢の地を訪れ、自らを癒す。しかしながら、逃避場所というより、むしろ自己回復の場として、広沢の地があるとすれば、それは胎内回帰にも等しい空間であり、母性原理の強い〈父〉が用意した、〈母〉の欠落を埋める手段の一つでもあったといえるのではないだろうか。

〈母〉の欠落を過剰に意識し、〈母〉の欠落を埋めようとする〈父〉。しかし女君には心地よいばかりの存在ではなかった。

五　父への畏れ

以上のように、母性性の強い、〈母〉代わりの役割を果たすかに見える「父」であるが、しかしながら、女君にとっては庇護し、安らぎを与えてくれる一方で、ひたすら、秘密の露見を怖れる存在、許しを求める存在であった。女君は第三部に入り、老関白の未亡人として、それなりの世間の評判も得、養女も入内させ、順調に人生を歩むかに見えるが、帝闖入事件や偽生き霊事件に巻き込まれる。それらの事件に遭遇して、女君は自らの宿世について、繰り返し過去からの人生を振り返り、心中思惟を重ねていくところに、この物語の特徴があろう。

その心中思惟で注目されるのが、父への畏れである。悪い評判を立てられるたびに、あるいは男君との関係が知られるのではと気遣うたびに、まず思うのは父の思惑である。

「かかるたよりにことよせて、まづ参りたるさまに、世の人聞き言はむ、憂く、あはつけう、心憂きを、親兄弟も、『昔も今も、かかる名をのみ、色を変へつつ流すよ』と、うち聞きおぼさむ御心どもをはじめ、我が心のうちこそ、『ありがたくのがれぬるべし』と思へ」（巻三・二八八頁）

入道殿のおぼしも寄らざめるに、「かかりけるよ」なども知られたてまつらむに、いと恥づかしきを、（巻四・四一六頁）

つと添ひたまへるも、恥づかしう、つつましう、「入道殿はいかが見聞きたまふらむ」と思ふも、わびしければ、（巻五・四五二頁）

「入道殿もこそ渡りたまへ。いかが見おぼさむ。姫君のかくておはするをも、あやしと心得たまはむとするむ」など、いみじく苦しく、よろづにおぼし乱るるに、（巻五・四六五頁）

なかなか、心幼くその折見つけられたらましよりも、かしこく構へ過ぐしけるほどを、「いかにおぼすらむ」と、なかなか他人よりも、恥づかしくいみじきに、汗も流れて、（巻五・四七三頁）

おぼしあはせたまふらむ御心の恥づかしさは、その折聞きつけられたらましにも劣らむ心地のみしたまへば、

なほはればれしからずもて隠しつつ、さやかにも見合はせ御覧ぜられたまはねば、（巻五・四七七頁）

不如意な人生を歩む娘が、後ろめたく思うのは、父に対してであった。「世の音聞き」「人聞き」「人目」など世間体を憚り、具体性のない他人の思惑を気にしながら生きる女君の対世間意識については論じたことがある。(11) 女君にとっての憂き思いの原因は、

「すこし物思ひ知られしより、『何事も人にすぐれて、心にくく、世にも、いみじく有心に、深きものに思はれて、なにとなくをかしくてあらばや』と、身を立てて思ひ上がりしに、世とともには、いみじともものを思ひくだけ、あはつけうよからぬ名をのみ流して、人にも言はれ謗られ、世のもどきを取る身にてのみ過ぐすは、いみじく心憂く、あぢきなうもあるかな」（巻五・四三一～二頁）

とあるように、他人より優れていると自負していた自分が、思い描いた人生を歩めず、そんな自分は世間に後ろ指を指され、不名誉な噂に翻弄され、親兄弟を悲しませたという思いにある。しかしながら、世間、すなわち具体性のない他人は、実は女君にとっては「父の影」であったといえよう。

〈父〉とはまた、社会的現実における体現者、成功者を象徴する存在でもある。正妻として処遇されているわけではない男君との関係は、男君の愛情も深く、子どもたちにも恵まれ、端から見たらどれほど幸せに見えても、女君の心を慰めることにはならない。特別に愛した娘の幸せを、栄華を願う父を満足させられなかったという自責の念は、自らの理想を満足させられなかった女君の悔いでもある。

しかし、実際の父は、女君の出家の志を聞いた男君が子どもたちを伴い、ここ一〇年あまりの出来事の真相を知

らせた時、

「二年の限り、帳のうちより頭もさし出でず臥し沈み、いみじくて石山に籠り、我も頭下ろしなどせしほどに、生まれたまへりけるなるべし。あはれ、これを人に知らせじと、程なき身に忍び隠し、さりげなくと、思ひ嘆きたまひけむ心地、いかばかりわびしかりけむ。思はずに、心憂しと思ふとも、気色を見つけたらましかば、言ふかひなくて、我こそ扱ひきこえましか。いかにしても」などおぼしやるさへいみじきに、（巻五・四七〇頁）

と、娘の苦悩を思いやる、相変わらずの優しい父であった。にもかかわらず、女君にとって、父はずっと畏れ、「許し」をもっとも求めたい存在であったのである。女君の内面の支えとして〈母〉代わりになろうとする父と、父をあくまで自分の外部、対世間、現実社会との接点である〈父〉と捉える娘の認識の差が、この物語の女君の不幸せ認識の背後にはある。

また、女君にとって、〈母〉の欠落による父の関与のなかに、セクシュアリティの把握という一面もあったことが、大きな影をさしていた。『夜の寝覚』の父の、異性としての娘へのまなざしについては、井上眞弓氏[12]、助川幸逸郎氏[13]に言及があるが、〈母〉の欠落が招くセクシュアリティの危機に際して、〈父〉による管理を逸脱した罪悪感が、女君の父への秘密の露呈の、過剰な畏れとなっている背景にあろう[14]。

ところで、父は中間欠巻部で、女君を老関白と結婚させたことが知られるが、第三部に入ると、巻三にはまったく登場しない。巻四も終盤、大皇の宮方による嫌がらせとも言える噂の流布に疲れた女君が広沢へ避難して、久しぶりに対面するという場面において、ようやく再登場する。巻二と巻三の間に欠巻部分があるため、何年ぶりの対面かさだかにはわからないが、父は久しぶりに会った娘に、めづらしく、待ちよろこび、見たてまつりたまふにも、ただ今一五六ほどの齢の御有様とのみ、若くうつくしげなること、いにしへよりも光添ひて、にほひまさりたまへるを、見たてまつりたまふ、目もくれて、あたらしく口惜しとのみ思ひきこえたまふ。

（巻四・四一三頁）

と、かつて以上の讃美を惜しまない。

この巻三、巻四の終盤まで、父入道が登場しないのはなぜであろうか。考えられるのが帝闖入事件ならびに偽生き霊事件とされる、物語後半部分の女君の危機にまったく関与しないということである。第一部においては、真実を知ることはなかったといえ、娘の危機に関して細かく心を砕き、母なき女子の宿世を憂え、彼女を守ろうとした父であるが、第三部では女君の父代わりの最大の保護者であった老関白もすでに亡くなっているにも関わらず、娘に対する心ない人々の噂に、心を痛める様子なども、全く見られない。父はこのとき広沢に隠棲しているが、それゆえ人々の噂から遠ざかっていたというのは理由にならないであろう(15)。

この物語において、女君の苦悩の原因になる大きな出来事は、男君との不幸な出会い、帝の懸想（帝闖入事件）、男君の正妻女一の宮をめぐる大皇の宮の恨み、偽生き霊事件などがあるが、父が娘に寄り添って、守り、ともに悩むのは、最初の男君との不幸な出会いに関してのみである。しかも真相は知らされないままである。ようやく巻五において男君の告白により、長い時を経て、女君の不調の真相を知るが、知ることによって、不運な娘を憐れむ父の思いは帰結を迎えている。

帝闖入事件、偽生き霊事件は、男君と女君の関係に、帝の懸想、帝、女一の宮双方の母大皇の宮が関わるもので、女君が老関白と結婚し、死別してから後の出来事、彼女が自身で社会との関わりを築いていく中で、起こった事件である。

それに対し、最初の男君との不幸な出会いは、そもそも異性が人生に初めて関わってくる出来事で、世＝男女の仲＝世間を、少女だった女君が知り初める出来事である。女性として自立する以前の少女期における問題、そこにこそ父の関与が意味を持ち、また女君がいつまでも父を畏れる理由があると言えよう。物語の始発、根源的な〈母〉の欠落が招く事態にのみ、「父」は干渉するのである。

六　父の変貌——王権へのまなざし

巻四における久しぶりの娘との対面に父が抱いた感慨のなかで、注目される二点目が、出家の思いを秘めて広沢にやってきた娘の不幸な運命を、あらためて「あたらしく口惜し」と思ったことである。そして、その思いをかなえてくれるのが、石山姫君であった。「母なき女子」の拙い宿世ゆえ断念した思いを、父も母もそろった姫君にあらたに託す入道については、かつて言及したことがある。[16]が、この点ついて、もう少し考えてみたいと思う。

父親である男君に連れられて広沢を訪れた石山姫君を初めて見た入道は、

「よろしく、なりあはぬ御様を見つけたらむにてだに、うち見むあはれのおろかなべきにもあらぬを、はなばなとにほはしき御かたちは。母君をこそ、我が女とも言はじ、世に類なき一つ物と、幼くより見しを、かれはせちに愛嬌づき、うつくしくにほひ過ぎたまへるほどに、気高きかたや、ただすこし後れたる心地すると見るを、これは、今から、かばかりきびはなる御程に、いと気高く、うち見むにただ人とはおぼえず、かたじけなきさまさへ添ひたまひつるを。かかる人の、また世にいでおはする世にこそありけれ」と、（巻五・四六九頁）

と感動、その美質も「我が女とも言はじ。世に類なき一つ物」（四六九頁）と思っていた女君を凌ぐものであるという印象を得る。そして石山姫君を、一目見た途端、

ただうち見るより際もなき人の生ひ先、その道ならぬ大和相をおほせて、上なき位をきはめたまはむこと、なにの疑ひあべうもあらむ人のものしたまひける。（四七二頁）

と、物語始発部分で放棄した野心、娘（孫娘）を女性としての最高位につけたいという思いが目覚め、

今日より、はかばかしからむ念誦のついでには、極楽の望みはさしおかれ、まづ心にかからせたまはむずるが、この世の絆強くなりぬる心地しはべるかな（四七一頁）

と思う。姫君の母に対する「今に口惜しく、『心細くあり果てぬる御身』と、生ひ先なくおぼし屈ぜられ」（四七二頁）た気持ちが、一度に夢に変わる。

「行ひもうち忘れ」、姫君に見とれ、夢を託す入道の姿は、実は断念した女君への期待の裏返しでもあり、その強さをここにきて、知ることになる。そして、

「この御母君を、いみじくかなしく思ひきこえしかど、そは心やすかりけり。これは、いと殊にめづらしく、母君の御契りの思ひしよりは口惜しく、我も雲居までは思ひ寄りきこえずなりにしがいと胸痛き代はりに、この御有様をだに、本意のごとく見聞きたてまつるまでの命は惜しく」ぞおぼさるるを、（巻五・四九七～八頁）

と娘を入内させ、立后させ、国母とするという当時の貴族たちの描く夢が、入道の「本意」でもあったことが明かされ、それの実現までは命も惜しいとさえ思う。

〈母〉代わりの「父」である必要のなくなった「祖父」入道、両親そろった石山姫君。自らの「大君だつ筋」(巻五・四七〇頁)の強調、明らかに『源氏物語』桐壺巻を想起させる観相、(巻四・四七二頁)王統の象徴的な楽器「いともの深く籠めおきたまへりける唐の琴」(巻五・五〇〇頁)の姫君への贈与と、入道の王権との関わりが強調され、父入道は王権回帰に向かう。女君にこの世のものとは思われない異質さを見いだしても、その相には「上なき位」を見ることはなく、出家の時に長兄左衛門督があきれ、「妹まさり」(巻三・一四七頁)と不満に思うほど財産を譲っておきながら、秘蔵の唐の琴については語られることはなかった。物語は始発から、王権回避ともと思われる父を描いてきたが、父の人物像もここで変貌を遂げ、それと同時に女君との関係も変質する。今まで何をおいても最高のものとされた、女君の美質は「この御母君を、いみじくかなしく思ひきこえしかど、そは心やすかりけり」(四九七頁)と、すべて相対化される。

この入道の変心で、見逃せないのが、以下の記述である。

立てて見たてまつりたまへば、四尺の御几帳に及ぶほどにて、いみじくをかしげなる御様体、姿に、御髪はつやつや、なよなよと、隙もなく、後れまよふ筋もなくて、丈にただすこしはづれたまへる、「見れども見れども、母君にいづくか劣りたまはむ」とうれしく、かなしく見たてまつりたまふ。(巻五・四七一〜二頁)

この石山姫君を立たせてその姿を眺めるという入道の行為は、娘から孫娘へとそのセクシュアリティの把握を移したことでもある。父によってセクシュアリティを管理されている娘が、偶然の出来事とはいえ、父の知らない男性関係を持つ、その罪悪感が、女君を縛ってきた。その呪縛が男君の真相告白と、父のまなざしの石山姫君への移動により、解かれる。娘に寄り添ってきた父は、娘から自立し、その興味は孫娘に向かい、そして、娘は「父」から解放される。

物語当初から封印されていた父の野心は目覚め、『夜の寝覚』もまた、その内部に王権の問題をはらむ。実際、このあと、石山姫君は末尾欠巻部分において、順当に入内、立后と頂点を極めていく。『風葉和歌集』には、父入道の次の歌を載せる。

七そぢのよはひをむすめの賀し侍ける時、中宮の行啓など侍けるによみ侍りける

ねざめの入道太政大臣

今はとて戸ぼそとぢてし草の庵にさやけき空の光をぞみる

（巻一八・雑三・一四〇八）

この歌における中宮は、孫石山姫君のこと。父は娘、女君主催の七十賀に、孫の中宮行啓を得るという栄に浴するらしい。長生きをして、娘、孫娘から言祝がれる父入道の晴れ姿を物語は描くようである(17)。

七　おわりに

王朝物語の主人公は、光源氏をはじめ、多かれ少なかれ、母が不在の場合が多い。しかしながら、『夜の寝覚』では、とりたててその欠落ぶりが強調される。そして、母代わりの乳母や祖母に代わって、父の存在が女君の精神生活に大きく左右するところにこの物語の特徴がある。その「父」について、検討してきた。

見てきたように、『夜の寝覚』の父は、女君の母代わりの役割を担っている。しかし、それはあくまで代替である。父は〈母〉の欠落を強く意識するが、再婚して新たな母を与えることはせず、みずからが〈母〉代わりであろうとする。しかしながら、女君にとっての父は、〈母〉の代わりではなく、社会的規範の体現者である〈父〉であり、女君の願いは家柄、美質など何もかも備えた、その娘として、社会の規範や期待に応えて生きることであった。母代わりになって、女君を鍾愛した父の本当の願いがどこにあったかは、孫娘石山姫君の登場により明らかになるが、女君の「いたくものを思ひ、心を乱したまふべき宿世」の背後には、思うようにいかない男君との仲もさることながら、誰よりも自分のことを高く評価し、愛してくれていた父が望む、理想的な生き方が出来なかったことに対する悔恨があった。だからこそ、自らの思うに任せない運命を「『さるは、面馴れて、さすがに度ごとに、いみじう心の乱るるこそは、かの十五夜の夢に、天つ乙女の教へしさまの、かなふなりけれ』とおぼし出づるぞ、前の世まで恨めしき御契りなるや」（巻四・三九〇頁）と悔恨とともにふりかえるのである。そして五で見てきたように、父に男君との関係を知られることを何より畏れていた背後には、異性である父のまなざしがあった。

これまでの王朝物語においては、母の欠落が主人公の運命と関わっていても、「父と娘」の問題が前面に浮上することは少なかった。その中で、「父と娘」の密な関係の代表的なものとして、『源氏物語』の明石の君と明石の入道の関係が想起されよう。明石の君は、光源氏の妻として重要な位置を占め、「身のほど」意識に悩まされ、娘明石の姫君と離れた生活を余儀なくさせられながらも、中宮の母、帝の実の祖母となり、父入道が思い描いた遠大な野心を着々と遂行していく。そして、その起点は、父の望んだとおりの結婚にあった。明石の君は光源氏の妻でもあるが、明石一族の期待を背負った、「父の娘」として生きたともいえよう。[18]

『夜の寝覚』の女君は、その最初の結婚という一歩目から「父の娘」として裏切る生き方になってしまった。一夫多妻制下、一人の男性をめぐる女性同士の愛憎など、男性との恋愛関係が生み出す苦悩とは、異なる悩みを持ってしまったところに、『夜の寝覚』の独自性が見いだせるであろう。父の期待通りに生きられない娘、みずからの意思ではないというものの、父の管理を逃れ、裏切り、秘密を持ってしまった娘、男君の愛情が女君一人にどれだけ注がれていようと、それが『夜の寝覚』の女君の苦悩の根源にある。一方、期待通りの人生を歩めない娘の劣りざまの宿世の背景には〈母〉の欠落があり、それを自身で補おうとしながらも、補えないことを知っている父。父によって示された過剰なまでの〈母〉の欠落意識を、女君は、多くの子の「母」として生きることによって、取り戻そうとするのである。

父の期待という呪縛から解放された女君であるが、末尾欠巻部分においても、まだ、「いたくものを思ひ、心を乱したまふべき宿世」から、逃れられないらしい。その源は、異性を引き寄せてしまう、自らの身体であり、困難を抱え込む〈母〉性であるといえよう。(19) そして、それは結局のところ、「父」には関与できない世界であった。『夜の寝覚』はどこまでも女性の物語と言えよう。

注

(1) 本書Ⅱ―第一部第三章。
(2) 湯橋啓「寝覚物語の女主人公の家族――父君と大君と――」(『国文』(お茶の水女子大) 一九七五年三月) その他『夜の寝覚』の父と娘についてふれたものに鈴木紀子「『夜の寝覚』における父と娘――孝標女作者説に向けて――」(『名古屋大学国語国文学』54 一九八四年七月)、同「『夜の寝覚』を読む」(『王朝物語を学ぶ人のために』世界思想社 一九九二年) などがある。
(3) 永井和子「寝覚物語の老人」(『続 寝覚物語の研究』笠間書院 一九九〇年)
(4) 「寝覚物語」(『河合隼雄対談集 物語をものがたる』小学館 一九九四年)
(5) 本書Ⅱ―第一部第四章参照。

（6）石川徹氏は『宇津保物語』の源雅頼の兄、季明を『夜の寝覚』の太政大臣の先蹤としてあげる（「寝覚物語に及ぼした宇津保物語の影響」『帝京大学文学部紀要　国語国文学』一九八四年一〇月）。
（7）宮下雅恵氏はこの主人公の性差を少年の春に心をとどめたままの「永遠の青年」である狭衣大将と、女の一生を語るために仕掛けがもたらされている寝覚との差異として論じている（『夜の寝覚論〈奉仕する源氏物語〉』終章　青簡社　二〇一一年）。
（8）永井和子氏によって「かぐや姫感覚」と名付けられたもの（「寝覚物語――かぐや姫と中の君と――」前出『続寝覚物語の研究』所収）。
（9）河合隼雄氏によれば、母性原理とは「包含」する機能を持つものであり、男性原理とは「切断」する機能を持つものであるという（河合隼雄『母性社会日本の病理』中央公論社　一九七六年他）。その上で、日本社会の特色を、
　問題なのは、ある意味で父親は実際に父親であるのに、よりどころとなる原理が母性原理だという点です。それが日本人の複雑な状況を生み出しています。父親は肉体的には強じんでどなっても、考え方は母性原理によっています。

と指摘している（『河合隼雄全対話Ⅲ　父性原理と母性原理』「父性社会と母性社会」ロバート・リフトンとの対話　第三文明社　一九八九年）。
（10）注（2）参照。
（11）本書Ⅰ―第一部第二章参照。
（12）井上眞弓「性と家族、家族を超えて」（『岩波講座　日本文学史』第3巻　岩波書店　一九九六年）
（13）助川幸逸郎「ヒステリー者としてのヒロイン――『夜の寝覚』の中君をめぐって――」（『狭衣物語が拓く言語文化の世界』翰林書房　二〇〇八年）本書でも注（1）の論文で言及した。
（14）自らのセクシュアリティが自らの願いを裏切る分、母というジェンダーとしての役割に徹することで、自分の場を確保しようとする女君については、注（1）参照。
（15）第一部では、男君との関係で噂が立ったときには、兄左衛門督が広沢に出向いて、大君側の立場ながら報告をし

ている。

(16) 注(1)参照。

(17) 現存本において、父入道の歌は一首もない。また、散逸部分を含む『風葉和歌集』『無名草子』『拾遺百番歌合』にも、この一首以外に父入道の歌は見あたらない。現存部分においても、和歌が詠まれてもよさそうな場面は、いくつも想定できるが、この物語の表現は、長い無言の心中表現のやりとりを選んでいる。表に出して交わされない思いが、女君の憂き思いを強くしていよう。

(18) ただし、明石の君には娘、孫の幸せを喜ぶ母、明石の尼君がおり、何もかもが父に集約されるわけではない。したがって明石の君において、父との葛藤が主題的にせり上がってこない。

(19) 注(1)参照。

第六章　『夜の寝覚』――斜行する〈源氏〉の物語――

一　はじめに

『夜の寝覚』は従来、特徴である丹念に描かれる女君の心理描写を中心に、主に女君の主人公性、苦悩の人生が表現するものなどに研究の焦点があてられてきた。本書でも前章までに同様の観点からこの物語について論じてきた。寝覚の女君は、生まれながらにして与えられた環境――一世源氏の太政大臣家の娘、恵まれた美貌、才能、天人に選ばれしもの――にふさわしい生き方を願っていた。それが思うようにかなわず、「憂き」思いを抱えて生きるはめになるのは、彼女の女性としての美しさ、セクシュアリティゆえである。そこには平安期の女性たちが共通に抱えた、男性たちが築き上げた社会体制の中で自らの生きる場を模索していく姿である。(1)

この女君の選んだ生き方を、少し視点を変えてその置かれている物語社会――そしてそれは同時代の社会体制の反映でもある――を通して、考えてみたい。

『夜の寝覚』の研究史に目を向けると、近年相次いだ新資料の発見も手伝って、末尾欠巻部分の研究も進展してきた。(2)また昨今、男君、帝をはじめとする男性登場人物や他の登場人物についての考察や、史実との関わり、準拠の問題などについての研究なども進みつつある。(3)なかでも男君に関して、その人物像のみならず、その藤原氏としての立場、摂関家としてのあり方について注目が置かれてきている。「頼通文化圏」や「頼通時代」をキーワードに稲賀敬二氏、和田律子氏、久下裕利氏、倉田実氏、横井孝氏などにより『夜の寝覚』の作者かとされる孝標女周辺も含めて研究が深められてきている(4)。

摂関家との葛藤の中で必然的にもたらされてきた帝権威の問題、御堂関白家の摂関独占による世襲化とそれに伴う貴族社会の活力の衰退と安定による文化の成熟などの時代背景を考慮に入れ、より複合的にこの物語について見ていく視点が必要になろう。この摂関家全盛時代——頼通時代を補助線として、本稿では女君の恋の相手である、二人の男性を取り上げながら、考察したい。

二　冷泉帝（一）——懸想する帝

まず、この物語において重要な人物である帝について、検討してみたい。

後に冷泉院と呼ばれる帝は、父が朱雀院（女君の父源氏太政大臣の兄）、母は大皇の宮である。物語当初より中宮として関白左大臣家の娘がいて、彼女は男君の同母妹で東宮の母にあたる。そのほかの后として、朱雀院の兄弟の式部卿宮の女で女三の宮の母の承香殿女御、右大臣の女で、女一の宮、女二の宮の母の梅壺女御の存在が知られる。

さて帝は物語には中間欠巻部分から登場する。現存部分の帝の回顧の場面からそれを知ることができる。


「源宰相中将の、琵琶の音のこと奏し出でたりし秋の夕より、いとわざとなりにし心を、やがて入道の大臣の聞き入れず、故大臣に許し放ちてしを、年ごろ、妬うも口惜しくも、心にかかりて忘るるときなかりしに、大臣亡くなりて、『今だに、さるかたにつけて、浅くもてなさじ』と思ひ寄り、『内侍督に』と心ざししに、あながちにかけ離れ、人に譲りのがれたまひにしを、いみじう恨めしとは思ひながら、（巻三・二七八～九頁）

それによると、たまたま女君の琵琶の音を立ち聞きした宰相中将（宮の中将）からその音色のすばらしさを聞いた帝は女君の入内を熱望するも、父太政大臣はすでに出家の身で、はかばかしい後見もないところから固辞、入道は熱心に求婚してきた老関白と縁づかせたという経緯があった。そして帝は老関白の死後、女君を内侍督として入内するように求めるが女君も固辞、かわりに故老関白の長女を宮仕えさせる。

そのような『夜の寝覚』における帝について、関根慶子氏を初め、長南有子氏、永井和子氏、坂本信道氏、宮下雅恵氏、大槻福子氏、伊勢光氏らによって論じられてきた(5)。

その帝像を簡単に整理すると

・垣間見をする帝…母大皇の宮の援助による。
・闖入をする帝…母大皇の宮の援助による
・男君への激しい嫉妬
・位への執着のなさと女君への強い執着
・プライドと卑下
・得られない女君の代替としての女君の継子の督の君と実子まさこ君を寵愛

がその特徴としてあげられる。垣間見をする帝と帝を拒絶する女君という構図は『竹取物語』を想起させながら、母親の援助、対立する求婚者への激しい嫉妬など、いずれも今までの物語の帝像からは逸脱しているといえよう。少し詳しく検討してみたい。

物語現存部分の巻三において、冒頭より帝の女君への執心が語られる。帝は故関白の長女の内侍督としての入内に母代として付き従った女君に、

「故大臣の、病のはじめに、御事をなむ言ひおきしかば、昔よりの心ざしに添へて、いかでと思ふ心深きを、いとはしげにのたまひ捨てたんめりし九重のうちに、大人び、立ち添ひて参りたまへるも、いとあはれになむきこしめす。」（巻三・二四四頁）

と思いをかき立てられ、何とか接触をとろうとするが女君は応じない。それゆえに帝の執心は

「かくてあるほどに、いかでかならず、けはひ、有様を聞きてしがな」（二四六頁）
「いかに構へて、けはひ、有様を、このついでに見てしがな」（二四八頁）
「いかで、名高うきこえはべるけはひ、有様ばかり、見たまへまほしけれ」（二五〇頁）

と「いかで」「いかに」を重ねて、その思いを募らせていく。

そして、内侍督入内に際して養母として女君が宮中滞在中に、帝の母、大皇の宮のたばかりにより弘徽殿にて、物陰から女君を垣間見した帝は、

御殿油心もとなきほどにほのかなるほど、様体小さやかに、をかしげに見えて、さやかなる火影に類なく、夜見む玉はかくやと、御心おどろかれて、めづらかにご覧ぜらるるに」（二五二頁）

うつくしう、らうたげなるさまなど、言ひ尽くすべくもあらず。声、けはひ、ほのかなる有様、かけまくもかしこき御命にも替へつばかりに、いみじと御覧じしませたまふ。（二五二頁）

あたりにほひ満ちたるさま、「目も輝くとは、これをいふにこそありけれ」と、御覧じ入るに、（中略）「長恨歌

の后の、高殿より通ひたりけむかたちも、うるはしうきよげにこそありけめ、いとかう愛敬こぼれてうつくしうにほひたるさまは、えこれに及ばざりけむ」とぞ思し知らるる。（二五四頁）

と、その美しさに心を奪われ、いよいよ思いを募らせていく。清涼殿に戻った帝は、老関白が「我が身と思ひ知らるることと、これを生ける世の思ひ出にてありぬべし。官、位も用なし」（二五七頁）といっていたことは大げさだと思ったが、

(a)髪、かたち、様体、もてなし、様、声、けはひ、このなかに、『なほそここそ後れたりけれ』と見ゆる節のなかりつるよ。いかで、かうしもすぐれけむ。手うち書いたるさま、見る目に劣らざめり。心や多くあらむな。(b)まだ女ながら、内の大臣に名立ちけむよ。いと重くはあらぬにやあらむ。そはまた、いとわりなく、かばかりのさまを、兄姉のかたはらにありけむに、ほのかにも見聞いて、いかでか人のやすくもあらむ。心ならで、かならず、この人の名は今も立ちなむ。源氏の大臣ぞ、いと口惜しき心ありける人かな。かかりける女を、はかばかしき後見なしとて、我には得させで、故大臣にとらせし心ばへよ。(c)いみじき一の人の女、東宮の母といふとも、この人を、我、なのめに思はましやは。世の謗り、人の恨みも知らず、上なき位にはなしあげてまし。（二五八〜九頁）

これだけ何もかもに優れた女性はほかにいない（a）、しかし若くから内大臣との浮き名も立ち、そう重々しいこともあるまい（b）、現在の中宮がたとえ一の人の娘で東宮の母であっても、世間の誹りも顧みず、この人をそれ以上の「上なき位」にあげようと思惟する（c）。そして帝の「闖入事件」として知られる場面を呼び込むこと

になる。帝の母大皇の宮は自室に女君を呼び出し、その後大皇の宮は席を外し、入れ替わりに帝が侵入するという形で物語は展開していく。

何とか女君に胸の内を訴えたいとする帝の説得は繰り返し語られ、入内を許さなかった女君の父入道への恨み、故老関白、男君（内大臣）への対抗意識にもうかがえる。

なかでも、注目すべきなのは、

身のおぼえ、片端に、いみじく屈じ卑下せられて、かくてものしたまふほど、昔よりの心のうちを、あはれとも、心憂しとも、きこえ知らせむとて、（二七二頁）

ただ心を鎮めて、きこえなむことをよく聞きたまひて、『げに、あはれ』とも、また『にくし』とも、一言答へたまへ。ただ人や、人も心許さむ振舞をも押し立つらむ。いとかくところせき身は、人の進み参り、もしは上りなどするを、待ちかけつつのみ見るものと、ならひにたれば、御心許されぬ乱れは、よもせじとよ」（二七三頁）

「『あるまじ、便なし』と、世にも言ひ謗り、人もそねみ言はば、国の位を捨てて、ただ心のどかに心をゆかせて、起き臥し契り語らひてあらむに増すうれしさ、ありなむや」（二七八頁）

など、帝の「卑下」と「矜持」、女君への思いが遂げられるなら国の位を捨ててもよいとまでする「執心」であろう。

そんな帝に対して、女君は、

「あな、いみじ。内の大臣の聞きおぼさむことよ」（二七〇頁）

「内の大臣に言ひ聞かせたまはむことは、ただ同じことなれど、我が心の問はむだに、心清く、底の光をかこつかたにも」と思へば、（二七四～五頁）

「なべての世の人聞きなどまでもただ今はおぼえず、内の大臣に。「あな、思はず」と、うち聞きつけられたらむ恥づかしさ、苦しさに、（二八〇頁）

と思う。このあたりは内大臣（男君）への潜在的な愛情に気づく女君の心中表現として着目されてきたところではあるが、ここで問題にしたいのは次の帝への思いである。

人目心憂く、言ふかひなきさまにおぼし寄らせたまひけるは、数ならむ身を。ことわりの思ひたまへ知るに、乱り心地もくらさるるやうにて、えこそうけたまはり分くまじうはべれ」（二七五頁）

さるは、いささか、「ひきつくろひ、世のつねなる有様にて御覧ぜられむ」とはおぼえず、「いかならむ憂き気色をも御覧ぜられて、疎ましとおぼしのがれ、立ち離れたてまつりてしがな」とのみおぼえたまへど（二七七頁）

直接対面の場においても、帝が嫌な女だと思うどんな態度でも見せてでも、帝に嫌われ、この場を逃れたい、帝の求愛を拒否したいとする女君の強い拒絶の言葉と態度、特に心中表現ながらその言葉の強さは王朝物語の女君として異例といえよう。

この後逢瀬を遂げずに、後を期して還御した帝は、「ただ今年のうちにこの位をも捨てて、八重立つ山の中を分けても、かならず思ふ本意かなひてなむ、やむべき」（二八二頁）「すべて現心もあるまじければ、『我も人も、いたづらになるべかりける事の様かな』となむおぼゆる」（二八二頁）と執念とも言うべき思いを抱き、それは末尾欠巻部分に至るまで続く。

直接対面を果たしながら、女君と契りを結ぶまでに至らなかった帝は、女君の強硬な態度と自分の愚かしさを嘆く。一方女君は昔から浮き名を流し、親兄弟を嘆かせてきたとする後悔、帝の接近時にまず男君への思いに至り、潔白を知ってほしいと思った自らに対する不審、今の浮き名を流しかねない状況に自分が置かれるようになったのはそもそも男君との関係のせい、とその思惟はめぐるが、帝への情は見られない。そして、この後帝からの消息に女君は一切反応せず、一方帝は、なかなか内裏退出のための輦車の宣旨を出さない。膠着状態の後、男君の計らいにより何とか女君は宮中から退出を果たす。

思いを果たせなかった帝はその後も女君にたびたび消息するも、女君は全く応じず、帝はその思いを中宮にも訴えたりもする。その帝の姿は中宮の眼に「のたまはする御ものうらやみの、童げたるを、をこがましく見たてまつらせたまふ」（巻四・三六三頁）と映るほどであった。さらに帝は女君の代替として、女君の継子である督の君、さらに実子まさこ君を寵愛する。(6)

三　冷泉帝（二）――末尾欠巻部分

その後自分の息子である帝に応じず、娘である女一の宮を男君が大事にしないのは女君のせいと思い込む大皇の宮によって、引き起こされた「偽生き霊事件」に傷ついた女君は、広沢の父のところに移居し、出家を願う。しかし二人の子どもたちを伴い広沢に出かけ、女君とのこれまでの経緯を父入道に告白した男君は、女君の父入道の許しを得て、公然と女君を伴い帰京、女一の宮、女君ともに男君邸に同居、女君は三度めの懐妊へと物語は動く。一方、帝の執心はやむことはない。

「いかで位を疾う去りて、すこし軽らかなるほどになりて、いみじき大臣のもてなし限りなしといふとも、いま一度の逢瀬を、いかでかならず」と、おぼし急ぐ御心深くて、冷泉院を急ぎ造らせたまひつつ、皇子のおはしまさぬ嘆きをせさせたまふ。（巻五・五一五頁）

その思いは譲位をも決意させ、末尾欠巻部分へとつながっていく。

そして、近年断簡の発見が相次いだ末尾欠巻部分ではその内容として、

◇偽死事件

退位した冷泉院の女君への接近（白河院幽閉か）↓そらじに（「擬死」か）↓蘇生↓帝に知られず白河院脱出↓男君をはじめ、周囲のものにはしばらく蘇生を秘す

冷泉院、女君の死に衝撃を受け出家か

女君、女児（第四子）出産

◇まさこ君勘当事件

まさこ君と承香殿女御腹の女三の宮との若い純愛を冷泉院が立腹、院は女三の宮を連れて白河院に移居。まさこ君の窮状を見かねた女君が意を決して冷泉院に消息、生存を知られる。が、すでに冷泉院、女君ともに出家

の身

が知られる。いずれの事件も帝（冷泉院）の女君への執心が引き起こすことになる。その攻防の激しさは幽閉、女君の「そらじに」（擬死か）、脱出、出家と心理面のみならず、身体面での移動、生死をかけて展開する。

以上見てきたように、巻三以降長きにわたって、帝の女君への懸想は繰り返される。ひとりの女のために帝位を投げ出してもよいとまで思う帝、后妃に価値を見いださず、徹底的に帝の懸想を拒否する女君、いずれも物語における王権に関わる常道を相対化するあり方といえよう。

四　男君（一）——「摂関家」の論理

次に女君のもうひとりの恋の相手である男君について、検討する。男君とはどんな人物か。

左大臣の御太郎、かたち、心ばへ、すべて身の才、この世には余るまですぐれて限りなく、世の光と、おほやけ、わたくし思ひあがめられたまふ人あり。年もまだ二十にたらぬほどにて、権中納言にて中将かけたまへる、ものしたまふ。関白のかなし子。后の御兄、東宮の御をぢ、今も行く末も頼もしげにめでたきに、心ばへなどの、さる我がままなる世とても、おごり、人を軽むる心なく、いとありがたくもてをさめたるを、「帝の御母、后に居ざらむ女は、この人の類にてあらむこそめでたからめ」とおぼしえて、（巻一・二一〜二二頁）

時の関白左大臣の嫡男で当代の中宮の兄、東宮の伯父という「今も行く末も頼もしげにめでたき」男君は、その出自も、容姿、性格、才能にも優れ、両親もそろい、すべてに恵まれており、『源氏物語』の男性登場人物を圧倒するほどの人物である。太政大臣（女君の父）と関白左大臣がともに補任されるのは頼通以降であることや十代で権中納言と中将兼務の初例は教通男師実であることなど、[8]頼通の時代の反映が見られる箇所がいくつか指摘されている。特に摂関家の嫡男としての男君について、史実との関連で赤迫照子氏に詳細な論がある。[7]赤迫氏は、この物語の関白左大臣（大殿）、老関白、男君（関白）の系譜を視野にいれ、細かく史実との関係を考察した上で「『夜の寝覚』は、藤原氏の栄華を描いた物語である」という重要な指摘をされた。[9]また、宮下雅恵氏は助川幸逸郎氏の「摂関家物語」という用語を受けて、この問題について言及され、[10]勝亦志織氏も『夜の寝覚』における「后」たちの構造の考察から摂関体制との関わりについて言及されている。[11]

それらの御論に導かれながら、ここでは物語に表現されている論理に添って検討していきたい。

さて、この物語には摂関家的な論理が物語のあちこちに見え隠れする。

A　「などてかは。皇女たちよりほかは、この人こそやんごとなかるべきよすがなれ。うしろやすく、目やすかるべき御仲」　（男君の父関白左大臣　巻一・二二頁）

B　「いと角生ひ、目一つあらむが、なほ品ほどもあなづらはしからざらむ人聞きこそ、深き心ざしなくとも、用ゐらるべきものにははべれ。さる基さだめて、うち忍びては、海人の子をも尋ねはべらむ」　（宮の中将　四五頁）

C　「大殿の『中納言殿の御子をとく見むとてこそ、尋ねしか。まださる気色のなきにやあらむ。いみじく口惜しき際なりとも、この人の子とだに名のり出づる人あらば、人のそしり、もどき知るべくもあらず、数まへ、ものめかさむ』とのたまふなりとて、かの御方の弁の乳母、宰相などが、祈りまどひ、心もとながるに、あやにくに、いみじのわざや」と、心肝をくだき思へど、（父関白　七八〜九頁）

D「一日も、殿の、『二十がうちにまうけつるこそよけれ。今まで子をまうけざめるが口惜しきなり。ここらさぶらふ女房のなかに、中納言子と名のり出づるがあるまじき』とのたまひしものを。（父関白　九五〜六頁）

E「このついたちごろになむ生れはべりける」「母は誰ぞ」「よも口惜しきあたりには出でまうで来じと、おぼしめせ」ときこえたまへば、「さはれや、言ふかひなき際なりとも、めづらしく差し出でたる、いとうれし」とのたまひて、殿にもきこえたまひて、（母上　巻二・一六二〜三頁）

F思ふさまにて女にてさへおはするうれしさ限りなきに、まだ見えぬ顔つきにて、二所して抱きうつくしみたてまつらせたまふに、いささかうち泣きなどもしたまはず、（父関白　母上　一六四頁）

Aは娘大君の結婚相手に「帝の御母、后に居ざらむ女は、この人の類にてこそめでたからめ」（巻一・一二二）と判断した太政大臣の縁談話に同意したときの関白左大臣（男君の父）の考えである。しかし、結果的には中間欠巻部分で、大君の在世中に朱雀院の女一の宮を男君の正妻に迎えることになる。細かい事情は知られないがおそらく大君の父太政大臣が出家したことによる政治的な力の減退への顧慮、さらに女宮を降嫁させることによって関白との関係をより確かなものにしたい大皇の宮のもくろみと双方の思惑がみえる。ただ、太政大臣の娘がすでにいながら、さらに后腹の皇女を迎えるのは異例である。源太政大臣家にも天皇家にも遠慮のない立場をうかがわせる。Bは方違えに来ていた女君を但馬の守三女と誤解したまま契りを結び、彼女への思いを募らせながらも身分の違いを強く意識している男君に、宮の中将が語った言葉である。その正直ともいえるあからさまな身分意識による正妻論について男君は、

「我が思ふやうにうるせくものを言ふかな。なほ人に抜けたる人なりや。この君だちだに、かく思ひけるよ。まことに、今宵ばかりを明かす心地、堪へがたくわりなくおぼゆれど、知られて尋ねわび、かかづらひまどはむも。いと音聞き軽々しう、便なかるべし。（巻一・四六頁）

と、同意し、一時の思いに駆られて安易に名告らなかったことに安堵している。

一方、Cは対の君を通して語られる関白の言葉、Dはやはり男君の妹中宮を通して語られる関白の言葉で、いずれも大君との間に子どもが恵まれないなら、母は誰でもよい、息子である男君の子どもでさえあればとする考えである。頼通の女二の宮降嫁の話に際して、道長が言ったという「男は妻は一人のみやは持たる、痴れのさまや。いままで子もなかめれば、とてもかうてもただ子をまうけんとこそ思はめ」（『栄花物語』たまのむらぎく巻 ②五六頁）というエピソードが思い出される。E、Fは男君が女君との間の女児（石山姫君）を、母の名を秘して連れてきたときの関白左大臣と母上の喜びようである。一方、関白家の子迎えの噂を耳にした大君の嘆きや源太政大臣家に対して、配慮する様子はまったく描かれない。

五　男君（二）——帝への対抗意識

次にあらわにされる帝への対抗意識について見てみたい。

死ぬばかりおぼゆとも、なほしばし思ひ念じて、中宮に申して召し取らせたてまつりて、宮仕ひざまにて見む。さだに出で離れなば、ほかに誘ひ出でなどして、また思ひ増すかたなき心のとまりにて、さる私物に忍びて見む。采女を召す帝は、なくやはありける。これはまして、宮仕へ人を限りなくもてなし思はむ、咎にもあらず。さのみこそはあれ。
（巻一・三七頁）

最初の九条の邸での女君との出会いの後、女君を但馬守三女と誤認し、たとえ「死ぬばかりおぼゆとも」身分の差を考えて自制した男君は、妹の中宮のところに女房として召し出して自由に逢おうと画策する場面である。女房なら気楽に会えるとする文脈のなかで男君は「采女を召す帝は、なくやはありける」と思う。男君の立場であれば、特に問題とされる振る舞いでもないと思われるが、その自分の行為を帝と比較して考える。個人としての「帝」ではなく、「帝」という地位に対して男君の意識がわかる場面であろう。

さらに、参内した女君の部屋に母大皇の宮の手助けを得て帝が侵入してくるいわゆる「帝闖入事件」の後、それを知った男君は、帝に対して嫉妬心をあらわにし、それはなんどもくり返される。

かしこき御前とはいひながら、さばかりも、けはひ、有様を御覧ぜられけむは、いと愁はしう思ひつづけられ、いと心地むつかしうなりぬれど、
（巻三・三〇四頁）

「上の、いといたうおぼし入り、うちながめさせたまふ御かたち、有様の、にほひやかになどこそえおはしまさね、気高くなまめかせたまひて、艶にをかしうおはしますを、まいて、さばかりいみじき言の葉尽くさせたまひつらむを、さりとも見たてまつりつらむかし。さはいへど、なべての人には異にもとや、思ひくらべたてまつりつらむ」と思ふにぞ、かたじけなけれど、いみじう妬う、腹立たしきや。
（三〇五頁）

煩を避け掲出の例は一部であるが、帝であるからとの遠慮はなく、男君は一人の男性として嫉妬する。

また、女一の宮側、特に大皇の宮に対する意識にもそれは現れている。巻五では男君は広沢の父入道に石山姫君とまさこ君を伴い、今までの女君との関係を打ち明け、れっきとした正妻である女一の宮のいる京の内大臣邸に、女君を伴う。それに不快感を示す大皇の宮に対し、

「あまり、こはなぞ。片時横目すべくもあらず、年月を経て恋ひわびわたりつるも、誰ゆゑならむ。我なればこそ、せめて思ひ忍びてあながちにはもてなせ。ただ心を心とせむ人は、帝の御女といふとも、あながちに心を分けじものを」とぞ、あまりには、むつかしくおぼさるる。（巻五・五一二頁）

とあらはに不快に思う。

一方帝もまた、男君に激しい嫉妬をする。そこには身分、立場などを越えた一人の男性として、女君を争奪する帝と男君という構図がうかがえる。

赤迫照子氏は『夜の寝覚』は男君の父関白、老関白、男君へと継承されていく藤原摂関体制を基盤とし、『源氏物語』を相対化し、それでいて『源氏物語』を引用し、虚構を生成する物語とする。「物語内の藤原摂関体制は揺るぎないものとして縁取られながら、関白達が寝覚の女君・石山の姫君に奉仕し、源氏一族の皇統回帰が実現するように展開するのである」とされた。(12) 確かに女君の父入道もまた石山姫君に王権への思いを託し、鍾愛していたはずの女君には教えなかった「琴《きん》の琴」を孫である石山姫君へ伝授する。(13) しかし、女君の立場からみるとき皇統回帰と簡単に言い切れないのはないか。

史実との呼応もさることながら、物語内に細かく書き込まれていく摂関家の論理は物語の重層低音として響き続け、時に表に浮上して、物語を領導していく。

六　「寝覚の広沢の准后」

『風葉和歌集』の作者名表記によれば、寝覚の女君は「広沢の准后」となっている。『風葉和歌集』の作者名表記は勅撰集にならい、おおむね最終官位であることから、末尾欠巻部分において、女君は准后宣下を受け、やがて出家して広沢に滞在したと思われる。(14)女君が「准后」となったことの意味について改めて考えてみたい。

女君が「准后」とされたことについて、最初に正面から論じられたのは稲賀敬二氏である。稲賀氏は「後期物語は『源氏物語』の亜流か――「寝覚の広沢の准后」と「源氏の准太上天皇」(15)――」において、寝覚の女君が准后になった経緯を詳しく論じられた。光源氏が准太上天皇に叙せられたことと比較しながら、現実にあってもおかしくないリアリティに『夜の寝覚』の工夫と新しさを見いだした論であった。

「准后」すなわち「准三宮」「准三后」は、しかしながら、光源氏の准太上天皇位とは異なり、史実では多く見られる称号である。天皇の勅に基づいて三宮に準じて年官年爵および封戸を給与される特殊な待遇で、九世紀半ばから十九世紀に至るまで千年にわたる歴史を持つ。樫山和民氏に「准三宮について――その沿革を中心として――」は准三宮の歴名を網羅し、その沿革と意義をたどった詳細な論がある。(16)それによると、准三宮は貞観十三年（八七一）に藤原良房に与えられたことから始まり、摂関に授与された。やがて女性にも与えられるようになり、女性准后の初例は天暦八年（九五四）、醍醐天皇皇女の康子内親王とされ、次の資子内親王とともに宣下を行った天皇の同母姉にあたった。次の恵子女王は摂政伊尹の室であったが、娘の懐子が花山天皇の母であることから天皇の外祖母として、准三宮に叙されている。以後も女性准后の場合圧倒的に皇族が多い。一方、皇族ではない例、すなわち後宮准后の初例は教通娘、後冷泉女御歓子である。後冷泉天皇には中宮に章子内親王、皇后に寛子が冊立されており、それを受けての歓子の待遇と考えられる。

さて、ここで、特に参考にしたいのは藤原道長の妻倫子の場合である。倫子は天皇の妃でもなければ、皇女でもないが、『小右記』長和五年（一〇一六）六月一〇日条に、

摂政准三宮、可給年官年爵幷三千戸封、忠仁公例、又以左右兵衛舎人各六人為随身事、摂政北方可賜年官年爵幷本封外別給三百戸、恵子女王例也、（恵子華山法皇外祖母）

とあるように（『御堂関白記』にも同様の記述あり）、天皇の外祖母として叙せられた恵子女王の例にならって、准后宣下された。また『栄花物語』では、

われはただ今は御官もなき定にておはしますやうなれど、御位は、殿も上の御前もみな准三后にておはしませば、世にめでたき御有様どもなり。殿の御前の御幸ひはさらにも聞えさせぬに、上の御前のかく后と等しき御位にて、よろづの官爵得させたまひなどして、年ごろの女房もみな爵を得、あるは四位になさせたまふもあり、さまざまにいとめでたくおはします。（たまのむらぎく巻②　九一～二頁）

と准三宮に叙せられた時の喜びの様子が描かれている。臣下でありながら、倫子が准后に叙せられたのは、関白の妻、加えて天皇の外祖母という資格によるものであろう。非皇族の女性が准后に叙せられる例はこのあと院政期の藤原忠通室の宗子まで見られないことから、この倫子の処遇は印象の強い出来事だったと思われる。そして、この例が『夜の寝覚』の女君の「准后」という位設定に影響を与えたのではないだろうか。すなわち、関白の妻であり、

中宮の母（石山姫君）、東宮の祖母であることがその理由となったのであろう。女君は老関白、さらに男君（関白）と二人の関白の妻となってもいる。加えて、倫子と同じように賜姓源氏の娘である。臣下の女性としての最高位を得た倫子の例にならった「摂関家の室」として『夜の寝覚』の女君はこの物語において役割を与えられていることにもっと目を向けたい(17)。

末尾欠巻部分で男君と女君の娘、石山姫君は立后し、督の君の若宮が立太子する。その時の状況を『無名草子』は、

　また、后の宮、東宮など一度に立ちたまふ折、中の上、ゐざり出でて、
　　寝覚めせし昔のこともわすられて今日の円居にゆく心かな
　と言はれたるほど、いと憎し。（二三二頁）

と批判する。しかしながら、女君のこの喜びは首肯せらるものではないであろうか。この段階では石山姫君はいまだ皇子を産んでおらず、立太子したのは督の君の皇子、すなわち老関白の孫であるが、関白の妻として、摂関家の一員としての立場で考えたとき、これに勝る慶事はないであろう。そして、おそらくこの慶事に対して女君は准后に叙せられたと思われる。

七　おわりに　――相対化される〈王権〉〈源氏〉

平安後期物語の特徴の一つに同時代性があげられる。藤原摂関期全盛時代を背景にもつ『夜の寝覚』は『源氏物語』が舞台を少し前の時代に設定したのに対し、同時代の状況を敏感に意識して描かれた作品であると捉えられる。

物語の主人公が女性である『夜の寝覚』には、政治向きのこと、王権への関与が少ないことが従来指摘されてきた。確かに女君の父入道は一世源氏で太政大臣の身でありながら、政治的な動きはまったくせず、(娘が二人いるが、はなから入内を考慮外に置く)物語の序盤でさっさと出家してしまう。

また、『夜の寝覚』の「帝」は王者らしい風格を示すというより、〈帝〉らしさという点から逸脱した人物である。その女君への執着は形を変え、物語に何度も語られる。その立場からすれば、そんなに気に入った女性ならば入内させることも可能であったはずだが、あくまで帝は一人の懸想する男性として描かれる。一方、女君は女君で帝に対して身分、立場に縛られることなく、どこまでも帝を拒絶する。『竹取物語』の帝とかぐや姫を想起させながら、あくまで地上の懸想が展開される。王朝物語における「帝の懸想」は珍しいものではないとはいえ、ここまで一方的なのはこの物語の特色であろう。帝の「らしからぬ」ふるまい、帝、男君の双方のあからさまなライバル意識、女君の拒絶と、物語から見えてくるのは帝の権威の低下、王権の相対化といえよう。そして「帝」という存在に対して、厳しく拒絶できるのは、主人公が女性だからではないであろうか。天皇を中心とする律令体制に組み込まれている男性たちは、実質はともかくとしても、ここまで強く帝の命、思いを拒否する人物として描けたであろうか。

一方、帝の権威の失墜にともなうかのように物語表面に浮上するのは、摂関家の論理である。女を後宮に送り込むことによって、摂関の地位を争う――そのような時代は終わりを告げ、『夜の寝覚』の男君の一族も御堂関白家のように、関白職を世襲していく。その摂関家の論理は登場人物の「言葉」としてあるいは「行為」として、物語のそこここに投影されている。女君のふるまいをみると、内侍督を老関白の長女に譲ったのも、(老)関白家の正妻としての行為ともとれるし、女君に与えられた准后が、国母の母(養母)、帝の祖母ゆえの地位だとしたら、それもまた、倫子を嚆矢とする女性摂関准后を準拠とする摂関家の側の立場によるといえよう。帝と男君による女君への恋争いの背景に透けて見えてくるのは物語が作られた時代との響き合いである。

『夜の寝覚』の女君は、一世源氏の娘である。母もまた帥の宮の娘で皇族の血を引く。にもかかわらず、娘時代は父太政大臣の考えによって、夫老関白亡き後は自らの考えによって、后妃への道を歩まない。女君が表面的には栄え、准后になることによって、女性の出世の物語とする考えもあるが、女君の境遇、持って生まれた才能、美貌、資質などからすれば、物語の女主人公が苦難の末歩むのは「准后」というより、入内→后妃→皇后・国母→女院の可能性であろう。養女である老関白の遺児、督の君が皇子を出産した時の女君の感慨、

「これこそは、女のあるかひありと言ふべき御宿世なめれ」（巻五・五三七頁）

も本音であると思われる。しかし、この物語は女君がそれまでの物語と同様、王統腹の人物であることを最初からうたい、何もかも他より抜きんでていて、さらに天人の降下を招く特別な存在として、誰よりも王権に関わる人物としての資格があることを強調しながら、その道を描かない。『源氏物語』の女君たちが〈源氏〉とのつながりを大事にされてきたのとは異なるあり方といえよう。物語始まり早々描かれる男君との九条での一方的な不幸な一夜は、その後の女君の運命――摂関家の女として生きる――を象徴しているかのように機能している。帝の求婚を排除し、二代の関白の妻として、女君は摂関家の女性として生きたのである。

女君の社会的立場に目を向けて、この物語を見直すとき、この物語に王権の相対化、そして〈源氏〉（臣籍降下した皇族／『源氏物語』）の相対化が見える。『夜の寝覚』以降の物語において、主人公は〈源氏〉であることの呪縛から解き放たれていく。『夜の寝覚』が中世王朝物語への胚胎を兆すことはすでにさまざまな点から指摘されているが、[18]物語の主人公性という点からもそれがいえよう。皇族でもなく、后妃でもない女性が「准后」となるという倫子の印象的な出来事を物語の背景に響かせながら、女君は「源氏の女」として生まれ、「摂関家の女」とし

て生きる。そのあり方は〈斜行〉といえようか。そして、娘として、母として、妻として、立場の移行を重ねながら織りなしていく物語が『夜の寝覚』という作品なのである。

注

（1）本書Ⅱ—第一部第三章、第四章　参照。

（2）高橋由記「摂関家嫡子の結婚と『夜の寝覚』の男君——但馬守三女への対応に関連して——」『国語国文』二〇〇四年九月）、赤迫照子「『夜の寝覚』の摂関体制——「おほやけの御後見」の相対化と〈藤原氏の物語〉」（『平安後期物語の新研究』新典社　二〇〇九年）、大槻福子『『夜の寝覚』の構造と方法』（笠間書院　二〇一一年）、宮下雅恵『夜の寝覚論——〈奉仕〉する源氏物語』（青簡社　二〇一一年）等。

（3）末尾欠巻部分の研究状況については田中登「『夜半の寝覚』欠巻部資料覚書」（『平安後期物語の新研究——寝覚と浜松を考える——』新典社　二〇〇九年）、栗山元子「『夜の寝覚』・『巣守』の古筆切を巡る研究史」（『王朝文学の古筆切を考える』武蔵野書院　二〇一四年）に詳しい。

（4）久下裕利「あとがき——頼通の時代を考える」（『狭衣物語の新研究』新典社　二〇〇三年）他、倉田実「頼通の時代と『狭衣物語』」（『日本古典文学史の課題と方法』和泉書院　二〇〇四年）、稲賀敬二「後期物語は『源氏物語』の亜流か——「寝覚の広沢の准后」と「源氏の准太上天皇」——」、「平安後期物語の新しさはどこにあるか——『寝覚』執筆時に意図された「新しさ」——（ともに『後期物語への多彩な視点』（稲賀敬二コレクション）4　笠間書院　二〇〇七年）、和田律子『藤原頼通の文化世界と更級日記』（新典社　二〇〇八年）、横井孝「『寝覚』の風景二——「しらかはの院」——」（『源氏物語の風景』武蔵野書院　二〇一三年）等。

（5）関根慶子「寝覚物語における『帝闖入事件』を考える」（『源氏物語及び以後の物語　研究と資料』一九七九年）、永井和子「寝覚物語の帝」（『続寝覚物語の研究』一九八九年）、長南有子「夜の寝覚の帝」（『中古文学』一九九六年一一月）、坂本信道「物語力の衰微」（『国語と国文学』二〇〇五年七月）、伊勢光「物語における機能としての帝——女の

「かぐや姫」性をめぐって」（『学習院大学大学院日本語日本文学』六　二〇一〇年三月）、宮下雅恵『夜の寝覚論——〈奉仕〉する源氏物語』（青簡社　二〇一一年）、大槻福子『『夜の寝覚』の構造と方法』（笠間書院　二〇一一年）

（6）宮下雅恵「反〈ゆかり〉・反〈形代〉の論理——真砂君と督の君をめぐって」（『夜の寝覚論——〈奉仕〉する源氏物語』青簡社　二〇一一年）

（7）倉田実　注（4）論文。

（8）稲賀敬二　注（4）論文「平安後期物語の新しさはどこにあるか——『寝覚』執筆時に意図された「新しさ」——」

（9）赤迫照子　注（2）論文。

（10）宮下雅恵「『夜の寝覚』の男主人公再説——物語史のために」（『夜の寝覚論——〈奉仕〉する源氏物語』青簡社　二〇一一年）、なお、本稿ではこの物語を「摂関家物語」とするとは考えない。この物語を「摂関家物語」として捉えるとしたら男君側からの視点であろう。しかし、この物語の主人公はあくまで女君であるので、主人公が源氏から摂関家へと移行する転機の作品として考えたい。

（11）勝亦志織「『中宮』という存在（一）——『夜の寝覚』を起点として」（『物語の〈皇女〉——もう一つの王朝物語』笠間書院　二〇一〇年）

（12）赤迫照子　注（2）論文。

（13）本書Ⅱ—第一部第五章。

（14）『風葉和歌集』の作者名表記はよく知られている人物であれば、出家しても「尼」などと表記されるとは限らない。（例　藤壺…薄雲女院　女三の宮…二品内親王）

（15）稲賀敬二『後期物語への多彩な視点』（稲賀敬二コレクション4　笠間書院　二〇〇七年）。なお、女君が准后になったことに関しては久下裕利「孝標女の物語——『夜の寝覚』の世界」（『更級日記の新研究——孝標女の世界を考える』新典社　二〇〇四年）、宮下雅恵「「准后」と「夢」——『夜の寝覚』女主人公の〈栄華〉と〈不幸〉——」（『夜の寝覚論〈奉仕〉する源氏物語』青簡社　二〇一一年）などにも言及がある。特に宮下氏は帝に対して准「后」という位は言葉の上で対応し、冷泉帝の執念の象徴ともとれるとされる。ここでは帝—后の対応というより摂関に与えられた位としての准后という見地から女君について考える。

(16) 「書陵部紀要」36　一九八五年二月

(17) なお、男君の妻として朱雀院の女一宮が降嫁してきているが、末尾欠巻部分の現存資料からはその後の展開がうかがえない。ただ、子ども、特に女の子がいれば、当然入内の記述があると思われるが、諸資料からは寝覚の女君の子どもたちの栄達のみ知られることから、おそらく子どもはいなかったと思われる。

(18) 辛島正雄「物語史〈源氏以後〉・断章――『夜の寝覚』『今とりかへばや』から『我身にたどる姫君』」(『源氏物語とその周縁』一九八九年)、鈴木泰恵「『夜の寝覚』の夢と予言――平安後期物語における夢信仰の揺らぎから」(『カルチュール』(明治学院大学)二〇〇八年三月)、大槻福子『『夜の寝覚』の構造と方法』(笠間書院　二〇一一年)、宮下雅恵『夜の寝覚論――〈奉仕〉する源氏物語』(青簡社　二〇一一年)

第二部

『夜の寝覚』改作の世界

II——『夜の寝覚』の原作と改作の世界

第七章　『夜の寝覚』と改作本『夜寝覚物語』——「憂き」女から「憂きにたへたる」女へ——

一　はじめに

物語文学は、構造的に「語り」というものを内包している以上、本質的にその本文は流動的なものであり、異本を生じやすい性質を有しているといえるが、そのより積極的な形として、「改作」があげられよう。物語作品の改作という行為自体は、『源氏物語』以前からあったらしいことが知られるが、院政期から鎌倉期にかけては活発に行われたらしく、たとえば、『無名草子』によると、『とりかへばや』などは成立から比較的早い時期に、読者の反応を反映する形で、改作が進められたらしい[1]。この改作という現象は、物語史を考える上で興味ある問題を提供するものだが、実際には原作、改作のいずれかしか残っていなかったり、鎌倉、室町期の物語作品の研究自体が深まっていなかったりして、十分に環境が整っているとはいい難い。

さて、平安後期物語の代表的な作品の一つである『夜の寝覚』は、原作が世に出てからおよそ二百年ほど後に[2]、男性の手によると思われる改作本が作られたことが知られている作品である[3]。その二百年ほどの間には物語をめぐる環境は大きく変化した。藤原俊成が『六百番歌合』の判詞のなかで「源氏見ざる歌よみは遺恨の事なり」と評したことはよく知られているが『源氏物語』以降、女性の手による、女性のためのものだった物語に、男性も表だって参加するようになったことが注目される。すなわち、『無名草子』にとり上げられているような男性の物語作者の登場、物語の注釈の始まり、「弘安源氏論議」などの場がもたれたことなど、男性が物語を実名で製作し、論じるという風潮が現れた。そのなかで女性らしい感性で物語の読みを鋭く示したのは院政期の『無名草子』であるが、その『無名草子』のような印象批評に基づくものとはまた別の物語に対する姿勢から、改作という行為も生まれてきたと考えられる。他作品からの引用を織り込んでその世界を構築するという、物語の常套的な方法とは異なって、既に存在している作品をいかに変奏し、あるいは変換を遂げさせるかは、改作作者の腕の見せどころでもあった。

さて、本章で取り上げる『夜の寝覚』は今日、原作と改作の双方が不完全ながらも残っている貴重な作品であり、失われた原作のストーリーの復元だけではなく、両者の比較を通して、改作のあり方、あるいは物語の行く末について考えていく手がかりを我々に与えてくれる作品である。こうした観点から河添房江氏は改作本が「霊験譚へのにじり寄り、継子譚的要素の拡大、結末の大団円は、それぞれが〈神話構造〉の露呈現象であるばかりか、〈夢〉と有機的脈絡をなして自律的な作品世界を造成している」ことを検証し、改作本の構造的な面に新たな光を投げかけられた。(4) ここでは、より作品の表現に即した形で、いわゆる天人の予言によってもたらされた主題的な状況に対する両者の姿勢に接することから進めて行きたい。

二　改作本について

原作『夜の寝覚』と改作本『夜寝覚物語』はそれぞれその冒頭に序とでも呼ぶべき部分を有している。

人の世のさまざまなるを見聞きつもるに、なほ寝覚の御仲らひばかり、浅からぬ契りながら、よに心づくしなる例は、ありがたくもありけるかな。

（原作　巻一・一五頁）

いわゆる主題提示型の冒頭を持つ原作に対して、改作本は、春の終わりの夕べに風流人たちが集って、古き物語や草子のなかの不審なところを明らかにする、座談の場が設けられたところから始まる。

紫藤の露の底の花の色衰へ、翠竹の煙のうちに鳥の声も稀になりゆけば、春の名残今は限りにやとながめぬ人なき夕べ、好き好きしき人々、東山のほとりにをかしき住まひあるに集まりて、連歌、和歌の会などはなかなかなりとて、古き物語や草子の中におぼつかなきことどもを言ひ合はせつつ、互ひに霞こもれる心の中を晴るけけるに、（改作　巻一・八頁）

このあと、いくつかの不審な点が、歌論書を踏まえる形で明らかにされた後、

されば、雨の夜の寝覚めがちにて閨のうち静かならぬには、そぞろなる夢も見る、これを『恋』と申すなり。空晴れ月明らかなる折、あざやかなることを見るを『実夢』と申して、これは疾く遅きことこそあれ、必ず空しからずとぞ、承り置きたる。（巻一・九頁）

とあり、その例証として「物語」が始まる。これは、

かやうに、夢はむなしからぬことと、ありがたくぞ侍りし、とぞ。（巻五・三七八頁）

という末尾と照応しているものである。「実夢」は写本では「しちん」となっており、この「しちん」とは「じち

む」すなわち「実夢」のことであり、この冒頭に改作本の作者の「原本の序の内容、主題、方向性を見極め、それとは異質の新鮮な物語として語り替えると言う意識が積極的に働い」た事を読み取り、さらに歌論書類とのかかわりから、物語における序の変容の意味を論じられたのは、永井和子氏であった⑸。

この改作本の序を整理すると、次の三つのことが注意される。

すなわち、一つめはこの物語の語り手が男性であると考えられることである。さらに論議の場が虚構化された座談形式になっていること、そして三つめとして夢、功徳を語る一つの例証として、物語が定位されているということである。密やかな秘め事を語るというニュアンスの原作に対して、「古き物語や草子の中におぼつかなきことどもを言ひ合はせつつ、互ひに霞こもれる心の中を晴るけける」ことを目的としている改作本は、自ずから物語の性格も変わってくる。

このような序における原作に対する積極的な相対化とも言うべき姿勢は、『夜の寝覚』の改作本の基本的なあり方となっている。それは何より、物語の前半部分においては原作に依拠し、梗概あるいは縮小ともいうべき様相なのに、後半部分になると全く原作を離れて物語が展開するという改作のあり方に端的にあらわれているといえよう。途中まで原作に依拠することによって、原作の世界を読者に提示しつつ、実はそれとは異なる別の物語世界を用意していく。そのために原作の文章をほとんどそのまま取り入れながらも、後の展開を見越して周到に系図の変更が行われていたりする。

この姿勢は、作中詠歌の変更にもみられる。現存の原作『夜の寝覚』には七五首、改作本には百一九首の作中詠歌が存在するが、第一番目の歌のみが完全に一致、さらに現存部分に二首、欠巻部分に二首（『拾遺百番歌合』や『風葉和歌集』を参考）、似通った歌が確認できるほかは、すべて作り替えられている。その理由としては、原作の歌が改作本が作られた当時の時代の好尚にあわなくなってきたことがまず考えられる。確かに改作本の歌の語彙には後世になってから使われたもの――『後拾遺集』以降の語彙、中でも『千載集』以降の語彙が目立ち、やはり中世的な色合いの濃い作品に作り替えられているといえよう。しかし原作の歌は物語の歌として評価が高く、俊成卿女の『無名草子』、定家の『物語二百番歌合』（『拾遺百番歌合』）、為家撰かとされる『風葉和歌集』などに重要な作品として収録されているという一面がある。したがって改作本の歌の改変は、改作本作者が原作の歌のいくつかが、かなり読者に親しまれていたことを承知の上で、作り替えたことを示しており、筋の変更にともなって行われたもの、あるいは分かりやすさを追求したものという面はあるにしても、改作者の意欲がうかがわれるところでもあるといえよう。(6)

三　「いたくものを思ひ、心を乱したまふべき宿世」――原作本の場合

さて、冒頭の序にあたる部分から、その物語に対する姿勢の違いが明らかな両者であるが、この『夜の寝覚』という物語では、女主人公のあやにくな運命、それをめぐる苦悩、身の処し方などが主題と関わって問題になる。その寝覚の女君について論じるときにポイントとなるのは、やはりかの八月十五夜の夢に現れた天人の予言だろう。この予言は原作、改作どちらにも見られる。最初は、女君十三の年のことである。

「今宵の御箏の琴の音、雲の上まであはれに響き聞こえつるを、訪ね参で来つるなり。おのが琵琶の音弾き伝ふべき人、天の下には君一人なむものしたまひける。これもさるべき昔の世の契りなり。これ弾きとどめたまひて、国王まで伝へたてまつりたまふばかり」（原作　巻一・一七〜八頁）

「今宵の箏の琴の音、雲の上まであはれに聞こえつるを、訪ね参りたるなり。雲居にもわが伝ふべき例もなき

に、天の下には君一人ぞものし給ひける。これもさるべき契りなり」（改作　巻一・一一頁）

これが、いわゆる第一予言とされるものである。さらにあくる年の十五夜に再び夢に天人が降り来たって

「あはれ、あたら、人のいたくものを思ひ、心を乱したまふべき宿世のおはするかな」（原作　巻一・二〇頁）

「あはれ、あたら、人のものを思ひ乱れ給ふべき宿世のおはするかな」（改作　巻一・一二頁）

という言葉を残して去る。この第二予言と呼ばれるものが、この後の物語の女君の運命を暗示するものとなる。この天人の予言は第一予言において、国王への伝奏などで多少の違いが見られるものの、両者はほぼ類似している。本稿では、原作が主題化していったこの第二予言に対する物語の取り上げ方を手がかりに、原作、改作両者のあり方を考えてみたいと思う。

ところで、物語の改作とは、また原作をパロディ化することでもある。すなわち原作を批判する中から、新しい価値を生み出していくことに、その作品の主張があると思われる。それはまた、原作では選択されなかった物語のさまざまの場面における可能性の一つを再現してみせることであり、解釈を示すことでもある。『夜の寝覚』の場合にもさまざまな可能性が考えられ、改作本でもいくつか原作とは別の可能性を選択している。たとえば、原作では同母姉妹である、源氏の太政大臣家の大君と主人公中の君の関係を異母姉妹にしてみたり、大君の遺児を女子から男子に変更したりと、細かい点に目を向ければいくつか見られ、それぞれに意味を持つものであるが、中でも最大の改変は大皇の宮の存在の持つ意義の相違であろう。それによって大幅な筋の改変が見られ、物語の行き着く先も大いに異なってくる。

さて原作において、その大皇の宮は、娘女一の宮と結婚した男君の心が、寝覚の女君に傾きがちなのを案じて、息子である帝の女君への恋を手助けする形で、男君の心を女君から離そうと画策する。それがいわゆる帝闖入事件、

偽生き霊事件と呼ばれているものを紡ぎ出し、それらの事件を通して女君は、自らの心の深奥へと降り立っていくという展開になる。女君は恋愛に悩み、あるいは女としての生き方に疑問を持ちながらも、運命に殉じるしかない王朝物語の女性の一つの典型的な人物として造形されているといえよう。

このような寝覚の女君の苦悩に彩られた恋愛及び人生について、横井孝氏は「寝覚」あるいは「憂き身」をキーワードとして、『夜の寝覚』を『源氏物語』の紫の上、あるいは浮舟の流れを汲んで展開される女の物語として位置づけられた。(7) 女君が自分の運命をどうとらえていたかということは、たとえば作中詠歌に注目してみた場合においても、やはり、「憂し」という語が目につくことからも窺われる。(8) 作中詠歌七五首中、一五首に「憂し」の語が見られ、その内、一〇首までが女主人公である女君の詠であることにもあらわれているといえよう。原作の第一部、巻二で女君は姉の夫となる人と思いがけない契りを結び、女子を出産した後、姉たちの知るところとなり、追いつめられていく自分の運命を「人に似ず憂かりける前の世の契り」（巻二・一八四頁）と認識するようになるが、その後も事件が起こるたびその思いは深まる。物語も後半終わり近く、巻四において、生霊の噂に苦しみ、あるいは自らの「心のほかの心」（巻四・三八八頁）の存在に気づいて、その暗さを覗き見たとき、女主人公の脳裏をよぎったのは「かの十五夜の夢に、天つ乙女の教へしさまの、かなふなりけれ」（三九〇頁）という思いであった。

今のごと過ぎにしかたの恋しくはながらへましやかかる憂き世に（三九一頁）
ひたぶるに憂きにそむきてやむべきになぞやこの世の契りなりけむ（四〇三頁）
魂のあくがるばかり昔より憂けれどものを思ひやはする（四一一頁）

このような女君の思いを男君は受け止めきれない。自らのたどってきた運命と天人の予言を思い合わせたとき、

現存本の末尾、

「この世は、さはれや。かばかりにて、飽かぬこと多かる契りにて、やみもしぬべし。後の世をだに、いかでと思ふを、さすがにすがすがしく思ひたつべくもあらぬ絆がちになりまさるこそ、心憂けれ」（五四六頁）

という女君の述懐は、切実なものであったであろう。散逸してしまった第四部において『無名草子』『物語二百番歌合』『風葉和歌集』などの諸資料から、女君の世俗的な意味での栄華が描かれていたことが推定されるが、その中でも女君の憂き思いは、晴れぬものであったと推測される。(8) こうして「いたくものを思ひ、心を乱したまふべき宿世」は原作を貫く主題を背負うものとなっている。

四　「人のものを思ひ乱れ給ふべき宿世」——改作本の場合

一方、ハッピーエンドを迎える改作本の場合はどうであろうか。大皇の宮の介入、帝の執拗な懸想、男君と女一の宮の結婚という、原作で女君を悩ます要素がほとんど抜け落ち、とどのつまりはあやにくな運命に導かれて、道ならぬ恋をした二人が、お互いの結婚した相手の他界によって晴れて結ばれ、一族は栄華を極める、その背景には夢の功徳や石山寺の御利益があった、という構図に変容してしまっている。

改作本には百一九首の歌が配されている。そのほとんどが原作とは全く異なるものになっているが、冒頭の一首を原作とそっくり同じままで用いたところに、平安後期の作品である『夜の寝覚』の改作であることを明らかにしている。一方で文章までも類似している原作の第一部にあたる部分においても、歌だけはすっかり作り替えているところに、改作本作者の原作相対化の姿勢がうかがえる。

さて、改作本の作中詠歌についても同様に「憂し」という語の使用例を調べてみると、百一九首中二二首に用いられており、そのうち、女君の詠が一二首ということになる。原作では女君を悩ませる出来事が次々と起こる巻四の部分に「憂し」の語を使用した歌が多いのに対して、改作本では、巻二すなわち故関白との結婚の前後に集中している（この部分原作は散逸してしまっているので比較しようがないが、原作でも改作と同様の傾向がみられたかも知れない）。ところで、その十二首の女君の詠歌のうちで特徴的だと思われるのが「憂きにたふ」という形の表現である。

A　思ふともかひなかるべし大方の憂きに堪へたる命ともがな　（改作　巻二・一四五頁）

B　かくてしもよもながらへじさのみやは憂きに堪へたるわが身なるべき　（巻二・一六五頁）

Aは女君が左大将と結婚の直前、広沢にて男君と密会したときに詠んだ歌、Bは女君と左大将の結婚の当日、男君からかつて石山で取り交わした小袖が返されてきた時に添えられていた歌の返歌である。その後、老関白（左大将）亡き後、父入道の「世のもどきをひときれに言われても、たしかなるさまにありつきひ給ひなんや」（巻五・三二九頁）というきわめて現実的な一言で、女君は男君に引き取られ、「かやうにて、今は思ふさまなる御仲らひ、めでたしとも言へばおろかなり」（巻五・三四三頁）と幸せに暮らしている様子が語られるが、そんな日々の中で、少将がかつて取り交わした文を取り出して来し方をふりかえる場面において、このBの歌が再び思い出される。

また石山にて着替へ給ひし御小袖を返し参らせさせ給ひし中の御文などは、取り分きて取り出でたれば、北の方も今の心地して、わが書きすさみし「さのみやは憂きに堪へたる」とかや、ながらふべくもなかりし心地、

今のやうにおぼえて、石山の御小袖を召し寄せて見給ふにも、昔のこと思し残すこともなくてあはれなり。（中略）殿、

夢ならでまた聞くべしと思ひきやさしも憂かりし昔語りを

とのたまへば、北の方、

夢とのみ思ひしことは今とても聞くは現の心やはする

（巻五・三四四頁）

と、「憂きに堪へたる」自分を振り返り、夢が現実になった喜びが語られるのである。

C　誰かかく思ひ出でても偲ぶべき憂きに堪へせむ命なりせば

（巻五・三五二頁）

Cは雪の夕べ、今の幸せを男君と唱和する女君の詠である。ここでも憂きに堪えられなかったらこうして昔を偲ぶことが出来なかった——憂きに堪えたからこそ今がある——という思いが歌われている。

D　うれしとも思ひ知らでややみなまし憂きに堪へたる命なりせばは

（巻五・三七七頁）

Dは物語の最後尾、帝の譲位にともなって、石山姫君の立后、故関白の遺児、督の君の若君の立坊と、幸福の絶頂の中で男君に詠みかけたものである。そのときの男君の返歌は

思ひ知る折もありけり命こそ憂きに堪へてもうれしかりけれ

（同）

というものであった。男君もまた辛い思いを乗り越えて今日の幸せがあると認識しているのであろう。そして「かくて殿、上、栄え楽しみ給ふさま、昔も例少なくぞありける」と一族の繁栄ぶりが強調され、大団円のうちに物語は終わるという構図になっている。(9)

ところで、この「憂きにたふ」式の表現は、勅撰集では初出が『千載集』であることからもわかるように、平安末期、中世に入ってから比較的よく用いられた表現である。我々がすぐに思い浮かぶのは百人一首にもとられている『千載集』の道因法師の、

おもひわびさても命はあるものをうきにたへぬは涙なりけり　（恋三・八一八）

であろうか。そのほかにも同じく『千載集』の、

おもひいでてたれをか人のたづねましうきにたへたる命ならずは　（恋四・八四三・小式部）

あるいはBの本歌と思われる『新古今集』の、

なにかいとふよもながらへじさのみやはうきにたへたる命なるべき　（恋三・一二二八・殷富門院大輔）

その後『続後撰集』（二首）、『続古今集』（一首）、『続拾遺集』（二首）と鎌倉期に詠まれている。さらに私家集に目を転じると、『康資王母集』が初出。康資王母は後冷泉天皇皇后寛子に仕えた女性で、このあたりから出始めた表

現といえる。

おもひ出でて誰をか人のとはましなうきにたへせむ命なりせば　（一一四）

であり、内容的には同時代の原作本の認識と近い。これに続く私家集からさらに例をあげてみると、

われながらしらですぎけりいかでかくうきにたへたるみとはなりけむ　（教長『教長集』八〇九）
大かたはうきにたへたる身なれども恋てふ物に忍びかねぬる　（俊恵『林葉集』六八五）
おもひならぬことこそなけれ世の中はうきにたへたる身こそつらけれ　（慈円『拾玉集』四三八〇）
をしまれぬうきにたへたる身ならずは哀過ぎにし昔がたりを　（定家『拾遺愚草』五九九）
おのづからまだあり明の月をみてすむともなしのうきにたへける　（同二〇五二）
思ひいづる雪ふるとしよおのれのみ玉きはるよのうきにたへたる　（『拾遺愚草員外』六六七）

など、恋や述懐の歌に多く見られる[10]。

いずれにしても、改作本の寝覚の女君がなんどか「憂きに堪へたる」と詠んでいるのは特徴的である。原作においては、天人の予言した「憂き」は、また「浮き」に通じ、女君も巻五において「つねに世にもありつかず、浮き漂ひてのみ過ぐすを思うに」（四三二頁）と自分の生涯を振り返るが、このように現世を漂うごとく、運命に身を任せていた女性たちとは異なる女君像が、改作本に見いだせる。「憂きに堪へ」たからこそ幸せが手に入ったかのような改作本の女君像は、運命に翻弄され、その中でも何とか自らの居場所を探し求めて、精神の彷徨を続ける平安

期の物語の女君像とは、異質なものなのである。

「ものを思ひ、心を乱したまふべき宿世」は、原作においては、巻が進むにつれてますます主題として重いものとなり、一方、改作本では、後半部分においてそれを乗り越えた様子が描かれる。そして、むしろ原作で風化してしまった第一予言、すなわち琵琶の伝授による一族の繁栄に力点がおかれ、原作で主題化されていった第二予言は、女君の意識の中で相対化され、克服されている。すなわち、一族の繁栄こそが語るに足るものであり、恋愛や人生の苦悩が重要な主題である平安期の物語とは趣を異にしている。そこには序の変容と響き合うものが見てとれる。

貴族文化の華やかなりし時代のその陰で、身分、容姿、才能など何もかも満たされていながら、女性であるがゆえの苦悩を抱え、確かな拠りどころを求めていった原作に対して、社会的、経済的な安定がそのまま幸福につながる理想とされたところに、現実には力を失い、衰退していく貴族階級の夢が語られているのだといえるのではなかろうか。

五　おわりに

原作『夜の寝覚』は『無名草子』において、

　はじめよりただ人ひとりのことにて、散る心もなくしめじめとあはれに、心入りて作り出でけむほどの思ひやられて、あはれにありがたきものにて侍れば。（六三頁）

と評されたように、かなり評判の高い、女性たちの共感を得た作品であったらしい。その主題提示型の冒頭表現は、

どる姫君』などに引き継がれていることも指摘されている。(12) また先述したようにその作中詠歌に対する評価も高いものであった。

しかし、それらより後の時代に成立した『夜の寝覚』の改作本が選択したのは、それらとはまた別のものであった。すなわち、物語は、その始発段階では筋立て等を原作に大幅に依拠しつつも、評判の高かった原作の作中詠歌に頼ることをしなかった。そして、原作の女主人公の苦悩の心中を語る姿勢は、男君との栄華を極めた、何も悩みのない幸せな生活に置き換えられ、さらに親子の情愛と一族の繁栄が強調され、しかもその全てが夢の功徳を説くためのものであると作り替えられている。天人によって予言された「いたくものを思ひ、心を乱したまふべき宿世」は原作の場合、散逸してしまった第四部においても「憂き思ひ」を抱えながらの栄華が予想されることによって、永遠にその円環は閉じられることがない。しかし一方、改作本においては、一度は姉の夫となるべき人と契るという同じ運命をたどりながら、男君の恋の苦悩は描かれるものの、女君側のそれは主題とはなり得ておらず、むしろそれを乗り越えていった女君が描写されている。序の部分で、原作の世界をふまえた上で、独自の世界を語ることを宣言した改作本は、歌をほとんどすべて作り替え、内容的にも原作の主題を転換して、自らの物語世界を作り上げていったのである。

改作本にはまた原作にはない仏数的要素の広がり、石山寺信仰、あるいは夢の効験などの要素も多くみられ、それぞれに興味ある問題を有しているが、(13) ここでは作中詠歌の一端を挙げて、おもにその主題的状況に対する両者の姿勢に焦点を当てて、改作のあり方を探ってきた。改作本の本格的な研究はまだ始まったばかりであり、今後研究が進むにつれて、「改作」という現象についても解明が進むと思われる。

注

（1）三角洋一「中世物語への道」（『国語と国文学』一九八八年五月）
（2）『風葉和歌集』編纂以後だと思われるが、その成立時期は不明。
（3）改作本は現在、完本として五巻揃いの中村本（中村秋香・金子武雄旧蔵・現在国文学研究資料館蔵）があるのみ。他にそれより書写年代の古い三条家本（三条家旧蔵・現在巻一、三　宮内庁書陵部、巻二　神宮文庫分蔵）が存在するが、巻四、五を欠く。
（4）河添房江「中村本寝覚物語」（『体系物語文学史　第三巻』有精堂　一九八三年）
（5）「寝覚物語と改作本寝覚物語――序の変容とその意味――」（『続寝覚物語の研究』笠間書院　一九九〇年）
（6）永井和子氏は「寝覚物語の歌と中村本の歌」（『寝覚物語の研究』笠間書院　一九六八年）の中で、同じ状況、同じ場面設定下での「はめこみ」の面白さを指摘されている。
（7）「『寝覚』論――「女の物語」として・序説」（『日本文学』一九七六年五月）
（8）原作本における「憂し」の問題については、本書Ⅱ―第一部第四章参照。
（9）詠歌ではないが、本文部分にも、男君のことばに心を動かされた女君が、
　　今も昔も憂きに堪へたる命の長さなれば、夢の世も過ぐし定めがたくなり侍る程に　（巻四・三〇六頁）
と述べる場面がある。
（10）物語の歌においては「いはでしのぶ」の関白の詠
　　なべて世のうきにも人はそむきけりなどかうき身のうきにたへたる
が、一首見られるぐらいである。
（11）逢うての恋も逢はぬ嘆きも、人の世にはさまざま多かなる中に、苔の衣の御仲らひばかりあかぬ別れまで例なく、あはれなることはなかりけり。（引用は『中世王朝物語全集』による）
（12）三角洋一「散逸物語《鎌倉期》」（『体系物語文学史　第五巻』有精堂　一九九一年）岩波新日本古典文学大系「堤中納言物語　とりかへばや物語」（一九九二年）解説等。

（13）参考　河添房江氏の注（4）論文ならびに「夜の寝覚と話型――貴種流離の行方――」（『日本文学』一九八六年五月）参照。

第八章『夜の寝覚』――「模倣」と「改作」の間――

一　はじめに

平安後期以降の物語において、『源氏物語』の影響を全く抜きにして論ずることは難しい。『夜の寝覚』もその例外ではなく、現在では『夜の寝覚』を『源氏物語』の亜流にすぎないといわれることはあまりなくなったが、『夜の寝覚』における『源氏物語』を想起させる場面、あるいは構想など、その「模倣」とされる点について指摘することはたやすいといえる。しかし「模倣」と言っても、他の作品同様、単なる物まねではなく、その上に自らの世界を構築していこうとする工夫が見られることは言うまでもない。

たとえば『夜の寝覚』においては、

人の世のさまざまなるを見聞きつもるに、なほ寝覚の御仲らひばかり、浅からぬ契りながら、よに心づくしなる例は、ありがたくもありけるかな。（巻一・一五頁）

という主題提示型といわれる冒頭からして、『源氏物語』の蛍巻の物語論と呼ばれる箇所の、

その人の上とて、ありのままに言ひ出づることこそなけれ、よきもあしきも世に経る人のありさまの、見るに

も飽かず、聞くにもあまることを、後の世にも言ひ伝へさせまほしき節ぶしを、心に籠めがたくて、言ひおきはじめたるなり。（玉鬘③二一二頁）

を模倣して書き出されたといえるし、また、夕霧巻における紫の上の、

女ばかり、身をもてなすさまもところせう、あはれなるべきものはなし。（夕霧④四五六頁）

という述懐は、『夜の寝覚』の女君の人生をまさしく言い当てているかのようである。『源氏物語』を模倣しながら、それを継承、発展させ、特に女性の心理描写において卓越したものを獲得したのが、『夜の寝覚』であったといえよう。『夜の寝覚』における『源氏物語』の模倣と思われる部分の具体的な諸相については、日本古典文学全集本『夜の寝覚』の解説における鈴木一雄氏や池田和臣氏の論述[1]に詳しく、『夜の寝覚』が『源氏物語』を取り込みながら、どのような独自の達成を遂げていったかについてはその他にも既にいくつかの論考がある。しかし、本章では『夜の寝覚』と『源氏物語』との直接的な関係を問うことが目的ではない。ここでは『夜の寝覚』には『源氏物語』の「模倣」が見られることを了解した上で、『夜の寝覚』の「改作」の問題について考察を進めたいと思う。

二 「改作」について

昨今、『鎌倉時代物語集成』に引き続き、『中世王朝物語全集』の刊行も進み、鎌倉、室町期の物語についての研究の環境も整いつつある。「平安の雅び」とはひと味違った断面を見せるこれら中世期の物語は、現在、再評価の

気運が高まりつつあるといってよいだろう。片岡利博氏によると、(2)この中世期の物語の特徴として「模倣と改作」があげられる。「模倣」「改作」といった現象を負のものとしてではなく、中世に入って主に歌論や歌合の判詞などにおいて積極的に繰り広げられた批評精神に通じるものとして取り上げ、論じられている。確かに積極的な詞章や場面の「模倣」は、和歌の世界における、本歌取りなどと通じる文学的現象（物語取りなどと呼ばれる）としてとらえることもできようし、また「改作」とひとくちにいっても、いわゆる『狭衣物語』の異本の扱い方の問題とも関わって、まだまだこれから考えねばならない課題であると言える。

ところで『無名草子』にも物語の「模倣」及び「改作」に関する言及が見られる。

「只今聞えつる『今とりかへばや』などの、本にまさり侍るさまよ。何事も物真似びは、必ず本には劣るわざなるを、これは、いと憎からずをかしくこそあめれ。言葉遣ひ・歌なども、悪しくもなし。おびただしく恐ろしき所などもなかめり。（八三～八四頁）

今論評している『とりかへばや』は別であるが、通常、模倣はオリジナルより劣るもので、歓迎すべきものではないとする姿勢が見受けられる。物語論部分ではないが、

「昔今ともなく、おのづから心にくく聞えむほどの人々思ひ出でて、その中に、少しもよからむ人の真似をし侍らばや」と言へば、「物真似びは人のすまじかなるわざを。淵に至り給ひなむず」と言ひて笑ふ。（一〇六頁）

という記述もあって、当時そのような諺言があったのかもしれない。しかし、『今とりかへばや』の評のように、

うまく行われれば必ずしも否定をするわけではないようである。そして一方で、

また、「『隠れ蓑』こそ、めづらしきことにとりて、見どころありぬべきものの、余りにさらでありぬべきこと多く、言葉遣ひいたく古めかしく、歌などのわろければにや、一手に言はるる『とりかへばや』には、殊の外に押されて、今はいと見る人少きものにて侍る。（中略）『今とりかへばや』とていといたきもの、今の世に出で来たるやうに、『今隠れ蓑』といふものをしいだす人の侍れかし。（八二頁）

と積極的に改作を進めてもいる。この期における物語のあり方を示唆する文章と言えよう。

さて、今ここで取り上げようとしている『夜の寝覚』は、不完全な形ではあるが、平安期に作られた原作本と、鎌倉後期に作られた改作本の両者が存在する希有な作品である。改作本が作られた当時と『無名草子』が書かれたときが、同じような状況にあったかどうかは不明と言うほかないが、擬古物語と称される作品が作り続けられていたことは確かである。

そこで、まずこの『夜の寝覚』における改作の状況の主な特徴を整理してみると、

（1）改作本の成立は、『風葉和歌集』編纂以後のことと思われ、原作の成立から改作の成立の間には二百年ほどの時間が想定される。したがって、『とりかへばや』のように原作が成立してから比較的時間が経過していない時期における改作とは性質が異なる。

（2）原作は『無名草子』『物語二百番歌合』『風葉和歌集』などの諸資料から、『源氏物語』『狭衣物語』に次ぐ評価の高い作品で、決して出来が悪いための改作ではない。

（3）『無名草子』の評言に基づく改作ではないし、『無名草子』も原作の欠点を指摘をしているものの、原作を高く評価しており、『隠れ蓑』のように改作の登場を期待していない。
（4）時代の好尚に合わなくなったために改作されたと考えられるが、原作、改作双方が淘汰されることなく、現在まで伝わっている。

などが指摘できる。このような背景が考えられる改作本であるが、その作品の性格としては、原作の心理描写や場面性、あるいは引き歌などの和歌的な表現を簡略化し、筋の展開を重視し、原作とは異なるハッピーエンドの結末に改変し、石山寺の霊験や夢のお告げ、仏の功徳など中世的な趣向を取り入れた作品と、一応とらえることができる。その上で、原作の散逸部分のストーリーの復元のための資料としての調査、研究が一段落した現在、改作本を一個の自立した作品として、その独自性を追求しようとする研究が進められつつあると言える。

三　『源氏物語』との距離

ところで「改作」と言うからには、原作を作り替えることが目的であるから、原作が下敷きになるのは当然であるが、問題となるのはその原作と改作の持つ作品世界の「距離」であろう。

先述したように、『源氏物語』蛍巻の物語論の段を意識したと思われる『夜の寝覚』の冒頭部分は、改作本では、

紫藤の露の底の花の色衰へ、翠竹の煙のうちに、鳥の声も稀になりゆけば、春の名残今は限りにやとながめぬ

人なき夕べ、好き好きしき人々、東山のほとりにをかしき住まひあるに集まりて、連歌、和歌の会などはなかなかなりとて、古き物語や草子の中におぼつかなきことどもを言ひ合はせつつ、互ひに霞こもれる心の中を晴るけけるに（中略）中に大人しき人、「よろづ知り顔にして、はかなき夢とは、いかにものし給ふか。『夢、来し路に通ず』と申すこと、本文に見えたり。されば、雨の夜の寝覚めがちにて閨の静かならぬには、そぞろなる夢も見る。これを『恋』と申すなり。空晴れ月明らかなる折、あざやかなることを見るを『実夢』と申して、これは疾く遅きことこそあれ、必ず空しからずとぞ承り置きたる。古き人の語り侍りしは、（巻一・八頁）

となっており、夢の功徳の例証として、これからの物語を語るという、『源氏物語』を承けた冒頭を持つ原作とは一線を画した、全く異なったものになっている。筋や構想を利用しながら、異なる主題で物語を展開しようという意図は明らかであるといえよう(3)。そして物語の前半部分は、ほぼ原作に忠実であるが、省略や簡略化が見られ、さらに後半部分では独自のストーリー展開を見せる作品となっている。詞章や作中詠歌においては、鈴木弘道氏が「出来得る限り原作に一致させないやうにしようとしてゐることがわかるのである」「寧ろ『逆に原作の文章と殆どそのままといひ得る箇所は少い』と言ふ方が正鵠を得てゐるのではあるまいか」と指摘されているように(4)、よく似てはいるが、ほとんど一致してはいない。たとえば詞章においては原作と前後が入れ替わっているような文章が多く、三谷栄一氏が和歌の本歌取りの技法との関係で指摘されているような現象がまま見られ(5)、また作中詠歌にいたってはほとんどすべて改作されており、これはこれで興味深い現象を多く含んでいるのだが、ここでは構想上の問題に焦点を当ててみることにしたい。

さて、物語の始発部分での一番大きな違いは系図の変更である。すなわち、原作において同母姉妹であった大君と中の君は、改作本においては異母姉妹となっている。原作では『夜の寝覚』の大君と中の君は、『源氏物語』の宇治の大君と中の君、父太政大臣は宇治の八の宮を模した状況設定となっており、母亡き美しい姉妹が父親から音楽を伝授されるという場面を初めとして、宇治十帖の世界、特に橋姫巻を明らかに模倣した構想で物語が始められている。女主人公には浮舟の面影も投影されていくが、(6)やがて『源氏物語』との差異が『夜の寝覚』の独自性を明らかにしていく形となっている。ところが改作本においては、一人の男性をめぐっての対立関係をわかりやすくしようとするねらいかともいわれているが、大君と中の君が異母姉妹という形に変更されることによって、『源氏物語』の宇治の姫君の世界とは距離が置かれることになる。

さらに改作が原作から大きく離れる契機となり、両者のもっとも大きな差異となるのが、改作本の巻三における朱雀院の女一の宮の斎院卜定である。原作においては女一の宮は男君に降嫁し、その事実が大君や女君を苦しめる。その上、男君の心が女君に傾いていることを知った女一の宮の母、大皇の宮が娘かわいさの余り、策略をめぐらし女君を窮地に陥れる。それが帝闖入事件、及び偽生き霊事件という原作『夜の寝覚』の現存部分における重大な出来事を招くことになる。しかし、改作本においては、女一の宮が斎院になることによって、男君と女一の宮の結婚はなくなり、女君の危機は回避されてしまう。原作の側から言えば、主題と関連して女主人公が自らの心の深淵をのぞくようなこの二つの事件が欠落していることは、物語の持っている意味を大きく変えてしまうこととといえよう。原作の重要な部分が削られることによって、物語の目指すところは、外側の栄華とは裏腹な女君の人生に対する諦観にも似た境地、そこにいたるまでの苦悩とは別のものとなり、冒頭で示された夢の功徳へと重心が移る。改作本の後半部分は、あっけないほど簡単に目指す終結に向かって筋は展開し、大団円を迎えるのである。

その原作の男君と女一の宮の結婚に『源氏物語』の女三の宮降嫁を、偽生き霊事件には六条御息所の面影を、大皇の宮には弘徽殿女御の仕打ちを想起する読者にとって、『源氏物語』の「模倣」からどれだけ『夜の寝覚』が新生面を開くことに成功したかを問うことが楽しみの一つであったはずだが、これらの部分は、改作本ではことごとく削除されていることになる。原作では物語の重要な展開を促す部分が『源氏物語』を模倣、継承することによって形成されているが、その部分が改作の対象になっていることに留意したい。その他、「雨夜の品定め」を模した男君と宮の中将の女性論の部分や、『源氏物語』関連の引き歌なども省略されており、改作本にとって不必要であると思われたところが削られたまでのこととはいえ、それはとりもなおさず、『源氏物語』の世界からの離陸であったとも言えるのである。

四　『竹取物語』との距離

『源氏物語』の「模倣」に対する、原作本と改作本の姿勢の違いについて触れたが、次に『竹取物語』の「かぐや姫」にまつわる部分における両者の違いについて考えてみたい。

取りあげるのは『夜の寝覚』の女君の期待に反して、天人が降下しなかった三年目の八月十五夜の段である。

A　またかへる年の十五夜に、月ながめて、琴、琵琶弾きつつ、格子もあげながら寝入りたまへど、夢にも見えず。うちおどろきたまへれば、月も明けがたになりにけり。あはれに口惜しうおぼえ、琵琶を引き寄せて、

天の原雲のかよひ路とぢてけり月の都のひとも問ひ来ず

暁の風に合はせて弾きたまへる音の、言ふかぎりなくおもしろきを、大臣もおどろかせたまひて、「めづらかに、ゆゆしくかなし」と聞きたまふ。（巻一・二〇頁）

二年続きで、十五夜の夢に天人があらわれて、予言と琵琶の秘曲を授けた翌年のことである。女君の歌は、夢の

中に現れなかった天人を慕って詠んだものであるが、「月の都」からの使いの訪れなかった、すなわち地上に取り残された「かぐや姫」の悲しみを歌った歌と解することができ、この地上で受苦を抱えてさすらう女君の運命が暗示されている。原作『夜の寝覚』の研究において、女君と「かぐや姫」との関係はすでに指摘されており[7]、彼女もまた「かぐや姫」につながる物語の女主人公であるといえよう。さらにこの場面において「月の都」の語から『源氏物語』手習巻の、

われかくてうき世の中にめぐるとも誰かは知らぬ月のみやこに　（⑥三〇二〜三頁）

という浮舟の詠もすぐさま思い出される。この歌は助けられた浮舟が、自らの半生を回顧しながら、思いを詠んだものであるが、女君の将来に関する「あはれ、あたら人の、いたくものを思ひ、心を乱したまふ宿世のおはするかな」という天人の予言と呼応するものも感じられるのである。そういえば、浮舟もまた「昇天不能のかぐや姫[8]」であった。

もっとも、原作において、女君のことを「かぐや姫」と明示される箇所が、別の場面に存在している。いとこの法性寺の僧都が所有する九条の別邸に方違えのために滞在して、合奏をしていた女君と対の君、但馬守三女を、その隣家に住む乳母の見舞いに訪れた男君が垣間見る場面である。

B　箏の琴人は、長押の上にすこし引き入りて、琴は弾きやみて、それに寄りかかりて、西にかたぶくままに曇りなき月をながめたる、この居たる人々をかしと見るにくらぶれば、むら雲のなかより望月のさやかなる光を見つけたる心地するに、あさましく見おどろきたまひぬ。「これこそは、行頼がほめつる三の君なめれ。長押

の端なるは姉どもなめり。これこそ、その際のすぐれたるならめ。いかで目もあやにあらむ」とまもるに、「かたちはやむごとなきにもよらぬわざぞかし。竹取の翁の家にこそかぐや姫はありけれ」と見るにも、この程の様は、なほめづらかなり。

（巻一・二九～三〇頁）

この場面において、男君は女君を但馬守三女と誤認をしており、身分を下のものと見ているのだが、女君のことを「かぐや姫」と認識している。この後、男主人公は竹むらを分け入り、女君と交渉を持ったことから「五人の貴公子のうちの一人と、いやおうなしに契りを結んでしまったかぐや姫」[9]、すなわち月に帰れなかった「かぐや姫」としての女君の苦悩の人生が、ここから始まることになる。ここの場面にもやはり『源氏物語』の、手習巻の浮舟に対して小野の妹尼が抱いた「かぐや姫を見つけたりけん竹取の翁よりもめづらしき心地するに」（⑥三〇〇頁）との詞章の類似も思い出される。浮舟のことを「かぐや姫」と感じたのは妹尼であって、求婚者の一人という立場とは異なるが、原作『夜の寝覚』において、ここに手習巻の一文の模倣が見られることによって、浮舟とつながる女君像に厚みが加わると言えよう。『夜の寝覚』の女君とかぐや姫、女君と浮舟、浮舟とかぐや姫の三者それぞれの相似が相まって原作作品世界のイメージが形成されていく。

それでは同じ段、改作本ではどのようになっているだろうか。

C　またの年の八月十五夜の月おもしろければ、琵琶を弾きつつ、格子も上げながら、更くる程に寝入り給ひたれども、ありし人、夢にも見え給はず。うちおどろき給へば、月も入り方になりぬ。口惜しくて、

天の原雲の通ひ路とぢてけり月の都の人も訪ひ来ず

吹く風も雲の上まで行くべくは告げ来せ顔に弾き澄まし給へる琵琶の音、言ふ限りなくおもしろきに、大臣も

おどろき給ひて、めづらかに、いみじうかなしと思して、「わが子にあらじ。天つ乙女などの仮りに宿り給へるにや」と、なよ竹のかぐや姫のことも思し出でられ給ひて、うつくしき御かたちありさまにも、「目見入れきこゆるものやあらん。いとこれ程なくても、などなかりけん」とまでぞ思し嘆きける。
（巻一・一三頁）

一般的に原作本より省略の多い始発部分であるが、ここは改作本の方が増補されている例である。したがってそこに改作の意図を読みとることは不自然ではなかろう。ほぼ原作に添う形で物語は進むが、女君の父太政大臣は、この世のものとは思われない我が娘の卓越した美質に、「なよ竹のかぐや姫」を想起したと語られている。前述したように原作においても、この場面で「かぐや姫」を読みとることは十分にできたが、改作本においてはより直接的な形で、女君とかぐや姫の関係が提示されていることになる。

次に、原作Bに該当する場面において、改作本は、

D　箏の琴の人は、長押の上に引き入りて、琴弾き止みて、隈なき月をながめて寄り臥したるは、すべてこの世の人ともおぼえず、うつくしとも言へばおろかなり。行頼が言ひつる三の君なめりと思す。長押の下なるは姉どもなるらんと見給ふに、和琴の人は入りぬ。
（巻一・一八頁）

となっており、引用部分の前後を含めて、垣間見した女性たちの描写、男君の心の動きなど随分簡略化されており、すぐに次の展開へと話が進められている。そしてここには、かぐや姫、浮舟の影は見られない。

五　「かぐや姫」認識をめぐって

「かぐや姫」をめぐる原作本、改作本の記述を追ってきたが、この『夜の寝覚』という作品の主想の一つである、女主人公の夢の中における天人降下は、宿世の予言と音楽伝授が行われる重要なできごとであるが、その意味するものの一つに女君と「かぐや姫」との関連がある。[10]原作では「かぐや姫」との関連が明示されないまでも「月の都」の語、あるいはそれによって呼び出されてくる浮舟の詠歌に女君の運命が暗示されているという表現構造になっている。しかしながら、原作においては後段において示される「かぐや姫」という語を、改作本では早々とこの予言の直後の段階で種明かしをして見せている。

さらにここで問題としたいのは、「誰が」女君を「かぐや姫」と認識したかということである。すなわち原作では「男君」が女君を最初に垣間見した折に「かぐや姫」と認識しており、その時点で男君は女君の求婚者の一人としての役割が与えられる。

一方、女君のことを「父親」である太政大臣が「かぐや姫」ととらえた改作本では、また「かぐや姫」の持つ意味も異なってくる。女君の詠歌から、彼女自身が自らの「かぐや姫感覚」[11]を得たと考えることはできるが、天人降下による予言と琵琶の伝授は彼女の夢の中の出来事であり、父親は知る由もないはずである。したがって父親が感じたものは「天つ乙女などの仮りに宿り給へる」ような、この世を超越した女君の美質であり、すなわち、それは竹取の翁の立場にたっての「かぐや姫」であると言える。

求婚者の一人としての立場で女君を「かぐや姫」ととらえた男君にとって、女君は、思い通りにはならない存在であり、繰り返し語られる女君の苦悩を理解することのできない存在である。一方、竹取の翁の立場で娘を「かぐや姫」のようだと認識した改作本の父にとって、月へ帰ることのない「かぐや姫」は、この世においての栄華、幸いをもたらす存在であると位置づけることができよう。その終盤部分において一族の出世が次々と果たされ、「いづれの御世にも、この一筋の栄え喜びにてぞありける」（巻五・三六一頁）とされ、晴れて公認された男君と女君の長女、石山姫君の東宮入内に父入道は「命長さの、かかることを聞くに、厭ふべくもなき」（巻五・三七四頁）と涙を落とすなど、女君に関する栄華に対する父入道の喜びが素直に語られる。もちろんこれは、音楽による一族繁栄譚とも解され、それは予言の実現とも関わっているとも言える。しかしまた、女君を父親が「かぐや姫」と認識したこととも関わっていると読むこともできよう。原作本においても、女君の一族の出世や栄華は語られ、改作本においても女君の苦悩は多少は語られもするが、その比重は全く逆転しているのである。

つまり原作本では、先に挙げたように、女君との出会いの場面で「かぐや姫」と表現されていたものが、改作本では同じ場面では削られ、原作にはない別の場面で表現されたわけであるが、このことは重要視してよいことだと思われる。『夜の寝覚』の女君に「かぐや姫」を重ね合わせる発想の模倣を捨てきれなかったものの、原作とは取り上げる位置を変え、意味を変えることに改作の意義があったと言えよう。ほとんど原作を横に置いて、それを下敷きにしたような、原作の「模倣」と呼んでも差し支えない場面での、しかしながら、そこに自ずから立ち現れてくる差異は原作、改作両方の物語の主題の本質とも関わっている。それは系図の変更とか、斎院となってしまう女一の宮の処遇の差などの大きな変更とは、また別の次元での改作の姿勢であると言えよう。

六　おわりに

『夜の寝覚』の原作と改作の問題を、まず『源氏物語』の模倣という視点から考察を加えてみた。わずかな例しか取り上げられなかったけれども、原作『夜の寝覚』が『源氏物語』を模倣し、土台として作品世界を形成してきたものを、改作『夜の寝覚』では振り落とす形で独自性を確保したことが理解されるかと思う。改作本においても全く『源氏物語』の呪縛から逃れられたわけではないが、『源氏物語』に変わる部分が、石山寺の縁起や夢の効用、仏の功徳という形で取り込まれてきたともいえるかもしれない。『源氏物語』の模倣から始まった平安後期物語の『夜の寝覚』は、やがて時代とともに『源氏物語』からの離脱という改作の一方向を示したことは興味を引く。

さらに「かぐや姫」をめぐる問題においても、原作とは異なる姿勢を改作本はとっていた。原作『夜の寝覚』における「かぐや姫」問題はまだまだ論ずる余地のあることだと思われ、『源氏物語』と並んで、作品の根幹を支えるものであると考えられるが、その点においても改作本では「模倣」しながら、「改作」するという姿勢が看取されるのである。序などから、改作本の作者はかなり教養を持った人物だと推定されるが、この改作作業も想像力の貧困さを言うより、換骨奪胎のおもしろさをねらった知的なものであると考えられるのではないだろうか。『竹取物語』『源氏物語』をどのように取り込み、それとどのように距離を取るかは、『源氏物語』以後の物語の宿命であるが、その上でいったん形成された「原作」の世界を「改作」するという形を取ることによって、あらたな『竹取物語』『源氏物語』との関係を問うことになる。「模倣」と「改作」は確かに改作本『夜寝覚物語』を含む中世期の王朝物語のキーワードであり、そこに『源氏物語』以後の物語文学の模索の姿と、営々と書き継がれていくパワーの源を見る思いがするのである。

注

（1）「源氏物語の水脈――浮舟物語と夜の寝覚――」（『国語と国文学』一九八四年一一月）

（2）「平安時代物語から鎌倉・室町時代物語へ」（『中世王朝物語を学ぶ人のために』世界思想社　一九八七年）

（3）永井和子「寝覚物語と夜寝覚物語――序の変容とその意味」（『続寝覚物語の研究』笠間書院　一九九〇年）参照。
（4）『平安末期物語についての研究』（赤尾照文堂一九七一年）
（5）「物語の崩壊」（『物語文学史論』有精堂　一九六五年）
（6）浮舟の物語と『夜の寝覚』との関わりについては注（1）参照。
（7）永井和子「寝覚物語――かぐや姫と中の君と」（前出『続寝覚物語の研究』）河添房江「夜の寝覚と話型――貴種流離の行方――」（『日本文学』一九八六年五月）佐藤えり子「『夜の寝覚』におけるかぐや姫の影響――天人降下事件を中心に――」（『東京女子大学日本文学』一九九四年九月）
（8）小嶋菜温子「浮舟と〈女の罪〉」（『源氏物語批評』有精堂　一九九五年）
（9）永井和子「寝覚物語――かぐや姫と中の君と」（前出『続寝覚物語の研究』）
（10）注（9）に同じ。
（11）注（9）に同じ。

第一部

『狭衣物語』の〈和歌〉

第一章　後冷泉朝の物語と和歌――『狭衣物語』『夜の寝覚』の作中詠歌――

一　はじめに

物語文学作品は必ずその作中に和歌を有している。それは作中詠歌という形のみならず、引き歌など引用の形も含めて散文表現を豊かにしている。和歌という詩的言語の持つ特性である韻律性、イメージの重層性、喚起性、抒情性などが登場人物の心情を語り、場面の多義性を生み出している。それとともに和歌が必然的に背負っている和歌史や歌ことばの蓄積、変遷をとりこむことが、物語世界をより豊穣なものにするという点も見逃せない。

本稿では平安後期物語の代表作品である『夜の寝覚』と『狭衣物語』の作中の詠歌と、和歌史との関わりを軸に取り上げてみたい。両者は『源氏物語』成立後、後冷泉朝に成立したとされている。政治的な背景を反映して、緊張関係にあった道長時代の後宮とは異なり、安定した頼通時代になると、身内で固められた後宮は融和的な雰囲気の中で経営され、それは少なからず、当時の文学的な状況にも影響を与えた。後冷泉後宮には四条宮寛子皇后をはじめとして、中宮章子内親王、頼通養孫の祐子、禖子両内親王がそれぞれ頼通の庇護のもと、文芸サロンを形成しており、上東門院彰子も健在であった。当時の文学史的な状況を振り返ってみると、『拾遺集』以来、勅撰集が編纂されておらず、しかしながら、道長時代にはあまり行われなかった歌合が、文芸愛好の精神が強かった関白頼通の援助を得てふたたび活発になり、『後拾遺集』の結実に向かって着々と、さまざまな新風への胎動が見られる時期であった。各後宮女房たちの活躍も目立ってくるようになり、彼女たちは主家における歌合はもちろんのこと、お互いに交流し合って切磋琢磨し、その中から、『四条宮下野集』や『相模集』など物語的色彩のうかがえる私家集が編纂されたりもした。

八十年にわたる勅撰空白期は、天皇の権威が揺らいだ時期でもあった。道長時代に歌合の回数が極端に減ったことが報告されており、(1) 天皇を中心とする皇族の権威の低下と『枕草子』『紫式部日記』などからもうかがわれる対立的な後宮の雰囲気があった。摂関家が実質的な実権を握るまでの政治的な暗闘、それがすなわち即後宮と結びつく状況でもあった。そして密かに力をつけてきた女性たちによる仮名散文作品は、公／和歌という権威に対する私領域からの異議申し立てであったといえよう。やがて時代は下り、久々の晴儀歌合として「天徳四年内裏歌合」（九六〇年）の再現として試みられたのは「賀陽院水閣歌合」（一〇三五年）であるが、その主催者は天皇ではなく、関白頼通であった。それは歌合などの晴儀の和歌も摂関家にその主導権が移ったことを意味している。そういう状況の中で第一級の文学としての「和歌」に対する「物語」という構図も変化して、「物語」は摂関家の庇護を受け権威に近づき、「和歌」は三代集から脱しようとする革新の動きが始まっていた。『源氏物語』に刺激され、影響される形で女性の手によって物語の制作も盛んにおこなわれ、各後宮の女房たちが歌人＝物語作者として登場するようになる。その典型的な催しが一八編の新作物語が提出された天喜三年（一〇五五）五月の「六条斎院禖子内親王家物語歌合」であろう。さらに時代が下り、白河天皇が実質的な天皇としての権威を取り戻し、その宣言ともいえる勅撰和歌集の編纂事業に乗り出すまでのこの期間は、「和歌」と「物語」がきわめて近接した時代ともいえる。

『狭衣物語』『夜の寝覚』はそのような時代状況の中で誕生した物語作品である。『夜の寝覚』の作者が、伝えられているように『更級日記』の作者である菅原孝標女とするならば、祐子内親王家に出仕したことが知られているし、『狭衣物語』の作者とされる宣旨は六条斎院禖子内親王家の有力な女房であり、禖子内親王家の「物語合」にも『玉藻に遊ぶ』を出品したことが知られている。したがって当時の文芸サロンの雰囲気を知悉していたであろう。

また、両作品の作中詠歌は中世において俊成卿女作といわれる『無名草子』、藤原定家が編纂した『物語二百番歌合』、藤原為家が撰者として有力視されている物語歌集『風葉和歌集』など、主に御子左家の高い評価を受けている。両作品の物語の歌について、検討してみたいと思う。

二　『狭衣物語』『夜の寝覚』の作中詠歌の歌語（一）

さて『狭衣物語』と『夜の寝覚』において、共通する作中詠歌の特色として、和歌によるコミュニケーションの不成立の問題がある。本来物語の和歌は挨拶の言葉であり、会話の一部であったが、これらにおいてはすでに指摘されているように贈答歌の減少、変則的な贈答や独詠歌の増加などを含めて、コミュニケーションの道具としてというより、登場人物たちの心中を語る表現としての色彩が強くなることを意味していよう(2)。

さらにここで問題にしたいのは『狭衣物語』『夜の寝覚』の作中詠歌には同時代以降に使用された歌語や歌材が多く指摘できることである。具体的に勅撰集では『後拾遺集』以後に用いられた歌語などである。

『狭衣物語』と『夜の寝覚』の作中詠歌についてこの問題を考える場合、一つは『源氏物語』との関連がある。すなわち、それまで晴の和歌の世界でほとんど詠まれることのなかった歌語が『源氏物語』の作中詠歌で用いられることより、その影響という形で後期物語の和歌にも使用され、一方中世和歌における源氏評価の高まりとともにそれらが歌語として市民権を得るようになったものである（かつて「草の原」という語や『源氏物語』に詠まれた歌枕などをめぐって考察したことがある(3)）。

ここでは、まず、『夜の寝覚』における「月の都」の語に着目してみたい。

A　天の原雲のかよひ路とぢてけり月の都の人も問ひ来ず　（巻一・二〇頁）

主人公の中の君（女君）の十三歳の八月十五夜、夢の中に天人が現れ、琵琶の楽曲を伝え、予言をする。さらに明くる年にも同じ日に天人は夢の中に現れ、同様に琵琶を教え、さらに彼女の宿世についての予言を残す。しかし、三年目の十五夜に天人は現れず、その思いを中の君が詠んだ歌である。『古今集』雑上の僧正遍照の歌、

あまつかぜ雲のかよひぢ吹きとぢよをとめのすがたしばしとどめむ　（雑上・八七二）

を踏まえた表現であることはいうまでもないことであるが、ここで注意したいのは「月の都」の語である。この語は『竹取物語』のかぐや姫を想起させるが、和歌においては『源氏物語』に二首見られるのが、早い例である。

見るほどぞしばしなぐさむめぐりあはん月の都は遥かなれども　（須磨②二〇三頁）

われかくてうき世の中にめぐるとも誰かは知らむ月のみやこに　（手習⑥三〇二～三頁）

須磨巻、手習巻の詠歌における「月の都」はともに遥かに離れた都＝京を指し示していて、おそらくその発想は漢籍の影響と思われる。が、手習巻の浮舟の詠歌においては、この世に自らの身の置き場を定め得ない女君像の象徴であるかぐや姫を想起させ、浮舟の行く末を占う語と解釈できる。『夜の寝覚』でも中の君の詠歌、それも物語の一番はじめの歌に「月の都」が用いられたことは、この女主人公はいわゆる「かぐや姫の末裔」[4]であり、その運命の主題的な意味を予感させるに十分な表現となっている。[5]『風葉和歌集』の雑二には、

もの思ひけるころことにひきける　　ことうらの烟の中納言更衣
あまをとめ月の都にさそはなん跡とゞめじと思ふこの世を　（雑二・一二八一）

という歌があり、かぐや姫、さらにそれをふまえた『夜の寝覚』の影響がうかがえる。
ところで、和歌の世界においてこの語の使用されるのは、『新古今集』が初出である。

ながめつつおもふもさびし久方の月の都のあけがたの空　（秋上・三九二・家隆）

このほかに『続後撰集』『続古今集』『玉葉集』他の勅撰集にも見られ、『長秋詠草』『秋篠月清集』『壬二集』『拾遺愚草』やその他中世における歌合などにも散見する語であるが、いずれも「月」あるいは「都」を思わせるものばかりで、「かぐや姫」を想起させるものは見られない。つまり、この「月の都」という歌語は『源氏物語』で用いられた後、『夜の寝覚』に引き継がれ、他の物語作品にもまた『夜の寝覚』の引用の形で使用されていく例が確認される。他方、中世にはいると歌語として認知され、多くの歌人たちに詠まれるようになる。このことについて『源氏物語』の作中詠歌からの影響が指摘できるかどうかは簡単にいえないし、この語の使用されるようになった背景には、『後拾遺集』以後の漢詩、漢文の影響ということも視野に入れて考えられるべきであると思われるが、ここでは「草の原」(6)などと同様、『源氏物語』で用いられ、後の物語の和歌には使用されたものの、晴の和歌の世界では時代が下ってから使用されるようになった歌語の例として分類しておく。同様の例で『狭衣物語』『夜の寝覚』の作中詠歌の影響がうかがえる主なものとして「夕べの空」「さよごろも」「緒絶の橋」「浮舟」「霧の籬」「園原（帚木）」「身にしむ秋」「にほの海」「春のあけぼの」「あまごろも」などがある。

三　『狭衣物語』『夜の寝覚』の作中詠歌の歌語（二）

さてもう一つの『狭衣物語』『夜の寝覚』の作中詠歌の歌語の特徴として、私家集等では使用されているものの、勅撰集では『後拾遺集』になって初めて用いられるようになった歌語の多さということがいえる（『源氏物語』でも用いられていない）。それは主に同時代すなわち後朱雀、後冷泉期に活躍した歌人たちが好んだ、あるいは再確認された歌語、歌材の使用ということが考えられる。

まず、『狭衣物語』の和歌から、考察してみたい。

B　知らぬまのあやめはそれと見えずとも蓬が門は過ぎずもあらなん　（巻一・三九頁）

内裏から帰途の男主人公狭衣の車に路傍の女が詠みかけた歌である。荒廃した様子を示す「蓬」を使用する歌語は、「蓬生」「蓬が（の）宿」「蓬が露」「蓬が原」「蓬がもと」他、多く見られるが、いずれも『後拾遺集』以後の歌集に頻出している。この「蓬」関係の歌語の使用は私家集においては頻繁に見られ、一部例を挙げれば、

よもぎがそま　　好忠
よもぎが（の）はら　　斎宮女御　恵慶
よもきがかき　　好忠　和泉式部
よもぎのかど　　和泉式部　相模

よもぎのやど　　　　仲文　高光　能宣　和泉式部　大斎院選子　伊勢大輔

などの各私家集において見られる。また『蜻蛉日記』においても作者道綱母が安和の変に関連して高明室の愛宮に贈った和歌などに「蓬の門」が見られる。勅撰集では『後拾遺集』以前では『拾遺集』に「蓬生」の例が一例見られるのみ、この「蓬が門」の例も『新勅撰集』が初出である。

C　秋の色はさもこそあらめ頼めしを待たぬ命のつらくもあるかな　　（巻三・二四八頁）

行方不明になった飛鳥井女君のその後の消息を聞いて、狭衣が詠んだ独詠歌。「秋」それ自体は古来好まれた季節で、「秋＝あき＝飽き」をかけた修辞や季節の景物とともに多く詠まれてきている。また時代とともに好まれる表現も変わり、中世に非常に流行した「秋の夕暮」が、やはり『後拾遺集』以後頻出するようになった歌語であることは知られている(7)（『狭衣物語』にも一首存在する）。

さてこの「秋の色」という表現も『狭衣物語』以前では『躬恒集』『是則集』『能宣集』『赤染衛門集』にそれぞれ一首ずつ見られる。勅撰集は『新古今集』が初出。『山家集』『秋篠月清集』『拾玉集』『壬二集』『拾遺愚草』などに見られ、中世の有力歌人たちにも好んで詠まれた（中でも慈円は二〇首以上詠んでいる）。

D　一枝づゝ匂ひをこせよ八重桜東風吹く風のたよりすぐすな　　（巻四・三五三頁）

斎院になった源氏の宮が堀川殿の桜を懐かしんで詠んだ独詠歌。百人一首にもとられた伊勢大輔の「いにしへのならのみやこのやへざくら今日ここのへににほひぬるかな」(『詞花集』春・二九)で有名な「八重桜」であるが、勅撰集で取り上げられるようになるのは、『金葉集』以降のことである。私家集においてもこの伊勢大輔の詠をのぞけば、『俊忠集』以後見られるようになる語である。

このほかに『狭衣物語』の作中詠歌の歌語の内、作品成立当時ごろまでに私家集等では散見されたものの勅撰集では『後拾遺集』以後、主に中世に使用された(複数の勅撰集に掲出される)歌語として、「天の岩戸」「室の八島(の煙)」「秋の寝覚」「秋の夕暮」「虫明の瀬戸」「道芝の露」「寝覚の床」「底の玉藻」「こけのさむしろ」「秋の月影」「賀茂の川波」「鶴の毛衣」などがあげられる。

さて次に『夜の寝覚』の例からも見ておきたい。

E　白露のかかる契りを見る人も消えてわびしき暁の空　(巻一・三五頁)

思いもしなかった方違え先の九条での男君と女君の運命的な一夜の翌朝の男君からの贈歌、「よに知らぬ露けさなりや別るれどまだいとかかる暁ぞなき」に対して、女君に代わって対の君が答えたものである。「あかつき」は歌語として平安時代にも多数使用されているが、「暁の空」となると『御堂関白集』(一八)に、

七月八日まだつとめて、斎院より、りうたんの露いみじうおきたるに

まだ御とのこもりたるほどに

露おきてながむる程を思ひやれあまのかはらの暁の空

が一首あるのみである。勅撰集初出は『千載集』で「七夕後朝」の題詠歌、『新古今集』では恋の部に藤原清正の歌（『清正集』では「あかつきのみち」）がとられているが、中世になってこの語は評価されたといえよう。『続拾遺集』以下の勅撰集にも見られる。

F　墨染に晴れぬ雲居も朝日山さやけき影に光をぞ知る　（巻五・五三六頁）

寝覚の女君の養女である督の君がめでたく男子を出産したときに、服喪中の帝から贈られた歌。「朝日山」は山城国の歌枕。勅撰集では『新古今集』初出（『詞花集』の異本歌にも同じ歌あり）。『顕輔集』『山家集』『壬二集』『拾遺愚草』他の歌集にも見られる。『夜の寝覚』以前、あるいは同時代の私家集では『実方集』『範永集』『相模集』に一首ずつみられる。『範永集』に、

あさひ山こだかきまつのかげきよくきみにちとせをみするなりけり

と見られるように、賀歌として詠まれることも多かったようである。このほかの主な例としては「五月の空（闇）」などがあげられる。

四　歌語「夜半の」——「夜半の狭衣」「夜半の寝覚」

ところで、『後拾遺集』以後に頻繁に用いられるようになった歌語で、『狭衣物語』『夜の寝覚』両作品に共通す

るものがある。「よは（夜半）」という語である。

知られるように『後拾遺集』は勅撰和歌史の中でも一つの転換点をなす歌集で、それを歌語の面から指摘されたものに「けしき」などがある。(8)「よは」についても同様のことがいえるが、ことに「よはのあらし」「よはのけぶり」「よはのしくれ」「よはのしたひも」など「よはの」と連体修飾の形で使用される例は『後拾遺集』以後激増する。これに関して、柏木由夫氏は「よは」の使われ方について調査、その結果、『後拾遺集』で「よる」を含む歌が減少して、代わりに「よは」が増加することを報告された。(9)その理由として、「よる」が一首内で他の語と技巧的に関わりやすく（序詞、掛詞、縁語など、あるいは「ゆめ」などの特定の語との結びつきに規制されがちであることなど）、それを避け、「よは」の語は意味の深さを重視する傾向にあると指摘されている。さらに経信を下限とする私家集と『後拾遺集』における「よは」関係の和歌について検討され、その使われ方として、一つはより新しい自然詠を求める方向に深化し、叙景歌重視の流れに添うもの、もう一つは、

つまり「よは」とは、人が孤独であることを厳しく実感させられ、その辛さに苛まれる時であって、孤独な裸身の我が身と向き合い、心細さにいたたまれず途方にくれる、いわば漆黒の闇と静寂が人を存在の不安感にまで陥らせる時ではないだろうか。

と精神面での特徴を指摘されている。このことはまた物語文学作品の主題的な面とも大きく関わる問題を示していると思われる。そして後冷泉朝期を代表する『狭衣物語』『夜の寝覚』の両者においても「よは」の語は大事な位置を占めているのである。そのことを確認したい。

まず『狭衣物語』において、物語の始発部分、男主人公の笛の音に感動して、天稚御子が天下り、狭衣を天界へ

連れていこうとし、地上にとどまった狭衣に帝が鍾愛の女二の宮を賜わす仰せがある有名な場面。天人をも魅了する狭衣には、しかしながら、心に秘めた人、源氏の宮がおり、宮への思いを詠んだ歌が、

G　いろいろに重ねては着じ人知れず思ひそめてし夜半の狭衣　（巻一・五二頁）[10]

である。この「夜半の狭衣」とは夜着のこと、すなわち妻のことを暗示した表現である。「さごろも」の語は『万葉集』で見られる歌語であるが、その後の平安時代の勅撰集には見られず、『古今和歌六帖』に紀貫之の歌が一首、『好忠集』『実方集』『伊勢大輔集』さらに『蜻蛉日記』に道綱の歌として二首ある。

しかし、「よはのさごろも」として用いられた例になると、

うちかはしかさぬるとこはなになれや返しわびつるよはのさ衣　（『定頼集』一五九）
かぜのおとも身にしむばかりさむからでかさねてましをよはのさごろも　（『相模集』二二一）

の二首が平安期の用例としてあるのみで、鎌倉期には『秋篠月清集』『明日香井集』『俊成卿女集』などに散見する。『定頼集』の歌は定頼と親交のあった女房の手記の形で編集されているとされる部分の歌であるが[11]、定頼と相模の恋愛関係、それが『狭衣物語』作者と同時代であったことを考えると興味深い。Gの『狭衣物語』の歌は物語の題号のもとになっており、ここでの「よは」もまた、単なる「夜」を表すだけではなく、身分も官職も容貌も才能もすべてを兼ね備えていながら、なお満たされない男主人公の暗い心の深淵、孤独感をも表現するものであり、また全編にわたって主題的な意味につながる重要な歌である。

さらに『夜の寝覚』においては、その題号を『夜半の寝覚』とする写本もあることはよく知られており、またその作中詠歌にも三度にわたって「よはの」という語が用いられている。[12]

最初に出てくるのは、妻の妹の中の君（女君）とあやにくな契りの結果、女の子までもうけた男君が、姉のことを思い、男君につれない中の君にその苦しい胸の内を詠みかけたもので、

H　あはれともつゆだにかけようちわたしひとりわびしき夜半の寝覚めを　（巻二・一七〇頁）

と男君の孤閨の寂しさと許されない恋の不安定さを訴えた歌である。「よはの」に続く「ねざめ」という語も『古今集』以来見られる語ながら、『後拾遺集』時代以後に増加する歌語であり、この物語の主題的なキーワードともいうべき語である。[13]「よはのねざめ」を詠んだ早い例として小大君の、

このごろのよはのねざめをおもひやるいかなるをしかしもはらふらん　（『小大君集』二〇）

があり、また同時代頃まででこのこの歌語を使用した歌人は和泉式部、相模（二首）であることも注目される。

I　つらけれど思ひやるかな山里の夜半の時雨の音はいかにと　（巻二・二〇七頁）

やがて男君と中の君の中は人々の憶測を呼び、仲の良かった姉との心の溝を抱え、父のいる広沢に赴いた中の君に男君が贈った歌である。「よはのしぐれ」という表現は、『馬内侍集』の、

ねざめしてたれか聞くらむ此比の木の葉にかかるよはのしぐれを　（一四三）

が初出。和泉式部や相模にも一首ずつあるが、勅撰集では『後拾遺集』からの歌語である。Ｉの歌も、「山里」「よは」「しぐれ」と典型的な『後拾遺集』以後に多く見られる歌語を用いたものである。「しぐれ」については、「『千載集』『新古今集』の時代になると、三代集時代のそれとかなり異なったよまれ方がなされてくる。（中略）夜の時雨の歌が急に多くなり、右の『音にさへ』の歌がそうであったように『音』によって時雨を知るというケースが多くなってきた[14]」との指摘があるが、この歌も『千載集』『新古今集』の時代につながる感受性のあり方といえよう。

さらに『夜の寝覚』ではもう一首「よはの」を詠み込んだ歌が見られる。

Ｊ　なかなかに見るにつけても身の憂さを思ひ知られし夜半の月影　（巻五・五四二頁）

寝覚の女君は男君の邸に引き取られ、彼女の周囲の者たちもことごとく昇進し、一見平穏、栄華に包まれた日々を過ごしているが、相変わらず帝への嫉妬のつきない男君が、詠んだ歌への返歌である。歌材としての「夜の月」は数知らず詠まれてきたが、表現としての「よはのつきかげ」は『千載集』初出。「よはのつき」も『後拾遺集』の三条院の歌「こころにもあらでうきよにながらへばこひしかるべきよはの月かな」（雑一・八六〇）を初出とする。『夜の寝覚』のこの歌の場合、「月影」の語は男君の贈歌にあったものを切り返す形で用いているのであるが、月が夜のものであることを強調する必然性はなく、ここで「よはの」が用いられたのは、外見は華やかな生活ながら、満たされない「身の憂さ」を「思ひ知る」女君の心の闇の深さを表現しているといえる。そしてそれは同時代歌人たちが「よは」に託して切り開いてきた境地と通底するものであった。

このように見てくると、『狭衣物語』『夜の寝覚』の主題を担う作中詠歌に、「よはの」という歌語が使われていることは偶然ではなく、「よはの」に象徴される時代精神の現れであったといえよう。

ところで『狭衣物語』『夜の寝覚』に先だって『源氏物語』においても「よはの」を含む作中詠歌が二首見られる。

K　雲の上のすみかをすててよはの月いづれの谷にかげ隠しけむ　（松風②四二一頁）

L　鶯のねぐらの枝もなびくまでなほ吹きとほせ夜はの笛竹　（梅枝③四一一頁）

松風巻の歌は桂の院における宴での唱和歌のうちの一つで、夜に月がめぐって隠れてしまったことを歌うことで亡くなった桐壺院を追悼するもの、梅枝巻の歌も薫物合の後の酒宴での唱和歌で、夜の闇を突き抜けて響く笛の音を表している。柏木はずっと後の巻々では心中に深い悩みを抱える人物となるが、ここではまだ内大臣の息子、夕霧の友人の一人に過ぎない。したがって、『源氏物語』における使われ方としては、後冷泉期での「よは」の用いられ方のように、孤独感や苦悩、深い悲しみ、諦観などとは異なる用法といえよう。

五　おわりに

以上、後冷泉朝期に成立した代表的な物語作品である『狭衣物語』『夜の寝覚』の作中詠歌と、同時代の和歌史との関わりについて概観してみた。最後に両作品において同時代的な歌語の使用が顕著であることの意味について考えてみたい。

『後拾遺集』前夜ともいうべき文学的状況の中で、和歌六人党などの新しい歌人層の台頭や、新しい歌語、歌枕の模索、新しい感性の相模、和泉式部、好忠などの評価の動き、歌合の再びなる隆盛とそれに伴う後宮女房たちの交流、さらに歌合出詠者による物語制作など、歌壇でのさまざまな動きと無縁なところで『狭衣物語』『夜の寝覚』は成立したわけではなかった。『後拾遺集』（雑上・八七五）に次のような詞書を持つ歌がある。

五月五日六条前斎院にものがたりあはせしはべりけるに、小弁おそくいだすとてかたの人人こめてつぎのものがたりをいだしはべりければ、うぢの前太政大臣かの弁がものがたりはみどころなどやあらむとてこともがたりをとどめてまちはべりければ、いはかきぬまといふものがたりをいだすとてよみ侍ける

ひきすつるいはかきぬまのあやめぐさ思ひしらずもけふにあふかな

詞書によれば、小弁は物語作者としても名高く（歌人としても『後拾遺集』一五首入集）、六条斎院禖子内親王家での物語歌合への提出が遅れた際も、宇治前太政大臣すなわち頼通の推挙があったことが知られる。関白頼通の肝煎りで開催された「六条斎院禖子内親王家物語歌合」のように物語が公認化され、物語の社会的地位が向上するにしたがって、物語文学が個の精神の現れというよりは文芸サロンからの要請によって作成されるということが起こってくる。『狭衣物語』などは特にその可能性が大きい。歌人であることと散文作家であることに別の意義を見いだし、家集による自己実現とは別の媒体としての物語、日記を意識していたと思われる平安中期の道綱母、紫式部などの作家たちとは、自ずから性質も立場も変容したと思われる。(15)

一方で、和歌の側では三代集の権威から脱しようとする革新の動きが盛んになり、やがて題詠へと結びつく自然詠のあり方や、歌語、歌材、新しい景物の取り合わせの追究が盛んになり、和歌の共通性、言葉による連帯性より、

個の精神の充実と表現に心が砕かれるようになる。物語の歌に、贈答歌より独詠歌が増えるという現象と関係があるといえるかもしれない。それはまた『古今集』に代表されるある完成度を持った和歌世界を、自在に取り込むことによって表現の可能性を広げてきた『源氏物語』の和歌のあり方とは質が異なって、より直接的に時代の文学的状況と結びついてるといえよう。

このように「『源氏物語』以後」という負荷を背負った物語、新しい時代への模索の時期である和歌、それぞれの課題を抱え、物語愛読者＝後宮女房＝歌人＝物語作者の図式が想定できる環境の中から、『狭衣物語』『夜の寝覚』は誕生した。物語における和歌は本来的には登場人物同士にも、読者にも開かれたもので、登場人物による作中詠歌のみならず、引き歌、歌語などを散文中に用いることによって、表現の幅を広げ、質を高め、歌の言葉による連帯をもとに物語内部での人間関係を確認したり、構築したりするなど、その表現機能を最大限に発揮できると考えられる。したがって、同時代の和歌が観念化、題詠の発達に向かう動きの中で伝達の具としての和歌という側面から、個の作品としての和歌への志向に物語作者が敏感であるとき、物語の和歌としてはむしろその表現力を衰退させていくことにならないであろうか。そして、やがてさらに時代は動き、物語の作中詠歌は場面から切り離されて物語世界の外側で評価を得ていくことになるのである。

注

（1） 萩谷朴『歌合集』（岩波日本古典文学大系）

（2） 高野孝子「狭衣物語の和歌」（『言語と文芸』一九六五年九月）石埜敬子「『夜の寝覚』の和歌覚書」（『跡見学園短期大学紀要』一九七八年三月）竹川律子「狭衣物語の独詠歌」（お茶の水女子大『国文』一九八〇年一月）本書Ⅱ—第一部第一章等。

（3）本書Ⅰ―第二部第四章、Ⅰ―第二部第六章参照。
（4）関根賢司「かぐや姫とその末裔」（『物語文学論』桜楓社　一九八〇年）参照
（5）浮舟と『夜の寝覚』の関係については、池田和臣氏「源氏物語の水脈――浮舟物語と夜の寝覚――」（『国語と国文学』一九八四年一一月）等に指摘がある。
（6）本書Ⅰ―第二部第六章参照。
（7）吉岡曠「秋の夕暮れ――新古今集」（『国文学』一九七六年六月）
（8）根来司「八代集と『けしき』」（『国語と国文学』一九七五年三月）西端幸雄「『けしき』と後拾遺集」（『国語学』一九七八年三月）
（9）柏木由夫「歌語『よは（夜半）』について――後拾遺集を中心にして――」（『和歌文学研究』一九八五年一〇月）また、参考として、柏木由夫「『よは』の語義をめぐって」（『平安文学研究』一九八五年六月）
（10）『校本狭衣物語』（中田剛直著　桜楓社　一九七六年）によると、「夜の」の本文を持つものは深川本と竹田本のみ。したがって、深川本を底本とする新編日本古典文学全集本では「夜の狭衣」となっている。朝日古典全書本（古活字本）、新潮日本古典集成本（流布本系）も「夜半の狭衣」。
　和歌における「夜の狭衣」の用例は『堀河百首』に一例、『久安百首』に一例、『草根集』に一例あるのみ。「夜半の狭衣」は既述のように平安期には定頼と相模に一首ずつあるが、鎌倉期を中心に多くの用例が見られ、歌語としてはより一般的だったと思われる。『物語二百番歌合』にとられた当該歌も「夜半の狭衣」となっている。（『無名草子』『風葉和歌集』には採られていない）「る」と「は」は書写段階で誤写が生じやすいこともあり、『狭衣物語』の大半の写本が「夜半（よは・夜は）の狭衣（さごろも）」となっていること、また、後述の理由からも「夜半の」の本文のほうがよりふさわしいと判断される。したがって、本章においては、『狭衣物語』の引用は岩波古典文学大系本（内閣文庫本）に拠った。
（11）『新編国歌大観』（角川書店）解題より。
（12）永井和子氏が題号と関わる問題として、「『よる』という概念が、歌として表現される時に用いられる歌語的なものとすることもまた可能ではあるまいか」という視点から、「よは」について述べておられる。（「題名をめぐって」『寝覚物語の研究』笠間書院　一九六八年）ここでは歌に用いられる言葉かどうかという問題とは別の視点から考える。

（13）代表的な研究として永井和子「『ねざめ』の構造」（『寝覚物語の研究』笠間書院　一九六八年）関根慶子『主題としての「ねざめ」考』（『増訂　寝覚物語全釈』學燈社　一九七二年）増田繁夫「歌語「ねざめ」について」（『人文研究大阪市立大学文学部紀要』41・一九九〇年一月）等。

（14）片桐洋一『歌枕歌ことば辞典　増訂版』（角川書店　一九九九年）

（15）参考　後藤祥子「源氏物語の和歌――その史的位相――」（古代文学論叢第八輯『源氏物語と和歌　研究と資料Ⅱ』武蔵野書院　一九八二年四月）河添房江「『蜻蛉日記』女歌の世界」（『性と文化の源氏物語』筑摩書房　一九九八年一一月）等。

付記　『狭衣物語』の引用は岩波古典文学大系本に拠った。

第二章　『狭衣物語』の地名表現をめぐって

一　はじめに

『狭衣物語』には平安京内をはじめとして、陸奥、筑紫はもとより、唐、天竺、うるまにいたるまで実に多くの地名が登場する。実景の描写はもちろんであるが、作中詠歌における歌枕表現や引歌、あるいは人物やある場面を象徴する語としてなどさまざまな位相で物語表現に関わっている。今回、共同で『狭衣物語』に出てくる地名を中心に平安朝文学作品における地名表現について、調査をおこなった。(1)小町谷照彦氏に『狭衣物語』の地名に着目した論考があり、(2)いくつかの重要な指摘がなされているが、あらためて、『狭衣物語』に登場する地名について、平安時代の文学作品を対象に韻文、散文を含めて網羅的に調査してみた。その調査をもとに『狭衣物語』の地名表現の特色と問題について考察する。

二　『狭衣物語』における地名表現の分布状況

まず最初に『狭衣物語』における地名表現の分布状況について報告する。

A　国別分布状況

さて、『狭衣物語』に登場する地名は二三ヶ国、九七ヶ所（除平安京内、外国）、約二六〇例（内作中詠歌における用例は五二例）を数える。この数は『源氏物語』の二四ヶ国、一四七ヶ所[3]に比しても多いことが分かるであろう。国別分布は以下の通りである。

陸奥　安達　陸奥　安積の沼　衣の関　浮島　緒絶の橋
下野　室の八島
武蔵　武蔵野　向ひの岡
駿河　駿河　富士の山
遠江　中山
三河　八橋
信濃　姨捨　伏屋　浅間の山
越前　越　白山　帰る山
若狭　後瀬の山　朝津（浅水？）の橋
近江　逢坂　守山　横川　石山　比叡の山　竹生島　逢坂山
伊勢　鈴鹿川　伊勢
山城　井手　木幡　おぼろの清水　西山　常盤　賀茂　小野　嵯峨
　　小倉山　大堰川　嵯峨野　神山　御手洗川　双の岡　有栖川　宇治　亀山　大原野　平野　北山　船
　　岡　音無の滝　仁和寺　太秦　慈心寺　法音寺
大和　稲淵　十市の里　飛鳥井　吉野山　吉野川　妹背山　飛鳥川　梨原　葛城　吉野の滝　石上　古野

　　　　益田の池　春日
和泉　信田の森　和泉の滝
摂津　難波　淀　鳥飼　江口　須磨　住吉の里　猪名山　板田の橋
紀伊　紀伊　粉河　なぐさの浜
播磨　野中の清水　唐泊
備前　虫明の瀬戸　備前　唐泊
備中　細谷川
土佐　室戸
筑紫　筑紫　木の丸殿　安楽寺
筑前　筑前
肥前　肥前
不明　音無の里　嘆きの森　うしろ（うしや？）の岡

B　地名表現の内容と特色

次に、『狭衣物語』における地名の、表現する内容について代表例をあげて整理する。

・土地の「名」としての地名
　実景、実地の叙述…太秦　粉河　室戸　仁和寺　安楽寺　など
・宗教的な意味を持った地名…竹生島　比叡山　室戸　春日　など

・人名、神名、建物名の別称…筑紫　三河　嵯峨院　肥前　長門　など
・固定化した歌枕の表現に関わるもの
　景物との関わり…井手　浅間山　など
　言葉のイメージ、連想…逢坂　飛鳥川　音無の里　など
　縁語・掛詞によるもの…稲淵の滝　妹背山など
　本歌のこころを表すもの…姨捨　室の八島　など
・新しい地名の使用や新たな景物との取り合わせ…有栖川　虫明の瀬戸　賀茂の川波　など
・古い地名の発掘…猪名山　向ひの岡など
・引き歌表現（本歌一首で意味内容の確定したもの）…難波　など
・催馬楽によるもの…飛鳥井　細谷川
・作品内部の作中詠歌を本歌とする引き歌…飛鳥井　常盤の森など
・作中の特別な場面、あるいは人物との関わりを指すもの…飛鳥井　室の八島　吉野川　など

以上のように地名の表現する内容は多岐にわたり、『狭衣物語』の作品世界の形成に大きく関わっていることが知られる。

C　特色ある地名

先行作品にはあまり登場しない特徴のある地名は、以下のとおりである。この中には、後世には歌枕として一般的に用いられているものもみられるが、『狭衣物語』の時代にはほとんど登場しなかった地名である。

飛鳥井　有栖川　板田の橋　稲淵　浮島　うしろの岡　音無の里　音無の滝　神山　帰る山　亀山　唐泊　木の丸殿　衣の関　嵯峨野　信田の森　鈴鹿川　住吉の里　園原　十市の里　常盤の森　長門　なぐさの浜　梨原　双の岡　後瀬の山　野中の清水　比叡の山　平野　船岡　古野　益田の池　向ひの岡　虫明の瀬戸　室戸　室の八島　猪名山　緒絶の橋など

以上が『狭衣物語』全般における特色ある地名表現であるが、次に作中詠歌についてもう少し詳しくみたい。

D　作中詠歌における地名表現

以下が作中詠歌における地名表現である。

巻一　室の八島　飛鳥井　安積の沼　吉野川　妹背山　おぼろの清水　飛鳥川　常盤の森　園原　虫明の瀬戸

巻二　葛城　逢坂　守山　富士の山　唐泊　神山　賀茂の瑞垣　吉野川

巻三　帰る山　妹背山　吉野川　武蔵野　常盤の森　有栖川　石上　古野　大堰川

巻四　浮島　緒絶の橋　うしろの岡　浅間の山　益田の池　逢坂山　中山　神山　なぐさの浜　賀茂の川波　船岡　野中の清水　野中の(清)水　唐泊

『狭衣物語』の作中詠歌は新編日本古典文学全集本で二一八首あり、そのうち地名を用いているものは五二首、二三、九%にあたる。その内訳は巻一　一五／四六首、巻二　一〇／三二首、巻三　一〇／六六首、巻四　一七／七四首となっている。これは『源氏物語』の一三、一%、同じく平安後期物語の『夜の寝覚』の一〇、七%、『浜松中納言物語』の一八、四%などと比べても高い数字といえ、『狭衣物語』の地名に関する関心の高さがここでも現れている[4]。

三　地名表現の特徴――和歌との関係（一）

さて、以上の調査の結果を踏まえて、次に『狭衣物語』における固有の問題を考えてみたい。『狭衣物語』の地名をめぐる先行研究として、先述したように小町谷照彦氏の論考がある。小町谷氏は「狭衣物語の和歌の時代性[5]」で『狭衣物語』の作中詠歌を頼通時代の歌壇の動向によってもたらされた和歌の傾向との関連からとらえられ、歌学書などの評価、題詠的な詠法に触れられた上で、特に歌語、歌枕の問題に注目された。また、「狭衣物語の地名表現[6]」では女君に関わる地名表現を中心に、作品形成にいかに歌枕、歌語など歌ことば表現が重要に関わっているかについて言及されている。

ここでは範囲を拡げて、作中詠歌だけではなく、地の文を含めた『狭衣物語』の文章全体を対象とした先の調査を基に、中世初期あたりまでの和歌史的な状況を念頭において、いくつかの地名表現の特色を指摘してみたい。まず、和歌作品との関係においてみられた特徴についてみたい。

和歌に詠まれた地名というと歌枕が中心になる。歌枕の認定には様々な考え方があるが、勅撰集での採用がひとつの指標になろう。勅撰集の背後には多くの私家集、私撰集、歌合、歌会、百首歌などの和歌世界が広がっており、たとえばある地名が勅撰集にたまたま一首だけ見られる特異なものということは想定しにくく、ある程度成熟した表現であると考えられるからである。

具体的にいくつかの例をあげてみたい。

〈室の八島〉

『狭衣物語』における歌枕表現のよく知られている例としては、まず「室の八島」があげられよう。

立つ苧環の、とうち嘆かれて、母屋の柱に寄り居たまへる御容貌、この世には例あらじかし、と見えたまへるに、よしなしごとに、さしもめでたき御身を、室の八島の煙ならではと、立ち居思し焦がるるさまぞ、いと心苦しきや。　（巻一①一八頁）

源氏の宮との恋を表象する印象的な歌語「室の八島」は、藤原実方の、

いかでかはおもひありともしらすべきむろのやしまのけぶりならでは　（『詞花集』別・一八三）

で有名になった陸奥の歌枕である。しかし、勅撰集に登場するのはこの実方歌が『詞花集』に採用されてからである。小町谷氏も「『室の八島』などが『狭衣物語』によって再認識されたということが重要かもしれない」と述べられている。(7) このように、『狭衣物語』の成立以後に歌枕として意識されるようになった地名は、ほかにもいくつか見られる。

〈常盤の森〉

飛鳥井の女君が乳母に欺かれたとも知らず、常盤に向かおうとする時に狭衣を思って詠んだ歌、

変わらじと言ひし椎柴待ち見ばや常盤の森にあきや見ゆると　（巻一①一三〇頁）

にみられる「常盤の森」もその一つである。「常盤」はよく詠まれた語であるが、「常盤の森」になると『能因法師集』(二七三)の、

しぐれの雨そめかねてけりやましろのときはのもりのまきの下葉は、

が、早い例と思われる。『能因歌枕』などを著し、とりわけ名所歌枕に関心の深かった能因が用いた歌枕は、『狭衣物語』でも重要なキーワードとなった。なお、「常盤の森」がその他に出てくる例としては『枕草子』があげられるが、三巻本にはなく、能因本にみられることは、注目されよう。その他の『狭衣物語』と同時代頃までにおいては、藤原道雅が右京大夫在任時に催したかとされる「右京大夫八条山庄障子絵」の和歌に見られるぐらいである。勅撰集では「十月ばかり、常盤の杜をすぐとて」の詞書が付され、先の能因歌「しぐれの雨」がとられている『新古今集』(冬・五七七)が初出。その後『新勅撰集』『続後撰集』『続古今集』『続拾遺集』『新後撰集』『玉葉集』『続後拾遺集』と続いて採歌されており、中世になって定着した歌枕といえる。

〈虫明けの瀬戸〉

いと心細き声にて、「虫明の瀬戸へ来よ」と歌うが、いとあはれなれば。

流れても逢ふ瀬ありやと身を投げて虫明の瀬戸に待ちこころみむ　(巻一①一五一頁)

「常盤の森」は飛鳥井女君との関係を象徴する語として機能するが、おなじく飛鳥井女君が入水したことで知られる「虫明の瀬戸」も、『狭衣物語』以前の作品には見られない地名である。中世になって『新勅撰集』『続古今

集』『玉葉集』などの勅撰集に採られている。『秋篠月清集』『拾遺愚草』などにも詠まれたのは『狭衣物語』の影響であろうか。

このように、先行の私家集、私撰集に未見か、若干見られたものの、勅撰集には採用されることのなかった地名が、『狭衣物語』の作中詠歌や、地の文の引歌を初めとする和歌的な修辞表現に用いられ、やがて後の勅撰集に歌枕として取り上げられるようになった例としては、

「有栖川」「板田の橋」「おぼろの清水」「神山」「木の丸殿」「信田（太）の森」「園原」「長門」「緒絶の橋」

などが指摘できる。

四　地名表現の特徴——和歌との関係（二）

さらに勅撰集と関係では、三代集などで著名な歌枕であってもその取り合わされる景物や趣向に新味が見られるという特徴が指摘できる。かつて、『源氏物語』の歌枕について調べた折にも同様な傾向が知られた[8]。新しさ、珍しさだけではなく、後世の作品との関係についても視野に入れながらいくつかの例を挙げてあらためて整理してみたい。

◇既存の歌枕において、新たな景物の取り合わせや趣向が見られるもので、『狭衣物語』の独自な表現

ア　飛鳥川明日渡らんと思ふにも今日のひる間はなほぞ恋しき　（巻一①一二四頁）
イ　海までは思ひや入りし飛鳥川ひる間を待つと頼めしものを　（巻一①一四一頁）

ア歌は、狭衣が夢に飛鳥井女君を見て送った歌。（イ）歌は船に乗せられた飛鳥井女君が（ア）歌を思い出して詠んだ歌。「飛鳥川」はいうまでもなく、『古今集』（雑下・九三三）の、

世中は何かつねなるあすかがはきのふのふちぞけふはせになる

で有名な歌枕で、人の世の移ろいやすさの喩えとして用いられることがほとんどである。しかし、すでに小町谷氏が指摘されているように(9)、ここでは飛鳥「川」が「干る」という関連から「昼間」を連想させた表現となっている。このような用例はほかには見られず『狭衣物語』独自のものである。

◇既存の歌枕において、新たな景物の取り合わせや趣向が見られ、後世に引き継がれたもの

ウ　武蔵野の霜枯れに見しわれもかう秋しも劣るにほひなりけり　（巻三②一一六頁）

狭衣が吾亦紅の織物の表着を来た一品の宮を見て、同じ色合いながら美しかった源氏の宮を思い出す場面での独詠である。「武蔵野」はここでは源氏の宮を思い出すよすがともなっていて、それ自体は常套的なものであるが、平安時代の和歌において「武蔵野」と「霜枯れ」をともに詠んだものはこれのみである。しかし中世になると、

いづれとぞくさのゆかりもとひわびぬしもがれはつるむさしののはら
（『続古今集』冬・五九〇・土御門院）

わかくさのつまもあらはにしもがれてたれにしのばむむさしののはら
（『秋篠月清集』六六二）

などのように、同じような趣向の歌が見られるようになる。

エ　神山の椎柴隠れしのべばぞ木綿をも掛くる賀茂の瑞垣
（巻二①二七九頁）

オ　思ふことなるともなしにいくかへり恨みわたりぬ賀茂の川波
（巻四②三七四頁）

エ歌は、源氏の宮が賀茂の斎院に決まった時に同じく狭衣が詠んだ歌。**オ**歌は、帝となった狭衣が、賀茂へ行幸した折に往時をしのんで詠んだもの。賀茂自体はよく和歌に詠まれた地名であったが、「瑞垣」あるいは「川波」とともに詠まれる例は、「瑞垣」は『千載集』、「川波」は『後拾遺集』になって初めて勅撰集に採用された組み合わせである。ただし「賀茂の瑞垣」に関しては『源氏物語』にすでに用いられている取り合わせである[10]。

以上、作中詠歌に取り上げられた地名について、述べてきたが、地の文における例についても言及しておきたい。以下は狭衣が女二の宮への思いと源氏の宮へのあきらめきれない気持ちの間で悩む心中表現である。

カ　心ながらあさましう、思ひさだめて、心と世にあり経る道のしるべになしたらん時と思へば、なほいと口惜しかるべし、さりとてはまた、萩の上の露もかりにてはいかでかはと思し続くるに、人やりならず涙もこぼれて心苦しきに、いとどもの思はしささへ信田の森の雫はものにもあらずなりたまひにたる。
（巻二①一八九頁）

の、「信田の森」と「雫」が取り合わされた例である。「信田（太）の森」そのものは、『古今和歌六帖』（第二・一〇四九）

いづみなるしのだのもりのくずのはのちへにわかれてものをこそ思へ

あるいは『和泉式部集』（三六四）、『赤染衛門集』（一八一）所収の赤染衛門歌、

うつろはでしばししのだの森を見よかへりもぞする葛のうら風

などに見られるように、早くから歌枕として知られていたようであるが、勅撰集に取り上げられたのは『後拾遺集』以後のことである。掲出の場面の『狭衣物語』の本文の背景には、何か現在では知られていない本歌となるものがあるのかもしれないが、未詳である。「雫」との取り合わせで歌われた歌が、見られるのは『新古今集』以後である。

五　地名表現の特徴——散文学作品との関係　『源氏物語』『枕草子』

次に、今回の地名調査を通じて、『狭衣物語』の採られた地名と、散文学の作品との関係についても、気のついた点を述べてみたい。

まず、『源氏物語』との関係であるが、以下の地名が共通する。

◇『狭衣物語』の作中詠歌で使用されたもので、『源氏物語』に出てくるものと一致する例

逢坂　逢坂山　石の上　妹背山　浮島　大堰川　葛城　賀茂の瑞垣
賀茂の社　園原　富士の山　武蔵野　緒絶の橋　唐泊

◇『狭衣物語』の地の文で使用されたもので、『源氏物語』に出てくるものと一致する例

石山　井手　宇治の川　音無の里　音無の滝　大原野　嵯峨　嵯峨野
信田の森　鈴鹿川　須磨の浦　常盤　難波　御手洗川　武蔵野　横川
吉野の滝　吉野山　小倉山　小野　姨捨　姨捨山　北山　伊勢　筑紫　木幡

「賀茂の瑞垣」「園原」「緒絶の橋」「唐泊」「音無の里」「鈴鹿川」などは、私家集等でも余り歌われることのなかった地名である。これらの語は『狭衣物語』において直接的な『源氏物語』の影響が見られるものではないが、新しい語への着目という点で、意識が促されたのかもしれない。

さらに、もう一つの『狭衣物語』の用いられた地名の特徴は、『枕草子』の地名章段との共通性である。以下が『枕草子』と共通する地名である。

◇『狭衣物語』の作中詠歌で使用されたもので、『枕草子』に出てくるものと一致する例

園原　飛鳥川　大堰川　吉野川　逢坂　衣の関　飛鳥井　浮島　船岡

常盤の森（能因本）

◇『狭衣物語』の地の文で使用されたもので、『枕草子』に出てくるものと一致する例

小倉山　帰る山　後瀬の山　稲淵の滝　音無の滝　朝津の橋　木幡　嵯峨野　小野　石山　粉河　梨原　大原　野　春日　賀茂　細谷川　姨捨山

『狭衣物語』では印象的な「飛鳥井」、あるいは先述した「常盤の森」（能因本のみ）であるが、『枕草子』以外の先行作品ではあまり見られない。そのほか、催馬楽に由来したかとされる「朝津の橋」「細谷川」、あるいは「梨原」「稲淵の滝」なども他作品ではほとんど使われていない。

これらから二つのことが考えられる。一つは作品をとりまく外部の問題、一つは作品内部の問題である。

前者については作品成立時の時代背景、文学環境の問題となる。『枕草子』の平安時代の散文学における享受は、あまり知られていないが、中で『狭衣物語』との関係が早くから三谷栄一氏によって指摘された。(11) 三谷氏は『枕草子』の引用のしかたが他作品とは異なる巧みな引用であること、『狭衣物語』の本文が能因本系によっていることなどに着目、清少納言が定子の娘、脩子内親王に奉ったとされる本は、頼通近辺で愛読されたのではないかとされ、『狭衣物語』との関係の深さを頼通近辺と『枕草子』の享受の関わりから論じられた。このことは作者の周囲の環境における歌壇との関わりを含めてあらためて検討されるべき課題だと思われる。

また、もう一つの作品内部との関わりという点からは、「新しい歌枕の創出」ということがキーワードになろう。『枕草子』研究において、三谷邦明氏は、『枕草子』の歌枕は私的なものであり、いってみればそれは、本来過去に

詠まれた和歌を基盤に共通の了解の上に成り立つはずの公的な歌枕のあり方からすれば逆説的であり、「通念であり、常識であった世界を、その内部から破壊し、全くあたらしい世界を創造する」個人的な新しい歌枕の創出という観点から論じられている。[12] 西山秀人氏も『古今和歌六帖』との関係を含めて、『枕草子』における地名のあり方を「歌枕への挑戦」と論じられている。[13]

同じようなことが『狭衣物語』にもいえるのではないであろうか。『狭衣物語』では「室の八島」「忍ぶ綟摺」「道芝の露」「飛鳥井」「常盤の森」「底の水屑」「峰の若松」「蔭の小草」「吉野川」「飛鳥川」「忍ぶ草」など、作品内部の作中詠歌が引き歌表現として繰り返し用いられることが、表現の特色として指摘されている。[14] 全くの虚構であり、言葉の力で物語の世界を紡ぎ出していく『狭衣物語』と、虚構を含むとはいえ、中関白家に仕えた女房という明確な立場が明らかにされ、短い文章の中に作者の思想や個性、感性が盛り込まれた随想という形をとる『枕草子』とを、簡単に同列に論じることはできないかもしれないが、散文における「歌枕の創出」という『枕草子』のあり方と、新しい地名を作品内で用い、それに象徴的な意味合いをもたせ、繰り返し作品内で用いることによってイメージを定着させていく『狭衣物語』のあり方は、「地名が喚起する言葉の力」という点において通底するものがあるのではないかと考えられるのである。

六　おわりに

以上、『狭衣物語』の地名表現についての特色をあげて、和歌との関係から、『後拾遺集』以後に新しく歌枕として採用され定着した地名が多く見られること、既存の歌枕においても新しい景物との取り合わせや趣向が見られること、また、散文学との関係からは主に『枕草子』との共通点について考察してきた。

和歌との関係においてみられたこれらの傾向は、かつて『源氏物語』『夜の寝覚』の歌語についても和歌史との関わりの中で言及したことがあり[15]、そこでも同様の傾向が見られた。しかし、『源氏物語』と『夜の寝覚』、『狭衣物語』とは時代的な背景は同一とは言えない。『源氏物語』の場合は時代を先取りするような歌枕観が作中で示される場面があり、それに関して藤井貞和氏は、古代和歌の作り方や考え方が変わりつつあるときに来ていることの実感、反映であることを読み取られたが[16]、実際に『源氏物語』の歌枕を調べてみるとその傾向がうかがえた[17]。作者の和歌に対する見識の現れとも解釈できる。

一方、『狭衣物語』や『夜の寝覚』の場合は、同時代の歌壇の動き、流行に連動しての現象であることが推測される。両物語の成立が想定されている後冷泉朝時代は、『拾遺集』成立後、『後拾遺集』選定までの八〇年にわたる勅撰空白期であり、歌壇ではさまざまな動きが模索されていた時代であった。中でも新しい歌語、歌枕への興味は盛んで、『後拾遺集』では三代集で見られた類型的な歌枕の用例は減少し、新しい歌枕が多く見られるようになったこと、また、多くの新景物が歌枕に配されるようになったこと、名所題の流行も広く見られることなどが、和歌の研究で報告されている[18]。また、散文との関わりでは、『更級日記』の「上洛の記」の部分における地名への関心が指摘されている[19]。和歌において、「時代の新しい風を呼び込む姿勢は、まず頼通自身のものでもあったのである」[20]とされる環境の中で、「六条斎院禖子内親王家物語合」に代表される、女房歌人たちの物語制作の事実、またそのときの物語提出者の一人宣旨が『狭衣物語』の作者と目されることなどを考慮すると、同時代和歌との関わりが、物語の作品形成に、より直接的に影響しあっていると考えられる。さらに藤原俊成の「源氏見ざる歌よみは遺恨の事なり」に代表される、院政期以後の歌壇における『源氏物語』を初めとする物語の評価の高まりが、その作中詠歌の歌語への注目を促し、中世和歌へ影響を及ぼした一面もあろう。晴れの場における和歌において、歌枕として定着していく語の背景に物語の作中詠歌があるという可能性は、今後さらに検討を要する問題である。

また、散文学においては、特に『枕草子』との関係が注目される。両者とも本文の成立や諸本についてさまざまな問題があるが、それらを考慮するとしても、前述のように両者の共通性はなかなか興味深い。地名ばかりではなく、たとえば、「春はあけぼの」の段、雪山の段、粥杖の段などとの関係も指摘されているところである(21)。

今回は『狭衣物語』の地名表現についての概括的な報告であったが、今後は具体的に地名表現がどのように物語世界の構築と関わっているのかが課題となる。背景としての歌壇の傾向との関わりは重要であるが、単に時代の流行の影響、好尚というだけで片付けられない。また新しい語への関心は実は名所歌枕に限ったものではなく、他の歌語にも見られる傾向であった(22)。しかし、一般的な歌語とは異なり、「地名」というのは、目前の土地の名前を指し示すとき以外に文章中で用いられると、何か異質なものを感じさせることばである。その違和感がエネルギーとなってあらたな言説を生み出す。『狭衣物語』の場合、このような「地名」に関することばが、他作品より多く、また多様に使われていることの意味は、あらためて問われてよい。地名への関心が時代の好尚から喚起されたものだとしても、それが積極的に取り込まれていて、独自の世界形成に関係していることの意味をこれから問うていくことになろう(23)。

主人公の内面に焦点があてられ、主人公の心に添う形で語られ、主人公の関知しない世界は基本的に興味が示されない『狭衣物語』の世界は、閉鎖的な一面をもつ。独詠、独語あるいは成立しない贈答が目立ち、登場人物同士のコミュニケーションによって作品が展開されていくことは少ない。さらに作中歌語、あるいは内部引歌などと名づけられて、作品内部で詠まれた作中詠歌を繰り返し引用し、一つのイメージを定着させたり、増殖させたりしながら、人物の性格、役割を明らかにしていったり、出来事の意味などを問うていくあり方は、自己充足していく作品世界を志向する。

一方、周知のように『狭衣物語』には、『源氏物語』をはじめとする多くの先行作品の引用による表現が、その大きな特徴の一つである。それはただ引用例の数からだけではなく、引用される先行作品の多さ、その方法的な多様性など多岐にわたる。登場人物たちは先行物語文学作品の登場人物や、古歌による引歌表現のように思ったり、感じたりし、漢籍や仏典のように考える。それら、引用表現によって外部の世界を引き込むことは、すなわち外部へも開かれていることもいえる。それは読者の想像力を喚起し、表現の多様性を生み、新しい解釈を呼び込み、新たな物語を紡ぎ出すことにつながる。このような作品世界の閉鎖性と、表現の開放性にこの物語の魅力はあるともいえよう。

その網の目のように張り巡らされた引用表現の中で、「地名」、なかんずく背後に和歌のことばの堆積を負って、特別の意味内容をもつ歌枕は、特定の場面、特定の人物、特定のイメージを想起させるインデックスとして機能しているのである。

注

（1）下鳥朝代　萩野敦子　宮谷聡美　乾　澄子「『狭衣物語』の地名表現調査——平安朝文学における分布・一覧——」（『平成16～18年度　科学研究費補助金（基盤研究Ⓒ）課題番号16520109『狭衣物語』を中心とした平安後期言語文化圏の研究・研究成果報告書』二〇〇七年二月）参照。
なお、調査は『狭衣物語』『源氏物語』『枕草子』とも新編日本古典文学全集本にによっている。

（2）「狭衣物語の地名表現」（『講座平安文学論究』第一三輯　風間書房　一九九八年）「狭衣物語の和歌の時代性」（『狭衣物語の新研究』新典社　二〇〇三年）

（3）長谷章久「源氏物語の風土」（『源氏物語の地理』思文閣出版　一九九九年）のデータから平安京内の地名を除いた数字。

（4）『新編国歌大観』の各物語の歌を基にした数字。

（5）注（2）参照。
（6）注（2）参照。
（7）注（2）「狭衣物語の和歌の時代性」
（8）本書Ⅰ―第二部第四章。なお、小町谷氏も注（2）の「狭衣物語の和歌の時代性」の中で「歌語の拡充という点と共に、それ以上に重要なのは、『古今集』以来用いられてきた歌語の用法に新しい趣向や解釈が加わっているかどうかということであろう」と述べられている。
（9）注（2）「狭衣物語の地名表現」参照。
（10）『源氏物語』須磨巻で右近将監が歌った歌「ひきつれて葵かざししそのかみを思へばつらし賀茂の瑞垣」がある。
（11）「枕草子の影響――狭衣物語その他」（『枕草子講座4』有精堂出版　一九七六年）
（12）『日本文学研究資料叢書　枕草子』解説（有精堂出版　一九七〇年）
（13）「歌枕への挑戦――類聚章段の試み――」（『国文学』一九九六年一月）等。
（14）高野孝子「狭衣物語の和歌」（『言語と文芸』一九六五年九月）伊藤博「狭衣物語の方法――歌句の引用と女君の呼称」（『平安時代の和歌と物語』桜楓社　一九八三年）堀口悟「狭衣物語における内部引歌の原歌」（『シオン短期大学日本文学論叢』一九九一年三月）同「『狭衣物語』内部引歌論――内部引歌の認定を軸に――」（『論集　源氏物語とその前後2』新典社　一九九一年）
（15）本書Ⅰ―第二部第四章、第五章、Ⅲ―第一部第一章で論じた。
（16）「歌枕としての地名――光源氏の詠歌をめぐりて――」（『源氏物語の地名と方法』桜楓社　一九九〇年）
（17）本書Ⅰ―第二部第四章参照。
（18）渡辺輝道「後拾遺集の歌枕用法――三代集との共通歌枕を通して―」（『高知大国文』一九八三年一二月）坂口和子「後拾遺時代の歌枕―歌語から名所へ――」（『平安後期の和歌』風間書房　一九九四年）
（19）久保木秀夫「『更級日記』上洛の記の一背景――同時代における名所題の流行――」（『更級日記の新研究』新典社二〇〇四年）

(20) 近藤みゆき「古代後期和歌史の展望」(『古代後期和歌文学の研究』風間書房 二〇〇五年)

(21) 注(11)参照。

(22) 本書Ⅲ—第一部第一章参照。

(23) 小町谷氏の飛鳥井女君に関して地名表現が効果的に使われているという指摘はその先蹤となろう(注(2)「狭衣物語の地名表現」)。

第三章　『狭衣物語』の表現——「歌枕」の機能に着目して——

一　はじめに

『狭衣物語』の表現について考えるとき、その特徴として作品内の和歌や引き歌をもとにしたり、ある出来事を集約し、象徴したりする、体言化された歌句の存在があげられよう。これらの語は「歌語」であるがゆえに、和歌のことばがもつ文学的なネットワーク（縁語、掛詞、見立てなどの修辞や景物との連関）とつながり、他の先行作品やすでに表現された場面を呼び込む契機となる。本章ではその機微の一端を『狭衣物語』の地名表現を通して考えてみたい。

『狭衣物語』には非常に多くの地名表現が見られる。(1)主人公狭衣の高野山、粉河詣や飛鳥井女君の西国行き、飛鳥井女君の兄僧の修行あるいは源氏の宮の斎院、女二の宮の嵯峨移居など、登場人物たちが実際に京中から移動することによるものである場合もあるが、多くは修辞的なものである。実際の土地とは関係ない地名が修辞的な表現として有効なのは、和歌の世界で蓄積されてきた技法である歌枕表現によるところが大きい。周知のように歌枕表現は、その地名に関わる景物や伝説、あるいは代表的な歌に籠められた心情の代弁、掛詞による語呂合わせ的なものによる連想表現など、幅広い言葉を呼び込む装置として、三十一字と字数の限られた歌一首の中で大きな働きをする。

引用の織物と評される『狭衣物語』では、漢詩、仏典、先行物語、説話、伝承などさまざまな文化遺産を取り込み、その作品世界を構築しているが、やはり和歌による表現がその中心をなすといえよう。ここでは『狭衣物語』に多く出てくる地名のうち、何らかの和歌の歴史を背負った表現である「歌枕」を中心に取り上げて考察する。(2) 前章では『狭衣物語』における地名表現についてその特色について概括を試みたが、(3) 本章では作品に即して、その表現世界を探ってみたい。(4)

二　和歌に詠まれた地名

さて、『狭衣物語』における作中詠歌あるいは引き歌表現を中心として、単なる土地の名前を指示したものではなく、和歌に詠まれたことのある地名をとりあげる。『狭衣物語』には約二六〇例ほどの地名表現が見られる。その中には「逢坂」「井手」「難波」「姨捨」「吉野」などといった『万葉集』あるいは『古今集』以来伝統的に和歌に詠み込まれ、歌枕として修辞的に発達し、物語、日記などの散文作品においても引き歌表現として親しまれてきたものも数多くみられるが、以下のように先行作品にはあまり取り上げられたことのないものも登場する。

朝津の橋　飛鳥井　有栖川　板田の橋　稲淵　浮島　うしろの岡　音無の里　音無の滝　神山　おぼろの清水
亀山　唐泊　木の丸殿　衣の関　嵯峨野　信田の森　鈴鹿川　住吉の里　園原　十市の里　常盤の森　なぐさの浜　梨原　双の岡　後瀬の山　野中の清水　比叡の山　平野　船岡　古野　益田の池　向ひの岡　虫明の瀬戸　室戸　室の八島　猪名山　緒絶の橋

これらを和歌史の中においてみたとき、以下のような特徴が見られた。(5)

A　平安和歌には用例が見いだせず、『狭衣物語』以後『後拾遺集』以下の勅撰集において用例が見られるもの

このような例としては前章で触れた「虫明の瀬戸」の他に、斎院となった源氏の宮が紫野の本院で詠んだ、

己のみ流れやはせん有栖川岩もる主我と知らずや　（巻三②一五二頁）

によまれた「有栖川」や、「常盤の森」「おぼろの清水」などがあげられる。

B　私家集、私撰集など古歌に詠まれた地名ながら、勅撰集においては『後拾遺集』以降に詠まれるようになったもの

代表的なものとしては「室の八島（の煙）」があげられる。『狭衣物語』において狭衣の源氏の宮への思いの象徴となり、なんどもくり返し用いられる「室の八島」という歌枕は、『狭衣物語』以前には、『古今和歌六帖』の、

しもつけやむろの八しまに立つ煙おもひ有りとも今こそはしれ　（第三・一九一〇）

の一首が見られる以外、あまり詠まれることはなく、藤原実方の、

いかでかはおもひありともしらすべきむろのやしまのけぶりならでは　（『詞花集』別・一八三）

が、知られるのみである。そしてこの実方詠が『詞花集』に収載されたのが勅撰集初出となる。(6)平安後期以降では

歌枕としてよく詠まれるようになるが、『狭衣物語』の時代には歌枕としてはそれほど一般的なものではなかったと思われる。同様の例として、「神山」「板田の橋」「信田の森」などがあげられる。

C 同様に私家集、私撰集では詠まれた地名ながら、勅撰集においては『後拾遺集』以降に詠まれるようになったもののうち、『源氏物語』ですでに取り上げられていたもの

たとえば「園原」は『古今和歌六帖』の、

そのはらやふせやにおふるははきぎのありとてゆけどあはぬ君かな　（第五・三〇一九）

を踏まえた『源氏物語』帚木巻の、

帚木の心をしらでその原の道にあやなくまどひぬるかな　（帚木①一一二頁）

で知られるが、懐妊した飛鳥井女君を案じる狭衣の詠でも、

園原と人もこそ聞け帚木のなどか伏屋に生ひ始めけん　（巻一①一四七頁）

と用いられている。しかし、勅撰集にこの語を見出すのは『後拾遺集』の相模の歌、

あづまぢにそのはらからはきたりともあふさかまではこさじとぞ思ふ　（雑二・九四一）

が初出である。この他、たとえば「鈴鹿川」「賀茂の瑞垣」「緒絶の橋」「唐泊」などが、古歌にはあまり詠まれなかったものの、『源氏物語』の作中詠歌などで見られたあと、『狭衣物語』でも用いられ、やがて『後拾遺集』以後の勅撰集に認められるようになる地名である。

以上のように、『源氏物語』を経由するものも含めて、『後拾遺集』以降の勅撰集、さらに中世和歌に取り上げられるようになる歌枕が散見される。新しい和歌のあり方を模索していた頼通の時代には、新しい歌語、名所歌枕の開拓、あるいは既存の歌枕における新しい景物との組み合わせなどが追求されたことが、和歌の研究から報告されている。(7) 和歌史との関係における同時代性については、すでに小町谷照彦氏に論考があり、(8) 本書でも言及している。(9)『狭衣物語』の歌枕は伝統的なものを用いて表現を豊かにするというだけではなく、同時代に見られた、新しい歌語や名所歌枕への興味、開拓への積極的な参加を知ることが出来るのである。

三　体言化される歌句――地名と女君

すでに多くの指摘があるとおり、『狭衣物語』は女君たちを同一歌句による繰り返しによって、表象するという傾向がある。そのなかでも特に作中で詠まれた和歌に基づくものが多くあり、女君たちの呼称にまで影響をしているることが、表現の特色として知られている。典型的な例として、源氏の宮を「室の八島」（の煙）」あるいは「しのぶもぢずり」、飛鳥井女君を「飛鳥井」「道芝の露」「常盤の森」「底の水屑」、女二の宮を「寝覚の床」、飛鳥井の姫君を「忍ぶ草」と呼んだりするものであり、中でも作中詠歌に由来するものは、作中歌語とか内部引歌とか呼ばれている[10]。

これらの語に関しては先行研究もいくつかあるが、あらためて確認しておきたいのは、源氏の宮や飛鳥井女君といった主要な女君に関わって、それ以前の作品にはあまり見られない、特異な地名表現が使われていることである。たとえば、源氏の宮を象徴する「室の八島（の煙）」にしても、二で述べたように、当時一般的で著名な歌枕というわけではない。源氏の宮を慕う主人公狭衣の心中を表す表現とはいえ、前後の文脈と言葉の上で特につながりがあるわけではなく、またそれゆえに印象的でもある。源氏の宮に関しては、そのほかにも「武蔵野」（ゆかり）「神山」（斎院）など特別な印象を伴ってなんどか使われる地名や、「有栖川」「船岡」「帰る山」「向ひの岡」など、他の作品ではあまり見られない地名も見られる。

飛鳥井女君については、平安京を離れたさまざまな地名を用いてその人物の形象がなされていることが、小町谷照彦氏によって論じられている[11]。その呼称にしても「飛鳥井」あるいは「飛鳥川」の地と関わりがあるゆえではなく、「宿りはすべし」という意を導き出す引き歌表現（この場合は本歌は催馬楽「飛鳥井」）によるものであり、さらに作中詠歌に使われる「常盤の森」「おぼろの清水」「虫明の瀬戸」「唐泊」、地の文で使われる「梨原」「双の岡」など耳慣れない地名が、彼女に関連するものとしてあげられる。飛鳥井女君と周縁の地名との関係は、都から離れた土地をさすらう彼女のイメージなど、その人物像とも大きく関わると思われる。今、二人の女君について挙げたが、その他にも女二の宮関係で「信田の森」、式部卿宮姫君関係で「緒絶の橋」「野中の清水」など、平安後期において伝統的な歌枕とはいえないものが見られるのである。

このような女君の呼称にとどまらず、くり返し使われる体言化された歌句によって、先の場面を引用し、変奏して作品世界を展開していく『狭衣物語』の表現構造は、実は歌枕が本来持っている表現機能と通じる働きといえるのではないだろうか。一例を見たい。

歌枕には「逢坂」と「逢ふ」のように、掛詞として、語呂合わせ的に他の言葉を導き出す働きのあるものがある。『狭衣物語』にもいくつかあり、その中には先行作品ではあまり見られなかった目新しい地名も見られる。この例としては「稲淵」の「いな」、「浮島」の「憂き」「浮き」、「音無の里（滝）」の「音なし」、「十市の里」の「遠し」、「住吉の里」の「住み良し」、「後瀬の山」の「後の逢瀬」などがあげられよう。これらの語は実在の地名と関連する場合もあるが、一見前後の文脈には関わりのない、唐突な形で文章に表れたりする。その語の表す意味内容も他の歌枕や引き歌と異なって、もとになる歌が表す心や関連する景物、あるいは伝承などより、音の連想によるおもしろさに主眼がある。

代表的な例としては「梨原」があげられる。飛鳥井女君の陸奥下向が決まり、行く先に不安を抱えている女君のもとを訪ねた狭衣は、まだ名告りあっていないお互いの素性をそれとなく確かめ合おうとする。

「我が身をも海人の子とだに名告りたまへ。さらば」など心くらべに言ひなしつつ、我が御心ざしの浅からぬを、遂になど、思し頼みて、行く末遠く契りたまふ。まだ、慣らひたまはぬことなれど、梨原の、とまでぞ思しける。（巻一①九〇〜一頁）

唐突に出てくる耳なれない「梨原」という語は、『俊頼髄脳』や『夫木和歌抄』に、

君ばかりおぼゆる物はなしはらのむまやいでこんたぐひなきかな（『夫木和歌抄』雑一三・一四八八四）

として収録されている読人不知歌を本歌とすると思われ、ここでは「君ばかりおぼゆる物はなし」を導き、女君へ

強くひかれていく様子を表している。さらにこの語は、もう一度飛鳥井女君をめぐって出てくる。道成から飛鳥井女君の入水の模様を聞いた狭衣が、彼女の扇に残した歌に涙する場面である。

唐泊底の藻屑も流れしを瀬々の岩間もたづねてしがな

かひなくとも、なほかの跡の白波を見るわざもがなと思せども、心にまかせぬありさまなれば、いかがは。光源氏の須磨の浦にしほたれわびたまひけんさへぞ、うらやましう思されける。

あさりする海人ともがなやわたつ海の底の玉藻もかづき見るべく

なげのあはれをかけん人にてだに、この扇を見たまはんには浅くもあるまじきに、まして、梨原にもやうやうなりぬべかりしを、かぎりなき御嘆きの森の繁さに、何ごとも思ひ消ちたまひつれば、（巻二①二五四頁）

この場合の「梨原」は、先述の本歌の歌意をとるというよりは、「生し腹」、飛鳥井女君が妊娠していることを指し、本歌の「うまや」もその縁語、掛詞として響いているが、先の場面の狭衣の飛鳥井女君への思いを想起させる。これは「梨原」という聞き慣れない歌枕だからこそ、より印象に残り、効果的であるといえる。

このような和歌の世界で開発された修辞的な表現技法に着想を得て、まだ手垢にまみれていない地名に、物語内で独自の意味を付与し、それをくり返し用いることによって、言葉の堆積を生み、作品内世界のダイナミズムを生み出していく。あるいは語句によって喚起されるイメージ、できごと（事件、伝説）、ものなどまでを呼び込むインデックス的な働きをしている。そこに『狭衣物語』の表現の特徴がうかがえよう。

四　歌枕の創造――『枕草子』との関連

ところで、この「梨原」は、前述の「君ばかり」の歌以外には現存の和歌やその他の作品にはほとんど見られない表現であるが、実は一例、『枕草子』に見られる。

むまやは　梨原。望月の駅。山の駅は、あはれなりし事を聞きおきたりしに、またもあはれなる事のありしかば、なほとりあつめてあはれなり。（二二六段）[12]

短い行文のなかに三回も「あはれ」とでてくる箇所である。

『狭衣物語』において「梨原」の例は連想が次の表現につながる契機となっていたが、ここで思い出されるのは、言葉の連鎖、連想によるおもしろさが指摘される『枕草子』のいくつかの地名関連章段である。たとえば、

山は、小倉山。鹿背山。三笠山。このくれ山。いりたちの山。わすれずの山。末の松山。かたさり山こそ、いかならむとをかしけれ。いつはた山。かへる山。のち瀬の山。あさくら山。よそに見るぞをかしき。おほひれ山もをかし。臨時の祭の舞人などの思ひ出でらるるなるべし。三輪の山、をかし。手向山。まちかね山。たまさか山。耳なし山。（一一段）

関は逢坂。須磨の関。鈴鹿の関。くきたの関。白河の関。衣の関。ただこえの関ははばかりの関にたとしへな

くこそおぼゆれ。横はしりの関。清見が関。みるめの関。よもよもの関こそ、いかに思ひ返したるなるらむと、いと知らまほしけれ、それをなこその関といふにやあらむ。逢坂などを、さて思ひ返したらむは、わびしかりなむかし。（一〇七段）

など、当時だれもが認めていた伝統的な歌枕だけではなく、名前のおもしろさや掛詞的な連想のおもしろさから集められたと思われる地名が多く見られる。その中には、現在では所在未詳、あるいは証歌未詳の地名も見られ、それらをどのように解釈するかが問われてきた。

西山秀人氏は清少納言の個性、個人的な興味で選択されたとする先行研究に対して、そのような証歌未詳の地名について歌学書およびその注記を丹念に調査され、『枕草子』の時代には例歌が見られず、中世以降にその例歌がみられるものに関して、現在では散佚してしまった詠歌がその背景には考えられることを指摘[13]、また「彼女は伝統・類型に固執する和歌文学のあり方に飽きたらず、後世では「耳なれぬ所の名」と一蹴されてしまうような流行的な歌枕を含めた上で、もっと自由な立場から地名の持つ記号性を追求してみたかったのであろう。それが彼女流の歌枕に対する一つの挑戦ではなかったかと思われる[14]」とされ、さらに『後拾遺集』との関連についても論じられている[15]。

そこで次に注目したいのは、そのような伝統的な歌枕からは外れた地名に関心を示し、人々の共通理解を踏み外して、あらたな連想を紡いでいった『枕草子』と『狭衣物語』に共通する地名の多さである。先の「梨原」などが好例であろう。前章でも触れたが[16]、改めて『枕草子』との共通する歌枕を挙げてみると、

朝津の橋　飛鳥川　飛鳥井　逢坂　逢坂の関　石山　いな淵　妹背山　浮島　太秦　音無の滝　大原野　大堰

川　春日　葛城　帰る山　賀茂　粉河　越　衣の関　嵯峨　嵯峨野　白山　園原　梨原　後瀬の山　平野　船岡　細谷川　陸奥　吉野川　小倉山　小野　姨捨山　十市の里（能因本）常盤の森（能因本）信田の森（能因本）

などがある。これらは『枕草子』においては大半が、

「山は」の段（一一段）　小倉山　帰る山　後瀬の山
「原は」の段（一四段・一〇九段）　園原
「淵は」の段（一五段）　稲淵
「滝は」の段（五九段）　音無の滝
「河は」の段（六〇段）　飛鳥川　大堰川　細谷川　吉野川
「橋は」の段（六二段）　朝津の橋
「関は」の段（一〇七段）　逢坂　衣の関
「井は」の段（一六二段）　飛鳥井
「野は」の段（一六三段）　嵯峨野　小野
「島は」の段（一九一段）　浮島
「寺は」の段（一九五段）　石山　粉河
「むまやは」の段（二二六段）　梨原
「岡は」の段（二三二段）　船岡
「神は」の段（二六九段）　大原野　春日　賀茂　平野

能因本　「原は」の段（一三段）　梨原
「里は」の段（六六段）　十市の里
「森は」の段（一一五段）常盤の森　信田の森

など類聚的章段におさめられているが、なかでも「飛鳥井」「後瀬の山」「稲淵の滝」「朝津の橋」「梨原」「細谷川」「常盤の森」は、先行の他作品にはほとんど見られないものである。また能因本との関係も注目される。

『枕草子』と『狭衣物語』の関係については、早くに土岐武治氏[17]や三谷栄一氏[18]によって指摘され、その享受のありかたや、いくつかの場面での影響関係について論じられてきた。[19]『枕草子』の地名に関して、三谷邦明氏が、「歌枕が公的に一般的に認められているのに対して、清少納言は私的な個人的な歌枕・枕言を枕草子で述べた」とした上で、

だが、私的な歌枕というのは矛盾であり、逆説ではないか。あくまで歌枕は過去に和歌に詠まれた名所・歌語を基礎として成り立つものであって、私的に、個人的に、戯れに、勝手に創造するものではないのだ。（中略）多分、枕草子の文学の本質は、この〈褻〉の歌枕というパラドックスにあるに違いない。〈おのづから〉という意識が、通念であり、常識であった世界を、その内部から破壊し、全くあたらしい世界を創造するのである。[20]

と指摘されたが、それは『狭衣物語』の表現方法にも通じるのではないであろうか。

両者の近さは『枕草子』に登場した歌枕が『狭衣物語』でも見られるというだけではなく、表現を紡ぎ出す契機としての歌枕の機能に着目し、さらに新しい歌枕を創造していくという文学的な営為に対しても言えよう。

五　著名な歌枕——「吉野川」の場合

それでは次に、『狭衣物語』において、既存の著名な歌枕はどのように用いられているか、「吉野川」の例を見てみたい。

中納言昇進の挨拶に洞院の上を訪れた狭衣は、上が引き取った今姫君のもとにも立ち寄る。貴公子の訪れにとにもかくにもと母代は挨拶の歌を詠みかける。

「めづらしき御けはひこそ。思しめし違へさせたまひたるにや」とて

吉野川何かは渡る妹背山人だのめなる名のみ流れて

と、げに、ぱぱと詠みかけたる声、舌疾で、のど乾きたるを、若び、やさしだちて言ひなす。これぞ音に聞きつる母代なるべし、と聞きたまふ。

恨むるに浅さぞ見ゆる吉野川深き心を汲みて知らねば

また、ある本に、

知らせばや妹背の山の中に落つる吉野の川の深き心を

（巻二①一〇八～九頁）

「ただ、恨み歌を、ぱぱと詠みかけよ」（一〇八頁）とささやく女房にこたえて母代が詠むことになった歌は、狭衣と今姫君の兄妹であることを「妹背山」の語に託したもので、ありきたりとはいえ、特に問題のある歌ではない。

その後、洞院の上のたっての願いで今姫君の入内の話が進み、後見を依頼された狭衣は久しぶりに今姫君のもと

を訪れる。

身もわななかれて、いとさらにいひ続くべくもなければ、かのぱぱと詠みかけし歌をこそ、母上聞きたまひて、よしとのたまひしかと、まれまれ思ひ出でて、おぼれしどけなき声にて、「吉野川何かは渡る」と、一文字も違へず言ひ出でたまへるを、忘れぬ端やありけん、聞きたまふも、（巻三②四二頁）

と、今姫君はかつて母代が詠んだ歌をそのまま口ずさみ、教養のないところをさらけ出す。それに対する狭衣の詠歌は、

吉野川渡るよりまた渡れとやかへすがへすもなほ渡れとかや（②四二頁）

といささかうんざりしたものであった。

その後も「大将殿も、かの「吉野川」の後は、帝の渡らせたまはんたびごとに、詠みかけたてまつりたまはんずらんと」（巻三②六六頁）、「かの吉野川あまたたび諫めたまひし今姫君の、御よすがとなりたまへりし宰相中将は」（巻四②三七七～八頁）と何度がこの時のできごとが「吉野川」の一語に集約され、パッケージ化されて繰り返される。

ところで、今姫君の「吉野川」の歌に関する一件で思い出されるのは、『源氏物語』の近江の君であろう。今姫君の造型と近江の君との関連は『源氏物語』の影響が見られるところであるが、今、問題にしたいのは、近江の君の詠んだ次の歌についてである。

草わかみひたちの浦のいかが崎いかであひ見んたごの浦波　　　　（常夏③二四九頁）

玉鬘を引き取った光源氏への対抗意識から、内大臣（もとの頭中将）が探し出してきた娘、近江の君が、おなじく内大臣の娘弘徽殿女御方に送った挨拶の歌である。このまったく「本末あわぬ歌」（二四八頁）に対して、女御方の女房は「かくゆゑゆゑしく書かずは、わろしと思ひおとされん」（二五〇頁）と嘲弄しつつ、

ひたちなるするがの海のすまの浦に波立ち出でよ箱崎の松　　　　（同③二五〇頁）

と返歌する。近江の君が三つの地名を詠み込んだのに対して、四つの地名を詠み込む念のいったからかいの歌である。

洗練されていず、無教養な姫君がなんとか背伸びをして和歌を詠もうとする時によりかかるのが、歌枕なのである。その背景には歌枕さえ詠み込めば、それなりに歌の体をなすという形式主義と、景物や心情、特定の印象を伴ったり、縁語や掛詞による連想などによる複雑な詩境を表現できる歌枕の高度な表現は、いかに教養が必要とされるかを思い知らされる場面である。そういえば、『古今集』の仮名序で「歌の父母」とされたのは、歌枕が詠み込まれた「難波津」の歌と「安積山」の歌であった(21)。

『狭衣物語』の文章において、和歌史が積み上げてきた高度な修辞を縦横無尽に引用、駆使して繰り広げられていった反面、既存の歌枕に安易に寄りかかる姿勢に対して向けられる厳しいまなざしが、この「吉野川」の例をめぐる一件に示されている。それはすでに『源氏物語』で光源氏が、末摘花の「唐衣」歌に対して、

「古代の歌詠みは、唐衣、袂濡るるかごとこそ離れねな。まろもその列ぞかし。さらに一筋にまつはれて、いまめきたる言の葉にゆるぎたまはぬこそ妬きことははたあれ。人の中なることを、をりふし、御前などのわざとある歌詠みの中にては、円居離れぬ三文字ぞかし。昔の懸想のをかしきいどみには、あだ人といふ五文字をやすめ所にうち置きて、言の葉のつづき、たよりある心地すべかめり」など笑ひたまふ。（玉鬘③一三八頁）

と型にはまった詠みぶりを皮肉めいて述べていたことを思い起こさせる。

烏滸なる姫君の形象に「吉野川」の語が繰り返される様子は、光源氏が末摘花の「唐衣」歌に閉口して「唐衣またからころもからころもかへすがへすもからころもなる」（行幸③三五頁）と詠んだ状況に類似しているが、「吉野川」の場合、安易に既存の歌語によりかかることへの批判以上に、一連のできごとを集約し、引用していくインデックスの働きをする語として用いられているところにその違いがある。

三で述べたように、『狭衣物語』においては著名な歌枕ばかりではなく、新しい地名が効果的に用いられていた。物語内作中詠歌を引き歌表現として体言化し、別の場面でも何度も用いる、そういう形は源氏の宮、飛鳥井女君の場合と共通するあり方であった。いずれも歌枕を基点とする表現ながら、源氏の宮、飛鳥井女君の場合は、目新しい歌枕を使用することによって、読者の印象を深め、今姫君の場合は旧来の由緒ある歌枕を用いることによって、その滑稽さが増幅される。同じように歌枕がインデックスとして前の場面を引き出していく働きを持ちながら、このような差が生まれるのは、使用された語が主人公側に寄り添うものであるのか、そうでないのかによるところが大きい。滑稽な役割を担わされた人物は、主人公や主人公が属する世界を相対化していく。主人公側に伝統的な歌枕を配するのではなく、相対化していく人物の側にそれを配するところにこの『狭衣物語』の表現の革新性を見ることが出来よう。

ところでこの物語において「吉野川」が使用される例は、今姫君関係だけにとどまらない。

吉野川のわたり、舟いとをかしきさまにてあまたさぶらはせたれば、乗りたまひて流れゆくに、岩波高く寄せかくれど、水際いたく凍りて、浅瀬は舟も行きやらず、棹さしわたるを見たまひて、

　吉野川浅瀬白波たどりわび渡らぬ仲となりにしものを

思しよそふる事やあらん。妹背山のわたりは見やらるるに、なほ過ぎがたき御心を汲むにや、舟いでえ漕ぎやらず。

　わきかへり氷の下にむせびつつさもわびさする吉野川かな

上はつれなく」など口ずさみつつ、からうじて漲りわたるに、かの底の水屑も思し出でられて、ただかばかりの深さだに思ひ入りがたげなるを、いかばかり思ひわびてかなど、（巻二①二九六～七頁）

高野山、粉河詣に出かけた狭衣は舟で吉野川を渡っていくが、吉野川に隔てられた妹背山を見て、ついに思いを遂げることがないまま隔てられる運命となった源氏の宮を思う。しかし、再び川の水面に目を転じた狭衣の思いは、水底に身を投げたという飛鳥井女君へと向かうという場面である。(22) ここでは、「吉野川」を単なる修辞としてではなく、実地詠という形で用いることによって、臨場感を持たせて語の持つ本来の意味内容を回復させているが、それだけではなく、この場面で、和歌史上ではより多く詠まれてきた「吉野山」が選択されていない意味も問わなければならない。すなわち「山」でなく「川」は「水」を連想させ、狭衣に水底に沈んだという飛鳥井女君を思い出させるよすがとなる一方、「吉野川」の語に物語内で付与されたもの、今姫君にまつわるエピソードを呼び込んでくる働きもしているのである。

はたして、粉河寺の参詣から帰京し、飛鳥井女君の行方の手がかりを知ると思われた兄僧とも行き違い、落胆する狭衣に飛鳥井女君の消息、素性について語ったのは、かつて「吉野川」の歌を詠んだ今姫君の母代であった。「吉野川」の語が直接的に両者を結ぶわけではないが、そこには歌枕の機能を熟知し、読者が抱く印象を操作し、言葉による世界を構築していく『狭衣物語』の世界がある。

六　おわりに

以上、『狭衣物語』に多く見られる地名表現、なかでも歌枕に着目して検討してきた。

『狭衣物語』の表現の最大の特徴は、「少年の春惜しめども留らぬものなりければ」で始まる冒頭文に代表される過剰なまでに彩られた和歌的な修辞であろう。十分な和歌の教養と知識に支えられたそれらは、しかしながら伝統的なものの上に安住しているわけではなかった。

長元八年（一〇三五）、村上朝の「天徳四年内裏歌合」に匹敵する規模の晴儀歌合が頼通の邸宅高陽院で行われた。「賀陽院水閣歌合」である。それほど大規模な歌合が天皇主催ではなく、摂関家主催であったところに和歌史の転換を見ることができる。政治的な安定にも支えられて頼通の文化への理解と造詣は、歌壇に新しい風と力を呼び込んだ。[23] また、『更級日記』にその一端を見ることができるように、『源氏物語』に刺激されて物語熱は高まり、多くの物語作品も新作された。頼通の後援を受けて、後冷泉皇后寛子（頼通養女）、後朱雀皇女祐子内親王、禖子内親王姉妹（頼通孫）は歌合などを頻繁に催し、それぞれの女房たちがたがいに行き来しながら歌合に参加し、また新作一八篇が提出された「六条斎院禖子内親王家物語歌合」のような催しの作者となった。『狭衣物語』の作者とされている宣旨は禖子内親王家の女房であり、歌人としても歌合になんども出詠している。実力ある歌人でもあった彼女の目に、歌枕にとりわけ興味をもち著作もある歌僧能因や、おなじく新しい歌枕、歌語の開拓に独自の感性と才能を見せた相模の活躍はどのように映ったであろう。

一方、平安時代にはあまり享受の状況が知られていない『枕草子』も、定子の遺児脩子内親王に献上された本が存在し、その関係から祐子、禖子内親王、後冷泉皇后寛子などのサロンで女房たちに共有されていたと思われることが三谷栄一氏によって明らかにされている。(24)

『狭衣物語』はそのような空気の中で、生まれた作品である。

時代の流行、『枕草子』から摂取したもの、それらは確かに『狭衣物語』の地名、歌枕表現に影響を与えていようが、それは単に新奇さを求めただけではなかった。『狭衣物語』では歌枕表現の持つ本来の機能——掛詞による連想、景物との取り合わせ、原歌の歌意、地名にまつわる伝説・伝承などの〈できごと〉の集約——など、和歌の表現の方法が物語の表現に生かされている。すなわち、『狭衣物語』の地名・歌枕表現は、物語のある場面や状況を集約し、〈歌ことば〉ゆえに持つ和歌史の堆積を加え、それら重層的なものが次の場で用いられた表現に作用し、展開を呼ぶものとなっているのである。さらに考察してきたように、中心となる女君たちに耳慣れない印象的な地名が用いられ、伝統的な歌枕（「吉野川」）は烏滸なる今姫君の表象となっているなど、和歌の伝統をも相対化する力が物語を展開していくエネルギーとなっている。当時の人々が共有していた〈歌ことば〉の記憶をずらすことによって生じる意外性を〈物語のことば〉として、その世界を拓いていったといえよう。『源氏物語』とはまた異なる『狭衣物語』の世界は、古歌の知識、教養を存分に駆使して作品を豊かな文学的香気にあふれたものにするだけではなく、あらたに作品に学んだ方法で作品世界の構築に挑んだのである。(25)

注

（1）前章参照。
（2）「歌枕」は平安後期にはまだ地名、名所の意に限定していたと限らないと思われるが、ここでは便宜上狭義の意味で地名に限定して用いる。
（3）尚、『狭衣物語』の作中詠歌の背景については後藤康文氏の一連の論考がある。
（4）なお、本章では新編日本古典文学全集『狭衣物語①　②』を用いている。通行のテキストの中で一番地名数が多いということで、（1）における共同研究のもとになっている。底本に深川本を用いているため、いわゆる「或本歌」も含むが、『狭衣物語』の表現の豊かさを示す可能性を示すものとして今回は対象にしている。
（5）注（1）参照。
（6）『金葉集』三奏本にも見られる。
（7）渡辺輝道「名所歌枕から見た後拾遺和歌集」（『高知大国文』一九八〇年一二月）「後拾遺和歌集の歌枕用法――三代集との共通歌枕を通して――」（『高知大国文』一九八三年一二月）、坂口和子「後拾遺和歌集の歌枕」（『平安後期の和歌』風間書房　一九九四年）井上新子「『狭衣物語』における歌ことばの形成と中世和歌への影響――「後枕」・「葦のまよひ」・「古き枕」に着目して――」（「平成16～18年度科学研究費補助金（基盤研究（c））『狭衣物語』を中心とした平安後期言語文化圏の研究・研究成果報告書」二〇〇七年二月）等。
（8）小町谷照彦「狭衣物語の和歌の時代性」（『狭衣物語の新研究』新典社　二〇〇三年）
（9）本書Ⅲ―第一部第一章参照。
（10）高野孝子「狭衣物語の和歌」（『言語と文芸』一九六五年九月）伊藤博「狭衣物語の方法――歌句の引用と女君の呼称――」（『平安時代の和歌と物語』桜楓社　一九八三年）堀口悟「『狭衣物語』内部引歌論――内部引歌の認定を軸に――」（『論集源氏物語とその前後2』新典社　一九九一年）等。
（11）小町谷照彦「狭衣物語の地名表現」（『講座平安文学論究』一三輯　風間書房　一九九八年）
（12）枕草子の引用は『新編日本古典文学全集　枕草子』（三巻本）による。能因本については旧シリーズの『日本古典文学全集』本に拠る。『狭衣物語』と能因本の関係は、三谷栄一氏「枕草子の影響――狭衣物語その他」『枕草子講座』四　有精堂出版　一九七六年）によって指摘されており、今後地名や歌語の点からもあらためて検討していきたい。

(13) 西山秀人「『枕草子』地名類聚章段の背景」（『上田女子短期大学紀要』一九九四年三月）

(14) 西山秀人「歌枕への挑戦――類聚章段の試み――」（『国文学』一九九六年一月）

(15) 西山秀人「『枕草子』の新しさ――後拾遺時代和歌との接点――」（『学海』一九九四年三月）

(16) 注（1）参照。

(17) 土岐武治「狭衣物語に及ぼせる枕草子の影響」（『平安文学研究』一九六五年六月）

(18) 三谷栄一「枕草子の影響―狭衣物語その他」（『枕草子講座四』、有精堂出版　一九七六年）

(19) 中城さと子「『狭衣物語』の『枕草子』受容――「出し衣」をする今姫君の女房達を中心に――」（『中京大学文学部紀要』41　二〇〇七年三月）等。

(20) 三谷邦明「枕草子研究のために」（『日本文学研究資料叢書　枕草子』解説　有精堂出版　一九七〇年）

(21) 難波津に咲くやこの花冬ごもり今は春べと咲くやこの花
　安積山影さへ見ゆる山の井の浅き心をわが思はなくは

(22) 井上眞弓「メディアとしての旅――恋のゆくたてを見る」（『狭衣物語の語りと引用』笠間書院　二〇〇五年）

(23) 近藤みゆき「古代後期和歌史の展望」（『古代後期和歌文学の研究』風間書房　二〇〇五年）

(24) 注（18）参照。

(25)『狭衣物語』には「道芝の露」「底の水屑」を初めとして「岩垣沼」「小夜衣」「道の空」などやはりそれまでの和歌にはあまり用いられることのなかった歌語も見られる。これらは同様に作品内でくり返し使われ物語を動かしていったり、後世の作品に影響を与えたりする力を持つ。特定の土地の名を指し示す歌枕と作品を動かしていく表現方法の違いについてはあらためて考えたい。

第四章 『狭衣物語』の和歌的表現——意味空間の移動をめぐって——

一 はじめに

主人公の内面に焦点があてられ、主人公の心に添う形で語りが展開され、主人公の関知しないことには、興味が示されない『狭衣物語』の世界は、閉鎖的な一面をもつ。独詠、独語あるいは成立しない贈答が目立ち、登場人物同士のコミュニケーションによって作品が展開されていくことは少ない。一方、その文章には多くの外部世界の引用が見られることもよく知られていることである。それらは和歌、物語、漢詩などの先行文学作品のみならず、歴史、仏典、俗謡、俗諺、はては天界からの使者、伊勢や賀茂の神託と多岐にわたり、質、量ともに『源氏物語』を凌ぐ。外部の作品世界の取り込みは、それらを媒介として物語世界が外部にも開かれていることにもつながり、作品の開放性を示しているといえよう。

本稿では、このような『狭衣物語』の表現を支える作中詠歌ならびに引き歌、歌語などの和歌的表現を通して、すなわち〈和歌〉が紡ぎ出す意味空間と『狭衣物語』の作品世界について考えてみたい。

二 和歌的表現について

『狭衣物語』は、臣籍降下された父を持ち、才能、容貌にも恵まれた二世源氏の男主人公が、最終的に伊勢の神託を得て即位するという運命をたどる作品であるが、その劇的な展開に対して、宮中での描写や政治的な動きは少なく、その作品世界の中心は、主人公狭衣の恋物語といえる（以下、「狭衣」と表記した場合は男主人公を指す）。思うにまかせない源氏の宮への思いを抱えた狭衣と、女君たちの恋は、狭衣を基点として放射線状に繰り広げられ、女君同士の交流や葛藤は描かれないのが特徴である。すなわち一人ずつの女君との関係は、狭衣の中では同時並行的に進行し、交錯する。そしてその思いや関係を表象するのに重要な働きを担うのが、〈和歌〉である。〈和歌〉と一口に言っても、作品内で新たに創作される作中詠歌と、外部作品の引用である引き歌は、おのずから表現を象っていくあり方が異なる。加えて『狭衣物語』には、作中内で新作された歌を原歌とする引き歌表現が多いことがその特徴としてあげられる。

さて、『狭衣物語』の文章において、散文に対する和歌の比重の大きさについては早くに鈴木一雄氏(1)による調査がある。また、高野孝子氏(2)、竹川律子氏(3)、石埜敬子氏(4)、加藤睦氏(5)などによって、『狭衣物語』の和歌について、詳細な整理、検討がなされてきた。先学の研究を参考にすれば、『狭衣物語』の和歌の特徴として、独詠歌が増大し、他作品に比べて贈答歌が減少、その贈答歌も贈歌のみというように成立しないものも目立つことがあげられる。石埜氏が「代詠、半独詠、贈歌対手習、手習対答歌、二首重ね贈答、すれ違い贈答等々、作者は、従来の物語には見られなかった多様な歌の組み合わせを、この作品世界に取り込んでいるのである」と指摘されるように、さまざまな形式をもち、唱和歌にいたっては消滅してみられない。『源氏物語』で「物語の出来はじめの祖」とされた、『竹取物語』以降、物語の作中詠歌は贈答歌を基本としてきた。それは親和的と限らないものを含めて、登場人物の何らかの心の交流を示すものであった。贈答や唱和、すなわち他者との歌のやりとりは、場面を形成し、線状的に流れる散文の時間に、時に対抗しながら、登場人物たちの心情や立場などを如実に表現するものである。他と共通の歌ことばで繋がりながら、孤の思いを表出する『古今集』が開拓した和歌という表現手段(6)は、物語においても複雑な世界展開を可能にしてきた。本書Ⅰにおいても『源氏物語』の和歌について考察してきた。

一方、『狭衣物語』の引き歌についても早くからさまざまな検討が加えられてきている。『平安後期物語引歌索引狭衣・浜松・寝覚』の刊行[7]により、簡便に引き歌を知ることが出来るようになった。これに先立って、引き歌全体に関するものとして、前述の高野孝子氏、村川和子氏[8]、久下晴康（裕利）氏[9]の論などがあり、さらに宮本祐子氏の詳細な分析がある[10]。その他、個々の場面分析と関わって論じられたものも多い。

このような『狭衣物語』において、形態の上からも独詠が増大し、贈答が成立しなくなってきているという現象は、和歌が登場人物同士のコミュニケーションの道具ではなくなっていることを示している。これは作品の〈閉鎖性〉とも関連していよう。和歌のみならず、登場人物同士の直接的な心情の交流が余り描かれないこの物語において、しかしながら、作品を動かす力となっているのも、実は作中詠歌、引き歌、歌語などの〈和歌〉のことばである。「和歌」という三十一文字で形成される一つの作品世界がもたらす意味空間が、作品内で自由に移動することによって、物語世界が展開していく、そのことについて考えてみたい。

三　『狭衣物語』の引き歌について

最初に、外部の作品世界の引用である引き歌について考えてみたい。ここでは、その表現の背後に一定の原歌が想定されるものを「引き歌」、類歌が多く見られ、発想が似ているものを「和歌的表現」あるいは「歌語」として、区別して考えていくこととする。特定の意味空間の取り込みに着目してみたいからである。引き歌と認定されないまでも歌語や和歌の発想に基づく表現を含めると、『狭衣物語』の文章は『源氏物語』以上に和歌的表現で彩られているともいえる。

引き歌という技法は物語文学史において『源氏物語』で飛躍的にその表現の可能性が開かれた。『源氏物語』の文章は情景描写を中心に和歌的な発想に支えられていることや、和歌の表現方法として開拓された修辞（縁語や掛詞など）による言葉の連関が表現を豊かにしていることなどについては、『源氏物語』研究史が教えるところである。[11]『源氏物語』に多くのものを学んだ『狭衣物語』においても、さらに豊富な引き歌表現が見られる。その数は約二百ヵ所余り指摘されており、[12]またその頻度数は『源氏物語』の倍以上にあたることが報告されている。[13]周知のように引き歌の認定には難しいところもあり、特に地の文と融合する形で用いられているものは、原歌となる歌と語形が異なるものもあり、判断が難しく、数値的に示すことには限界もあるが、一つの目安となろう。

さて、『狭衣物語』の引き歌表現にはいくつかの特徴が見られる。すでに、指摘されている特徴として、二句目をひく傾向や象徴的な体言化などがある。[14]それら先学の教えに導かれながら、さらなる特徴について考えてみたい。まず、その一つめが、「集中的な畳みかけるような引用」である。著名な「少年の春は」で始まる物語冒頭は、引き歌のみならず、漢詩や『源氏物語』の引用を含み、印象的であるが、ここでは、別の場面、一般の女性たちと狭衣の関係についての描写を取り上げてみよう。

A　まいて、近きほどの御けはひなどをば、千世を一夜になさまほしく、鳥の音つらき暁の別に消え返り、入りぬる磯の嘆き、暇なく心をのみ尽す人々、高きも卑しきも、さまざまいかでおのづからなからん、それにつけつつは、いとど恨み所なく、すさまじさのみ増さりたまふべかめれど、いとなべてならむあたりには、なだらかに情々しうもてなしたまひて、折につけたる花紅葉、霜雪、雨風につけても、あはれ増さりぬべく夕暮、暁の鴫の羽風などにつけても、思ひがけず、いづれにも訪れたまふことは、蜻蛉に劣らず、折々あるに、なかなかいな淵の滝も騒ぎ増さりて、磯の磯ぶりにもなりたまふめり。（中略）まして菫摘みには野をなつかしみ、旅寝

したまふ辺りもあるべし。（巻一①二四〜五頁）

秋の夜の千夜を一夜になせりともことば残りて鳥や鳴きなむ（『伊勢物語』二二段）

こひこひてまれにあふよのあかつきはとりのねつらきものにざりける（『古今和歌六帖』第五・二七三〇）

しほみてば入りぬるいその草なれや見らくすくなくこふらくのおほき（『拾遺集』恋五・九六七・坂上郎女／『万葉集』巻七・一三九八）

夕暮のあはれはいたくまさりけるひひとひ物は思ひつれども（『和泉式部集』二六四）

暁のしぎのはねがきももはがき君がこぬ夜は我ぞかずかく（『古今集』恋五・七六一・読人不知）

としをふるなみだよいかにあふことはなほいなふちのたきまされとや（『続古今集』恋二・一〇九九・源具氏）〈参考⑮〉

はるののにすみれつみにとこしわれぞのをなつかしみひとよねにけり（『続古今集』春下・一六〇・赤人／『万葉集』巻八・一四二八・五句「ねにける」）

物語の始発部分、主人公狭衣の出自と人柄が紹介される。両親に溺愛され、容姿、才能、世のおぼえ、何もかも不足なものがない狭衣であるが、「世の男のやうに、おしなべて乱りがはしくあはあはしき御心ばへさへぞなかりける」（巻一①二四頁）とあまり女性には関心がなさそうな様子である。これ以前に、従妹の源氏の宮への、密かな思いが語られているが、それを知らない世の女性たちが、そんな狭衣の様子を物足りなく思っていて、ちょっとした狭衣の振る舞いにも、心を動かされる場面の描写である。一文に引かれる引き歌の数が多く、勅撰集の仮名序を思いおこさせるような、和歌的な修飾で彩られた美文となっている。ここで用いられている引き歌は、物語の具体的な情景と直接的に関連しているわけではない。散文の部分に引用された歌句は、点線部で示したような、引き歌表現の原歌が持っている恋心を形象する歌意を引き出すためのものである。

もちろん『源氏物語』でも見られた和歌的表現に彩られた情景描写と心情が一体化した場面も見られる。

B　西の山もとは、げに思ふことなき人だに、ものあはれなりぬべきを、雁さへ雲居遙かに鳴きわたりて、涙の露も、盛り過ぎたる帚木の上に、玉と置きわたしつつ、鳴き弱りたる虫の声々さへ、常よりもあはれげなるに、御前近き透垣のもとなる呉竹、荻の葉風など吹きなびかしたる木枯の音さへ、身にしみて心細げなれば、簾を少し巻き上げたまへるに、木々の梢も色づきわたりて、さと吹き入れたり。

堰く袖に漏りて涙や染めつらん梢色ます秋の夕暮れ

夕暮の露吹き結ぶ木枯や身にしむ秋の恋のつまなる

（巻一①一四七〜八頁）

秋の夕暮れの中、失踪した飛鳥井女君を偲び、狭衣が詠出する場面である。ここでは、背後にどれか特定の歌を想定することができないほど、熟した表現となっているが、その発想は、まぎれもなく和歌の世界で開拓された景物などの配し方、感じ方によるものである。このようなあり方は既製の枠組み、すなわち和歌の意味空間を持ち込むことによって、自らの世界を表現しようとするものである。ただし、ここで詠出された狭衣の和歌は「色ます秋」や「恋のつま」など、目新しい歌語を用いており、詠歌においては印象的な歌語が用いられている。

ところで、『狭衣物語』における引き歌は、実はこのような情景描写に関わるものが多いわけではない。むしろ、『狭衣物語』の引き歌の最大の特徴は、そのほとんどが狭衣の心中表現に帰すものであることと言えよう。

C さしもめでたき御身を、「室の八島の煙ならでは」と、立ち居思し焦がるるさまぞ、いと心苦しきや。（巻一①一八頁）

いかでかはおもひありともしらすべきむろのやしまのけぶりならでは　（『実方集』九〇／『詞花集』恋上・一八八）

さればよ、と心憂きに、今はた同じ難波なる、ともさらに思さるるまで。（巻一①九一頁）

わびぬれば今はたおなじなにはなる身をつくしてもあはむとぞ思ふ

（『後撰集』恋五・九三八・小町／『拾遺集』恋二・七六六・元良親王）

「小野の篠原」と心にもあらず言はれて涙ぐみたまへるけしき、（巻二①二一五頁）

あさぢふのをののしの原忍ぶれどあまりてなどか人のこひしき　（『後撰集』恋一・五七七・源等）

生ける我が身の、と言ひ顔なる行く末は、例だになきに、（巻二①二八一頁）

あひみんとおもふ心を命にていける我が身のたのもしげなき　（『貫之集』五八七）

いとど恋しうて、「垣生に生ふる」とぞ言はれたまひぬべき。（巻三②一一二頁）

あなこひし今も見てしか山がつのかきほにさける山となでしこ　（『古今集』恋四・六九五・読人不知）

あなこひしいまも見てしか山がつのかきほにおふるやまとなでしこ　（『新撰和歌』恋四・二七〇）

さりとても駒のつまづくばかりにはあらねば、（巻三②一九二頁）

みかりするこまのつまづくあをつづら君こそ我はほだしなりけれ
（『拾遺集』雑恋・一三六四・読人不知）

このような例は、枚挙に暇がない。主人公狭衣の心中は、引き歌によって呼び出される原歌の心（点線部）を引いて表現される。和歌を引用することによってもたらされる意味空間には、歌意、美的な感覚、イメージ、選ばれた歌語がもつそれ以前の歌の言葉の意味の堆積などばかりではなく、詞書で表された状況、あるいは作者その人への共感（伊勢、実方など）も含まれる。古歌で象どられた感情の形を、『狭衣物語』の表現に取りこむことによって、すなわち外部の世界を借りた形で、心中は表現される。

それは、

D　なほ思ふにも言ふにもあまる」心地ぞしたまひける。
（巻二①一五七頁）

おもふにもいふにもあまることなれやころものたまのあらはるる日は
（『後拾遺集』雑三）

「逢ふにし換へば」とかや、いとかばかりなる人にしも言ひ置かざりけんかし、
（巻四②三三五頁）

いのちやはなにぞはつゆのあだ物をあふにしかへばをしからなくに
（『古今集』恋二）

のように、心情を述べた部分をそのまま引く例も見られるが、原歌のうち、歌の心の部分ではなく、それらを引き出す物象、景物を引く例が目立つ。なかには、

E　このごろはあやしうもせば、我が身も人の御身もいかがなるべからんと乱れまさりて、敷島の大和、立ち居に

思されけり。（巻二①二六八頁）

敷島のやまとにはあらむから衣ころも経ずして逢ふよしもがな

（『貫之集』五八五／『古今集』恋四・六九七・初句「しきしまや」）

の例のように、『狭衣物語』の文章の前後の文脈とは直接関わらない語句が、突然登場することもあり、原歌を知らない読者にとっては、文意が通じないこともあったであろう。

主人公狭衣は、引き歌の原歌が示す心のあり方のように思ったり、感じたりするが、その中には散文に溶け込むような、従属するような引き歌ではなく、あきらかに違和感、異物感を感じさせる形で引用し、そこに引き歌があること、そしてその原歌を読者が知っていることを前提としたものがある。散文の文章が紡いでいく意味の流れに、障害になることによって、読者に立ち止まることを強要する文体だと言えよう。

原歌で象られた思いを再現し、他作品の作り出した意味空間を利用することで、自己の心の有り様を表現する。このことは、必ずしも和歌によるものばかりではなく、漢詩、仏典、あるいは先行物語の登場人物のように思ったり感じたりする用例もあるが、やはり和歌によるものが圧倒的に多い。

なぜ、狭衣の心中は先行作品の言葉の利用によって、表現されるのであろうか。オリジナルな言葉で表現しないことの意味を問うたとき、考えられるのは読者を一定の広がりのある、共通理解に基づいた意味空間へ誘導していくことにあろう。作品外部の世界を取り込むことは、その歌句を媒介にして、作品外部に開かれていることでもある。読者の知識、想像力を喚起し続ける仕掛けでもあり、それまで散文で綴られてきた意味空間と、原歌となる和歌が本来持っていた意味空間が出会うことによって、空間が再構成され、新たな意味を生成していく。『狭衣物語』はそのことにかなり意識的であったと考えられる。そして、それは作中詠歌を原歌とする引き歌という『狭衣物語』の特徴とも関連してくるのである。

四　『狭衣物語』の作中詠歌について

次に、作中詠歌について考えてみたい。作中詠歌は、引き歌とは異なって、物語場面に応じて、新しく創作されたものである。したがって、作中人物たちの心情をその場にふさわしく表現していると考えられる。

ところで、『狭衣物語』には全部で二一八首の作中詠歌がある。(16)作品分量からすると『源氏物語』より高い比率で、作中詠歌が見られることになる。(17)中でも狭衣の詠歌が一三七首と突出して多く、飛鳥井女君二五首、源氏の宮八首、女二宮七首、式部卿宮姫君六首となっている。その形態的な特徴は一でとりあげたように、独詠歌が多いこと、成立しない贈答が多いことである。それらに端的に表れているように、ディスコミュニケーション前提の狭衣の思い、相手に伝えることを目的としない思いが、和歌という形式で表現されていて、長い散文による心中表現を持つ同時代作品、『夜の寝覚』とは趣を異にしている。

その詠出された和歌の表現について着目すると、歌語の使い方に特徴が見られる。前章までで、『狭衣物語』の作中詠歌について、その特徴的な歌語や歌枕に着目して考察を試みた。(18)和歌六人党などの新しい歌人層の登場、好忠、和泉式部などの評価の動き、能因、相模など革新をもたらす新しい感性の歌人たちの台頭、頼通の後見による後宮サロンの活発化とそれに伴う女房たちの交流など、『後拾遺集』前夜ともいうべき文学的状況と『狭衣物語』の詠歌の関係について、歌語という側面から考えてみた。頼通時代の文学的状況と『狭衣物語』については近年注目されている課題であり、倉田実氏は、『狭衣物語』と当代の社会的文化的な様々な接点について、和歌のみならず「天皇・上皇のあり方や政権状況などの政治的制度、受領階級や武士階級とかかわる地方制度、婚姻や養子などともかかわる家・家族制度、斎院斎宮や仏教・陰陽道などにかかわる宗教的制度、その他多様な社会的制度」、さらに和歌史との関連に加えて「音楽・美術・書道などの文学芸術にかかわる制度」「寝殿造とその庭園・年中行事・通過儀礼などの文化的制度」などをあげて頼通の時代のありようとの連関性について整理され、その研究の重要性について、注意を喚起されている(19)。

前述の拙論の延長上の関心として、和歌のもたらす意味空間と言う視点から、今回も作中詠歌の歌語について取り上げて考えてみたい。作中詠歌は登場人物の思いを和歌という形式に当てはめて表出したものである。それは作品内の要請により、導き出されるものであり、散文では象れない思いを表出するものであり、引き歌とは異なり、オリジナルな表現である。とはいえ、伝統に培われた和歌の約束事があり、それに縛られたり、逆手にとったりしながら、特別な言葉として機能する。約束事から外れず、しかし、心情の表出において、あるいは語の用い方において、感覚のとらえ方について、そこにいかに新味を演出するかが、和歌のいのちとなる。

『狭衣物語』の作中詠歌に用いられた歌語について、前章でも取り上げたが、それまでの和歌史の伝統的なものとは異なるものが多々あることが特徴と言える。そして、それらには大きく二つの傾向がある。

一つは『源氏物語』で初めて用いられ、『狭衣物語』にも用いられたが、和歌の世界においては、すぐには着目されず、中世になってから、歌語として定着したものである。「草の原」「夕べの空」「小夜衣」「緒絶の橋」「霧の籬」「園原」「身にしむ秋」などがそれにあたる。『源氏物語』が発見、あるいは発掘した美意識、感覚、感情の型どりであるが、それが『狭衣物語』で継承され、発展的に用いられることによって、より人々への興味や関心を引いたと考えられる。その一つとして「小夜衣」の例を見たい。

F

「あひ見ねば袖ぬれまさる小夜衣一夜ばかりも隔てずもがな

かくわりなき心焦られは、いつ習ひにけるぞとよ」などのたまへば、

いつまでか袖ほしわびん小夜衣隔て多かる中と見ゆるを

また、ある本に、

夜な夜なと隔て果てては小夜衣身さへうきにやならんとすらん

（巻一①一二一頁）

飛鳥井女君と出会った狭衣は、彼女の乳母が道成と筑紫下向を画策しているとも知らず、野分に濡れながら、飛鳥井女君を訪問する。飛鳥井女君も本心を押し隠しての二人の贈答である。「小夜衣」とは夜着のこと。勅撰集では『千載集』以降に登場する歌語である。『狭衣物語』以前の歌集では『実方集』の、

人のもとにいひつかはしし、うちに候ひしよ

うちかへしおもへばあやしさよごろもここのへきつつたれをこふらむ

（二六二）

が見られるのみであり、同時代では、康資王母、紀伊の歌集にも見られる。康資王母は伊勢大輔の娘で、四条宮寛子（藤原頼通女　後冷泉皇后）に仕え、四条宮筑前と呼ばれていた人物、紀伊も母小弁とともに祐子内親王家に仕えていた女房で、ともに頼通文化圏で活躍した歌人であり、作者宣旨と近いところにいた人物と言える。

一方、この語は『源氏物語』総角巻で、匂宮と中の君の新婚三日目に薫が大君に贈った「小夜衣きてなれきとはいはずともかごとばかりはかけずしもあらじ」（⑤二七五頁）で、用いられていた語でもあった。恋歌、特に後朝の歌で、「夜の衣をかわす」という古代の風習に基づく表現は、時に見られるが、「小夜衣」という用語が使われることはこの後のこととなる。『源氏物語』では、つれなかった大君に対するおどしかけるような薫の贈歌に対して、

大君は「小夜衣」の語は用いずに返歌している。一方、『狭衣物語』では、野分を冒して、狭衣が飛鳥井女君に会いに行った場面で、「濡れたる袖を解き散らして、暇なくうち重ねて」詠み交わされた歌であり、恋の場面として印象的である。それまでは決して一般的な歌語とは言えなかった「小夜衣」は、中世になると西行、俊成、慈円、定家などに用いられた歌語となる。また『とはずがたり』『いはでしのぶ』『我が身にたどる姫君』『恋路ゆかしき大将』『小夜衣』、散逸物語の『なると』（『風葉和歌集』所収）など多数の物語文学に採り入れられた。「小夜衣」という語に関しては、『源氏物語』の影響と言うよりは、『狭衣物語』の影響が大きいと考えられよう。

『狭衣物語』の歌語のもう一つの特徴は、私家集では散見されたものの主流とはならなかった実験的な歌語で、勅撰集で用いられて、一般に認知されるのは『後拾遺集』以後のものである。「蓬が門」「秋の色」「秋の夕暮」「八重桜」「天の岩戸」「室の八島」「秋の寝覚」「虫明の瀬戸」「道芝の露」「寝覚の床」「底の玉藻」「苔のさむしろ」「葎の宿」「秋の月影」「賀茂の川波」「鶴の毛衣」「有栖川」「常磐の森」「末越す風」などである。これらの中には、「室の八島」「道芝の露」「常磐の森」など、『狭衣物語』の主要な女君を形象するものとなっている、重要な歌語も含まれ、まさしく『狭衣物語』によって、新しいイメージを付与され、和歌史に影響を与えていったものと言えよう。

その例として、「岩垣沼」を取り上げてみたい。

G　一条院の姫宮の御けはひもほのかなりしかばにや、なべてあらぬ心地せしを、いかで御容貌よく見たてまつらんと、御心に離れねば、少将命婦のもとに、例のこまやかにて、中なるには、

思ひつつ岩垣沼の菖蒲草水隠りながら朽ち果てねとや

（巻一①三四頁）

五月五日、狭衣はそれ相応の間柄の女性たちに挨拶の文を贈るが、そのうちの一条院の姫宮に贈った歌である。この中で使われた「岩垣沼」という歌語は、『万葉集』（巻一一・二七〇七）にも出てくる語であるが、勅撰集では「おく山のいはかきぬまのみごもりにこひや渡らんあふよしをなみ」（『拾遺集』・恋一・人麿　なお、『万葉集』では初句が「青山の」）が初出である。『五代集歌枕』では、万葉歌を引いて、上野（かみつけ）にある歌枕とする。『狭衣物語』以前にはこの万葉歌（『拾遺』歌）以外では、『伊勢大輔集』に「おもひつつせかれければや山水のいはかきぬまに下よどみつる」（九六）があるが、それ以外にはほとんど見あたらない歌語である。しかし、この語は『夜の寝覚』（「思ひありとえもいはがきの沼水につつみかねてももらしつるかな」）、あるいは『風葉和歌集』所収で、「六条斎院禖子内親王家物語歌合」にも名の見える『岩垣沼の中将』（「我が恋はいはかきぬまの水よただ色には出でずもる方もなし」）、『玉藻に遊ぶ』（「いはがきやぬまのみごもりもらしわび心づからやくだけはてなん」）にも用例が見られる。知られるとおり、『玉藻に遊ぶ』は『狭衣物語』の作者とされる六条斎院宣旨の作であり、『岩垣沼の中将』の作者小弁は、『狭衣物語』作者が仕えた、六条斎院禖子内親王の姉、祐子内親王家女房である。彼女は物語作者としても著名だったらしく、天喜三年の「六条斎院禖子内親王家物語歌合」において、彼女の作品提出が遅れても、実際の主催者であったと考えられる頼通が、周りのものを待たせたことが『後拾遺集』の詞書から知られている[20]。

『新編日本古典文学全集』頭注は、『岩垣沼』『玉藻に遊ぶ』に触れ、「禖子内親王家周辺で人気のあった歌語か」とするが、『夜の寝覚』にも同様の表現が見られる[21]。また、『風葉和歌集』によると、鎌倉期の『石清水物語』にも『狭衣物語』の影響を受けたと思われる「思ひつついはかきぬまに袖ぬれてひけるあやめのねのみなかるる」が見られることなどから、顔色に出すことも言葉に漏らすこともできない、思うに任せない恋の嘆きを籠めたこの語は、物語の主題の一つとして好まれたといえよう。

「岩垣沼」は同時代の比較的仲間内での流通した語と見られるが、時代の空気、斎院周辺での流行を作品内に取り込み、後世のものが考える以上に洒落た表現に受け取られたのではないだろうか。そして、中世に入ると俊成、慈円、家隆、雅経、定家、式子内親王、後鳥羽院など新古今歌人たちも好んだ歌語であった。

　以上、二つの代表的な例をあげたが、これらに加えて、歌語としては著名な、熟したものであっても、新たな景物との取り合わせによって、新鮮味を感じさせる例もある。たとえば、「武蔵野」と「霜枯れ」、「飛鳥川」と「ひるま」（昼・干る）などである。他にも指摘できるものがあろう。個々の歌語、それぞれの問題もさることながら、このような新しい歌語への興味と実験は、実は時代の風でもあった。同時代との関わりも、『狭衣物語』の作中詠歌の大きな特徴の一つである。[22]『狭衣物語』の作者は、接した環境、歌人としての資質などから、大いに刺激され、新しい動きに呼応する形で『狭衣物語』の作中詠歌に取り組んだことが想定される。作者は同時代の歌人たちの動きに敏感に反応し、その空気を物語世界に反映させたのである。

　これらの作中詠歌は、後代、特に藤原定家周辺で評価が高かった。藤原俊成は「六百番歌合」の判詞で、「源氏見ざる歌よみは遺恨の事なり」と評して、物語の歌の価値を認めたが、その子定家は、『明月記』において、『狭衣物語』を「於ㇾ歌者抜群」（天福元年三月二〇日条）と評し、「源氏狭衣歌合」（『物語二百番歌合』の前半を指す）の編纂も行っている。また、俊成卿女は『狭衣物語』にちなむ歌を詠む一方、その作とされる『無名草子』において、「『狭衣』こそ『源氏』に次ぎてようおぼえ侍れ」と評価している。さらに歌語という点に着目すると、定家の息子、為家撰とされる物語歌集『風葉和歌集』に採歌された『狭衣物語』歌も興味深い。すなわち、『風葉和歌集』には五六首の『狭衣物語』歌があるが、うち四六首までが、『狭衣物語』以前にはほとんど用いられることがなく、『狭衣物語』によって発掘された歌語や、新しい景物との取り合わせのものが選ばれている。[23]『風葉和歌集』が、後嵯峨院皇太后大宮院姞子の撰集下命であったこと、仮名序を持ち、勅撰集に準ずる形態と配列をもち、明らかに勅撰集を意識して編纂されたものであったことを思うと、当時の一流歌人たちの目から見て、それらの語が異端な歌語ではなかったことを示していよう。『狭衣物語』の時代には新奇であったと思われる歌語が和歌史のなかにも定着したことがうかがえる。

引き歌の場合、古歌すなわち『狭衣物語』以前の既出の和歌作品の力を借りて、作品世界（主に主人公狭衣の心中）を表現していたが、作中詠歌は、物語の展開にあわせて、新たなまとまった意味空間を創出するものである。そのために工夫された歌語は、同時代の文学空間と呼応しつつも、更に、後代へ影響を与えていった。本節では、『狭衣物語』が築き上げた作品世界が、その作中詠歌の歌語を通して、作品内部と外部と呼応、あるいはそれの持つ意味空間が後世に広がる様子について考察した。

五　作品詠歌による引き歌について

これまで述べてきたように、『狭衣物語』に頻出し、かつ主人公の内面を表現する引き歌という技法は、外部作品の力を借りて、自己の思いを形象していくものであり、その際には歌意を示す心象部分ではなく、物象部分を引く傾向が強かった。一方、物語場面に応じて登場人物のその時間、空間における心情、立場、環境などを表現する作中詠歌においては、新味のある歌語への傾斜が目立ち、それは同時代の風潮への呼応であると同時に、物語世界に新たな意味空間を与えていくものでもあった。では、次に『狭衣物語』の和歌に関する表現における特徴である「作中詠歌を作品内部で引用していく」ということについて考えてみたい。

すでに多くの指摘があるとおり、『狭衣物語』は女君たちを同一歌句による繰り返しによって、表象するという傾向がある。(24) なかでも、作中で詠まれた和歌に基づくものが多くあり、女君たちの呼称にまで影響をしていることが表現の特色として知られている。このことについて、空間・移動の観点から考えてみたい。

結論的にいってしまえば、その歌句は、インデックス（指標記号）としての役割を持っていることが指摘できるといえよう。

まず、「吉野川」の例を考えてみたい。

中納言昇進の挨拶に洞院の上を訪れた狭衣は、洞院の上が引き取った今姫君のもとにも立ち寄る。貴公子の訪れに、とにもかくにも挨拶の歌を詠まねばと、母代が狭衣と贈答する。

H「めづらしき御けはひこそ。思しめし違へさせたまひたるにや」とて、

　吉野川何かは渡る妹背山人だのめなる名のみ流れて

と、げに、ぱぱと詠かけたる声、舌疾で、のど乾きたるを、若び、やさしだちて言ひなす。これぞ音に聞きつる母代なるべし、と聞きたまふ。

　恨むるに浅さぞ見ゆる吉野川深き心を汲みて知らねば

また、ある本に、

　知らせばや妹背の山の中に落つる吉野の川の深き心を　（巻一①一〇九頁）

「ただ、恨み歌を、ぱぱと詠みかけよ」とささやく女房にこたえて、母代が詠んだ歌は、狭衣と今姫君が兄妹であることを「妹背山」の語に託したもので、妹背山の縁で吉野川も詠まれたのであろう。『古今集』の「流れては妹背の山のなかにおつるよしのの河のよしや世中」（恋五・八二八・読人不知）を踏まえたものである。「吉野川」と「渡る」という縁語関係が新味ではあるが、特に問題のある歌ではない。

その後、洞院の上のたっての願いで、今姫君の入内の話が進み、後見を依頼された狭衣は久しぶりに今姫君のも

とを訪れる。

I　人々答へ遅く聞こえたりとて、母代が腹立ちののしりて、人々をはしたなく言ひしを、思ひ出でたまふに、またいかに言はれんと思すに、身もわななかれて、いとさらにいひ続くべくもなければ、かのぱぱと詠みかけし歌をこそ、母上聞きたまひて、よしとのたまひしかと、まれまれ思ひ出でて、おぼれしどけなき声にて、「吉野川何かは渡る」と、一文字も違へず言ひ出でたまへるを、忘れぬ端やありけむ、聞きたまふも（巻三②四一～二頁）

今姫君は、Hの場面で、母代が女房たちに立腹していたことを思い出し、何とか応対せねばと、かつて母代が詠んだ歌を洞院の上が褒めたことを思い出し、まったくそのまま口ずさみ、教養のないところをさらけ出す。それに対する狭衣の詠歌は、

吉野川渡るよりまた渡れとやかへすがへすもなほ渡れとかや（②四二頁）

といいささかうんざりしたものであった。

その後J「大将殿も、かの「吉野川」の後は、帝の渡らせたまはんたびごとに、詠みかけたてまつりたまはんずらんと」（巻三②六六頁）、K「かの吉野川あまたたび諫めたまひし今姫君の、御よすがとなりたまへりし宰相中将は」（巻四②三八七～八頁）と何度がこの時のできごとが「吉野川」の一語に集約され、パッケージ化されて繰り返される。「吉野川」という語自体は歌語として珍しいものではなく、多くの歌に詠まれており、狭衣も粉河詣での際、吉野川を渡りながら、妹背山を目にし、源氏の宮を思い出して詠出している。しかしながら、今姫君登場の場面で

「吉野川」が持ち出されたときは、目の前の風景としての「吉野川」そのものを指すのでもなければ、引き歌表現でもなく、最初に母代が読んだ「吉野川何かは渡る妹背山人だのめなる名のみ流れて」の歌を直接引くのでもない。Ｊ、今姫君の「をこ」なる場面、すなわち作中詠歌を含めたＩの空間がこの言葉によって呼び出されるのである。Ｊ、Ｋにおいて「吉野川」という語は、文脈上は唐突な、それ自体意味をなさないものであり、Ｉの場面を呼び起こすインデックスとして機能してるといえよう。これは「吉野川」が単なる地名を表す言葉ではなく、歌枕として和歌の歴史と伝統を背負った言葉であり、それが作中人物の歌の中で詠まれ、あらためて、一つの意味空間が構成されるという和歌の機能を負った言葉であって、初めて可能になった表現のあり方と言える。

もう一例、今度は「吉野川」のような、歌語として一般的なものではなく、『狭衣物語』の作中詠歌のところで、述べたように、従来の和歌の一般的な歌語とは異なる、特徴的な歌語を取り上げて、考えてみたい。

三で述べたように、『狭衣物語』には、その作中詠歌に新味のある、印象的な歌語を用いたものが散見し、中でも女君を象徴するようなものがくり返し用いられる。そのうち、源氏の宮との恋を表象するものとして、印象的な「室の八島（の煙）」を考察の対象としてみたい。この語も繰り返し五回、源氏の宮への思いに関して登場する。

Ｌ　よしなしごとに、さしもめでたき御身を、室の八島の煙ならではと、立ち居思し焦がるるさまぞ、いと心苦しきや。（巻一①一八頁）

冒頭部分、主人公狭衣が源氏の宮への思いに悩む場面である。掲出の直前、山吹の花から、くちなし、さらに口に出して伝えられない思いが、「いかにせん言はぬ色なる花なれば心の中を知る人はなし」（①一八頁）という詠歌へと結晶していく、和歌の縁語の機能による連想にくらべて、いかにも「室の八島の煙」は唐突である。実方の

「いかでかは思ひありともしらすべきむろのやしまのけぶりならでは」を原歌とし、上句の「いかでかはおもひありともしらすべき」を言いたいがための引き歌表現であるが、情景とは関わりがなく、原歌を知らないと、散文の意味の流れに乗らない表現である。さらに「室の八島」は歌枕として一般的だったとは言い難く、『実方集』に初出、その実方歌が『詞花集』に採用されて、勅撰集に取り上げられたという経緯をたどる語である。したがって、この文脈上の違和感は、原歌の知識を共有しているという前提があって初めて成り立つ表現である。

M　「いはけなくものせさせたまひしより、心ざしことに思ひきこえさせて、ここらの年月積りぬるは、あまた知らせたまはざらん誰も後の世までうしろめたうもなりぬべければ、いとかう世に知らぬ物思ふ人もありけりとばかりを、心得させたまへかし」とてなん。

かくばかり思ひ焦がれて年経とや室の八島の煙にも問へ

（巻一①六〇頁）

源氏の宮の手を取って、初めて狭衣が自らの思いを打ち明ける場面である。Lで、狭衣の心中を表すものであった「室の八島の煙」は、詠歌に採り入れられ、源氏の宮に詠みかけられることによって、その表象する思いが、狭衣の心中から、表層に出て来た表現となる。

N　中将の君、ありし室の八島の煙立ちそめて後は、宮のこよなう伏し目になりたまへるをいとどつらくて、いかにせまし、と嘆きの数添ひたまへり。

（巻一①七二頁）

O　かの室の八島の煙立ちそめにし日の御手つき思ひ出でられて、

（巻二①一七四頁）

P　さしもえ飽かぬ所なく、らうたげにうつくしかりし御ありさまをだに、なほ室の八島にはえ立ち並びたまはざ

らんと、せちに貶しめ思ひやりきこえたまひしも、

（巻三②一一一〜二頁）

N、O、Pにおける「室の八島（の煙）」は、実方歌の引き歌表現ではなく、Mの歌を原歌とした引き歌表現でもない。インデックスとして、Mの歌の詠まれた場面、すなわち狭衣が秘めた思いを告白したというその時間・空間を呼び出し、再現表象する記号である。繰り返される「室の八島（の煙）」は、Lにおける実方歌の引き歌表現の繰り返しではなく、一度、Mの場面で狭衣の詠歌に取り込まれ、定位され、意味をあらたに付与されたものとして、このような働きを持つようになったと言えよう。すなわち、実方歌の引き歌表現は、物語世界の外部の作品空間を呼び込んで、狭衣の心中を代弁したものであったが、その「室の八島（の煙）」が作中人物の詠歌の言葉として、再び据え直されることによって、その歌を含む物語世界内の意味空間を新たに生成していくものとなったのである。

このように、ある場面において、先の場面を呼び出すというインデックスとしての機能を、登場人物の作中詠歌の歌句に持たせたのは、『狭衣物語』の〈和歌〉の大きな特徴と言えよう。引き歌と言う『源氏物語』でさまざまに展開された技法がすでにあり、それが『狭衣物語』では、引き歌の原歌を作中詠歌に求めることであらたな可能性を見いだした。女君との関係性において重要な場面を、登場人物の作中詠歌の歌句で象徴的に表現できたのは、一語に意味を凝縮させることの出来る〈和歌〉の言葉だったからである。また、このインデックスとして働く歌句には「吉野川」のように特に目新しくないものもあるが、重要な女君たちを表象している「室の八島」や、「道芝の露」「底の水屑」「常盤の森」「寝覚の床」など、先に挙げた作中詠歌における、特殊な表現、印象的な歌語が担っている。(25) 既出の場面における時間、空間を喚起するインデックスは、散文に埋没する語であっては、その働きをなしえないであろう。語としての意外性と印象の強さが、〈インデックス＝指標〉として働くのである。物語空間の瞬時の移動を可能にするこの方法は、『狭衣物語』が編み出したもの、少なくとも意識的に物語世界の構築に

利用したものであった。

六　おわりに

以上、『狭衣物語』の作品世界を支える重要な表現方法である作中詠歌、引き歌、歌語などの和歌的な表現、〈和歌〉について、考察をしてきた。物語において、〈和歌〉を取り込むことの有意性を存分に示したのは、『源氏物語』であった。その成果を吸収し、継承した『狭衣物語』の作者は、歌人でもあり、自らの物語世界形成に〈和歌〉の発想、修辞、感覚、感情の型どりなど、存分に取りこんだ。中でも、引き歌に引かれる部分にしろ、作中詠歌における新味のあるものにしろ、「歌語」の扱いには特徴的なものがあった。

「歌語」はもともと多くの伝承歌や類歌を背景に、イメージ喚起力を持ち、掛詞、縁語などによる文脈構成力も持つ。日常的な意味を示す言葉とは異なる意味を、重層的に有し、記号と意味内容が一対一の対応としてではなく、多くの要素を発散させる働きを持った特殊な意味空間を構成する言葉である。引き歌は古歌の世界、すなわち「歌語」に蓄積された記憶を呼び込む空間であり、狭衣の恋心を形象する表現方法であった。一方、作中詠歌で用いられた印象的な「歌語」は、当時の人々が共有していた〈和歌〉の言葉の記憶をずらすことによって生じる意外性を、〈物語〉の言葉として、作品世界を拓いていくものである。そして、繰り返される作中詠歌の「歌語」は、インデックスとして、既出の場面を呼び出し、心情の確認、イメージの増幅、あるいは変容を誘い、繰り返し作中での引用により、あらたな意味を生成するという表現構造を担う。しかし、それは一方で物語内だけで通じる意味空間でもある。

このような〈和歌〉の言葉をその表現方法の中核として展開される『狭衣物語』の世界は、編み目のように張りめぐらされた〈和歌〉の言葉のネットワークの中で、作品内外とさまざまつながったり、広がったりしながら展開していく。〈和歌〉の言葉が、主人公狭衣が思いもしない方向に物語を領導していく可能性を拓いていくのである。

注

(1) 鈴木一雄「『源氏物語』の文章」(『解釈と鑑賞』一九六九年六月)
(2) 高野孝子「狭衣物語の和歌」(『言語と文芸』一九六五年九月)
(3) 竹川律子「狭衣物語の独詠歌」(お茶の水女子大『国文』一九八〇年一月)
(4) 石埜敬子「『狭衣物語』の和歌」(『和歌と物語』風間書房　一九九三年)
(5) 加藤　睦「『狭衣物語』の和歌について」(『立教大学大学院　日本文学論叢』二〇〇二年九月)
(6) 鈴木日出男「古今集とその周辺」(『国文学』一九七一年九月)等。
(7) 久下裕利・横井孝・堀口悟編『平安後期物語引歌索引　狭衣・寝覚・浜松』(新典社　一九九一年)
(8) 村川和子「狭衣物語における引き歌の一考察」(『実践文学』一九七一年三月)
(9) 久下晴康「『狭衣物語』の引歌──その爛熟性について──」(『平安後期物語の研究　狭衣・浜松』(新典社　一九八四年)
(10) 宮本祐子「『狭衣物語』の引き歌」(『香川大学国文研究』一九八二年二月)
(11) 『源氏物語』の和歌に関する研究史は、引き歌も含めて、田中初恵「『源氏物語』の和歌」(『源氏物語研究集成第九巻　源氏物語の和歌と漢詩文』(風間書房　二〇〇〇年)に詳しい。
(12) 注(8)(9)(10)参照。
(13) 注(10)参照。
(14) 注(9)(10)参照。
(15) 「いな淵の瀧」に関しては、『狭衣物語』に二度引用され、『枕草子』にも見られるが、現在は出典未詳。

（16）『新編日本古典文学全集』本による数字。なお、『岩波古典文学大系』本では二一六首。
（17）注（1）参照。
（18）本書Ⅲ―第一部第一章、第二章、第三章参照。
（19）倉田実「頼通の時代と『狭衣物語』」（『日本古典文学史の課題と方法』和泉書院　二〇〇四年）
（20）『後拾遺集』

　五月五日、六条前斎院にものがたりあはせしはべりけるに、小弁おそくいだすとて、かたの人人こめてつぎのものがたりをいだしはべりければ、うぢの前太政大臣かの弁が物語はみどころやあらむとてことものがたりをとどめてまちはべりければ、いはがきぬまといふものがたりをだすとてよみ侍りける　小弁

引き捨つる岩垣沼のあやめぐさ思しらずもけふにあふかな
（雑一・八七五）

（21）『夜の寝覚』の作者が、伝承の通り、菅原孝標女であるとするならば、彼女も一時期、禖子内親王の姉、祐子内親王家に出仕していた。
（22）後藤康文「『夜の寝覚』と『狭衣物語』――その共有表現を探る――」（『論叢狭衣物語2　歴史との往還』新典社　二〇〇一年）、小町谷照彦「狭衣物語の和歌の時代性」（『狭衣物語の新研究』新典社　二〇〇三年）本書Ⅲ―第一部第二章、第三章など。なお、六条斎院禖子内親王サロンや『物語合』との関係で論じたものに、久下晴康「『狭衣物語』の創作意識――六条斎院物語歌合に関連して」（『平安後期物語の研究　狭衣・浜松』（新典社　一九七四年）、井上新子「『狭衣物語』における〈挨拶〉としての引用表現」（『国文学攷』一九九四年一二月）森下純昭「『狭衣物語』冒頭部「花こそ春の」引歌考」（『岐阜大学国語国文学』一九九九年三月）船引和香奈「六条斎院文学圏における「表現の共有」について――『狭衣物語』論序説――」（『実践国文学』二〇〇〇年一〇月）等。本書Ⅲ―第一部各章でも触れた。
（23）『風葉和歌集』に採歌された『狭衣物語』の歌のうち、同時代に特徴的な歌語あるいは景物の取り合わせを持つものは以下の通り。（引用は『増訂校本　風葉和歌集』による。なお私に濁点を付した）

時しらぬさかきの枝にをりかへてよそにも花を思ひやるかな　（八四）
をりみばやくちきのさくら行きずりにあかぬ名残のさかりなるかと　（九二）
引きつれてけふはかざししあふひぐさ思ひもかけぬしめの外かな　（一四六）
よもすがらものや思へる郭公あまの岩戸を明がたになく　（一五二）
しらぬまのあやめはそれとみえずともよもぎが門をすぎずあらなん　（一六〇）
見もわかで過ぎにけるかなおしなべて軒のあやめのひましなければ　（一六一）
わが心かねて空にやみちぬらんゆくへもしらぬやどのかやり火　（一九三）
をれかへりおきふしわぶる下荻の末こす風を人のとへかし　（二二六）
下をぎの露きえわびしよなよなもとふべき物とまたれやはせし　（二二七）
うき身には秋ぞしられし荻原や末こす風の音ならねども　（二二八）
立ちかへりをらで過ぎうき女郎花はなのさかりを誰にみせまし　（二三八）
ふる郷は浅ぢが末に成りはてて虫のねしげき秋にやあらまし　（二九三）
せく袖にもりて涙や染めつらむ梢色ますあきの夕ぐれ　（三四九）
たづぬべきくさの原さへ霜がれて誰にとはまし道芝の露　（三八五）
わればかり思ひしもせじ冬のよにつがはぬをしのうきねなりとも　（三九六）
わきかへり氷のしたはむせびつつさもわびまさるよし野河かな　（四〇八）
たのめつついくよへぬらん竹のはにふる白雪のきえかへりつつ　（四三五）
末のよもなにたのむらん竹のはにかかれる雪のきえも果てなで　（四三六）
人しれずわがしめさししさか木ばををらんといかで思ひよるらん　（四四九）
かたらはば神もききなん郭公思はんかぎり声なをしみそ　（四六三）
神がきは杉の梢にあらねどももみぢの色もしるくみえけり　（四六八）
みそぎするやほ万よの神もきけもとより誰か思ひそめてし　（四八〇）

神も猶もとの心をかへりみよこの世とのみは思はざらなん　（四八一）
くらきよりくらきにまどふしでの山とふにぞかかる光をぞみる　（五一九）
かたしきにかさねのころもうちかへし思へば何をこふる心ぞ　（七八八）
もえわたるわが身ぞふじの山よただゆきつもれども煙たちつつ　（八〇五）
われればかり思ひこがれて年ふやとむろのやしまの煙にもとへ　（八〇六）
あひみては袖ぬれまさるさよ衣一よばかりもへだてずもがな　（八六三）
へだつれば袖ほしわぶるさよ衣つひには身さへくちや果てなん　（八六四）
命さへつきせず物を思ふかなわかれし程にたえも果てなで　（九六三）
あまのとをやすらひにこそ出でしかとゆふつけ鳥よとはばこたへよ　（九七二）
思ひやる心いづくにあひぬらんうみ山とだにしらぬ別に　（一〇二五）
ながらへてあらばあふよをまつべきに命はつきぬ人はとひこず　（一〇三四）
かぢをたえ命もたゆとしらせばや涙の海にしづむ舟人　（一〇四五）
早きせのそこのみくづになりにきとあふぎの風よ吹きもつたへよ　（一〇四六）
うきふねの便にゆかんわたつみのそことをしへよ跡のしら浪　（一〇四九）
いかにせんいはぬ色なる花なれば心のうちをしる人ぞなき　（一〇六五）
思ひつついはかきぬまのあやめ草みごもりながらくちはてねとや　（一〇七四）
こゑたててなかぬばかりぞ物思ふ身はうつせみにおとりやはする　（一〇八四）
おしなべてしめゆひわたす秋ののに小萩が露をかけじとぞ思ふ　（一〇九八）
しきたへの枕ぞうきてながれける君なきとこの秋のね覚に　（一一二〇）
秋の色はさもこそみえめたのめしをまたぬ命のつらくも有るかな　（一一三〇）
ふきはらふよものこがらし心あらばうきよをかくすくまもあらせよ　（一二四〇）
ことわりのとしのくれとはみえながらつもるに消えぬ雪も有りけり　（一二五二）

まてしばし山のはめぐる月だにもうき世にひとりとどめざらなん　（一二六六）

なほたのむ常盤のもりのまき柱忘れなはてそ朽ちはしぬとも　（一三八七）

(24)　前出注（2）、注（8）、注（9）、注（10）論文、伊藤博「狭衣物語の方法――歌句の引用と女君の呼称――」（『平安時代の和歌と物語』桜楓社　一九八三年）、堀口悟「『狭衣物語』内部引歌論――内部引歌の認定を軸に――」（『論集　源氏物語とその前後2』新典社　一九九一年）等。

(25)　本書Ⅲ―第一部第三章参照。

第五章　女君の詠歌をめぐって——狭衣の恋と和歌——

一　はじめに

言葉によって生み出されていく物語作品世界を〈文《あや》〉の空間と名付けたとき、古典文学に独特で重要な表現手段である和歌はどのような働きを持ち、作品世界の創出に関わっているか。本章では、『狭衣物語』における男主人公狭衣と女君たちとの贈答歌に着目して、その恋の様相を確認するとともに、和歌がどのように物語の作品世界を表現していく上で、関わっているのか、改めて考察をしていきたい。

物語文学作品における作中詠歌や引き歌、歌語など和歌的な表現の機能は『源氏物語』において飛躍的に開拓された。前章までにおいて『狭衣物語』の和歌的表現について、作中詠歌に見える歌語や歌枕、あるいは引き歌などの表現的機能の特徴について考察した(1)。詳細についてはそちらに譲るが、『狭衣物語』における引き歌は数の上でも増大し、質の上でも単なる先行作品の引用を越えて、物語内の作中詠歌を本歌とするものや、前後の文章と脈絡がなく、一見唐突に思われるものまで、新たな表現の可能性を示していた。散文の間にちりばめられている断片的な歌句は、縁語、掛詞、歌枕などの和歌独特の表現技法をともなって多彩に展開し、作品内外の引用を呼び込んでイメージの重層性や多様性を生みだし、あるいは過去の場面を呼び出すインデックスとしての働くなど、その歌ことばのネットワークは作品世界を有機的につないでいる。

一方、作品内で創作される作中詠歌は二一〇余首配され、その散文量に対して、歌数が多いことは、早く鈴木一雄氏の調査によって知られるところである。[2] 高野孝子氏、竹川律子氏、杉浦恵子氏、石埜敬子氏、萩野敦子氏らによって、贈答、独詠、唱和などの数量的な分布をもとにさまざまに分析されてきた。[3] 多くの先行研究により、他作品に比べ、独詠歌が多いこと、伝達形式のヴァリエーションが豊富であること（口頭　消息　手習　扇　真木柱　絵日記　白紙　立ち聞き）、自然描写が少なく、自然とリンクした詠出が少ないことなどがその特徴としてあげられ、閉塞的な物語世界との関連などが論じられてきた。また、贈答歌においても、その数は減少し、返歌が得られないなど成立しないものも目立つことが指摘されている。

『源氏物語』で「物語の出来はじめの祖」とされた『竹取物語』以降、物語の作中詠歌は贈答歌を基本としてきた。それは親和的と限らないものを含めて、登場人物同士の何らかの心の交流を示すものであった。贈答や唱和、すなわち他者との歌のやりとりは物語の場面を形成し、他と共通の歌ことばで繋がりながら、孤の思いを表出するという『古今集』が開拓した和歌のもつ表現方法は、[4] 物語においても登場人物たちの心のありようを象りながら、複雑な世界展開を可能にしてきた。したがって独詠や成立しない贈答が増加することによって、『狭衣物語』の和歌はその本来的なあり方を逸脱して、登場人物同士のコミュニケーションの道具でなくなりつつある。

本稿では、狭衣と源氏の宮、女二の宮、式部卿宮姫君など主要な女君との贈答歌を中心に、その歌のあり方について検討を加え、歌ことばが織りなす〈文―綾〉の空間における作中詠歌の働きについて考えていきたい。

二　『狭衣物語』の贈答歌

『狭衣物語』の和歌は狭衣の恋の形象とどのように関わっているだろうか。

ここでは、歌のやりとりのあり方――すなわち、おもに贈答の成立の有無に着目して検討を加えていきたい。なぜなら、通常の恋は歌のやりとりを通して、感情の往来があるはずで、歌のことばに込められた意味内容もさることながら、やりとりのかたちもコミュニケーションの一つであると考えられるからである。

歌の形態的な分布、そこから解析される『狭衣物語』の和歌の特徴については先述のように早くから多くの研究が行われてきた。あらためて、その歌の形態のあり方について新編日本古典文学全集（小学館）本をもとに私に整理してみる。なお、解釈の仕方によって、贈歌とも独詠ともとれるものなどがあり、数字は目安と考えたい。

贈答歌　117首（53％）、独詠歌　98首（45％）、唱和歌　1首、神詠　2首　計218首

内、狭衣の詠歌は138首（贈歌　57首　答歌　14首　独詠歌　67首）(5)

となっていて、独詠歌が半数近くを占め、大きな特徴となっている。主人公狭衣の詠歌は作中詠歌全体の五三・七％を占め、また、独詠歌も全体の六八・四％が狭衣の歌ということになる。比較参考のために『源氏物語』についても掲げてみる。

〈参考〉贈答歌　619首（77・9％）独詠歌　109首（13・7％）唱和歌　67首（8・4％）

第一部　贈答歌　368首　独詠歌　53首　唱和歌　37首

第二部　贈答歌　95首　独詠歌　24首　唱和歌　12首

第三部　贈答歌　156首　独詠歌　32首　唱和歌　18首

内、光源氏の詠歌　第一部　184首　第二部　37首

光源氏の関与した贈答　第一部　75・7％　第二部　46・7％(6)

『源氏物語』では作中詠歌の約八〇パーセントが贈答歌となっている。その贈答場面の多くに光源氏が関わり、それは第一部で七六%、第二部でも四七%にわたっている。そしてこの第二部における光源氏の関与する贈答場面の減少が、六条院世界の変容にも関わっていた(7)。贈答による場面形成が物語の展開にとって重要であることが理解されよう。先行作品を振り返ってみても、『竹取物語』においても求婚における贈答が基本的な形であり、『落窪物語』も七二首中、五三首が贈答歌、『うつほ物語』の場合は、やや特殊であり、三分の一近くを唱和歌が占めるが、詠歌主体の場面における立場や想いをを示しており、いずれにしても物語の和歌の伝統的なあり方は贈答あるいは唱和による心の交流(かならずしも融和的であるとは限らないとしても)である。それに対して、贈答歌そのものが減少し、かつ主人公狭衣が関係するのは全体の六〇%程であり、また後述するように「返歌なし」の用例が多い。

狭衣はなぜか自分の女君への思いを他人には知られてならないとする気持ちが強い。彼が相手の女性を思って詠んだ独詠歌は主な恋の相手である女君について見てみると、

源氏の宮　21首　飛鳥井女君　18首　女二の宮　8首　式部卿宮姫君　2首

となる。狭衣の独詠歌は全体で六七首なので、そのうち四九首、約七割が主要な恋の相手である女君を思って詠んだもので、これらは女君たちには直接届かない恋心、あるいは思うに任せない嘆きと言うことになる。

贈答歌に目を向けると狭衣が女君に贈った歌に関しても、すでに指摘があるように、女性からの返歌が極端に少ないという特徴がある。前述のように『源氏物語』においては、約八割弱が贈答歌であり、場面が贈答により成り立っている部分が大きく、「返歌なし」は六%程である。たとえ、内容的には拒否であっても、相手の思いをかわすものであっても、基本的に返歌は行われてきた。一方、『狭衣物語』においてはそもそも贈答歌が少ない上に、

狭衣の贈歌ばかり目立っている。そこで主な女君に関して調べてみると、狭衣の贈歌に対して、女君からの返歌がない用例数は以下の通りである。

源氏の宮　9例（13首）　飛鳥井女君　0例（2首）　女二の宮　16例（17首）
式部卿宮姫君　8例（10首）　　＊（　）内の数字は狭衣からの贈歌数

狭衣からこれらの女君への贈歌、四二首中三三首、七八、六％が「返歌なし」という状況で、ここからもわかるように、飛鳥井女君をのぞいた女君たちは、狭衣の呼びかけに対して、ほとんど返歌をしていない。また、中には正妻となった一品の宮のように狭衣からの後朝の歌に対して、何も書かれていない白紙の消息を返す例もある。女君たちが歌を返さないことについて、「女性側の閉ざした心が原因」(8)であることはもちろんであるが、『狭衣物語』の恋を描くにあたって、女君からの「返歌拒否」は一つの「方法」ともいえるだろう。石埜敬子氏は女二の宮関係の歌を中心に、『源氏物語』が数多くの贈答歌を用いて人間関係を切り開き、展開させていった和歌の伝達機能を、『狭衣物語』が否定、叙情的な心情を軸とした機知に富んだ応酬、不安定な人間関係を詠歌によって確保し、維持していこうとする心の交流は『狭衣物語』では中心的な機能をほとんどなくしていると論じられた(9)。大事なご指摘であり、首肯されるが、それ以外にも特徴があると考えられる。それぞれの女君たちと狭衣の贈答のあり方について具体的に考察を進め、狭衣の恋のありようについて考えてみたい。

三 〈歌のことば〉は誰のものか（一）——拒絶

最初に「返歌なし」の具体相について、検討したい。

まず、源氏の宮について。源氏の宮の歌は作品中全部で八首、その内訳は贈歌二首、答歌三首、独詠歌二首、唱和歌一首となっている。

同じ邸で妹のように育ちながら、恋心を抱き続けてきた狭衣の、源氏の宮への断ちがたい思いが詠歌として表出されたり、あるいは「室の八島」という歌語に託して繰り返し語られる巻一で、しかしながら、源氏の宮の詠歌は見られない。

源氏の宮が最初に狭衣に歌で応じるのは、巻三に入って、斎院に卜定されてからである。出家を決意した狭衣が斎院を訪問。言い寄られてからは狭衣を遠ざけていた源氏の宮も「昔、隔てなく思ひきこえ給ひし名残」を思い出し、また堀川夫妻の心情も思いやって、

言はずとも我が心にもかからずや絆ばかりは思はざりけり　（巻三②一九六頁）

と詠みかける歌である。狭衣への贈歌はこの一首のみ、返歌もまた以下の二首のみである。

源氏の宮の初めての狭衣への返歌は、狭衣が即位が決まり、帝位に就く直前に斎院を訪問した時の、

めぐりあはん限りだになき別れかな空行く月の果てを知らねば　（巻四②三四八頁）

に対する返歌

月だにもよその村雲へだてずは夜な夜な袖にうつしても見ん　（同）

で、残りの一首は狭衣即位後、「月のいと明き夜」前述の贈答を思い出し、殿上童をして、斎院に贈った、

恋ひて泣く涙にくもる月影は宿る袖もや濡るる顔なる　（巻四②三五六頁）

に対して、「今は人づてに聞こえさせたまはんもあるまじき事なれば」として、

あはれ添ふ秋の月影袖馴れておほかたのみとながめやはする　（同）

である。

このように源氏の宮と狭衣の詠歌のやりとりは、自らが斎院に卜定されたり、狭衣が帝位についたりして、結婚に関して安全圏に達してからのみ、贈答が成立するところに特徴がある。狭衣の出家の思いに際しては自ら贈歌したりするが、それも斎院になってからで、言ってみれば、難題が達成されないとわかってから、求婚者たちに返歌する「かぐや姫」的な詠歌のあり方と同じであるといえる。

次に女二の宮の場合について検討してみる。

女二の宮の詠歌については石埜敬子氏を始めとして、すでに論じられているところであるが、ここではその和歌

について内容と言うよりやりとりに注目してみる。

狭衣の笛の音に感応した天稚御子降臨の際、帝が奇瑞の恩賞に女二の宮降嫁を示唆し、進められた縁談にも、心が動かなかった狭衣であるが、ふとしたことから女二の宮を垣間見し、一夜の契りを結び、以後心惹かれ接近する。が、女二の宮は狭衣を避け続ける。女二の宮は若宮を出産するが、大宮の子どもとして公表され、やがて大宮は死去、女二の宮は生きる気力も失い、その四十九日が過ぎた頃出家する。

そのような女二の宮の和歌は全部で七首、内、独詠歌五首、心中における答歌二首と表に表出されないところにその特徴がある。一方狭衣は彼女に一七首の歌を送るが、一六首は返歌なし、一首は嵯峨院の代詠（すなわち女二の宮は返歌の意志なし）となっていて、狭衣との和歌によるコミュニケーションは成り立っていない。

人知れずいとど思ふことあまた言ひえぬことどもを、こまごまと書きつつ、中納言典侍して参らせたまへど、まいていまさらに御覧ずるものとも思したらず。（巻二①二五九頁）

一くだりの御返りは見すべきものとも思したらざりしも、（巻三②二四頁）

かうのみ積る御文の数、さだかに御覧じ続けねば、なかなか何とも知らせたまはぬにや、（巻三②三一頁）

このように女二の宮のもとにたびたび文を送る狭衣に対して、女二の宮が決して応じようとしようとしない様子が繰り返し語られる。それは作品の終わりまで変わらない。

式部卿宮姫君の場合はどうであろうか。

出家を志向しながらも女二の宮、源氏の宮への断ちきれない思いを抱えて悩む狭衣に、宰相中将が妹を紹介しようとする。妹には東宮入内の話があるが、父式部卿宮はすでに死去しており、そのため後見が薄いことを母北の方や兄は懸念し、迷っている。入内の噂を気にしながらも狭衣は興味を持ち、贈歌をしてみるが女君は反応せず、かわりに母北の方の代詠が続く。やがて、病に冒された母北の方は出家し、娘を狭衣に託すことを決意、その後亡くなり、姫君は狭衣の堀川邸に引き取られ、狭衣の即位に伴って、入内し、中宮となる。

このように他の女君とは異なり、狭衣にとってたいした障害のない恋といえるが、詠歌の特徴としては、母による代作と、やはり成立しない贈答と言うことがあげられる。姫君の詠歌は全部で六首、内訳は返歌三首（内、心中一首）、独詠歌三首（内、手習一首）である。

兄の仲介による恋ではあるが、狭衣からの贈歌に対して、本人はほとんど反応せず、母北の方が返歌をする。垣間見により、母北の方への恋情もかき立てられた狭衣は母娘一体の恋に惑いも見せる。一方、姫君は東宮入内の話が進行しつつあることもあり、狭衣に応じる気配を見せないが、病篤く出家した母北の方に促され、「かたのやうにて」狭衣に返歌する（巻四②二六八頁）。しかし母亡き後は「一行も書き続くべき心地もしたまねば」（②二九四頁）と応じていない。

その母の四十九日の法要後、服喪中の姫君と狭衣はついに逢瀬を持つ。

「行きずりの花の折かと見るからに過ぎにし春ぞいとど恋しき」

とのたまふに、いとど、流し添へたるものから、この御返りごとは耳とまりたまひて、さまざまに恥づかしうありけるかなと、聞きたまふ。

よそながら散りけん花にたぐひなでなどゆきとまる枝となりけん

など、心の中に口惜しう思さる。（巻四②三〇六～七頁）

この場面でも、狭衣の贈歌に対して、心中で思うのみで、返歌は読者が知るのみ、狭衣には届いていない。自分の思いを知られることを拒否しているといえよう。

ふとしたことから、狭衣の正妻となる一品の宮の場合は、結婚後の後朝の贈歌に対して、返信しなかったわけではない。白紙の返事を届けるのである。

広げたまへるに、物も書かれざりける。古代の懸想文の返事は、かくぞしける。げになかなかならんよりはいとよしかしと、これにぞ思ひ増したまひける。（巻三②一一〇頁）

こう語られるが、一品の宮は気持ちを表明しているわけではない。先に挙げた嵯峨院による代詠、式部卿宮北の方による代詠も女君側からの意味を問うなら、返事の拒否ということにつながろう。返歌をしないとする女君たちの対応は、狭衣の詠歌に心を揺さぶられてはいないということを表しているといえよう。また、表現しないという選択はつながろうとしないという意志の表れでもある。

なお、飛鳥井女君の場合は狭衣からの働きかけに関して「返歌なし」という対応は見られない。

四 〈歌のことば〉は誰のものか（二）——所有

女君側からの拒絶に対して、狭衣はただ、残念に思いながらも一方的に歌を送り続けていたり、満たされない想いを独詠に託していたわけではない。むしろ、そうではないところに狭衣の恋と和歌のあり方の特色があるといえる。

その大きな特徴は女君たちの和歌の「所有」である。すなわち通常の形で狭衣に送り届けられたものではない和歌を、狭衣は手に入れていく。

源氏の宮の例から見ていきたい。

源氏の宮の詠歌の初出は巻二に入ってから、雪の降った朝、源氏の宮方を垣間見する御前の雪山の場面である。

富士の山、作り出でて、煙たてたるを御覧じやりて、
　いつまでか消えずもあらん淡雪の煙は富士の山と見ゆとも
とのたまはすれば、御前なる人々も心々に言ふことどもなるべし。（巻二①二四〇頁）

「御前なる人々も心々に言ふことどもなるべし」と女房たちと唱和したことがうかがえるが、女房たちの歌は省略される。狭衣はこの雪山で遊ぶ場面を垣間見することによって、源氏の宮の歌を知る。源氏の宮の意図とは別に狭衣に歌を知られてしまうのである。狭衣の気配に気づいた女房たちは狭衣の垣間見に気づき、この場を見られたことを知る。

また作中、狭衣が関わらない贈答は親子間以外では少ないが、その一つに源氏の宮と女一の宮の贈答がある。斎院になった源氏の宮が堀川邸の八重桜を思い出し、懐妊のために堀川邸に退出していた女一の宮に消息したものである。

明け暮れ御覧じなれし古里の八重桜いかならんと思しやらるる。ひとつをだに今は見るまじきかしと、花の上はなほ口惜しき御心の中なり。

一重づつ匂ひおこせよ八重桜東風吹く風のたよりすぐすなと思しめすも、待遠なれば、女御殿に聞こえさせたまふ。
時知らぬ榊の枝にをりかへてよそにも花を思ひやるかな
榊の枝につけさせたまへり。（中略）過ぎにし方いと恋しう思し出でさせたまひにけり。
榊葉になほをりかへよ花桜またそのかみの我が身と思はんなべてならぬ枝にさしかへてぞ、たてまつらせたまひける。
（巻四②二二六頁）

宮中から退出したその足で、女一の宮のもとを訪ねた堀川大臣は、源氏の宮からの消息を見つけ、折から堀川邸を訪れた狭衣に、そのすばらしい筆跡について論評しながら、この文を見せる。こうして狭衣は源氏の宮の歌を知る。「わが物と見ずなりぬる口惜しさ」（巻四②二三〇頁）に心を乱された狭衣は、八重桜を手に斎院を訪れるのである。

狭衣が一番心にかけ、思いを寄せ続ける源氏の宮であるが、彼女は狭衣とは純粋な恋の贈答歌を交わすことはなかった。しかしながら、狭衣は垣間見を通して、あるいは女一の宮のもとに届いた消息を目にするかたちで、源氏の宮の歌を把握していく。

式部卿宮姫君の場合にも同様に、他者にあてたはずの歌を狭衣に知られる場面がある。

ある五月雨がちな頃、狭衣は東宮のもとにて、式部卿宮姫君の文を目にする。

のどかにも頼まざらなん庭潦見ゆべくもあらぬながめを

とにや、所々ほのかなる墨つき定かならねど、母君のにおぼえたれど、思ひなしにや、今少し若やげにらうたげなる筋さへ添ひて、見まさりけることさへ、口惜しう、うち置きがたう思さるること限りなし。

（②二五六頁）

姫君は東宮あてに出した返歌を狭衣に見られる。狭衣は自分には母北の方の代筆のみで、返しがない中、東宮あての文に目を奪われる。そして返歌に使われていた特徴ある歌語である「庭潦」を使って、

いつまでと知らぬながめの庭潦うたかたあはで我ぞ消ぬべき

（②二五八頁）

と、自分は東宮あての式部卿宮姫君の歌を見て知っており、和歌も筆跡も所有したことを伝える。この式部卿宮姫君の東宮あての歌は、主な女君たちのなかで唯一狭衣以外の男性にあてた歌であり、物語は狭衣が知らないところで展開するかもしれない恋物語の可能性を許容しない。

これらの例に共通なのは、狭衣が自分あてに送られたのではない女君たちの歌を、何らかの形で「所有」することと、そして自分はその歌を「知っている」ということを、女君たちにわからせていることである。

五　歌のことばは誰のものか（三）――収奪

女二の宮に関するものについては、さらに狭衣の和歌の所有に対する思いが強く表れる。

一品の宮との婚儀の日程が決まるものの、女二の宮が忘れられない狭衣は中納言典侍を通して、出家して嵯峨に住んでいる女二の宮に歌を届ける。その詠歌を目にした女二の宮は、一品の宮に対する狭衣の冷淡な態度に我が身

を重ねて、心が動き、思わず狭衣の歌の隣に思いを書き付ける。

この「末越す風」のけしきは、過ぎにしその頃もかやうにやと、少し御目留らぬにしもあらで、筆のついでのすさみに、この御文の片端に、

夢かとよ見しにも似たるつらさかな憂きは例もあらじと思ふに

「起き臥しわぶる」などあるかたはらに、

下荻の露消えわびし夜な夜なも訪ふべきものと待たれやはせし

身にしみて秋は知りにき荻原や末越す風の音ならねども

など、同じ上に書きけがさせたまひて、細やかに破りて、典侍の参りたるに、「捨てよ」とて賜はせたるを、隠れに持てゆきて見れば、物書かせたまひたりけると見るに、うしろめたきやうにはありとも、いとほしくのたまひつるに、これを面隠しにせんと思ひとりて

（巻三②一〇〇〜一頁）

女二の宮は思いを書き付けてみたものの、「書きけがさせたまひて、細やかに破りて」中納言典侍に「捨てよ」と命じたのに、狭衣に同情していた典侍はその破り反故を狭衣のもとに届ける。そして、狭衣は「かかる破り反故を見たまひて、せちに継ぎつつ見続けたまへる心地、げにいま少し乱れ増さりたまひて、引き被きて、泣き臥したまへり」（②一〇二）と嘆く場面がある。女二の宮にしてみれば、小さく破り捨てたはずのものが狭衣の所に届いたことになる。そして、女二の宮主催の法華曼荼羅供養ならびに八講のあと、女二の宮に近づくが拒絶された狭衣は、破り反故を見たことを告げる。

今はまたはぐくみ立てて、かけとどめられはべるほどに、心より外なる事にて、見しにも似たるとありし反故の破れを見はべりしを、人やりならず、生ける心地もしはべらねど、（巻三③一七九）

自分では細かに引き裂いて捨てさせたはずのものが狭衣の手に渡ったことに衝撃を受けた女二の宮は、この後、心中でのみ、詠歌をするようになる。

残りなくうきみかづきし里のあまを今繰り返し何かうらみん

とのみ、わづかに思ひ続けられたまへど（②一八一頁）

いかばかり思ひこがれしあまならでこの浮島を誰か離れん

など思し続けらるれど、はかなかりし手すさびも、見しやうに聞こえたまひし後は、うしろめたうて、御心のうちよりも漏らしたまはざりけり。（②二一五〜六）

たとえ、相手に届けることを意図しない独詠であっても、手習、あるいは口頭というかたちで表現されたからには狭衣に把握されてしまうと観念した女二の宮は、その後は心中でつぶやくだけで、決してその思いを表出することはない。「ことばを奪われた」女君といえよう。

式部卿宮姫君についても、狭衣の強引な歌の把握の場面がある。

狭衣即位後、元服した若君、兵部卿宮が狭衣帝の消息を持って嵯峨を訪問、返事なきまま狭衣のもとに帰参する。そのときの様子に狭衣と女二の宮との関係を察した式部卿宮姫君は思いを手習に書きすさぶ。

「たち返りした騒げどもいにしへの野中の清水水草ゐにけり

いかに契りし」など、手習に書きすさびさせたまふに、近く寄らせたまへば、いとど墨を黒く引きひきつけて、御座の下に入れさせたまふを、「かばかりなるへ仲らひにさへ、なほはかなきことにつけて、へだて顔なる御心は余りなるを。習はしたまふめりな」とて、引き出でて御覧じて、ありつる忍び言どもの、御耳とまりつるや交じりたりつらん。余り紛るる方なければ、心のうちも、見知られたてまつるぞかしと、思し知らる。

今さらにえぞ恋ひざらん汲みも見ぬ野中の水の行方知らねば

（②二八五〜六頁）

姫君は詠歌に墨を黒く引いて消し、さらに御座の下に隠す。そこにはすでに狭衣の正妻として中宮にも上りつめていながら、自らの想いを知られたくないとする式部卿宮姫君の思いが見てとれる。女君が手習にそれとなく想いを記したものを男君が目にし、傍らに詠歌を書きつく例は、若菜上巻の紫の上と光源氏の例のようにしばしば見られるが、隠したものを引きだして見て応答するという強引さは例がない。狭衣本人は自身の文が落ち散ることを警戒して破り捨てよ、と命じており（巻二①一八四頁）、ここにも無理にでも女君の詠歌＝心を把握しようとする狭衣が見てとれる。

狭衣に返歌をしないことで、自らの意志を表現している女君たちであるが、その思いの結晶である詠歌は垣間見、他者からの提示などによって、狭衣の所有するところとなり、あるいは収奪ともいえる強引さをもって手中に収められ、ともかくも女君たちの和歌に象られた思いは狭衣に集まってくる。

六　〈歌のことば〉は誰のものか（四）――「ことばを頼む」女君

ところで、狭衣に関わる主要な女君のうちでその詠歌のあり方に特異な様相を見せるのが、飛鳥井女君である。彼女の歌は全部で二十五首で女君たちの中でも群を抜いて多い。その内訳は贈歌　四首　答歌　二首　独詠歌　一六首　或本歌　三首となっている。それは生きているうち、あるいは死んでから、あるいは夢の中に現れて詠んだものも含まれる。

先述の女君たちとの一番の違いは「返歌なし」の歌がないこと、存命していたのが巻一に限られるとはいえ、巻四、物語の終盤まで彼女の詠歌は存在し、さらに狭衣とはすべて贈答が成立していることがあげられる。中でも特徴的なことは、狭衣の知り得ないところで詠まれた彼女の歌が、何らかの形で狭衣に届けられることである。扇に書かれたもの一首、真木柱に書かれたもの三首、絵日記に書かれたもの六首、女房のおしゃべりの中に出てきたものを狭衣が立ち聞きしたもの二首などである。明らかに飛鳥井女君は狭衣に思いを届けたいとする気持ちがあり、それが詠歌として結晶し、さまざまな形をとって伝えられる。

そもそも、出会いの当初から飛鳥井女君は唐突とも思われる引き歌表現を理解し、反応する女君として登場する。仁和寺の法師の誘拐から彼女を救い出し、家に送り届けた狭衣は素姓のわからないながらも美しい女君に語りかける。

「さても、なほざりの道行き人と思して、止みたまひなんとする。ありつる法の師の覚えにこそひとしからずとも、思し捨つなよ。安達の真弓はいかが」とのたまふに、いとど恥づかしくて、ただとく降りなんとするをひかへて（中略）かかる夜のしるべをうれしと思さましかば、かく暗きに泊れ、とはのたまひてまし。心憂」とて、許したまはねば、いとらうたく若びたる声にて、

泊れともえこそ言はれね飛鳥井に宿りとるべき蔭しなければ

と言ふさま、なほさるべきにや、（巻一①八三頁）

「安達の真弓」は『古今集』神遊びの「陸奥の安達の真弓わがひかば末さて寄り来しのびしのびに」（一〇七八）による表現。『狭衣物語』においては、前後の文脈や風景に触発されるわけではない、唐突な引き歌も多いが、ここもその例といえる。また飛鳥井女君の歌は狭衣の「泊れ」を受けた上で、『催馬楽』「飛鳥井に　宿りはすべし　や　おけ　陰もよし　御水も寒し　御秣もよし」（「飛鳥井」）を踏まえたものである。その他にも

花かつみかつ見るだにもあるものを安積の沼に水や絶えなん（飛鳥井女君）（巻一①九八頁）

年経とも思ふ心し深ければ安積の沼の水は絶えせじ（狭衣）（①九九頁）

は歌枕「安積の沼」を詠んだ『古今集』の「陸奥の安積の沼の花かつみかつ見る人に恋ひやわたらん」（恋四・六七七・読人不知）を踏まえたもの、

「飛鳥川明日渡らんと思ふにも今日のひる間はなほぞ恋しき」（狭衣）（巻一①一二四頁）

「渡らなん水増さりなば飛鳥川明日は淵瀬になりもこそすれ」（飛鳥井女君）（同）

は、『古今集』の「世の中は何か常なる飛鳥川昨日の淵ぞ今日は瀬になる」（雑下・九三三・読人不知）を意識したやりとり、その他にも、

「かくとばかりは、聞こえさせたてまつらばや、と思ふにも
　変らじと言ひし椎柴待ち見ばや常磐の森にあきや見ゆると
とかへる山のとありし月影、この世の外になりぬとも忘るべき心もせぬを、
（巻一①一三〇頁）

は、かつて「ただ、とかへる山のとのみ、契りたまふ」（①一〇〇）と不変の愛情を誓った時の「はし鷹のとかへる山の椎柴の葉がへはすとも君はかへせじ」（『拾遺集』雑恋・一二三〇・読人不知）を踏まえた表現である。このように生前に狭衣と飛鳥井女君が交わした贈答四回のうち三回まで歌枕やそれに付随する古歌を利用した、機知的なやりとりとなっており、残り一回の贈答も『実方集』あたりから使われ、『源氏物語』総角巻の薫の歌以降、平安後期以降に多く使われるようになった「小夜衣」という歌語が使われている。[10] これらの贈答から「和歌」に敏感な女君を窺い知ることができる。

そんな飛鳥井女君が体調が悪い中、常盤で真木柱に書き付けて残したのは、

言の葉をなほや頼まんはし鷹のとかへる山は紅葉しぬらん
（巻三②一四三頁）

であった。この歌からは和歌に託し、狭衣に何とか思いを届けたいとする飛鳥井女君像が顕著に表れているといえよう。

七　おわりに　――狭衣の恋と〈和歌〉

『狭衣物語』における贈答歌のあり方を手がかりに狭衣の恋と和歌の関係について考えてきた。そもそも男女間における贈答歌の基本的な形は、男が想いのたけを訴え、女が否定的に切り返すというものであり、そんなやりとりを重ねながら恋は育まれていくものであったろう。見てきたように『狭衣物語』においては、源氏の宮、女二の宮、式部卿宮姫君など、女君は狭衣からの贈歌に対して、否定的に切り返すことをすることもなく、「返歌なし」という態度を示すことによって、狭衣からの求愛を拒絶し、自分の心を狭衣に把握されるのを厭う。にもかかわらず、狭衣は歌を贈り続け、思いが通じない女君であっても、半ば強引に彼女たちの歌――心を所有していった。

改めて整理すると、源氏の宮の場合、狭衣の知らないところでなされた女房たちとの唱和は、彼の垣間見により知られ、女一の宮との贈答は堀川大臣の提示により狭衣に把握される。憧れ続ける源氏の宮の斎院卜定は、狭衣にとって彼女がいよいよ手の届かないところにいってしまうことを意味し、それは自身の即位でより決定的に不可能なものとなる。そんな狭衣と源氏の宮の間の贈答が成立するのは、彼女が斎院に卜定されてから、すなわち結婚の可能性がなくなってからであり、安全圏に達してから源氏の宮は贈答に応じていることになる。

女二の宮は、不本意な逢瀬、懐妊、出産、その出来事を隠すために心を砕いた母大宮の死、出家と苦難をもたらすものでしかなかった狭衣には、決してその歌に答えようとはしなかった。正式な帝からの降嫁要請には応じないにもかかわらず、大胆にも内裏、弘徽殿という禁域での逢瀬は皇女というプライド、存在基盤を根底から否定するものであろう。しかし彼女の真情を汲み取れず、あきらめきれない狭衣は、なんとか女二の宮の言葉＝気持ちを知りたいと女房を使って、女二の宮の手習の破り反故まで手に入れる。そしてそのことを狭衣は女二の宮に告げ、その後の彼女はいよいよ黙すのみであった。

式部卿宮姫君の場合も、本人は兄の仲介から狭衣との関係が始まったとはいえ、東宮入内の話も進められていたこともあって、狭衣への返歌は当初、母北の方の代詠であった。東宮への対抗意識もあった狭衣は、彼女の東宮あての文を目にし、そこで使われていた印象的な歌語「庭潦」を自分の歌に用いることによって、彼女の言葉を所有し、知っていることをわざわざ示す。また、結婚して狭衣が即位、彼女が立后して一見落ち着いてからあとも、彼女が知られまいと墨で消して隠した手習を強引に引きだして歌を把握する。

いずれのケースにおいても、女君たちは自身の歌を狭衣に把握されたことを何らかの形で知っている。女君たちは狭衣の和歌に応じることを拒否し、あるいは歌に表出した自分の心、気持ちを狭衣に「知られる」のを何とかして拒否し、阻もうとするのに、結局強引に狭衣に所有されてしまう。後朝の手紙に対し、白紙（気持ちを表出しない）の文を届けた（伝えた）一品の宮の行為は、実は一番賢い方法であったのかもしれない。

このような狭衣と女君との関係の対極にあるのが、飛鳥井女君である。飛鳥井女君について、狭衣が執心を見せ、歌を収集しているというわけではない。むしろ所詮通りすがりの恋だったが、女君の純情にほだされて心が動くというスタンスであるといえる。彼女は当初お互い身分や素姓がわからないにもかかわらず、狭衣の謎をかけるような唐突な引き歌表現にも応じ、和歌の素養のあるところを見せる。そして、身分を越えた恋の成就の唯一の手段ともいえる和歌で、狭衣とつながろうとする。狭衣との贈答はもちろん、狭衣を思って詠んだ独詠、狭衣の詠歌の想起などはほかの女君には見られない。和歌の持つ力が信じられている。ただ、狭衣との直接の贈答は巻一の始めだけで、その後の歌による交流は一般的なあり方ではない。夢、扇、真木柱、絵日記、女房の噂話などあらゆる伝達手段を通して、死して後も飛鳥井女君の歌――心――は狭衣に伝えられていくが、女君の意志が歌にのり、狭衣のもとへ歌が集まってくるといえよう。歌が形を持つゆえに、狭衣のもとに届けられ、それは可能になった。

石埜敬子氏が、

天地をも動かし、多くの歌徳説話を生んだ贈答歌は、『狭衣物語』においては、恋の物語を進展させてゆく力を失っていると言わざるを得ないのである。(11)

とされるように、『狭衣物語』の歌のありようは変質してしまっている。同時代の作品である『夜の寝覚』も同様に、成立しない贈答が特徴である。(12) そもそもの詠歌数自体も減少し、代わりに心中表現が増大する。寝覚の女君の心中は読者には共有されるが、彼女の「憂き思い」を理解できない物語内の男性たち（男君、父、帝）と女君の心の乖離が浮き彫りになっていくという構図が、方法としてある。比して、『狭衣物語』においては女君たちの心中は「詠歌」という形をとることによって、外部性を持ち、男君の所有出来るものとなる。

やまと歌は、人の心を種として、よろづの言の葉とぞなれりける。世の中にある人、ことわざ繁きものなれば、心に思ふことを、見るもの、聞くものにつけて言ひいだせるなり。

『古今集』仮名序が教えるように、和歌は〈心〉に形を与えるものである。その和歌を所有するということは、内面世界を把握しようとすることであろう。たとえ、拒否の内容であっても、表現されたからにはコミュニケーションは成り立ち、なんらかの交流ははかられる。自らの想いを外部に向かって表出することを求めない独詠歌の増加、狭衣からの贈歌に応じようとしない女君、強引に女君の和歌を所有してゆく狭衣、いよいよ心を閉ざす女君、とこの物語の和歌のあり方を探っていくと、和歌はむしろコミュニケーションの不成立、つながらない言葉、通じない思いを表すためのものとなっているようにすら思われてくる。しかし、その意志のない女君たちに対して、狭衣は女君たちが内面を託した和歌を所有することによって、女君たちとの恋を支配しようとする。しかし、真情の伴わない恋は成就するとはいえない。心のやりとりの不在を嘆くだけではなく、所有しようとする狭衣の恋は想いの共有ではなく、支配――被支配の関係といえようか。それは垣間見から進展した女二の宮との内裏での逢瀬、母の喪中にもかかわらず結ぶ式部卿宮姫君との契りなどの強引な身体の把握や、あるいは斎院、仏堂での源氏の宮や女二の宮への接近など禁忌を犯しかねない危うさを伴うものであった。飛鳥井女君の場合も通常の形で狭衣がその詠歌を把握しているわけではないという点で同様である。

このような和歌の所有は『源氏物語』とは異なる『狭衣物語』の恋のあり方を示している。この物語の表現的特徴である、「室の八島」「忍ぶ捩摺」「道芝の露」「底の水屑」「有明の月」など作中詠歌の歌語による女君たちの表象にしても、言ってみれば、〈歌のことば〉による女君たちの名付けである。「名付ける」という行為もまた所有であるといえよう。狭衣本人の紡ぎ出す詠歌は、閉塞感を伴うものであり、思うに任せない恋を嘆くものであるが、一方女君たちの詠歌を、歌ことばを、心を、強引に所有していく狭衣像もまた、この物語が描くもののひとつではないか。和歌によって、女性たちの心を動かしていくのが「いろごのみ」の本質のひとつだとしたら、外的な力による強引な歌の把握は、物語における男主人公性の衰退ともいえよう。狭衣の歌数がどれだけの割合を占めようと、彼の心情を丹念に描くものであっても、女君の心を動かすものではない。そのような狭衣が神意によって帝位に就く。物語の必然から生み出されない王権奪取には、外部の神の力が必要であったといえようか。どれだけ地の文でこの世のものとは思われない美質を讃えられようと、光源氏が持っていたような男主人公としての「いろごのみ」性は狭衣には見られない。それを端的に表すのが、歌による呼びかけによって、女性の心を動かすことが出来ず、拒絶されるどころか女君たちの返歌という行為そのものの拒否にあい、にもかかわらず、何とかして歌のことばを所有し、その心を所有したいとする狭衣の態度であろう。

狭衣が女君の歌を掌握することについて述べてきたが、狭衣の歌も本人の意図とは別に漏洩して、他者に知られる例も見られる。女房の立ち聞きなどによるものである。また、石埜敬子氏に拠れば、狭衣以外の人物が呼んだ独詠歌三一首のうち、二二首は何らかの方法で他人に聞かれたり、見られたりしている。[13] 今はそのことについて詳述する余裕はないが、それを含めて、『狭衣物語』において和歌は本来の場所から移動する。移動することによって、あらたな位置に置かれ、当初詠まれた時とは異なる物語内での意味を生成していく。このような物語の主人公と和歌との関係を持つ『狭衣物語』だが、その作品世界は『無名草子』が、

『少年の春は』とうちはじめたるより、言葉遣ひ何となく艶に、いみじく上衆めかしくなどあれど、さしてそのふしと取り立てて心にしむばかりの所などは、いと見えず。（五九頁）

と評するように、その文章の美しさが魅力のひとつである。日常生活における言葉とは異なる非日常の〈文《あや》〉ある言葉ゆえ、〈歌のことば〉は力を持つ。作中詠歌は線状的に流れる散文の時間空間に、時に拮抗しながら、登場人物たちの心情や立場などを如実に表現するものであり、それゆえ、歌い出される時間空間は物語場と緊密に関わり合ってきた。「和歌」は本来的には「和す」もの――応答が基本であり、少なくとも物語の歌はそのように機能してきた。その物語の男性主人公が発する和歌は力を持たなくなってしまった。変わって、物語を動かす〈歌のことば〉は作品内外からの引用、さらなる表現の広がりの可能性を示す引き歌、歌語表現であろう。これらは単なる文飾を越えて、物語を推進していく力となる。[14]

多くの〈歌のことば〉によって構築され、〈歌のことば〉が持つイメージの重層性、喚起力によって広がる世界

を他のどの作品より有してきた『狭衣物語』は、ことば＝〈文《あや》〉の空間が他作品よりも豊かさと美しさを持つ作品である。しかし、その中で登場人物たちの心中を表現する作中詠歌は先行作品と位相を異にする。本来、置かれて響き合うはずの位置から、歌は切り取られ、ともに文＝綾をなしてはいかない。男女の仲をも和らげる和歌は力を失い、狭衣の恋は成就せず、歌に託された〈あや〉なき想いだけが、〈文《あや》〉の空間に漂うのである。

注

（1）本書Ⅲ―第一部第三章、第四章参照。

（2）鈴木一雄「『源氏物語』の文章」（『国文学　解釈と鑑賞』三四号　一九六九年六月）

（3）高野孝子「狭衣物語の和歌」（『言語と文芸』一九六五年九月）　竹川律子「狭衣物語の独詠歌」（『お茶の水女子大国文』五二号　一九八〇年一月）　石埜敬子「『狭衣物語』の和歌」（『和歌と物語』風間書房　一九九三年）　杉浦恵子「狭衣物語のおける和歌の意義――散文との相互関係――」（『椙山国文学』一号　一九九七年二月）　萩野敦子「『狭衣物語』の物語世界と和歌の方法――作中和歌の伝達様式・表出様式に着目して――」（『狭衣物語が開く言語文化の世界』翰林書房　二〇〇八年）

（4）鈴木日出男「和歌における集団と個」（『古代和歌史論』第一章　東京大学出版会　一九九〇年一〇月）等。

（5）すでにいくつかの調査があるが、拠っている本文が異なっているため、数字に差がある。ここでは、現行で一般的と思われる小学館新編全集本をもとにしている。伝達様式の揺れの問題については注（3）の石埜論文で「代詠半独詠　贈歌対手習　手習対答歌　二首重ね贈答　すれ違い贈答」などが指摘され、また萩野論文でも論及されている。

（6）本書Ⅰ―第一部第一章参照。

（7）注（6）に同じ

（8）注（3）高野論文

（9）注（3）石埜論文
（10）本書Ⅲ—第一部第四章参照。
（11）注（3）石埜論文
（12）石埜敬子「『夜の寝覚』の和歌覚書」（『跡見学園短期大学紀要』一五号　一九七八年三月）Ⅱ—第一部第一章参照。
（13）注（3）石埜論文
（14）本書Ⅲ—第一部第四章参照。

III——『狭衣物語』の表現と中世王朝物語

第二部

平安後期物語から中世王朝物語へ

第六章　『とりかへばや』物語における「世」

一　はじめに

王朝文学において、「世」をめぐる問題は重要なテーマである。『万葉集』にすでに「世」「世の中」を嘆く歌は収録されているが、『古今和歌集』巻十八雑下の巻頭からの一群の歌に見られるような人の世、世の中を憂う意識は、仏教的な末法意識とも結びつき、王朝文学における一つの基調となっている。また、周知のように「世」あるいは「世の中」は一般的な世間あるいは仏教的な俗世を表すだけではなく、夫婦あるいは男女の仲を示す語でもある。

男女の恋愛がその主要なモチーフである王朝物語において、登場人物たちのままならぬ「世」への嘆きは大きな主題の一つであろう。思い通りにいかない恋愛、出世、社会への疎外感、仏道への憧れ、あるいは「世の音聞」など世間体への配慮、こだわりなど、さまざまな要素があり、その嘆きは男女の別を問わない。が、男性の登場人物と女性の登場人物ではその質が異なるようである。それはおそらく「世」すなわち大きな意味での世間、社会に対する関わり方の違いからくるものと思われる。

親や周囲のものたちの庇護から一歩抜けだし、「世」と本格的に関わりを持つのは、元服、裳着という成人儀礼を迎えてからである。男性が元服後、官位を得て自らの足で宮中を舞台とする社会生活を歩み始めるの対して、女性なかでも姫君たちは、閉鎖的な生活空間を余儀なくされ、「世」＝世間を知り初めるのは男性との恋愛、結婚を通してであるという、「世」への参入のしかたの違いによる点が大きい。つまり「世」との関係を問うことは、登場人物たちがその物語世界をどのように生き、どのように葛藤を乗り越えていくか、そこから見えてくる作品世界は何かをあぶり出すことにつながろう。

本章は『とりかへばや』に多出する「世」と言う語をめぐって、その作品世界に迫ろうとする試みである。昨今の『とりかへばや』研究において、主人公の女君の心理的な面への丁寧なアプローチを通して、『竹取物語』のかぐや姫を始発として、『源氏物語』の女性たち、とりわけ紫の上や浮舟、そして『夜の寝覚』の女君と継承されてきたいわゆる〈女の物語〉の系譜上にこの物語を位置づけ、その作品としての評価の見直しがなされている。[1]この〈女の物語〉という用語については、星山健氏が先行研究をまとめる形で「一人の男性の愛を他の女性と分かち合わねばならぬ結婚制度、そして厳格な身分制度の下、男との関係に苦しみ、また罪障深き身として宗教的救済からも遠ざけられた女の性の逡巡を描いた物語の謂いであろう」と定義されたが、[2]王朝物語を貫くモチーフの一つであり、男装、女装の登場人物が出てくるゆえに異端なものと見られがちだった『とりかへばや』を王朝物語文学史の正統なものとして捉え直す有効な視点であった。「物語の前半を男性として生き、後半を女性として生きる」女君は、「女の問題を明確化できるきわめて有効な設定であることに気づく」とあらためて石埜敬子氏が指摘されたように、[3]その設定のあり方と主題性についてさらなる吟味がなされることが必要となろう。

確かに一人の人間が男女どちらの社会的な性役割も経験するという特異な設定は、人間、とくに女性の生き方を男女両面から問い直す有効なものであると思われる。〈女の物語〉という視点に導かれながらも、それだけにこだわらず、「世」との関わりの中で考えてみたい。

二　物語の「世」

『とりかへばや』における「世」の問題を検討する前に、まず物語における「世」についてあらためて整理をしておきたい。それらは大別すると、「世間」すなわち宮中社会、「男女、夫婦の仲」、仏教的な「宿世」などが考えられよう。物語における「世」については、早くに西下経一氏が「「世」とは漠然とした一般社会を指すのではなく、自分が直接関係している世界を意味するのであり、単なる場所を指すのではなく、むしろ関係が形成されていることであり、自分がその関係の中にいるという点から「世」という観念が出てくることがわかる」と指摘された。[4]また藤田加代氏は「世」と言う語の調査から、『源氏物語』の登場人物たちの「世」意識を問い、「摂関政治体制下にある平安朝貴族社会そのものを最大半径に、一夫多妻制の矛盾を内包した男女の仲を最小半径に、作中人物たちが直接かかわっていくもろもろの生活空間を「世」と呼ぶことにする」と規定された。[5]さらに、高木和子氏は「世」と言う語の辞書的な意味を、

①人間が生まれてから死ぬまでの間。一生。生涯。境遇。
②時節。季節。折。機会。
③一支配者の統治が続く期間。治世。国家。
④過去・現在・未来の三世のおのおの。特に現世。
⑤社会や、そこでの人間関係。世間。世の中。俗世。
⑥男女の仲。夫婦の関係。

と整理された上で、先行研究をふまえ、「「世」ないしは「世の中」の語は、認識の主体と他者との関係についての意識を鮮明にする語」であり、「世」の語の議は「時間的もしくは空間的に、境界によって区切られた時空」とされた[6]。

これらから導かれるのは、「個人」と「社会」の関係性である。特に男女の社会的な立場に大きな相違がある王朝貴族社会において、男女の性役割の交換という特異なしかけを持つ『とりかへばや』ではどのように「世」を認識し、それと関わっていくのか。一人の人間が男性、女性、双方の社会的な役割を生きるところから見えてくる、王朝物語における「世」の問題と『とりかへばや』の独自性について考えたい。なお、本稿では以上のような問題意識から、「世」を仏教的な意味や宿世の意識と切り離して、現世、俗世間での人間社会におけるそれに限って検討を加えていきたい。

三　『とりかへばや』の「世」

まず具体的に『とりかへばや』における「世」の問題について、検討していきたい。『とりかへばや』には全部で「世」に関する語が三四七例ほど見られる[7]。巻ごとの内訳は巻一　一二七例、巻二　四三例、巻三　一一八例、巻四　五九例となっている。その意味する内容も政治的、社会的な立場、いわゆる世間、仏教的な見地、男女、夫婦の仲、物理的な時間、空間に関わるものなど先の高木氏の整理による内容をすべて含むような多岐にわたるものとなっている。また、物語のストーリーの進行にしたがって見ると、女君が本来持って生まれた性と社会的な性役割の落差に悩む巻一と、さまざまな状況から異装を解き本来の性役割にもどる巻三に「世」と言う語が多く見られ、この作品の方法の一つに「世」との関わり方があることを知ることができる。

なかでも注目されるのが「世づかぬ」と言う語である。この語に関しては鹿野康子氏が女君の人物像を検討していく中で、内面に迫るキーワードとして分析され、[8] また、辛島正雄氏、石埜敬子氏などをはじめとしてすでにいくつかの言及があるが、[9] 女君と「世」との関わりを論ずる点からあらためて検討を加えてみたい。

「世づく（世づかぬ）」と言う表現は『とりかへばや』に全部で三七例（巻一・一三　巻二・七　巻三・一六　巻四・一）出てくる。『夜の寝覚』では六例、『狭衣物語』では四例なので、[10]『とりかへばや』の用例数の多さは特徴的と言えよう。内訳は女君二三例、父左大臣五例、男君五例、宰相中将一例、男君の母一例、吉野の暮らしに関するもの一例、吉野宮の中国人妻に関するもの一例となっていて、女君における用例の多さが目をひく。

物語全体を見渡してみると、「世づかぬ」表現も巻一と巻三に集中している。巻一では自由に思うままに生きてきた子ども時代から、やがて女の身でありながら、男姿での宮中生活を送ることになり、右大臣四の君との結婚生活にいたる女君自身の社会的な生活環境との違和感が中心となっている。また、そういう境遇にある我が子に対する父左大臣の嘆きも「世づかぬ」として幾度か語られる。巻二においては数は減少するが、「世づかぬ」表現はすべて女君と関わり、思わぬことから宰相中将と契り、妊娠までしてしまったわが身の上への思いとなって表れる。巻三において、再び「世づかぬ」表現は増加する。妊娠してしまったためにに宇治に隠棲して出産に備えることになり、密かにそれまでの自分の関係してきた「世間」との別れを告げる女君は、宣耀殿の尚侍である男君のもとを訪れ、対面してお互いの数奇な運命を語り合う。そしてお互いの今まで培ってきた社会的立場を交換する事により、物語はとんとん拍子に栄華を上り詰めていく。この巻における「世づかぬ」表現は相変わらず女君に多く見られるものの、男君、父左大臣、男君の母などによっても使用される。そして女君、男君とも本来のあるべき立場におさまった巻四に至ると「世づかぬ」表現は宰相中将との因縁を思う女君の思いが一例見られるだけとなる。

以上が、『とりかへばや』における「世づかぬ」表現の概観であるが、次に女君に添ってもう少し考察していきたい。

四 「世づかぬ」女君

「返〻とりかへばや」（巻一・一〇八頁）と嘆き「世にためしなき御心地ぞし給ける」（一〇九頁）と語られる父親の心配、周囲の誤解をよそに男の子たちの間に交じって活発に振る舞ってきた女君は、周囲の期待が圧力になってやむを得ず元服し、官位を得て本格的に宮中生活＝「世」と関わっていくようになる。

帝・春宮をはじめ奉りて、天の下の男女、この君を一目も見きこえては、飽く世なくいみじき物に思ふべかめり。おぼしときめかせ給ふさま、やんごとなき人の御子といひながら、いとたぐひなきもことはりと見えて、琴笛の音にも、作り出づる文の方にも、歌の道にも、はかなく引きわたす筆のあやつりまで、世にたぐひなくうちふるまひ交らひ給へるさまのうつくしさ、かたちはさる物にて、今よりあるべきさまにむね〳〵しく、世の有様おほやけ事をさとり知りたる事のさかしく、すべてこと〴〵にこの世の物にもあらぬを、

（巻一・一一四頁）

社会に出てみると、身分、学才、音楽、漢詩、和歌、筆跡、政治向きのこと、容貌、振る舞いなどすべてにわたる世間の人々の高い評価とは裏腹に、女君の心に芽生えたのは周囲との違和感であった。

この君、なを幼きかぎりはわが身のいかなるなどもたどられず、かゝるたぐひもあるにこそはと、心をやりてわが心のまゝにもてなしふるまひ過ぐしつるを、やう〳〵人の有様を見聞き知りはて、物思ひ知らるゝまゝに

は、いとあやしくあさましう思ひ知られゆけど、さりとて、今はあらため思ひ返してもすべきやうもなければ、などてめづらかに人にたがひける身にかと、うちひとりごたれつゝ、物嘆かしきまゝに身をもておさめて、（巻一・一一五頁）

このような違和感を抱えつつ、女君は宮中生活を送る。その女君が物語で初めて「世づかぬ」と意識するのは、宰相中将が女君の異母きょうだいである女姿の男君への懸想心を訴える時であった。

うち出づるごとには、人の御身の世づかざりけることのみ知らるゝに、胸うちつぶるれば、いたくもあひしらはず言少ななるほどに、心恥づかしうのみもてなしたるを、（巻一・一一八頁）

このような宰相中将の様子に困惑し、わきあがった男君への同情は、裏返せばわが身への思いとなってふりかかる。

やがて、起こってきた右大臣の四の君との結婚話も、「人目を世の常にもてなして」（一一九頁）という母親の一言でまとまる。期待される有能で風流な貴公子像を装い、結婚というハードルをも越え、日々を乗りきっていた女君が、そのようなわが身を「世づかず」とはっきり意識したのは、正妻の四の君が宰相中将と密通して妊娠した時であった。

中納言も例のように臥し給へれど、何事をかは聞こえ給はん。世づかぬ身の、うつしざまにてながらふるを、かりそめに静心なく思ひながら、（巻一・一四五頁）

わが身の状態が「世の常」でないことを改めて思い知らされるとともに、よりいっそう「世の常」に振る舞わなければならないしんどさ、増大する違和感。以後、この物語の中で繰り返し、女君の外見と内実の違和感が「世づかず」と表現される。

月ごろは、女君をもさる方に浅からず契り交して、起き臥しもなつかしう、ひとつ心にて、世づかぬわが身にたぐひ給べかりける契りも心苦しう、（巻一・一四八頁）

「すべてわが身の世づかぬをこたりのみこそ、思ふにも言ふにもつきせぬ心地すれ」と、涙さへ落つるを、（巻二・一七三頁）

今は、言ひはしたなめても、我身の世づかぬ有様を見知られぬれば、たけかるべきやうもなし、心をあらだてても、あさましき世語りに、さるべき人と打言ひ出でてもいかゞはせん。（巻二・一八四頁）

「世づかずなりにける身を思知りしほどより、世にはあらであらばやと思ふ心は深くなりながら、殿・上のおぼさんところにはゞかりて、今まで世にながらへて、あやしき有様を人に御覧ぜられぬる事」（巻二・一九七〜八頁）

「去年の秋つ方より、心地のあやしく例ならず、物心細く思ふ給へらるゝは、世の尽き果てぬるにやと、あるにつけてはいみじく世づかぬ憂さも思給へ知りながら、ひとへに限りと思給へしほどは、殿・上のおぼしめさん事をはじめとして、（巻三・二一五頁）

すべてをあげる煩は避けるが、女君に関連する「世づかぬ」表現一三例中、一〇例までがこのような我が身についての嘆きである（残りの三例中、先述の男君への同情の他、一例は宰相中将、右大臣四の君、女君の三者の通常ではない関係について、もう一例は宰相中将への恨み言が大人げないとするもの）。しかし、先述したようにその女君の「世づかぬ」嘆きも、男姿から女姿に戻ってからは、

昔よりかたはなるまで馴れ遊びて、かたみに何事も隔てず言ひあわせうち語らひてのはてくは、あさましう世づかぬ身の有様をさへ残りなく見えにし契りも、（巻四・三四〇頁）

と、帝の子を懐妊した女君が、かつて宰相中将の子を身籠もった時のことを思い出し、過往のわが身を振り返る一例のみである。すなわち、ずっと「世」に対する違和感を抱えてきた女君は、男装を解き、男君と社会的な立場、役割を交換して、尚侍として参内する身となって後は「世づいた」といえるのである。

このように見てくると、女君の悩み、嘆きは自らの振る舞いと内実、演技の表と裏、すなわち置かれている状況＝「世」に起因するものであることが明らかであると言えよう。

五　男君と「世」

一方、それでは同じような境遇に置かれた男君における「世づかぬ」表現はどのようなものであろうか。前に掲げたように、「世づかぬ」表現は男君に関するものは五例しかなく、すべて巻三に見られる。すなわち、物語前半で女姿の男君の「世づかぬ」思いが表出されることはない。

年月の過侍まゝには、かやうにいぶせき有様も、こはいかなりし有様ぞと、世づかずあさましくなど、かゝる

たぐひは又あらじを、いまさらにと言ひて立ち出でんもあるべき事ならず。（巻三・二一六頁）

掲出の場面は女君が出産のために身を隠すことを決意して、密かに別れを告げる目的で、男君が尚侍として過ごす宣耀殿を訪れた時のものである。ここで初めて逆の立場ながら、女君と同じような境遇に置かれている男君の内面が語られる。対面した男姿の女君を見て、男君は、

世づかざりける身どもかな、我ぞかくて有べきかしと、かたみに見交わし給て、（同）

とお互いの本来あるべき姿を思う。この後、女君は宇治に出立、女姿となり男の子を出産する。一方女君の失踪を知った男君は異装を解いて男姿となり、入れ替わった時のことを考慮して、自分の不在（「世づかずあやしく侍れば」巻三・二三一頁）を人に気づかせないように配慮し、女君を探しに出る。訪ねた吉野では吉野宮の学徳にふれ、これまでのことを打ち明ける（「世づかぬ身の有様など聞え給へば」巻三・二四二頁）。残りの一例は男君が女君の男姿時代をさしていうもので、以上五例が男君の「世づかぬ」表現となっている。すなわち、同じような境遇、立場にありながら、男君は「世づかぬ」という状況を認識してはいるものの、外見と内面の不一致に悩みを深めるものではない。

そのことを顕著に示すのが次にあげる場面である。男君と女君は宇治にて本来の自分たちの性にふさわしい、あるべき姿で再び対面、自分たちが歩んできた日々について語り合う。

「年比は、世づかぬ身の有様を思ひ嘆きながら、さる方に、いかゞはせん、ありつきぬべきよと思ひ侍しに、心より外に憂きことの出で来侍にしかば、さて有べきやうもなく、思ひわびて身を隠し侍にし」さま、けしき

ばかりうちの給へる、さなんなりと心得はてて、(中略)「その事に侍る。かくてのみなんさらに侍るまじうおぼゆるを、世づかぬ身なりしほどのみ、恥づかしさを、異人に見えあつかはるべきにあらず、(中略)。とてもかくても、身の世づかぬをき所なくおぼえ侍を、此吉野山にかたちを変へて跡を絶えなんと思侍」と、うち泣きての給。(巻三・二五三頁)

このように、「世づかぬ」と言う表現は女君の言葉の中においてのみ語られるのである。

この物語は女君を主人公として語られているということもあるが、男君に「世づかぬ」という表現が少なく、「世」への違和感が主題化されないのは、男君の「世」との関わり方とも関係するのではないであろうか。つまり、非常に恥ずかしがりやで父親との対面にも緊張するような子どもであった男君は、自邸の御簾の内を出て、女姿で女春宮の相手役として尚侍として参内するようになると、物語の早い段階で「夜〳〵御宿直のほど、いかゞさしすぎ給けん」(巻一・一二七頁)と女春宮と関係を持った。つまり受け身ではなく能動的に自分が動くことによって「世」への参入を果たしていき、女春宮との関係においても主導権を握って行動している。その積極性は女装を解いて、本来の性役割に戻る時にも発揮された。女君の都からの失踪を知り、探し出すことを決意した男君は「我、かくてのみあらじ。男の姿になりて此君を尋ねみんに」(巻三・二三〇頁)、「われもとの有様になりて、この人を心の及ばんかぎり尋ね侍らんとなん思ひ侍」(二三一頁)と、自らの意志で男姿に戻る。女君が望まない契りによる妊娠という形で自分の性と向き合うことになり、さらに宰相中将の手によって女姿に戻った(11)のと対照的である。その後、男君は女君が男姿時代に中途半端なままになっていた右大臣四の君、麗景殿の女、吉野の姉君など女性たちとの関係を改めて切り結び、自らの意志で「世」との関係を築いていくのである。

六　「世の常」について

さて、それでは「世づかぬ」思いを抱えた女君にとって、どのような状態が「世の常」であり、理想とされたのであろうか。次に「世づかぬ」に対するものして「世の常」という言葉を取り上げてみたい。

「世の常」と言う語は全部で三二例見られる。(12)「世の常」であることは、規範から逸脱することを嫌う社会にあって、評価されることであるとともに、ありきたりではないと言う意味で「世の常ならず」も賞賛されるという性格を持つ。この物語においても部屋の室礼、儀式の様子、あるいは人物の美しさ、あるべき振る舞いなどさまざまな場面の形容に用いられているが、女君が思い描く「世の常」の振る舞いとはどのようなものであるのだろうか。

女御は御几丁うるはしくさして、いみじくもてなしかしづかれ給さまの心にくゝめでたきを、あはれ、我も世の常に身をも心をももてなしたらましかば、かならずかくておりのぼらまし、あないみじ、ひたおもてにて、身をあらぬさまに交らひありくは、うつゝの事にはあらずかし、と思ひ続くるに、かきくらさるゝ心地して、

月ならばかくてすままし雲の上をあはれいかなる契りなるらん

我こそは契りつたなくてかゝらめ、姫君だに世の常にて、かやうの交じらひし給はましかば、飽かぬ事なからまし。身を嘆きても、一人は世の常にておはすと見てこそは、かやうのおりのぼりかしづきもせましなど、我身ひとつのことを思ひ続くるに　（巻一・一二二頁）

中納言になった女君が月の美しい宿直の夜、梅壺の女御が帝のお召しにより、清涼殿に参入していく様子を見か

けた時のものである。本来ならばこのようにかしづかれて帝寵に浴することもあろうわが身であるのに、それを偽って、顔をあらわにして男性たちに交じっている現状は「うつゝの事にはあらずかし」すなわち、正気の沙汰ではない、せめて我々きょうだいのうちのどちらかだけでも世間並みであれば、とする。その胸中には女御として待遇されるような女性の生き方への強い憧れこそあれ、疑問は感じているようには思われない。

このような当時の社会における高貴な女性のあり方に対する肯定的な態度は、女君が異装を解いて男君と入れ替わり、尚侍として参内したあとにも見られる。彼女に前から心を寄せておきながら思いが叶わなかった帝は、垣間見の機会を得てますます心がひかれ、ついに宣耀殿の彼女のもとに忍び入る。

男の御さまにてびゞしくもてすくよけたりしだに、中納言に取り籠められてはえのがれやり給はざりしを、まして世の常の女び情なくは見え奉らじとおぼすには、いかでかは負けじの御心さへ添ひて、いとゞのがるべうもあらず。（巻四・三〇六～三〇七頁）

帝に抵抗できないことを恨めしく思う一方で、女君の心には「まして世の常の女び情なくは見え奉らじ」、すなわち男女の機微、情緒を解さないと思われることに対する憚り、「世の常」のあり方に対する順応的な態度が見て取れる。それは同じく予期せぬ帝の闖入を受けた場面において、『夜の寝覚』の女君が、

さるは、いささか、「ひきつくろひ、世のつねなる有様にて御覧ぜられむ」とはおぼえず、「いかならむ憂き気色も御覧ぜられて、疎ましとおぼしのがれ、立ち離れたてまつりてしがな」とのみおぼえたまへど、（巻三・二七七頁）

とあくまで強硬に抵抗した姿勢とはかなり異なる。『夜の寝覚』ではこの一件を契機に女君の内省と「憂き思い」はますます強まり、表面の栄華と裏腹に女の身である自分の性、ひいては女性の生に対する懐疑と苦悩が深められていく。しかし『とりかへばや』では女君は帝の強引な契りによって懐妊するが、この事態を本人も周囲も受け入れ、帝寵の独占、皇子をはじめとする御子たちの誕生、立坊、立后、国母へと栄華の階段を上っていくことになる。また、女君は男装の時代に「世の常」の男のようなふるまいもする。まじめすぎるぐらい身を修めている一方で、五節の夜に、麗景殿の細殿で歌を詠みかけてきた女と恋愛のまねごとをしてみたり、吉野宮の姉君に、

うち続き給ぬべきけしきなれば、世の常めかしくひきとゞめて、たゞうち添ひ臥して、この世ならず契り語らひ臥し給さまの、（巻一・一六五頁）

と迫ってみたり、風流な貴公子ぶりを演じる。

これらの例からも知られるように男姿時代の女君は、受け身にならざるを得ない女性のあり方に、特別に強い疑問や反発を感じてはいない。むしろ「世の常」にふるまうこと、「世の常」でありたいと願っているのである。

七　おわりに

以上、『とりかへばや』における「世」をめぐって、検討してきた。『とりかへばや』には「世」と言う語に関する用例が多く見られる。それはとりもなおさずいろいろな意味を含む「世」に対する意識が高いことを意味しよう。この物語に特有の男女の役割の交換という設定は、それぞれの性における、身体的、社会的性差が持つさまざまな

「世」とのかかわり方を浮かび上がらせていく上で、効果を持つものであった。なかでも女君に多用される「世づかぬ」と言う語は、性的には女性でありながら、社会的には男性として生きるという我が身のあり方の違和感を如実に表現していた。しかし、男姿時代に盛んに意識された「世づかぬ」と言う感覚は、女姿に戻って左大臣家の娘としての本来あるべき道を歩み始めた後は、過去を振り返る形でしか意識されなくなり、また女の身の不幸を嘆き、男姿時代に戻りたいと考えることもない。

このような当時の社会制度に対する受容的な態度は、男君に関してはより明らかな形で見られる。すなわち、女姿でありながら、女春宮に対して性的にも能動的に働きかけ、自らの意志で女姿から男姿に戻った後、女君が男姿時代に疑似恋愛した相手との関係を引き継ぎ、あらためて性的な関係を結ぶ。そのような男君は、「世」（すなわち男女の仲という意味においても、社会、世間と意味においても）と積極的に関わっていく存在として描かれ、自らの置かれた状況を「世づかぬ」と違和感を感じることも、嘆くこともなかった。そしてそれに対して相手の女性たちのとまどいや嘆きは描かれるものの、それが主題化されることはなかった。男性が多くの女性を相手にすることに対する批判より、むしろどのように処遇していくかに男性の誠意をみるという構造になっている。右大臣の四の君と女君との間でうまく立ち回れず、女君からは逃げられ、男君女君入れ替わりの真相からも遠ざけれて、滑稽な人物となりはてる宰相中将は、その反措定といえよう。当時の制度や秩序すなわち「世」に対して、どのような誠実さが求められ、幸せが追求されるかは問われるものの、異議申し立てをするものではない。

ところで、今までの物語文学作品においても登場人物たちがわが身を「世づかぬ」と表現することはあった。たとえば、『源氏物語』の薫、『狭衣物語』の狭衣大将などは何一つ不自由のない身でありながら、大君、あるいは源氏宮とのそれぞれ満たされない恋を抱え、自らの身の置きどころを求めて、「世づかぬ」思いをさまよう。(13)

また、まさしく「世づかぬ」人物、世間離れした人物として、その逸脱ぶりゆえ、周囲を相対化し、批判する存在として末摘花、虫めづる姫君などもあげられよう。

さらに、男女の恋愛の相克を経て、「世づかず心憂かりける身かな」とこの世にもあの世にも、俗世間にも出世間にも落ち着き場所を見いだせず、女の身の救済が主題的に追求される浮舟も「世づかぬ」思いを背負った人物であった。が、『とりかへばや』の女君のそれは、また異なるものといえる。(14)

すなわち、『とりかへばや』の女君は自分の考える「世の常」＝理想的な社会との関わり方から逸脱した人生を「世づかぬ」と捉えているのであって、男女の仲＝「世」を起点として、世間＝「世」の生きにくさを嘆き、出家をこころざしながら、それもまたかなわないこの「世」への絶望と救済を模索したこれまでの物語の女君たちとは少し異なるのである。個とそれをとりまく「世」との葛藤、悩みが内面化され主題化されてくるのは、すでに多くの指摘があるように、『源氏物語』の紫の上あたりを契機として、宇治十帖、『夜の寝覚』などであろう。しかし、女性たちのそれらの思いは、むしろ「憂き身」と表現されたのではなかったか。

高橋亨氏は『とりかへばや』を「よくもあしくも、『源氏物語』から『夜の寝覚』などへと続いた、〈身〉と〈心〉との相克を主題とする内面の深さを、性記号の変換という表層において描いた〈女〉の物語なのである」とされたが、(15)『とりかへばや』の女君は身と心の乖離というより、むしろあるべき「世」との親和に苦しんだのではないだろうか。多情な男性の身勝手な行動と論理に振り回され、自らの生を問うていく存在としては、右大臣の四の君をはじめ、女春宮、吉野の姉妹、麗景殿で歌を詠みかけてきた女など他の女性登場人物たちも担うが、焦点化されてはいない。女君はそれらの女性たちに深く共感し、宰相中将との日々に「かくのみこそは有べきなめれ、わが心一つにこそよろづの事につけて嘆き絶えせざりしか、大方の世につけてはかたはらなくなりにし身をあひなくもてしづめて、たぐひなくだにあらず、かくのみ待ち遠に思ひ過ぐさん事こそ、なを有べき事にもあらね」（巻三・二四六頁）と女の生きがたさへの思いを強めはするが、自らの存在理由を問うところまで突き詰められてはいかないのである。そして、他の女性たちの存在をうかがいながら、待つだけの妻としての生活に女の苦悩を知り、そこからの脱出を敢行して都での尚侍としての生活を選ぶ女君も、帝との関係においては強引な契りであったにもかかわらず、前述のように受け入れ、さらに寵愛を得て次々と子どもを生み、栄華を極めていくという当時の理想的な幸せな女性としての人生を生きていくのである。

ちょっと風変わりな女の子であった『とりかへばや』の女君は、父親を中心とする周囲が要求する「男らしさ」「女らしさ」の規範からは逸脱していたものの、矯正されることもなく、歩み始めた「世」との関係の仲で、「世づかぬ」思いを深めていく。女姿に戻った後、「世づかぬ」思いからは解放され、宰相中将の不実さに、男に翻弄される人並みの女性の嘆きを知るものの、それによって蹂躙される人生に対する「憂き身」の嘆きを深めるものではない。男姿時代に培った論理と行動力により、子どもへのほだしを断ち切って、男性を待つだけの生活から脱却を試み、みずから人生の理想をかちとっていく姿は、それまでの物語の女君にはなかった女性像であるが、一夫多妻を基本とする結婚制度や、横奪され支配される性のあり方がもたらす「憂き身」という、個の内面の苦悩とその克服が主題化されているわけではない[16]。帝を中心とする王権的な支配秩序は、一度は規範から逸脱して他者＝男性のまなざしを得た女君によって相対化されるものの、そういう自分に「世づかず」と言う感覚を抱えていた女君は、秩序の破壊者とはなり得ない。『とりかへばや』の世界は「世づかず」という感覚を異装→解除というしかけを経て、王権的な「世」と親和させ、志向していくものであったといえるのである。

注

（1）　新日本古典文学大系『堤中納言物語・とりかへばや物語』（一九九二年三月）の解説、中世王朝物語全集『とりかへばや』（一九九八年六月）の解題、新編日本古典文学全集『住吉物語・とりかへばや物語』（二〇〇二年四月）の解説等。
(2) 「王朝物語史上における『今とりかへばや』——「心強き」女君の系譜、そして〈女の物語〉の終焉——」(『国語と国文学』二〇〇六年四月)
(3) 「『今とりかへばや』——偽装の検討と物語史への定位の試み——」(『国語と国文学』二〇〇五年五月)
(4) 「源氏物語の『世』と『物』」(『文学・語学』一九五七年一二月)
(5) 『「にほふ」と「かほる」——源氏物語における人物造型の手法とその表現——』(風間書房　一九八〇年)
(6) 『源氏物語の思考』(風間書房　二〇〇二年)
(7) 新日本古典文学大系『堤中納言物語・とりかへばや物語』による調査。なお、前述のような観点から「宿世」はのぞいている。以下の本文の引用も同書による。
(8) 「とりかへばや物語研究」(『南山国文論集』一九八〇年三月)
(9) 辛島正雄『中世王朝物語史論上』(笠間書院　二〇〇一年)、『住吉物語・とりかへばや物語』解説(新編日本古典文学全集　石埜敬子)、注(3)等。
(10) 『夜の寝覚』は新編日本古典文学全集本、『狭衣物語』は日本古典文学大系本による
(11) 「中納言は思ひかなひぬる心地してうれしきまゝに、頭洗はせなどして、髪もかき垂れなどして見れば、尼のほどにふさ〳〵とかゝりたり。眉抜きかねつけなど女びさせたれば」(巻三・二一八頁)
(12) 巻一　一四例、巻二　七例、巻三　五例、巻四　六例
(13) 「世づかぬ」身を抱えて、宇治の八の宮がモデルかとされる吉野宮を訪ねるあたり、『とりかへばや』の女君は薫を意識した造型がなされているといえる。
(14) 岩田行展「『世づかぬ』浮舟——『世』からの逃走、『世』との闘争——」(『古代文学研究　第二次』一四・二〇〇五年一〇月)等。
(15) 「『とりかへばや』物語の倒錯」(『解釈と鑑賞』一九八八年五月)
(16) 帝寵を得、栄華を極めていっても女君の別れた子どもへの思いは深々と描かれる。この女君の苦悩は「世」とい

う観点からのものとは別次元のもので、子どもの問題は平安後期物語から中世王朝物語を視野に入れてあらためて論じる必要があろう。立石和弘氏はこの問題について『とりかへばや』を「帝の寵愛を受ける華々しき生活を、女性の性役割の最高位として位置づけ、夢見る物語なのである」とした上で、子どもの問題をそうした「至福」を相対化する装置として論じる。(「『とりかへばや』の性愛と性自認――セクシュアリティの物語」小森潔編『女と男のことばと文学――性差・言説・ジェンダー――』森話社　一九九九年)

第七章　『小夜衣』における先行作品の引用について——平安期の物語を中心に——

一　はじめに

王朝を題材にした物語はそれを支える貴族社会が力を失った鎌倉期以降にも、脈々と書き継がれていった。政治の実権は武士たちが握ったとはいえ、天皇という地位とそれを取り巻く貴族という身分制度は残り、文化の担い手であることにその存在意義を見出そうとする人々は、王朝憧憬をこめて物語製作を続けていく。後嵯峨院の皇后大宮院姞子の下命によって文永八年（一二七一）に編纂された物語歌集『風葉和歌集』には現存、散逸したものを含めて二百余りの物語作品名が見られ、当時多くの物語が書写、生産されていた様相を知ることができる。

それら、擬古物語、あるいは中世王朝物語と呼ばれる作品群は、しかしながらどのようにして、過去の時代を舞台に物語を展開していったか。意図的、あるいは無意識的な過去の作品の取り込みようのなかに、物語がどうしても手放さなかった部分が見えてくるのではないか。物語文学の裾野と奥行きを知ることはまた同時に最盛期の物語文学を考える一助にもなるはずである。『源氏物語』、『狭衣物語』の亜流で片づけられがちなこれらの作品は、確かにそれら平安期の物語の引用と模倣に満ちているが、現存している個々の作品において、より詳細に先行作品との距離を測りながら考察を加えることが、これからの中世期の物語作品に必要な作業となってこよう。

そこで、本章では『小夜衣』において、平安期の物語の引用、模倣の実態をまず確認していきたい。

二

『小夜衣』は『風葉和歌集』にその名が見られないことから、成立年代は不明なものの、『風葉和歌集』編纂後、そう遠くない時代、鎌倉時代末期の成立が推定されている中編の物語作品である。鎌倉期に名が知られる物語のほとんどは散逸してしまっているが、『小夜衣』は二十一本の写本が現在知られている。[(1)]

さて、すでに多くの指摘がなされているように、『小夜衣』の特徴は何といってもその縦横無尽な先行作品の引用にある。[(2)]模倣、引用あるいは物語取りとされる文章表現のあり方は、平安後期物語あたりから見られるが、中世期の作品になるとよりその傾向が顕著になる。片岡利博氏は中世王朝物語の大きな特徴の一つとして既存のすぐれた物語の模倣ということをあげられ、次のように整理されている。

先行物語の類似の場面や事件を取り入れるというようなレベルの模倣は、中古の王朝物語にもしばしば見られた現象であって、中世王朝物語の、というよりは、むしろ物語文学一般の特徴とすべきことでもあろうが、この現象は時代がくだるにつれて顕著になり、中世王朝物語では「措辞の模倣」というミクロのレベルから、全体の「ストーリーの模倣」というマクロのレベルに至るまで、さまざまなレベルでの先行作品の模倣があらわれてくる。[(3)]

『小夜衣』においても先行作品の引用はその量の多さだけなく、さまざまなレベルに渡っている。また、辻本裕成氏はこの期の物語における『源氏物語』本文摂取状況を調査され、『風葉和歌集』以後の物語はきわめて断片的、皮相的にしか『源氏物語』を引かない物語と『源氏物語』の表現を細部にわたって忠実に引用する物語の二種類に大別され、後者の代表例として『小夜衣』をあげておられる。(4)

さらに『小夜衣』における先行作品の引用は『源氏物語』、『狭衣物語』などの物語作品にとどまらず、多くの和歌からのそれも指摘できる。田淵福子氏は「実に様々な時代の勅撰集はもとより私家集や定数歌などから多くの引き歌を試みている」ことを報告されている。(5)

このように今までそれぞれの引用箇所についての指摘はなされてきたが、今後はその意味を問うべき時に来ている。『小夜衣』におけるこれら先行作品の引用、摂取に対する姿勢については一概に剽窃と言うよりはむしろ、中世王朝物語の一つのあり方として、積極的に評価すべきではないかと思われる。「中世王朝物語」という呼び方にはいろいろな意味が込められていると考えられるが、『小夜衣』の場合、中世に作られた王朝風の物語と言うよりは、平安王朝時代の物語世界を自在に解体、新しく構築し直した物語といえるのではなかろうか。具体的に、『源氏物語』、『狭衣物語』、『夜の寝覚』などがその根底にある物語世界と言うことになる。

そこで『源氏物語』を中心とするこれらの物語の『小夜衣』における引用のあり方を今一度検証しながら、『小夜衣』の作品世界について考察を加えてみたいと思う。

三

その後のさまざまな物語に影響を与え、規範となった『源氏物語』と『小夜衣』の直接的な関係については既に多くの先学によって指摘が行われているが、(6)今それをふまえた上で整理して見ると大きく分けて次の三種類の引用の傾向があると考えられる。

まず第一に「物語取り」とも呼ばれる、物語の場面の内容をふまえて引用した場合があげられる。今までにも指摘されていることなので代表例にとどめておきたい。

又の日などはあまりにおぼしめしあまるにや、有明の月よふかくさし出たるほどに立出、いと忍びて、御ともの人などもおほくもなくて、やつれおはしけり。御馬成けり。入てゆくまゝに、霧わたりて道もみえぬに、しげき野中を分給ふに、いとゞあらましき木枯も身にしみて、人やりならぬかなしさに（『小夜衣』上　五五〜六頁）

有明の月のまだ夜深くさし出づるほどに出で立ちて、いと忍びて、御供に人などもなく、やつれておはしけり。川のこなたなれば、舟などもわづらはで、御馬にてなりけり。入りもてゆくままに霧りふたがりて、道も見えぬしげ木の中を分けたまふに、いと荒ましき風の競ひに、ほろほろと落ち乱るる木の葉の露の散りかかるもいと冷やかに、人やりならずいたく濡れたまひぬ（「橋姫」⑤一三六頁）

掲出場面は兵部卿宮の山里訪問の場面であるが、このように『源氏物語』のある場面の文章をそのまま借用したり、合成するような形での引用例は『小夜衣』では多く見られ、主に山里での場面に集中している。山里姫君と兵部卿宮の逢瀬、山里の情景などは『源氏物語』の「橋姫」「総角」「宿木」など宇治十帖の巻々及び賢木巻における野宮の場面よりとられている。

次に『源氏物語』における内容は問わず、表現のみを拝借した例をあげることができる。

たれもちとせのまつならぬ身は、つゐにとゞまるべきにもあらぬを（『小夜衣』下　一六五頁）

誰も千歳の松ならぬ世は、つひにとまるべきにもあらぬを（柏木④二九〇頁）

なきみわらひみかたりあひたり。（『小夜衣』下　一八九頁）

泣きみ笑ひみ語らひ明かす。（竹河⑤八六頁）

これらの例の場合は『源氏物語』の物語場面あるいは内容とは直接関係ないが、措辞のレベルで明らかに『源氏物語』の言い回しが意識されていると思われるものである。

しかしながら、さらに重要だと思われるのが、物語の展開上、『源氏物語』の構造に倣ったと思われる点である。構造あるいは型の類似、模倣ということがこの物語を考えていく上で大きな要素であり、そこにこそ作者の工夫も見られると思うからである。

まず、兵部卿宮と山里姫君の出会いの前提となる山里訪問には光源氏と夕顔の出会いのきっかけとなる夕顔巻の光源氏の乳母の見舞の場面があげられる。

宮の御めのとに三位ときこえしが、大弐といふ人のめになりてつくしへくだりたるに、大弐にはかにうせければ、さまをかへて、さがのわたりにおこなひてとしごろ住けるが、やよひの比より心ちわづらひて程へにけるが、「此ほど〻成ては、いきとまるべしともおぼえぬに、宮をいま一たびみ奉らではゆきやるべしとも覚えず」などあんない申しければ、忍びておはしましてかへり給へる道に、あんぜちなどみえて、小柴垣などもみ所ある所〳〵も、かけひの水心ほそげにたえ〴〵なるをも、（『小夜衣』上　一六頁）

五月雨のつれづれに女房たちから美しい山里姫君の噂を聞いた兵部卿宮は何とか姫君との出会いを願い、宰相の君に仲介を頼んでいたが、ある日、乳母の見舞いの途中に――と物語は進む。しかし、『小夜衣』においてこの後すぐに姫君に出会うのではなく、若紫巻における北山での光源氏と尼君のやりとりの場面を想起させる展開となる。母を亡くした美しい姫君が父親に大事にされることもなく、山里で祖母の尼君と生活、やがて貴公子に見いだされ幸せになるという『小夜衣』の物語の大筋は若紫巻に端を発する紫の上の前半の生涯をたどるものだと言える。ただし、後述するように出会いは『源氏物語』によるが、その後の物語の展開ははむしろ『夜の寝覚』に拠るかと思われる。

この他にも、兵部卿宮の心に添わぬ結婚相手の関白の姫君には、葵の上の描写が盛んに引用されることによってその面影が投影されている。それは女君の容姿、性格のみならず、早世、哀傷の部分にまで及んでいる。また、山里姫君の失踪後の兵部卿宮の悲嘆は、桐壷更衣亡き後の桐壷帝の様子が重ね合わせられる表現となっている。(7)

このように、『源氏物語』の引用は詞章の借用だけではなく、『小夜衣』という作品全体の骨格から、人物像、感情の表現にまで幅広く行われていることがわかる。

四

次に『源氏物語』以後の平安期の代表的な作品、『狭衣物語』『夜の寝覚』からの引用をとりあげてみたい。『狭衣物語』との関係は早くに三谷栄一氏が「小夜衣において、やゝ他より目立つことは、少しの技巧を弄せず、『狭衣物語』の本文を殆どそのまゝの形で受け入れてゐる点である」と指摘されてように、(8)直接的な影響という意味では『源氏物語』より大きいものがあると思われる。その題号の『小夜衣』からして『狭衣物語』によるものだと考えられる。「小夜衣」と言う言葉についてその歌語としての性格、『狭衣物語』との関係など豊島秀範氏がすでに論じられている。(9)

既に繰り返し指摘されていることではあるが便宜上、一例を挙げると、

其御弟、兵部卿の宮ときこえさせて、御年もわづかにはたちに今二ばかりたり給はざらん、御みめよりはじめて、心ざま、御ざえなども、こまもろこしにもためしなきほどの御うつくしさなれば、「仏などのあらはれ出給へるにや」と世中の人々もめでまどへり。かゝれば、まして父院・母大宮などは、あまりなる御さまを中々あやうくおぼしめして、月日の光のさやかなるをもあたり給へばいたはしく、つかのまもみたてまつらぬをば、千とせの心ちして、いさゝかもまぎれ給ふよな〳〵などは御殿ごもらでおぼしあかしつゝ、女宮などのやうにもてなしかしづき給ふを、宮は中〳〵すみがたく心ぐるしくおぼしめしてけり。

(『小夜衣』上　一〇頁)

「『第十六釈迦牟尼仏』と、この世の光のためと、巾に顕はれたまへる」と、かたじけなくあやふきものに思ひきこえさせたまひて、雨風の荒きにも、月の光のさやかなるにもあたりたまふを、痛はしくゆゆしきものに思ひきこえたまひつつ（中略）夜などおのづから紛れたまふ夜な夜なは、二所ながらうちも臥させたまはずうしろめたきことを嘆き明かさせたまへど、向ひきこえたまひぬれば、思ふままにもえ諫めきこえさせたまはで、ただうち笑みつつ見たてまつりたまへる御気色ども、言ひ知らずあはれなり

(『狭衣物語』巻一・一四頁)

男主人公の人物描写に関する例をひとつ挙げたが、これ以外にも男主人公が最終的には帝位につくこと、道心を

持ち、出家願望があることなど類似点が多い。これは影響とか引用とか言うよりもむしろ意図的に『小夜衣』の兵部卿宮を狭衣の男君と重ね合わせているといえよう。個々に検討していくと光源氏、薫、匂宮などの描写の表現による部分もあるが、ほとんどが主人公狭衣の描写の引用によるといえる。ただ、狭衣の場合、ままならぬ恋に悩むものの、他の女性との関係が語られたりするが、兵部卿宮は山里姫君一筋であり、単純化されている点が異なり、またその身分が宮という皇族であることから、最終的に帝位につくことに抵抗がなく、一世あるいは二世の源氏が王権を志向するという要素は薄められている。

次に今まであまり着目されていなかった『夜の寝覚』からの引用について触れておきたい。

まず、直接的な詞章の引用について例を挙げてみたい。

A　宮は、よめにもしるき事なれば、御ぐしの手あたりなど、いまだかゝるを御覧ぜぬ心ちしてめでたきに、ちかおとりする事もやとおぼしつるに、おそろしくいみじとおぢわなゝきたるけはひもらうたくおかしくて、

（『小夜衣』上　三〇頁）

男君は「うはべこそ限りなくとも、すこし近劣りすることもや」とおぼしつるに、恐しくいみじと、怖ぢわななきて、消え入るやうに泣き沈みたるけはひ、手あたり類なしと見ゆる

（『夜の寝覚』巻一・三二頁）

B　めをとめてみあひける人のめどもにはいとよくみしり聞えて、其折此おりなどの事をなき事までつき〴〵しくとりそへつゝ、物のうしろなどにてもさゝやき、口やすからずいひさたしけるを、

（『小夜衣』中　一一一頁）

見つけつる人ありて、「さこそありつれ」と一人だに言ひ出づれば、そのをり、かのをりと、口々に言添へて、

かたはしありけるも、枝をつけ葉を添へ、何事もつきづきしくとりつづけ、言ひそそめくを、

（『夜の寝覚』巻二・一七一頁）

Aは山里姫君と兵部卿宮のはじめての逢瀬の場面で『夜の寝覚』のやはり男君と中の君のはじめて契りを結ぶ場面から引用が行われている。Bは対の君という名で異腹の姉妹の梅壷女御の母代として参内した山里姫君に、帝が心を寄せていく場面での女房たちの噂の様子で、これは寝覚の男君の中の君思慕が、同じく人の噂に上る場面の影響が見られる。

しかし、これらの詞章の類似以上に構想上での影響には見逃せないものがある。それは、はじめての逢瀬を遂げてから、女君の苦悩が始まり、幾多の困難をくぐり抜けた後、男君のもとに引き取られ、その後はひたすら男君とともに栄華を極めていく――という点である。もちろん、寝覚の女君と山里姫君とは立場や身分が異なり、また引き取られ方も全く異なる。しかし、「あめわかみこのめで給けん琴のねも限あれば是にはまさらじ、とあまの羽衣今や、とおぼしやらるゝに」（七一頁）とされる山里姫君の音楽の才能、逢瀬を持った後の男君の別の女性との意に添わぬ結婚、山里姫君が男君と同居するまでの展開の中で、母代として宮中に参内、そこで帝の一方的な懸想に悩まされるところなどに『夜の寝覚』への作者の意識が看て取れるのである。

五

『小夜衣』における、平安期の代表的な物語、『源氏物語』『狭衣物語』『夜の寝覚』の引用の様相を中心に概観してみた。

以上を整理してみると、まず、主人公像であるが、身分、才能、容貌、両親の愛情などすべてを備えながら、満たされない思いを抱え、道心を持つ兵部卿宮には『狭衣物語』の男主人公の狭衣が投影されている。

また、女主人公は、その物語への登場のしかたに若紫巻が影響している。母親を亡くし、父は身分のあるものでありながら、疎遠であり、北の方（継母）がつらくあたるので、山里で尼になった祖母に育てられている美しい少女が貴公子に見いだされ、やがてその邸宅に引き取られ、幸せになるということから、山里姫君は紫の上を意識して造型されていると言える。紫の上はまだ幼さを残す年頃に光源氏に見出され、半ば強引に引き取られた後、理想的な女性を目指して養育され、教育を受け、一定の時期を経てから結婚する。したがって、紫の上の女性としての成長と幸せ、その後に訪れる苦悩も光源氏のもとにて経験されるが、山里姫君はすでに最初から一人の大人の女性として男主人公兵部卿宮の恋愛の対象として登場してくる。すなわち「光源氏と初めて出会った時の紫の上がもう少し大きかったら」の設定で『小夜衣』は展開しているといえるのである。大きな違いとしては山里姫君は誰かに似ていたり、ゆかりだったりするわけではなく、純粋に恋愛の対象として物語に登場し、男君が他の女性に心を移すこともなく陰の部分を持たない。

そして山里姫君が宮に見いだされてから引き取られるまでの間に

①男君側の意に添わぬ関白中君との結婚、

②山里の姫君の宮仕え、それに伴う帝の懸想

③継母による拉致監禁、父親による救出

などの事件が展開される。このうち①、②は先述のように『夜の寝覚』との関係が見られる。また③は『落窪物語』『住吉物語』等に代表される継子物語との関連を指摘できる。『夜の寝覚』との関連は先述したとおりであるが、『小夜衣』の作品世界を論じる場合、無視できないのがこの継子譚的要素である。星野喬氏はこの作品を「継子い

じめの形を借りた恋物語[10]」、豊島秀範氏は「継子物語の枠を借りて《人の情けの大切さ》を説く[11]」、中島正二氏は「継子譚の枠の中で親子の情愛を表現」とされている[12]。

『小夜衣』における継子物語は継子の救出に男主人公である兵部卿宮が積極的な役割を果たさず、実父の按察使大納言が活躍するという、典型的な継子譚とは様相を異にするところがあり、継子物語の系譜を考える上でも、鎌倉時代の物語の特徴である親子の情愛について考える上でも、興味あるものであるが、ここではそのことには深入りせず、ただ『小夜衣』は基本的には恋愛物語であるが、それに継子物語が入れ子型に組み込まれていること、継子物語要素をこの作品が捨てきれなかったことを確認しておきたい。なぜなら、それはこの作品が正統な王朝物語の系譜に位置することの証しでもあるからである[13]。

また、母を早くに亡くし、尼君のもと―父按察使大納言の邸―宮中における宮仕え―継母による幽閉―父親による救出―男君との同居、と居場所を移す山里の姫君はまさしくかぐや姫に端を発し、紫の上、玉鬘、浮舟、寝覚の女君と続く〈さすらいの女君〉の系譜に連なるものであり、この面からも正統な王朝物語の女主人公となり得ていると言える。この大きくはない作品が現在まで二十余の写本が残され、時代を越えて人々に読まれてきた理由は、その骨組みにおいて王朝物語が宿命的に持つ型を継承、なおかつ表現の面で平安期の名作を自在に解体、再構築したその換骨奪胎の巧みさにあると思われる。したがって、原作においてストーリーの展開の周辺で語られる、細やかな心理描写、情景描写などが持っているニュアンスは切り離されるが、既存の場面や表現、構造を一つの素材として、その組み合わせによる新たな作品世界の形成が作者の腕の見せどころとなる。

六　おわりに

『源氏物語』以後の物語はほぼ宿命的に『源氏物語』の呪縛を逃れることができず、むしろ積極的にその関係性を問い、その中からそれぞれの物語の独自性を見出そうとしてきた。『源氏物語』における物語の状況、場面を想起させたうえで、それとのずれ、重なり、相異などの幅の中に作品の独自な世界を開拓しようとする姿勢が基本的な平安後期、末期物語のスタンスだといえよう。それは中世の物語においても指摘できるが、『源氏物語』、あるいは『狭衣物語』などのあからさまな引用がまたその特徴といえるであろう。『源氏物語』『狭衣物語』など中世において権威化された物語の利用は、時代の移り変わりによって変質してしまった宮廷生活の描写への対応、文章力、和歌の知識のカバーなどさまざまな理由が考えられよう。しかし、この「模倣」と「引用」という現象は消極的な理由ばかりではなく、積極的に評価することもできるのではないだろうか。

たとえば、ここで取り上げた『小夜衣』においては、〈場面取り〉というより先行物語の詞章を取り出して援用し、また文章をつなぎ合わせることが顕著に見られる。それによって得られる作品世界は、もともとのテクストにおける表現に拠りながら、異なった意味内容をもたらす。本文、本歌の世界を必ずしも読みとる必要はないにも関わらず、読者は自ずからそれらを想起してしまうこともあろう。むしろ同じような表現でありながら、異なる場面設定を持つことにより、別の読み、意味を提示することこそ作品の主眼となる。したがって、便宜上、先行作品の詞章を用いたというよりむしろ、選んできた表現で、どのような新しい作品世界を構築するかに興味が注がれよう。

ここで思い出されるのは、「物語二百番歌合」あるいは『風葉和歌集』などに見られるような、物語の和歌を場面から切り出し、歌合、歌集として配列することにより、新たな作品世界を生み出すというあり方である。それは、物語の改作のあり方とも通底すると考えられるかもしれない。たとえば、原作『夜の寝覚』と中村本『夜寝覚物語』との関係は、原作の換骨奪胎の巧みさとおもしろさの現れと考えることができるが、『小夜衣』の場合は、本になるものを一つと定めず、いくつかの平安期の名作の文章と構造の寄せ集めを、さらに再構築したおもしろさといえるかもしれない。

これらは表現がもとの物語の状況と全く切り離されても成り立ち得ることを示し、新たな意味を生成することを示している。いわば〈編集〉の妙を競う形で、一方で物語歌の享受があり、一方で中世王朝物語が生産されるといった文学的状況が考えられるのではないであろうか。

『小夜衣』は中世期に見られるような語彙や仏教的な要素、教訓めいた物言いなど成立した時代を反映する部分も併せ持つが、中世期に作られた王朝物語、擬古物語としての性格を典型的に示し、かつ成功している作品だといえよう。

注

（1） 星野喬「小夜衣雑考」（『立命館文学』一九三四年一一月）

（2） 後藤丹治「異本堤中納言物語と小夜ごろも」（『国語と国文学』一九二八年五月）。星野前掲論文　長谷川信好「小夜衣續攷」（『国語国文』一九三六年二月）等。比較的最近では大槻修・小夜衣の会「大覚寺本『小夜衣』本文と注釈（上）（中）」（一九九七年一月、一九九九年三月）、辛島正雄『〈物語取り〉のゆくえ――『小夜衣』における『源氏』『狭衣』剽窃」（『物語史研究の方法と展望（論文篇）』一九九九年三月）等。なお、著者も参加した『小夜衣全釈付総索引』（名古屋国文学研究会　風間書房　一九九九年）では、それら先行の成果をふまえた上で更に新たな指摘を加えて頭注に取り上げ、また資料として、『小夜衣全釈　研究・資料篇』（風間書房　二〇〇一年）で一覧にして掲げたので参照いただきたい。

(3)片岡利博「平安時代物語から、鎌倉・室町時代物語へ」(『中世王朝物語を学ぶ人のために』世界思想社　一九九七年)
(4)辻本裕成「王朝末期物語に利用される源氏物語の本文について」(『国文学研究資料館紀要』一九九六年年三月)
(5)田淵福子「『小夜衣』の引き歌について」(『高野山大学国語国文』一九九四年三月)
(6)注(2)参照
(7)それぞれの用例については注(2)『小夜衣全釈　研究・資料篇』の資料一覧を参照されたい
(8)三谷栄一『物語文学史論』(有精堂出版　一九五二年)
(9)豊島秀範「〈衣〉の系譜——狭衣・小夜衣・苔の衣——」(『物語史研究』おうふう　一九九四年)
(10)注(1)論文
(11)豊島秀範「物語文学の行方——『小夜衣』を中心に——」(『物語史研究』おうふう　一九九四年)
(12)中島正二「『小夜衣』の親子」(『三田国文』一九九〇年六月)
(13)神野藤昭夫「継子物語の世界と『源氏物語』」(『散逸した物語世界と物語史』若草書房　一九九八年)

付記　本文の引用は以下による

『小夜衣』風間書房　『小夜衣全釈　付総索引』

『狭衣物語』の引用は、一番『小夜衣』本文と近い新潮日本古典集成本によった。

結　章

一　はじめに

二〇〇八年、『源氏物語』千年紀の年を迎え、『源氏物語』の研究は活況を呈した。さまざまな論者によって、語られる『源氏物語』の魅力は尽きることがない。千年前の読者たちも、同じように『源氏物語』の魅力にとりつかれたであろうか。

文学として高度な達成を遂げた『源氏物語』から影響を受けつつ、その後の物語はそれとは異なる物語の可能性を模索して、それなりの読者を得、今日まで千年の時をこえて伝えられてきた。

つまり、源氏物語の優位さを認識しながら、しかもその優位／劣位という構造・枠組みを極限まで追求し、脱構築化・解体化しようとする意欲・意志・精神・表象が、狭衣物語の価値・位相なのである。

とは、三谷邦明氏の遺稿のことばである(1)。これはひとり『狭衣物語』についてだけではなく、平安後期物語全般にいえることであろう。散文による表現のおもしろさに目覚めた女性作者たちの模索の過程は、『夜の寝覚』と『狭衣物語』という主人公の設定も、表現方法も全く異なった二つの作品世界を産みだした。

*

本書では、Ⅰにおいて、『源氏物語』の作中詠歌や歌語に着目して物語の解読を試みた。特に歌がやりとりされる場にも注目して、それが物語の展開にどのような力を持つのかについて論じた。(第一部第一章、第二章、第三章)

また、第二部においては和歌史と物語史の交渉の様相を検討した。(第四章、第五章、第六章)。詠まれる「場」の制約のない物語中の和歌は、自由であるとはいえ、公私にわたって和歌を詠み、あるいは教養として和歌を勉強することが必須であった読者に受け入れられ必要がある。『源氏物語』には当時としては目新しい歌語が見られることから、それについて着目してみた。一つ間違えると作者の教養、和歌の実力が疑われるところでもあるが、紫式部の挑戦は、情趣、美意識、感情の型どりなどの新しい形として、中世和歌の世界で評価されていくようになる。その試みは後続の作品にも受け継がれていく(Ⅱ―第1部第一章、Ⅲ―第一部第一章)。

和歌の言葉の掘り起こしは、直接的に物語研究に寄与するものではないかもしれないが、当時の作者や読者の和歌に対する教養、見識というものに対して、我々はもっと敏感になるべきではないであろうか。積み重ねられた和歌研究にも力を得て和歌と物語の関係については今後も考えてみなくてはならない重要な課題だとあらためて思っている。

二　『夜の寝覚』について

その『源氏物語』から次世代の文学は何を学び、継承し展開してきたか。

『夜の寝覚』は、主に女君を中心に、その成長の物語、主題の深化、変容などの読みが示されてきた。他作品に比して多くを占める心中表現、「心の外の心」―意識していなかった自分の本心に気づいていく女君の心のありようは本作品の大きな特徴でもあろう。

本書Ⅱの第一部においては、そんな女君の憂苦の源を彼女の心中表現の解析を中心にするのはなく、女君に用意された物語内の環境、他の人物たちの認識に着目して、論じてきた。『蜻蛉日記』などを経て、主題的に深められてきた『源氏物語』の女君の抱えた女性の生の問題は、より特化して『夜の寝覚』の女君に集約される。見知らぬ男性の侵入、妊娠という不測の事件に遭遇し、男性の正体がわかってみれば、姉の夫だったという悲劇。年の離れた老関白と結婚と死別。帝の恋慕、執心、そして男君の嫉妬。出家という自らの意志で行動しようとするのを妨げるのはさらなる妊娠という事実。次々に女君を囲繞してくる「憂き」できごとは、まさしく夢に現れた天人が予言した「心を乱したまふべき宿世」であった。

その女君を苦しめるのは、「世間」からどう思われるかという思惑である（第一部第二章）。この物語には、実に多くの「世間」の目、価値観がさまざまな登場人物たちのことばを通して示される。そして、女君もそれに悩み反発しながら、一方では世間の価値観に添いたいとも願っている。生まれながらにして与えられた境遇――一世源氏の太政大臣家の娘、恵まれた美貌、才能――にふさわしい生き方を願っていた。すなわち、『源氏物語』の明石の姫君のように。それが思うようにかなわず、「憂き」思いを抱えて生きるはめになるのは、彼女の女性としての美しさ、セクシュアリティゆえである。そこには平安期の女性たちが共通に抱えた、男性たちが築き上げた社会体制の中で自らの生きる場を模索していく姿、魅力的な「女性」であればあるほど自らの身体が招く危機や「身」と「心」の乖離など、『源氏物語』では多くの女性たちが分散して担っていた問題を一人の人物に集約して主題化されているといえよう。

彼女のセクシュアリティが彼女の思いを裏切っていく。それを〈母〉の欠落という視点から論じてみた。明石の姫君には実母の明石の君も養母の紫の上もついていた。寝覚の女君に欠けている一点の出来事、〈母〉の欠落は、物語の中でいろんな形で立ち現れてくる。〈父〉の問題もその背景にある（第三章、第五章）。そして、女君の「憂き」

思いの内実を問うた時、男性との愛情におけるそれではなく、家族を最小単位とする「世間」において、認められたものとして生きたいという願いがある。そのことを明らかにしてきた（第四章）。

『夜の寝覚』では、帝の権威もまた問題になる。帝に位を捨ててまで思いを遂げたいと思わせる女君は、帝の権威を相対化する人物でもある。（第六章）末尾欠巻部分においてはより執心を強めた帝と、子どもの問題をめぐり、「そらじに」という手段も辞さずに対峙していくことが推定されているる。帝という権威を相対化していくのは〈女性〉――それは男性主人公ではなしえなかった――、そうした視点も必要となってくるのではないか。藤原摂関家との葛藤の中で必然的にもたらされてきた帝権威の低下、御堂関白家の独占による貴族社会の活力の無力化などの背景を受けて、力をつけてきた女性作者たちが物語の中で描く女性像は、御簾の内で悩み続けるばかりではなくなっている。『有明の別れ』や『とりかへばや』の男装の女主人公の出現もその流れの延長上にある。

第二部では、改作本『夜寝覚物語』についても考察をした。「改作」という行為と「原作」との関係を、女君の「憂き」思いという主題に関わる部分から論じた（第七章）。中世的な結末を迎える改作の意図は主題の転換にある。「憂き」思いの克服が描かれるところに改作本の主題に対する意識を見る。また、『竹取物語』『源氏物語』という先行物語の摂取のしかたから、原作、改作の差異を論じた（第八章）。

一人の女主人公の半生をたどることにより、娘、妻、母など立場を移行させながら、その時々の社会、制度と相対し、葛藤する女性の姿は二十一世紀の現代においても、なお、今日的な問題であるといえよう。

三　『狭衣物語』について

一方、『狭衣物語』においては全く異なるアプローチを試みた。

平安初期以来、おそらく多くの歌人たちがさまざまな試みを経て、獲得してきた一つの概念を伴った歌のことば、歌語や歌枕は、掛詞、縁語、枕詞などの高度な修辞を獲得し、あるいは一定の景物や伝承と結びつき、連想やイメージの広がりを持ったものとなった。人々はその様式化された美意識を基盤に発達した連想の言葉によって、集団に関わりながら、しかも自らの歌の表現を実現してきたといえよう。このような、他者と相容れない自己の孤心を表出しながら他者との交流を図る、あるいは日常の中において、日常性をふりきる、非日常的儀礼的な言語という和歌の表現構造が、物語の中に和歌が挿入される大きな要因となったであろう。中でも、『源氏物語』はその作中に七九五首もの和歌を含み、散文中には多くの引き歌表現を伴って、その世界が表現されてきた。

しかしながら、「散文の物語世界に奉仕する和歌」としてではなく、「物語世界を紡ぎ出していく推進力としての和歌」の力は、『狭衣物語』においてこそ、より強固に働いているのではないか。

「いづれの御時にか」で始まる一種の時代小説の的な語りで始まる『源氏物語』に対して、『狭衣物語』は、積極的に同時代の和歌の世界と交流を持って作品世界に反映していた（Ⅲ—第一章、第二章、第三章）。『源氏物語』で示された新しい歌語の使用は、『狭衣物語』においては、一歩進んで新しい歌語（歌枕）の創出ということを生み出し、その背後には『枕草子』にも通じるものがあることにも触れた（第二章、第三章）。

目新しい言葉を使っているだけでは、「創出」ということにはならない。そこに、次へ引き継いでいけるだけの凝縮力とイメージ喚起力が必要であり、そのために何度も繰り返し作中内で、その言葉を使い、歌語としての認定を自ら図る。それが単に作中詠歌の歌語の問題に留まらないのは、女君たちの形象に関わって来るからである。あるいは、また、物語を展開する推進力としても、作中詠歌を負った歌語は物語世界を拓いていく（第四章）。さらに、女君たちの、狭衣に知られないところで詠んだ歌を、狭衣が所有していくさまを考察することによって、物語における和歌の方法の新たな一面を提示した（第五章）。『狭衣物語』の作者は、歌人でもあり、歌合にも出詠し、他の歌人たちと交流し、詠作の状況にも敏感で、かつ物語の中で意図的に和歌の言葉による実験を行っているように思われる。

『狭衣物語』では、すでに指摘があるように、独詠歌が多く、和歌が登場人物たちの直接的な心の交流の役目はたさなくなってきている。しかしながら、和歌的表現そのものが物語を展開する力を持つことを論じてきた。そこから、今後の『狭衣物語』研究の方向性の一つが見えてくると思う。

四　おわりに

『夜の寝覚』『狭衣物語』は、一方は二〇〇年後に改作本が作られ、一部散逸したとはいえ、原作、改作両方ともに今日まで伝えられているという希有な作品であり、他方は膨大な異本を産んできた。ともに作品を愛する享受者の参加を得た現象だといえよう。

ところで、中世の王朝物語作品において、存外『夜の寝覚』『狭衣物語』の影響は大きいと思われる。詞章の類似に加えて、たとえば大槻福子氏が指摘されている「愛する男君を持つ女君に横恋慕する帝[2]」という「要素」にも、『夜の寝覚』の影響が十分に考えられよう。『夜の寝覚』『狭衣物語』からの影響の一例として、『とりかへばや』と『小夜衣』についても論じた（Ⅲ―第二部第六章　第七章）。

中世の物語に『源氏物語』の直接の影響もさることながら、『夜の寝覚』『狭衣物語』の影響が大きいとしたら、文学史における両者の価値もより大きなものとして見直しを迫られるであろう[3]。それらは今後の研究の進展を待つしかないが、そのためにも、『源氏物語』のさらなる探究に加えて、『夜の寝覚』『狭衣物語』の研究も進めて行く意義は大きいと思われる。そのほんの一端ではあるが、本書が関与できたら幸いである。

『源氏物語』が切り開いた物語の世界の表現方法を、それぞれの作品がいかに継承し、展開し、みずからの世界を築いていったか、そして物語史を紡いでいったか。物語は一つの完成した作品世界に閉じることなく、常に過去の達成を取りこむと同時に、現実社会にも開かれ、制度や生活、文学、歴史と呼応し、また閉じて作品世界を創造し、再び言葉を通して未来へ開いていく、そのようなダイナミズムの息づかいを感じている。

注

（1）三谷邦明「狭衣物語の位相・「時世に従ふにや……」――狭衣物語の語り手あるいは影響の不安とイロニーの方法――」（『狭衣物語が拓く言語文化の世界』翰林書房　二〇〇八年）
（2）大槻福子「終章」（『『夜の寝覚』の構造と方法　平安後期から中世への展開』笠間書院　二〇一一年）
（3）大槻福子前掲書、宮下雅恵『夜の寝覚――奉仕する源氏物語』（青簡社　二〇一一年）などもこの問題をとりあげる。

あとがき

大学を卒業後、何の迷いもなく一般企業に就職して三か月ほどたったころ、大学の指導教官であった後藤重郎先生から学内の学会で卒業論文の一部を発表しないかとお電話をいただいた。思いもかけないことだったのでとても驚いたが、発表準備を進めていく生活は不安ながらも充実した日々だった。それは私にとっては人生の転換点となったできごとだった。そして翌年退職し、大学院に進学した。研究を志す初めの一歩であった。

もともと近代文学を勉強したいと思っていた私は、大学入学早々に、名古屋大学に着任されたばかりであった高橋亨先生の講義と出会い、源氏物語の面白さ、奥深さ、豊かさに惹かれていった。ふりかえればそれが「研究」というものの楽しさを知った原点であったと思う。院生時代にはいろんな研究会に連れて行っていただいたり、勉強会をしていただいたり、その後も現在に至るまで、先生のご研究はもちろんのこと、ちょっとした雑談に至るまで、いろいろなお教えと刺激をいただいている。また、学部に進学してからは後藤重郎先生の端正で静かな情熱を秘めた新古今和歌集や歌論の講義にも接し、苦手に思っていた和歌にたいして新たな目を開かれた。そして卒業論文で取り組んだのが源氏物語の和歌についてであった。その後も「物語の和歌」は私にとって大事な研究テーマとなっている。一方、興味は平安後期物語にも移り、源氏物語の達成から何を継承して自らの作品世界を構築していったかへと広がっていった。

院生時代に結婚し、名古屋を離れて奈良に移り住んだ私にとって、支えとなったのは研究会の場である。大学院に進学してからずっと参加している「古代文学研究会」では、いろんな立場からの作品研究の方法を学んだ。三〇年以上通い続けている名古屋の女性研究者の集まり「名古屋国文学研究会」では、写本の調査、本文整定、注釈作業など国文学の基礎的な部分を教わった。まだまだ結婚した女性が研究していくことに困難の多かった当時、合間を縫って家庭と研究を両立させていく諸先生、諸先輩の姿は励みになったし、梅野きみ子先生の「細々でもいいから、とにかく続けること、やめたらだめ」の言葉は胸に響いた。また、十五年前から参加している「狭衣物語研究会」では平安後期という専門を同じくする仲間たちと、より深い議論を重ねられる喜びを与えられている。これらの研究会が私の軸としてあり、研究発表の場や論文執筆、仕事の場を与えていただき、今日に至ることができている。また学位論文を提出するときも、本書をまとめるに当たっても、自分に自信が持てずにぐずぐずしている私の背中を押してくださった神尾暢子先生にも心から感謝を表したい。

いちいちお名前をあげ得なかったが、今まで出会えたすべての先生、先輩方、同期や後輩の皆さん、家族など、お導きいただいた方、見守ってくださった方、励ましてくださった方たちに心から感謝を申し上げたい。泉下の後藤重郎先生にご報告できることにも安堵と喜びを感じている。最後になったが、本書の出版に当たっては、翰林書房の今井肇、静江ご夫妻に大変にお世話になった。出版を快く引き受けていただいただけでなく、さまざまな事情で二年以上延引しても待ってくださった。謝してお礼申し上げる。

ほんとに遅々とした歩みであった。期せずして改元の時を迎えた。これを一区切りとして、来たるべき新しい時代にも、今しばらく歩を進めていきたいと願っている。

二〇一九年五月吉日

乾　澄子

初出一覧

（表記や文体の統一をはかり論旨に影響しない範囲で手を入れたが、大幅な改稿は行っていない。なお重複も残っているが、旧稿に対する補訂としたい。）

序章（書き下ろし）

I 『源氏物語』と歌ことばの表現史

第一部 『源氏物語』の和歌とその表現

第一章 「源氏物語の第二部について——贈答歌を中心に——」（『名古屋大学国語国文学』46 一九八〇年七月）

第二章 「篝火巻試論——六条院世界の〈季節的秩序の崩壊〉をめぐって——」（『物語研究』4 一九八三年四月）

第三章 「紫の上——歌と人生——」（『名古屋大学国語国文学』59 一九八六年一二月）

第二部 『源氏物語』と和歌史のあわい

第四章 「『源氏物語』の歌枕——三代集との比較を通して——」（『後藤重郎先生古希記念 国語国文学論集』和泉書院 一九九一年）

第五章 「いまめきたる言の葉 ——紫式部の〈春〉の歌語」（『〈紫式部〉と王朝文芸の表現史』森話社 二〇一二年）

第六章 「物語と和歌——『源氏物語』花宴巻の「草の原」を手がかりに——」（『名古屋大学国語国文学』54 一九八四年七月）

第七章 「源氏物語の作中詠歌について——『風葉和歌集』における採歌状況を中心に——」（『中古文学』33 一九八四年五月）

Ⅱ 『夜の寝覚』の原作と改作の世界

第一部 『夜の寝覚』原作の世界

第一章 「『夜の寝覚』――作中詠歌の行方――」
（『物語の方法』世界思想社 一九九二年）

第二章 「『夜の寝覚』――女君を取り巻くもの――」
（初出題 「『夜の寝覚』――〈母〉なるものとの訣別――」）
（『古代文学研究 第二次』2 一九九三年一〇月）

第三章 「『夜の寝覚』――〈母なき女子〉の宿世――」
（『古代文学研究 第二次』6 一九九七年一〇月）

第四章 「『夜の寝覚』――女君の「憂し」をめぐって――」
（『講座平安文学論究 第18輯』風間書房 二〇〇四年）

第五章 「『夜の寝覚』の父」
（『平安後期物語』翰林書房 二〇一二年）

第六章 「『夜の寝覚』――斜行する〈源氏〉の物語――」
（『狭衣物語 文学の斜行』翰林書房 二〇一七年）

第二部 『夜の寝覚』改作の世界

第七章 「『夜の寝覚』と改作本『夜寝覚物語』――「憂き」女から「憂きにたへたる」女へ――」
（『物語――その転生と再生 新物語研究2』有精堂 一九九四年）

第八章 「『夜の寝覚』――「模倣」と「改作」の間――」
（『日本文学』47 一九九八年一月）

Ⅲ 『狭衣物語』の表現と中世王朝物語

第一部 『狭衣物語』の〈和歌〉

第一章 「後冷泉朝の物語と和歌――『狭衣物語』『夜の寝覚』の作中詠歌――」
（『和歌史論叢』和泉書院 二〇〇〇年）

第二章　「『狭衣物語』の地名表現をめぐって」
（『狭衣物語を中心とした平安後期言語文化圏の研究』平成16〜18年度科学研究費補助金基盤研究C　課題番号16520109　研究成果報告書　二〇〇七年）

第三章　「『狭衣物語』の表現——「歌枕」の機能に着目して——」
（初出題　「『狭衣物語』の表現——歌枕をめぐって——」）
（『狭衣物語が拓く言語文化の世界』翰林書房　二〇〇八年）

第四章　「『狭衣物語』の和歌的表現——意味空間の移動をめぐって——」
（『狭衣物語　空間／移動』翰林書房　二〇一一年）

第五章　「女君の詠歌をめぐって——狭衣の恋と和歌——」
（初出題　「女君の詠歌をめぐって——『狭衣物語』贈答歌の〈文〉——」）
（『狭衣物語　文の空間』翰林書房　二〇一四年）

第二部　平安後期から中世王朝物語へ

第六章　「『とりかへばや』物語における「世」」
（『古代文学研究　第二次』16　二〇〇七年一〇月）

第七章　「『小夜衣』における先行作品の引用について——平安朝の物語を中心に——」
（『小夜衣全釈　研究・資料篇』風間書房　二〇〇一年）

結章　（書き下ろし）

【ま】

【や】

【ら】

【わ】

【な】

【は】

【た】

【か】

【さ】

◉事項

◉歌語

◉作品名

【さ】

【た】

【な】

索引

◉人名（作中人物は除く）

【著者略歴】
乾　澄子（いぬい・すみこ）
1979年3月　名古屋大学文学部国文学専攻卒業
1987年3月　名古屋大学大学院文学研究科博士課程（後期）満期退学
学位　博士（文学）
編著　『小夜衣全釈　付総索引』（共著　風間書房　2009年）『源氏物語全注釈　七、八、一一』（共著　風間書房）『狭衣物語　空間／移動』（共編　翰林書房　2011年）『狭衣物語　文の空間』（共編　翰林書房　2014年）『風葉和歌集』新注　一　二』（共著　青簡舎）他
現在　同志社大学・同志社女子大学・大阪大谷大学非常勤講師

源氏物語の表現と展開
——寝覚・狭衣の世界——

発行日	2019年 5 月20日　初版第一刷
著　者	乾　澄子
発行人	今井　肇
発行所	翰林書房
	〒151-0071 東京都渋谷区本町1-4-16
	電 話　(03)6276-0633
	FAX　(03)6276-0634
	http://www.kanrin.co.jp/
	Eメール●Kanrin@nifty.com
装　釘	須藤康子＋島津デザイン事務所
印刷・製本	メデューム

落丁・乱丁本はお取替えいたします

ISBN978-4-87737-444-0